文学的触须

（修订本）

钟正平 / 著

WENXUEDE
CHUXU

黄河出版传媒集团
阳 光 出 版 社

图书在版编目（CIP）数据

文学的触须 / 钟正平著. -- 2版（修订本）. -- 银川：阳光出版社, 2017.3
ISBN 978-7-5525-3521-1

Ⅰ. ①文… Ⅱ. ①钟… Ⅲ. ①中国文学－当代文学－文学研究－文集 Ⅳ. ①I206.7-53

中国版本图书馆CIP数据核字(2017)第071062号

文学的触须（修订本） 钟正平 著

责任编辑 靳红慧 王佐红
封面设计 晨 皓
责任印制 岳建宁

黄河出版传媒集团
阳 光 出 版 社 出版发行

出 版 人 王杨宝
地 址 宁夏银川市北京东路139号出版大厦（750001）
网 址 http://www.yrpubm.com
网上书店 http://www.hh-book.com
电子信箱 yangguang@yrpubm.com
邮购电话 0951-5014139
经 销 全国新华书店
印刷装订 宁夏凤鸣广告彩印有限公司
印刷委托书号 （宁）0004420

开 本 720mm×980mm 1/16
印 张 19
字 数 260千字
版 次 2017年4月第1版
印 次 2017年4月第1次印刷
书 号 ISBN 978-7-5525-3521-1
定 价 38.00元

序一　读《文学的触须》有感

袁伯诚

我与正平在固原师专中文系共事有好几年，在文学上是忘年交。1988年我调回家乡青岛，也曾多次回固原，相叙的机缘虽少，但他给我的印象始终是那么美好。今年师专升格为宁夏师范学院，举行庆典，我是师专创建时期的元老，被邀请来参加揭牌典礼。正平已当上教授，出任中文系主任，与中文系总支书记高明泉教授负责接待我，我与正平接触的机会多了，于是交往频频，或倾杯于宴席，或抵掌于案头，论道谈艺、说古评今，所以勤勤恳恳相叙者，皆是出自肺腑的真心话。

一日，正平告诉我他正在编一本《文学的触须》的书，是他的文学评论结集，他说这是他的第一本书，不知道该怎么编，要我看看编好的稿子并为之作序，我慨然应诺。古人云：寄身于翰墨，见意于篇籍，不假良史之辞，不托飞驰之势，而声名自传于后者，未若文章之无穷也。正平出书，是意料之中的喜事，我岂能不赞歌之！然而，我一山东陋儒，要揭日月而行昭昭，不亦难乎！古人云，君子审己以度人，有晋国南之威的绝代容貌，方可评论美女之鬓长眉短，有龙泉之剑，方可以议论切割之钝利，我的才能不及街头卖唱者，怎敢掎摭教授之文章呢！惧怕后世耻笑我呀！但是，古人云："街谈巷说，必有所采；击辕之歌，有应《风》《雅》，匹夫之思，未易轻弃也。"我闻此言，胆子大起来，想到那伯牙善鼓琴，只有钟子期才能欣赏理解他的琴音，我已年逾七十的老朽，若像子期那样死去，让正平像伯牙那样破琴绝弦终身不复鼓琴，岂不太遗憾了吗?

正平教授所评论的“西海固文学”我很陌生,他所褒扬的西海固作家如石舒清、郭文斌、了一容、季栋梁、王文清、王怀凌、单永珍、杨建虎等的作品,我都没有读过,尽管西海固的作家群已走向全国,盛名震动海内,而我是在蜗牛壳里讨生活的人,所谓“蜗角列州县,毫端建朝市”。偶尔看到文坛里“时相与争地而战,伏尸数万,逐北,旬有五日而反”的景观,就赶快缩回“触须”。五月走出蜗庐,来到固原,一住四个多月,漫游西吉、海原、彭阳、泾源、隆德,故地重游,感受良多。我可以自豪地说自己“门生故吏”满固原。因为我在固原地区教书二十八年,固原地区某些乡镇的沟沟洼洼、山山水水我走遍了,熟悉的程度不亚于西海固的青年作家们。

正平令我审看并作序, 实在是要逼我先读西海固作家的作品呀,为此,我潜下心来读了石舒清、郭文斌、火会亮、季栋梁、李方、了一容、马存贤、拜学英、杨建虎、虎西山、王文清、王怀凌、单永珍、冯雄等的作品,并重点研读了石舒清的小说《逝水》《背景》,郭文斌的散文集《空信封》,火会亮的小说《寻找砚台》,了一容的小说《历途命感》等,西海固的诗歌作品,我几乎全部拜读过。在四个多月里,我除去应酬、写作之外,就是读西海固作家的作品。在阅读过程中,我被深深地感染了,被震撼了,被教育了。我虽为之执鞭,所忻慕焉。正平教授称“他们是一群黄土地上的文化囚徒、精神旅人,长期以来,他们忍受着无人喝彩的无边寂寞,抵御着世俗大潮的不断诱惑,让方块字在这片多难贫瘠的土地上开花结果, 让它的光芒照彻黄土地的苍凉寂寞”(《“西海固文学”断想》)。我想以“寂寞”抵御“诱惑”,恰是他们不忘黄土养育之本而取得文学创作成就的品格与操守,如果他们厌弃这块黄土地,到北京、上海去找人喝彩,他们会在喝彩声里浮躁起来,会在市场经济的大潮里翻船落水,成为文学痞,再也写不出好的作品来。

寂寞是文学家最高贵的品德,寂寞才能朴素,“朴素而天下莫能与之争美”。不用权谋智巧,不用文学装修门面;寂寞,也不用朝叩富儿门，暮逐肥马尘。对于作家来说，寂寞就是“以恬养知”，在寂寞中透过内心的恬静以涵养生命的智慧，去观察、描绘社会与自然，才能写出好作品来。君不见，陶渊明归园田以后，在寂寞中才写出《归园田居》《饮酒》那样的好诗；曹雪芹躲在北京西山里，守着寂寞才写出《红楼梦》；列夫·托尔斯泰，也是在他的庄园里，守着无边的寂寞才写出《战争与和平》那样的巨著；车尔尼雪夫斯基在监狱里更寂寞了，却写出传世名著《怎么办》；而我所担心者，是西海固作家群中的一些人一旦出了名、当了官，还能不能守得住寂寞……

西海固地区在秦汉时期已经声名赫赫，几千年来许多威武雄壮的故事在这里演出。在文化、军事、政治上，这片黄土地并不苍凉寂寞。但就文学而言，中国文学史上却没有它的地位，西海固没有出个像样的文学家，在这里吟唱的都是中原过来的流浪儿，所谓“边塞诗人”“边塞文学家”中没有固原人，即便是地方史志记载下来的诗人、文学家，也上不了经传。出了个皇甫谧是专擅针灸；出了个皇甫嵩是一个大军阀，专门镇压黄巾起义的。但自20世纪80年代起，西海固作家群异军突起，冲出宁夏，冲出西北，走向全国文坛。这是值得当今文学批评家很好研究的大课题。文学批评家钟正平教授把这一作家群体称之为“一群黄土地上的文化囚徒、精神旅人”。我则称为“一群黄土地上的普罗米修斯”，他们盗来文学天火赐予西海固人民。他们直面现实，针砭社会，描摹人生，探究人性，用色彩斑斓的笔搞出一个名闻全国的“西海固文学”来。他们的风骨铮铮，“可啖健牛百”，让那些“观于浊水而迷于清渊”的作家，“瞀瞀然填乎沟壑”不敢“以天下之美为尽在已”，于是“旋其面目，望洋向若而叹”。

我读罢西海固作家的作品后，再去细细拜读正平教授《文学的触须》的打印稿，特别是其中的第一辑：“西部边地的文学风景”。这一辑所收的文章主要是关于“西海固文学”的评论，是他主持完成的自治区级科研项目“西海固文学研究”的主要成果。这些才气横溢的文字里，有《世纪回眸“西海固”》《“西海固文学”断想》《“西海固文学”释义》

《"西海固文学"发展述略》等总体性的评论，正平在这些文章里指出，"西海固文学发生、发展的根本内因是它的'地缘'特性"，全面详尽地论述了"西海固文学"的起源、历史、发生、发展和现状，这是研究西海固文学中独创性、深刻性、纲领性的评论。特别是《生存苦难与精神狂欢——论西海固小说的题材与主题》一文，更是卓识荦荦，表现出评论家的独具的识见。文章通过对二十多年来西海固文学发展特别是小说创作的考察，对西海固文学的基本特征作出经典性的揭示：认为，一、二十多年来，西海固小说的取材都与作家的童年记忆和乡土生活的经验有关，是亲历者对苦难童年所提供的"证言"，是对童年生活的文字"复活"。二、作家从民间立场出发，以乡土情怀为审美特征，形成了一个共同的民间话语系统。三、西海固小说主题经历了一个由展示苦难生存图景到表现抗争精神再到深入挖掘苦难生存中精神狂欢的演变过程，由对抗意识的表现上升为对生存文化支撑力的探寻，这就是苦难生存中的精神狂欢现象。正平教授的这三点揭示，不仅是对西海固文学创作的规律性的总结，而且也具有对文学创作的普遍规律性的揭示。因为文学创作过程与人生体悟是相互纠缠的，是同一个生活、同一个生命的过程，一个人怎样生活就有怎样的思维方式，这是生活对文学创作的影响。同样，你有怎样的思维方式，就会有怎样的文学创作方式。一个作家在先天根性与后天相互作用培育出的"气质"，决定了他的审美倾向和趣味，因为"生命"本身是任何创作方法都不能描述的，曹丕说的"文以气为主，气之清浊有体，不可力强而致"，就是这个道理。

除了总体性评论西海固文学之外，还有对作家个案的评论，如对石舒清小说集《苦土》、小说《逝水》与《背景》的评论，对郭文斌散文集《空信封》的评论，对了一容、季栋梁小说创作的评论，都慧眼独具，深刻、精辟，闪耀着理性思辨的光束与评论家的高屋建瓴的智慧。

《文学的触须》第二辑"西部边地的文学声音"，是正平教授在讲授"当代文学"课程之余对当代文坛文学现象和作家作品研究的心得。其中有对"汪国真现象"的透视，对秦牧散文的赏析，对罗广斌、杨益言

《红岩》的论析，对孙犁“诗化的现实主义”创作艺术的阐释，对新时期作家作品的解读，对“茅盾文学奖”的思考等，都不乏真知灼见，发以前评论家所未发。特别是对路遥创作的研究——对“黄土地上的苦难人生”的深味，读后若醍醐灌顶，令人洞见独立无待的道。因为路遥涉及中国知识分子的悲剧命运问题。20世纪80年代以后，中国知识分子从炼狱中再生而成为工人阶级的一部分，但是这个阶层的不洁、可憎，没有改造好，仿佛是与生俱来的，特别是80年代末，某些人的狂且狷的出格行为，为本来开始喜欢他们的政治家们皱眉头，更使路遥为代表的作家，把痛述苦难和表达忠贞当作文学创作的基本诉求。“路遥是一个农民型的中国知识分子”，但他很像受詈、陈词、叩阍、求女的楚国贵族屈原，他热爱祖国、眷恋乡土，一路悲歌地步入中国文坛。他是个典型，我们在中原边地，到处可以看到他那“忠亦诚”的坚贞身影。而今以路遥为代表的以苦难表“忠诚”的知识分子似乎已彻底被忘记了。在商品逻辑支配下，知识分子的精神境界开始塌陷，他们彷徨于市场竞争之内，逍遥于国计民生之外。就当今文坛而论，那些丧失启蒙话语之后的作家，认同各种追利逐名的世风，做官经商是他们普遍的选择，在权力体制中蜕化出或被诱发出的贪欲和病态，使他们丧失了文学的想象力和观察生活的能力。作家、艺术家、诗人所尊贵的，就是富有、华贵、长寿、善名；所享乐的，就是身体的安适、丰盛的饮食、华丽的装饰、美好的颜色、悦耳的声音；所厌弃的，就是贫穷、卑贱、夭折、恶名；所苦恼的，就是钱捞得不多，官做不上或做不大，有权力的高官对自己重视不够，媒体对自己的名气、作品炒作得还不够热。路遥等前辈作家被整肃、改造时期所肩负的苦难，他们所执着追求的启蒙，人文主义、国家民族等大叙事已经为购房、买车、出国、渔利等小叙事所置换。因此，我奉劝西海固的作家群，记住路遥，“不为轩冕肆志，不为穷约趋俗”，“无以得殉名，谨守而勿失，是谓反其真(性)”(《庄子·秋水》)。记住列夫·托尔斯泰的话：“艺术不应为某一特殊阶级之所有物……艺术若不转向民众，则绝无生存之理。”(《复罗曼·罗兰书简》)“跟随马克思，雄壮

地将真实的人从抽象的生命中解放出来”。(罗曼·罗兰《战斗十五年》)

《文学的触须》第三辑“西部边地的文学视野”不是全书的主体,但我特别喜欢《人性深层的艺术逼近——〈廊桥遗梦〉析评》这篇长文,这篇全面评析一部外国畅销小说的文字,把正平的才情识见发挥得淋漓尽致,是最性情的评论,最率性洒脱的文字。我虽然没有读过《廊桥遗梦》,但通过正平的文字,我却真正感受到了“人性最接近于神性的一面”。

总之,正平教授的评论文字,处处不乏真知灼见,不人云亦云,不教条刻板,极其富有个性和才气,那种独有的识见、韵律、诗意和文辞之美,完全是正平式的,是与正平的才性气质相一致的,是卓识,亦是美文,读之如饮佳酿、如品香茗。

读完《文学的触须》之后,长时间掩卷深思,我想西海固的作家群体应该感谢这位优秀的文学评论家,灵蛇之珠,得随侯而光耀于世;荆山之璞,得卞和之识而价值连城。西海固的作家群体得评论家的出色评论才能仰齐足而奔驰于文坛 ,才能声名远播。没有殷高宗武丁的提携,傅说永远是个操版打墙的,没有齐桓公的识拔,宁戚永远是个唱花儿喂牛的,没有伟大的文学批评家别林斯基,没有车尔尼雪夫斯基、杜勃罗留波夫等文艺批评家们推动,俄国批判现实主义文学,就不可能迅速走向繁荣,灿若群星的伟大名字不会迅速地出现在19世纪世界文学的天空。韩文公说:“世有伯乐,然后有千里马;千里马常有,而伯乐不常有。”钟正平教授乃西海固文坛的伯乐也。钟正平教授的文学评论对西海固文学的发展并迅速走向全国,功莫大焉,善莫大焉!我以为,《文学的触须》一书为固原地区文学评论之嚆矢,也是经典性奠基之作,对西海固的作家来说,正平教授不啻为:“乘骐骥以驰骋兮,来吾道夫先路。”

岁月不居,时节如流。文学耆艾,零落殆尽;或高翔远引,北首燕路,玉无胫而走者,以人好之也。一龙一蛇,与时俱化,而无肯专为。市场经济社会,用之则为虎,不用则为鼠,用舍随时。而我已是七十有二之老朽，日月逝于上，体貌衰于下，忽然与万物迁化，没有什么可痛惜的；追念1978年固原师专初创，中文系有丁文庆、慕岳、华世鑫、杨子仪与吾为“五子”，而今已星散海内。二十八年间，中文系主任已换七人，与道翱翔，谁能据守一隅哉！七届主任中我只欣赏丁文庆、慕岳、钟正平三位的才性，我喜爱有才气的文人，不恭维有智慧的权术家。我重进师专大门，尽管已经换成“宁夏师范学院”的牌子，如陈伯玉登蓟北楼，“前不见古人，后不见来者，念天地之悠悠，独怆然而涕下”！正平，正平，知我心哉！

读完书稿意犹未尽，忍不住写下了上述颇多文字，算是对正平的一个交代吧。

恕我借此“序”以吐心声。

2006年9月17日

于固原市东海园区亲戚家

袁伯诚(1934年12月24日至2007年6月14日)，山东即墨人，书法家、书法评论家、诗人、学者、青岛大学师范学院教授。一生经历崎岖，博览群书，孜孜不倦。青少年时代在即墨、青岛度过，1956年考入北京师范大学中文系，师从李长之、启功诸大家。1961年毕业时因“右派”身份被贬到宁夏西吉县中学任教，其间颇多坎坷，1978年秋到固原师专(现宁夏师范学院)中文系任教，曾任《固原师专学报》主编等职，1988年调青岛师专(现青岛大学师范学院)任古典文学教授。治学广涉中国古今文史哲、宗教艺术、西方文论及现代新儒学。对《庄子》《离骚》《史记》有精研，一生好吟七律，存诗千余首，撰有论文数百篇，专著有《司马光大传》《资治通鉴胡注发微及纠谬》《中国学习思想通史》《唐太宗传》《司马迁与〈史记〉》《庄子研究》《蛮触斋宗教论集》等，在学界有深广影响。

序二　西海固文学的引领者

张进海

钟正平教授现在任副院长的高校，原来是固原师专，现在是宁夏师范学院。

在固原师专更名、升格、扩建和搬迁期间，我有幸经历了这个过程。在这一系列活动中，忙碌的身影当中就有年轻的正平。我认识并熟知正平也就在那个时候。正因为有了共事的经历，我们又有着许多共同的追求和爱好，再加上我又在宁夏社科院院长的岗位上工作，正平一定要我为他的文学评论集《文学的触须》作个序，我本来是不敢为像正平这样有才学的学者作序的，但因为以上缘故，我还是答应了下来。

宁夏师范学院就坐落在古雁岭的山脚下，校园被柔和起伏的群山环抱，又是固原市新区的核心和精华所在，美丽、大气、舒展，极具现代气息。是辐射陕甘宁三省区方圆五百里之内的唯一一所高等学府，也是宁夏南部唯一的一所高校，也是宁夏唯一的师范类高校，是固原这座古老文化名城孕育的一颗璀璨的文化明珠。

象征性地看，正平之于师院、师院之于西海固大地以及西海固文学之于外界，正如大自然的这份奇特构造，或者说如师院所在的这个特殊地理坐标。在喧哗中保持了应有的宁静与祥和，同时又期盼外界的眷顾。我认为这正是正平的文学评论集《文学的触须》由衷暗示的一种复杂声音。

作为作家，他理所当然是西海固作家群中的一员，生于斯长于斯并且工作于斯，西海固大地深处的丰富人文内涵，比如苦难、隐忍、坚毅、诗意、温情、和善以及粗犷、尖厉、豪放、阔达等等，都见诸笔端。这时候，他是一个细心的体会者、敏感的聆听者和睿智的叙述者。作为文学批评家，他虽以局外人的眼光，冷峻而热情地审视着西海固作家群及其文学创作，但由于他始终站在作家的角度想问题，他的评论便比别人多了一些温情脉脉和柔肠寸断。"入乎其内"，体贴和同情使得他更加懂得作家们的苦衷和意图，所以，在他的评论文字中我们读到更多的是一种"叹息肠内热"的关切。作为现当代文学教授、专家，西海固文学在他眼里自然是中国当代文学之一部分；当代文学史的标尺，又使他的评论无处不透露着恨铁不成钢的严厉与苛刻。所谓"出乎其外，故有高致"，他的发现就有了高人一筹的眼光和视野，他的审视就具有了某种普遍性和总体性，西海固文学因为钟正平的努力，才有了更高的品质和格调。

正是钟正平的体贴与理解，西海固作家笔下不被外人所知或者并不被外人所全知的苦难主题及其社会环境，才得到了更大范围的宣传与介绍；正是钟正平在每个关节点的推波助澜，他们新异的作品非但没被埋没，反而适时地得到了推广与诠释，走向了全区乃至全国，甚至站到了最高文学领奖台上。也正是钟正平的提升与阐释，西海固文学成了当代中国文学版图上不可抹杀的存在，变成了外界了解西海固的一张响亮的名片。

文学创作与评论的关系众说纷纭、莫衷一是，但从西海固文学与钟正平的关系来看，没有钟正平的引领、促进、激发、阐释，以及富有学理的界定与提升，我敢于肯定地说，知道并熟知西海固作家的人要比现在少得多，影响也远要少得多。

这充分表明，钟正平对西海固文学及其作家，所作出的贡献是不可磨灭的和不可替代的。西海固文学因钟正平而幸运，这正是评论家的职责和功绩所在。

正平把他长达二十多年的论述分为三部分，分别为"西部边地的文学风景”“西部边地的文学声音”和“西部边地的文学视野”。表面看，这种分法好像只是文章性质的归类，其实不然。无论“文学风景”“文学声音”还是“文学视野”，都渗透着他作为一个严谨学者治学的态度，也就委婉地表达了他一以贯之的人文价值标准和追求。为什么说这个分法体现了正平一以贯之的人文价值标准呢？

比如“西部边地的文学风景”这一辑。大体而言由西海固文化辨识，和有代表性的西海固作家作品评论组成，比如对石舒清、郭文斌、季栋梁、韩聆等人的小说、散文等所进行的跟踪式解读，同一作家的相同作品甚至还做了多角度多层面的反复阐释、提升。但是，他并没有把眼光封闭在作家作品世界内部而论作家作品的独特性——这正是新时期以来多数评论家所热衷的方法。他一般把作家或作品的独特品质还原回所属地域文化，然后在地域文化、民间信仰以及由此而造就的人文土壤中去把握作家作品的品貌。这就形成了他自己的极富学理性的论评体系。不是说每一个作家或作品都携带着无法割舍的地域文化胎记，而是说，正平总能把作家或作品的特性这个微观视角，适当地上升到地域人文积淀这个宏观的视野，于是，他的价值观便指向了更为深层的人文精神重建。这是他三番五次辨析西海固文学，并在其下论评具体作家具体作品的内在逻辑所在。即定义人的主体性、寻找精神的更高飞跃，辩证地阐释众多西海固作家作品，在清净、祥和与苦难、寂寞、孤独之间徘徊的当下意识，具有了巨大的社会学意义，长期以来文学的“内在性”得到了广泛印证。文学的审美构成本来就不是单纯的技术演绎，在钟正平那里，指的就是人的生命体验。没有西海固文化，就没有西海固文学，这是他的结论。

按照这样的价值基座，再读“西部边地的文学声音”和“西部边地的文学视野”两部分的内容，谈路遥的启示也罢，论孙犁的艺术贡献也罢，或者品味他对历届“茅盾文学奖”的质疑，思考他对“汪国真现象”、《廊桥遗梦》《山楂树之恋》《泰坦尼克号》《马语者》等文学作品、影视作品的审视等等，文虽短，意却长；虽为众论之地，但他的声音却犹如黄钟大吕。之所以如此,是因为正平始终保持着知识分子的冷静和优秀学者的严谨。他学识渊博,但不轻易滥用才华;他熟悉文学理论在现如今语境下会被轻易戏谑,但他始终坚持他的人文重建理想。他相信,只要学者、批评家的自我视角还在、公共意识还在,至少,经这样的学者、批评家所建构的文学精神就不会被湮没。这个道理,对于今后的西海固作家群如此,对于文化全球化后的西海固文学亦如此。

"文学的触须"这几个字作为他文学评论集的名字,其深刻用意盖在此。"触须"亦可作"神经"解,只要有健全的文学神经,文学的特殊功能就能被发现,文学的生命就会永远延续,文学之树就会常青。

但愿正平的文学精神能被更多的同行认同,也但愿更多做文学的人能回归到文学发源的地方,继续在那里吸取源泉和营养。

是为序。

2012年8月10日

于宁夏银川

目　录

第一辑

西部边地的文学风景

“西海固文学”断想

一

自古以来，无论是地球的东方还是西方，无论是中国还是外国，西部总是和神奇、苍凉、旷远、辽阔相联系。东部的繁华喧嚣和西部的贫瘠苍凉成为亘古以来人类的一道生存景观。在中国，谁都不否认西北大地的荒凉苍劲、深沉悲壮。在这片广袤的土地上，生长着成排的参天白杨，生长着多情重义的西北人民，也生长着一种强悍、庄严、不屈的民族精神。在这样的土地、人民和民族精神的哺育下，新时期以来，陡然崛起了一片文学高地，且不说“陕军”不无悲壮色彩的一路“东征”。在这片文学高地的边缘地带——宁夏南部的西海固地区，就并排站立着一帮初生牛犊不怕虎的文学壮士：石舒清、李银泮、王漫西、郭文斌、火会亮、李方、虎西山、杨建虎、张嵩、王怀凌、左侧统、拜学英、李成福、单永珍、冯雄、梦也、周彦虎、古原、张根粹、吴志明、穹宇、方石、兰煜等百余人。他们是一群黄土地上的文化囚徒、精神旅人，长期以来，他们忍受着无人喝彩的无边寂寞，抵御着世俗大潮的不断诱惑，让方块字在这片多难贫瘠的土地上开花结果，让它的光芒照彻黄土地的苍凉寂寞。

西海固，这是三个水一样浩渺、石头一样坚硬的字眼；这是一个一气呵成、顺溜铿锵、富有特定含义的地域名词，它的阅读口感远比它所代表的这片地域要富有诗意和美感。

西海固，这是一片被康熙大帝金口钦定为“穷山恶水”的地域，它的地貌是典型的炎黄子孙的肤色；它的地形有如中华民族千百年来的苦难史：

皱纹纵横、满脸沧桑。就当代社会而言，西海固可能是一片人类物质文明的荒原，但却是一片滋长精神的肥地、孕育文学的沃土。它如同一本发黄的古籍，虽然陈旧、苍老、疲惫、破损，浸透着苦难和屈辱，但却蕴含着人类生存的答案和生命的奥义。于是，它的山川大地、河流瓦舍，就成了西海固作家孜孜求索、虔心翻检的书页。

二

公元1998年新春伊始，西海固作家的摇篮——《六盘山》杂志正式打出了“西海固文学”的旗号，提出了“西海固作家群”的概念，推出了“西海固同题散文专号”；与此同时，固原地委宣传部、固原文联和有关部门正在积极筹办“西海固文学研讨会”，准备出版“西海固文学丛书”，这真是一大善举，作家幸甚、西海固文化幸甚！（其实近二十多年来，据我所知，固原文联的每一任领导都坚持把培养作家、办好刊物、繁荣创作放在工作的首位。）早在此以前，宁夏文坛就有人惊呼：“宁夏的文学在西海固！”《朔方》杂志已先后于1997年4月号和7月号分别为海原和固原的作家们推出了“作品特辑”。《宁夏日报》1997年11月7日的“西部周末”头版以整版的篇幅、彩色图文的方式推介了海原作家群，张贤亮先生著文称“幸亏宁夏南部山区还有几位作家出来”。同一时期，西海固地区的最高学府固原师专中文系，也正在酝酿成立“西海固文学研究室”。方方面面、上上下下，真可谓是所见略同、不谋而合。更叫人振奋的是，1997年岁末石舒清小说集《苦土》荣膺国家级文学奖的“骏马奖”，其小说《选举》《恩典》先后入选权威刊物《小说月报》，《逝水》被誉为“可与世界名篇相提并论”的优秀作品；李银泮长篇小说迭出（已出4部，早在1996年宁夏回族自治区文联等有关部门在银川就为其组织召开过作品讨论会）；虎西山、杨建虎、张嵩、王怀凌等一些代表诗人的诗作早已成功问津《诗刊》《星星》等国家一流诗歌刊物，代表着宁夏目前诗歌创作所能达到的最高水平；《银川晚报》《佛山文艺》为郭文斌开辟散文随笔专栏；王漫西的长篇小说《蓝路》即将付梓行世；拜学英散文集《六盘雾中行》已正式出版；火会亮、李方等西海固作家在《朔方》《飞天》等刊物上发头条已不再是一件令人称奇的事；20 世纪 90 年代中国文坛先后流行的先锋小说、新市民小说、新状态小说已在郭文斌、左侧统、王漫西等西海固作家笔下进行了较为成功的实验……所有这一切都无可辩驳地说明，姿容整齐的西海固作家群已基本形成，已具备了一定的实力准备接受文坛的检阅，西海固文学现象没有理由不受到区内外文坛的普遍关注。

三

但是，这只是西海固文学万里长征迈出的第一步，离举杯庆贺的彼岸还很遥远。应该清醒地看到，我们的作家几乎是在一片荒地上耕耘，难免带有拓荒者和先驱者的意味，从已有的收获不难发现先天的不足和局限。简单考察一下二十多年来西海固文坛的历史，就会发现西海固作家群实际上一直处于不断地生灭流变之中，较早的徐兴亚、蔡锦启等第一代作家现已基本不写小说了，在他们稍后的所谓“固原四平”也大都在创作园地销声匿迹，20 世纪 80 年代比较活跃的陈彭生、兰茂林、李志坚、马存贤、翁志明、翁志罡、刘鹏凯等人也鲜有作品问世，还有一些起点不低但未能坚持下来的作者，他们如同雨中的水泡在西海固文坛上一闪即逝。他们中的一部分人，高就的高就、下海的下海、洗手的洗手；还有一部分人，始终扎根在西海固生活的底层，也不是没有才华，但为什么大都是昙花一现呢？这的确值得深思。从西海固走出的作家中，在国内文坛已有影响的代表人物是南台和陈继明，随着生活境遇的变迁，他们已完成了从农村到县城、从县城到省府的心态、精神、情绪、文学意识、生存方式等种种复杂的转变，已很难再绝对地把他们划入“西海固作家群”的行列。二十多年来有影响的女作者也属罕见。

进入 90 年代，情况才有所好转。80 年代大浪淘沙幸存下来的作者，与 90 年代的一些后起之秀，即前文述及的这群文学壮士，他们以团队的形象、以殉道的虔诚终于在西海固文学的前沿阵地坚守了下来，成为西海固文坛的一道亮丽的风景、一个悲壮的希望。

四

还要思考一个问题，那就是，西海固作家的创作态度不可谓不严肃认真，他们从不媚俗，更不屑煽情，这与西海固人的厚道质朴一脉相承；他们也大都勤奋刻苦、不无才华，他们的文学气质和创作能力并不亚于当今文坛的一些走红明星。但为什么就不能叫当今文坛也“炒作”一回“西海固”？哪怕是“炒作”其中的几个或一个作家。为什么至今还未能以集体冲锋的架势闯入中国文坛呢？我想，至少有着这么几个原因：

其一，乡土情结和生活视野。我们的作家，大都来自农村，由于出身、生活视野以及与乡村社会千丝万缕的人事关系和精神纽带，根深蒂固的农业文明土壤所滋养成的文学情趣，对于世俗文化（主要是以小农意识为骨髓、以乡土风情为描绘切入点的农业文明）的无意识的认同，流淌在血液里、渗透在骨髓里的乡土情结永难化解，永难与现代都市文明与工业文明实现认识接轨。这既造就了西海固作家倔傲坚执、卓尔不群的个性特征，也成为阻隔他们攀上文学制高点的一道看不见摸不着的鸿沟大岭。虽然他们现在大都身处小小县城，但是，更新的生活视野和文化环境，与多年形成的心理定式依然倾斜失衡，面对现代工业文明和商品化社会以及中国当代文学的创作重心正逐渐由农村转向城市这一现状，其惶惑和无所适从就不难理解了。因此，笔下所写，总离不了小小故乡和古旧家族，灵气有余而大气不足，乡土情多而风云气少。

其二，文化素养和哲学意识。王蒙曾提倡作家要学者化，这真是由衷之言。20世纪50年代错别字满篇仍可成为全国知名作家的时代已一去不返了。西海固作家，大都已是大专以上学历，对古今中外的文学营养有着广泛的涉猎汲取，这只是一种良好的基础，光有这些是不够的。文化修养是一个广义的、长期的、艰苦的、潜移默化的体悟过程，博览群书是一个方面，永不停歇地思考感悟是另一个方面，二者同等重要。说真的，我们对我们赖以生存的这片黄土地，这片土地的历史、文化、自然、人文，这片土地上人们的生存状况和深层心理，究竟知之多少呢？或者说，究竟了解体悟得有多深呢？我们对我们笔下所写的生存景观能否进行文化的思考和哲学的评判？大凡优秀的作家，他肯定不是简单地满足于做一个生活的叙述者和旁观者，而要做一个生活的评判者和透视者，要敢于“干预生活”；他的思想要善于穿越时空、深入生活的内核去发现和表现生活的本质，展示被重重迷雾和表象所遮蔽了的历史之谜、生活之谜。创作不是拍照，作家必须透过生活的表象揭示生活的流向和本质，而不是以生活为蓝本静态地定格再现生活的表象。正是从这个意义上，我认为西海固作家不但要有生活的根据地，更需要有自己的文化源泉和精神家园，要建立自己的生命哲学信念！后者比前者更为重要更为难得。光有生活和技巧，在文学的跑道上进行马拉松是后继乏力的。厚实的作品来源于厚实的生活更来源于深邃的思想和心灵。看看现当代的一些文坛大家，哪一个不是学富五车的多面手呢？学贯中西的钱钟书，一部《围城》定乾坤；鲁迅在繁忙的创作之余，还不忘钩沉爬梳辑成一本沉甸甸的《中国小说史略》；郭沫若集诗人、剧作家、历史学家、文字学家于一身；朱自清对中国古文化的深刻造诣；贾平凹对中国传统美学的领会参悟、对儒释道三教合一的融会贯通；余秋雨的文化苦旅；姚雪垠把《李自成》写成明代社会的一部百科全书；二月河的“帝王系列”堪称一部清朝皇室与官场的百科大全……如果仅仅凭着一点点生活积累和文字技巧，恐怕是难以企及文学高峰的。当然我们的作家未必都要成为专家学者，而是说要善于找到保持旺盛创作活力和后劲的某种通道，这个“通道”和“后劲”，太重要了。

其三，评论的推介和引导。我们知道，一部作品的真正完成需要三要素：作家、读者和评论家，这是缺一不可的。就西海固文学现状来看，培养建立一支稳定成熟的本地化的文学评论工作队伍已是当务之急，仅有的张铎、单永珍等几个人太势单力孤。一些作者的自生自灭与评论界长期的冷漠不无关系，诗歌评论的滞后尤为严重，几为空白。如果连我们自己都轻视自己，又有什么理由埋怨无人喝彩呢？说尖锐点，评论界愧对于我们的作家，当作家们艰难跋涉汗流浃背之际，评论工作却还没有起步，仅有的几声呐喊也很快消失于西北风强劲的荒山野岭，形不成挟裹雷霆之势，这是不公平的。除了上述原因，评论工作落后于创作实践，也有着主客观方面的因素。主观方面，评论工作者也有一个不断加强理论素养和提高科研水平的过程；客观方面，我们的作家出书少，作品散见于各地报刊，难以及时收集阅读、整体把握，给评论工作带来一定困难。

总的来看，关于“西海固文学”许多理论课题的探讨，目前还是一块处女地，多学科交叉渗透的有指导性预见性的宏观理论研究目前还是一片空白。比如：关于西海固文学的形成、现状和发展；关于西海固文学的主题、人物和艺术特征；关于西海固的作家队伍；西海固文学与西海固经济、地域、文化、历史；西海固文学与西海固民族文学和民间文学；西海固文学与中国当代文学；西海固文学与中国传统文化；西海固文学与外来文化；西海固文学与当代思潮；等等。一句话，西海固现在缺少的不是作家，而是对作家们的理论关注。

再也不能让我们的作家自生自灭了！

五

限于篇幅，本文只是笔者对“西海固文学”的一些零星思考，许多问题仅只是点到而已，目前不可能也还难以展开讨论，不当之言、疏漏之处想必都是在所难免的，更深入细致的研究尚需有志于此的同仁们的共同努力。现在大家都在谈论西海固文学，这个“大家”仅仅是宁夏文学圈子里头的一些有识之士，要让整个文学界、让广大读者哪怕是稍稍知道一点关于西海固和西海固文学的事情，这当然不是几声呐喊和几篇评论文章就能办到的。

1998.04

“西海固文学”及其释义

“西海固文学”源于20世纪80年代初，作为一种文学现象得到区内外文坛认可并受到广泛关注，则是在90年代中后期。1998年新春伊始，西海固作家的摇篮——《六盘山》杂志正式打出了“西海固文学”的旗号，提出了“西海固作家群”的概念，推出了“西海固同题散文专号”。对此，张贤亮先生著文称“幸亏宁夏南部山区还有几位作家出来”。6月11日，中国文学界的权威报纸《文学报》头版以《“西海固文学”正在崛起》为题报道了“西海固文学现象”；8月，中国作协创研部副主任、著名评论家雷达为《六盘山》杂志题词：“西海固，神秘的土地，承受过太多的苦难和贫穷，创造过绚烂的历史文明，它必将创造更加美丽而宏伟的文学！”

在经历了1998年的理论鼓噪与情绪激奋之后，1999年的西海固文坛呈现出两个明显的特点：一是集成热。首先是三卷本百万余字的“西海固文学丛书”（分小说、散文、诗歌三卷）由宁夏人民出版社正式出版，这是西海固文学发展历史上划时代的重要举措。丛书的主编、中共固原地委宣传部部长李克强先生在“后记”中不无自豪地写道：“‘西海固文学丛书’无论摆在全国哪一个书架上都不会是一个相形见绌的集子。”其次是一部分作家个人的小说、散文、诗歌集的正式出版，丰富着西海固文学的创作实绩。二是媒体的降温与个人写作的沉寂，具有冲击实力的作品未能如期出现。西海固文坛似乎进入了休整期，理性的思考多于激情的呐喊，经验的总结多于创作的冲动，或许是超越与冲锋前的准备也未可知。

一个地区的六个县，县县有作家诗人，县县有在全区产生影响的骨干作家，全地区在各种报刊公开发表各类作品的作者逾200人，骨干作者80多人，在国家级刊物上发表作品（甚至占据头条位置）的作家近20人次，获得国家级和省区级文学大奖的不下10人次。全地区作者从20世纪80年代至今累计发表小说800余篇(部)、诗歌4000余首，还有大量难以计数的散文作品，整个地区的所有作者在文坛上形成立体型集团冲锋的创作态势。这种情况，在全国文坛都是极其罕见的文学现象，不能不令人叹为观止。

一种文学现象的形成必然有它的地域文化因素和社会背景，“西海固文学”的发生发展有一个艰难的历史过程，其根本内因是它的独一无二的“地缘”特性。在1998年《六盘山》第1期“西海固同题散文专号”上亮相的西海固作家们，从各种不同的角度描写勾勒着西海固，抒发着对西海固母子连心般的种种感受，企图为西海固确立一种时空坐标和文化定位。他们也是第一次以群体的智慧思考着西海固地域的文学意义，寻找着西海固地域与文学的某种深层契合。

石舒清认为，西海固“形貌粗陋，内里高洁；铮铮铁骨，不屈不从”，“西海固是一个越出这三个字的更大的概念”，“西海固是否就是一块文学艺术的厚土，我想是的”(《西海固断想》)。左侧统以他颇富理性思辨特色的语言写道：“西海固是一个独特的人文板块……宁夏文坛乃至全国文坛对西海固文学的关注，从本质上就是对这一独特的人文板块的关注。”“世界上从来没有一种文学像西海固文学这样与西海固人的命运如此紧密地联系在一起……”(《西海固文化》)后来他在题为《西海固》的文化随笔中又一次写道：“西海固是每一个西海固人的胎记，造物主盖在西海固人灵魂深处的印戳，是关于每一个西海固人的综合概念。”而“文学是西海固选择的一种特别有价值的生存角度和生存方式，也是西海固历史及西海固人精神生命走向人类大世界的开端。西海固文学是一座深藏在西海固人心灵底部还没有完全显形的精神的大海”。王怀凌用诗一样的语言将西海固概括为“大风的西海固。无雨的西海固。让人魂牵梦萦，让人伤心落泪，让人迷途不返的西海固”(《西海固的背影》)。虎西山认为：“迄今为止，有关西海固的一切概念，我最乐于接受把西海固说成文学的概念。因为只有这个概念，才能更彻底地描述西海固表面及深层的内涵。”(《西海固》)朱世忠则在《孤独西海固》一文中，从“山”“水”“树”“风景”“阁”“城墙”“牲灵”

“佛”等自然与人文的景观中释读着西海固文化的富有和孤独。著名作家张贤亮曾对作家戈悟觉说，西海固是一个出大作品的地方，只要抓住了，完全可以写出《静静的顿河》那样伟大的作品来。张承志《心灵史》的问世可以说是对张贤亮这番话的一个极好的印证。《朔方》常务副主编、散文作家冯剑华女士不止一次地感叹说：“贫瘠干旱的西海固，却是一片文学创作的沃土。”“西海固是一个文学的富矿、大矿，能出大作家。”

西海固大地曾有过广袤的耕地、草场、清泉、天然森林和河流，气候湿润，景色宜人，农耕文化极为发达；这里也曾是历史上的交通枢纽、军事重镇，是关中通往河西走廊的咽喉要道，是古丝绸之路的重要组成部分，有着悠久而丰厚的文化积淀。从新石器时期的“马家窑文化”“半山马厂文化”，到由古丝绸之路传入中国的佛教文化、伊斯兰文化；从秦昭襄王修筑长城、汉武帝设置安定郡、唐代开凿须弥山大佛……都显出了这一地区曾有过的兴盛和繁华。后来，西海固却成了“上帝”的弃儿，气候变坏，多风少雨，草场消失，森林缩小，河流干涸，伴以天灾匪患，苦不堪言。但是，她的悠久的历史文化，诸如新石器时代墓葬群、秦长城遗址、须弥山石窟、北周柱国大将军夫妇合葬墓等为西海固地区涂上了一层古老而又神秘的色彩。太多的苦难和不幸，在这块封闭性的地域上，演绎着一幕幕壮烈的人生悲喜剧，孕育出不屈的人文品格。

谁都不否认西北大地的荒凉苍劲、深沉悲壮。在这片广袤的土地上，生长着成排的参天白杨，生长着多情重义的西北人民，也生长着一种强悍、庄严、不屈的民族精神。在这样的土地、人民和民族精神的哺育下，90年代以来，这里陡然崛起了一片文学高地(譬如“陕军”不无悲壮色彩的一路“东征”)，在这片文学高地边缘地带的西海固地区，终于站起了一帮初生牛犊不怕虎的文学青年。长期以来，他们忍受着无人喝彩的无边寂寞，抵御着世俗大潮的眩然诱惑，让方块字在这片多难贫瘠的土地上开花结果，让它的光芒照彻着黄土地的苍凉寂寞。西海固可能是一片人类物质文明的荒原，但却是一片滋长精神、孕育文学的沃土。它如同一本发黄的古籍，虽然陈旧、苍老、疲惫、破损，浸透着苦难和屈辱，但却蕴含着人类生存的答案和生命的奥义，长久的封闭和压抑蓄积着惊人的文学能量。于是，它的山川大地、河流瓦舍，就成了西海固作家孜孜求索、虔心翻检的书页。从这个意义上讲，“西海固文学”是早就深藏于西海固的博大胸怀之中的，“地火”早就在地下燃烧，90年代西海固作家的“井喷”现象是一种历史的必然。

“西海固文学”这个提法现在已被文学界和社会所广泛认同，这是几代西海固作者薪火相传、不懈努力的结果。不过，关于“西海固文学”概念的阐释与界定，还存在着饶有趣味的争议。

马吉福在《试论“西海固文学”的形成与发展》一文中，对“西海固文学”的概念作了最早的也是初级性的界定，他认为，“西海固文学”在范围上可以从广义和狭义两个方面理解：从广义上讲，是指反映西海固生活的文学和西海固文艺工作者所创作的文学作品。这个意义包含了非本土作者关于西海固的作品和本土作者及其作品；从狭义上讲，是指关于描写西海固生活的文学。这个意义排除了本土作者非西海固题材的作品。这一概念在时间上看，它的上限可以追溯到20世纪50年代，但它的形成主要在80年代以后，至今仍在继续。火仲舫认为：“西海固文学是西海固人民共有的一笔隐形财富。”他的《西海固文学与西海固作家》一文如数家珍，可说是西海固地域、自然、人文资源与西海固作家作品的一个小小的集大成者。单永珍认为：“西海固文学首先是一个地域概念，它所涵盖的范畴至少包容以下两层含义：一是外地作家以西海固为背景写出的作品，如张承志、南台，因为他们的魂和根属于西海固。二是西海固的作家创作出的文学作品，这是西海固文学的基本构成。”并认为我们戴着“特色文学”的帽子，是“边缘写作”。火会亮著文写道：西海固文学“既是新生的，又是旧有的，它的旗帜性的昭示其实是几代作家共同努力的结果”，“它的命名其实包含了它所有特定的历史、文化、心理结构和生存方式等等”，“我觉得她还应该和这样一些人类发展的特质并行不悖：文明、进步、正义、善良、自尊、自强等等”。左侧统在其《西海固文学》的文章里阐述了自己的看法：“首先，西海固文学是西海固作家或具有西海固生活感受的外地作家向人类传达出的关于西海固的声音，它包含倾诉、呐喊以及呼唤。其次，西海固文学是勇敢地理直气壮地说出西海固人生存的真实和命运的文学。再次，西海固文学是庄严的具有伟大前途的文学。”左侧统的一些观点有着明显的理想主义色彩,但是应该承认,他的充满理性的思考是具有深度和理论见地的。

争论还在有形无形地继续着，界定得日益宽泛化、个人化和非理性化,使界定越出了文学本身而成为具有独立意味的人文思考。要从理论上建构一种对“西海固文学”的价值判断,必须首先要弄明白“西海固文学”是一种什么样的文学,或者说它“不是什么样的文学”。我不同意“特色文学”和“边缘文学”的说法,因为这样的概念缺乏必要的主题前置,是模糊的、笼统的、缺乏参照系的,容易引起混乱。在审美多样化的艺术民主时代,事实上任何一个作家或任何一个地域的文学都可以笼统地、广义地称为“特色文学”,如新时期文坛上贾平凹的“商州文化系列作品”,李杭育的“葛川江文化系列作品”,韩少功的“湘楚文化系列作品”,张承志的“草原文化系列作品”等,它们本身就是以自己的文化特质和审美个性而席卷文坛的。在主流文化失落的文学多元化并存的时代,任何作家或任何地域的文学都不敢声称自己就是文学的主流或主流文学，它们本身共同构成主流文学或文学的主流,这倒是事实,各自的区别仅只是成就的高低和影响的大小而已。“西海固文学”也不是流派文学,因为西海固作家群类似于30年代现代文坛上的东北作家群和90年代初期当代文坛上“东征”的“陕军”,是一个创作的群体而不是一个创作的流派,这个群体统一在“西海固文学”的旗帜下,但作家个性差异较大,风格追求有别,审美趣味迥异,师承和艺术主张也不尽相同,就如同是在一个大厨房里制作着花色品种各自不同的美味佳肴,这当然并不是坏事,它有利于作家艺术个性和思想才情的自由张扬。我们希望能形成流派,流派是地域文学成熟的重要标志,“西海固文学”的创作源泉离不开这方水土的历史和现实,其地域文化特征比较明显,这是形成流派的基础,也是“西海固文学”健康发展的一种可能性。“西海固文学”也不是一股创作潮流,潮流有涨潮落潮退潮之时,“西海固文学”的发生发展不是一朝一夕的事情,有一个较为漫长的历史过程,它将像“西海固”这个专用名词和西海固这方特异的地域一样长久地存在下去,这一点似乎无可置疑。

排除了“西海固文学”的种种不可能因素之后，让我们回到现实中来。我们觉得，“西海固文学” 就是本土作家创作的描写和展示西海固地区历史的、文化的图景和西海固人生活与命运的文学，是表现西海固人的感情、性格心理、文化气质和审美精神的文学，是记录西海固人民的代言人——本土化知识分子的追求、奋斗、反思和梦想的文学，是富于西海固地域文化特色和人性、人道主义精神关怀的文学。这个界定既强调了“西海固文学”的主体内涵又肯定了它的包容性；既突出了它的地域文化特征又肯定了它的基本的、现代的文学意识。“西海固文学”必须在保持它的独立特质的前提下兼容并蓄，非本土作家创作的反映本土生活的作品和本土作家创作的非本土题材的作品，是泛“西海固文学”，是对“西海固文学”的补充和丰富，但不是“西海固文学”的主流或主体，它们暂时还不能进入我们的研究视野。“西海固文学”是典型的地域文学而不是其他，离开了这片地域的水土和历史，就谈不上“西海固文学”。西海固作家视文学为“宁静而神圣的屋子”，普遍地对文学保持着一种近于宗教般的虔诚，把文学视作自己的精神家园；西海固作家的群体意识、帮扶意识，对土地、民族、家园和生存的忧患意识，这些都是域外作家难以体验和理解的。真正要把西海固地域完整的、深层的表现出来，把西海固从远古写到现代，把西海固人与自然、人与社会、人与命运的抗争写深写透的，只能是本地作家，那是渗透在血液里头的东西。西海固作家必须建立这种信念，当然还要具备足够的耐心和耐力。

2000.01

世纪回眸“西海固”

岁月匆匆。许多往事如若不去翻开，谁还能记得起昨天的复杂与丰富呢？但当21世纪的曙光即将照彻寰宇，当我们把无限复杂的目光向20世纪投去最后一瞥之际，我们蓦然发现，20世纪的最后20年，对西海固社会和西海固人来说，最值得关注的话语之一，就是“西海固文学”。西海固有自己的作家和作家群虽然只是近20年的事情，但“西海固文学现象”的发生发展正在超越它文学本身的意义，逐渐成为西海固得天独厚的精神产业，成为西海固人精神文化生活的一个话语中心，却已是一个不争的事实。“西海固文学”正在逐渐变成西海固社会走向外界的一张名片、一面鲜艳招展的旗帜，成为西海固社会文明与进步的一个重要的、显在的标志。是的，在这块奇异的土地注定了要以干旱贫瘠、落后闭塞和无数难以言说的苦难而闻名于世的同时，也就注定了它迟早要土生土长出它的别无选择的代言人——文学人才，这既是西海固社会发展和文化兴盛的一个“定数”，也不能不说是冥冥中的一种公平。

关于“西海固文学”概念的界定，曾经有过各种饶有趣味的“说法”，我个人认为，“西海固文学”就是描写和展示西海固地区历史的、文化的图景和西海固人生活与命运的文学；是表现西海固人的感情、性格心理、文化气质和审美精神的文学；是记录西海固人民的代言人——本土化知识分子的追求、奋斗、反思和梦想的文学；是赋予西海固地域文化特色和人性、人道主义精神关怀的文学。离开了这片地域的水土和历史，离开了它的土生土长的知识分子，就谈不上“西海固文学”。因此，“西海固文学”是典型的地域文学而不是其他。

在经历了1998年的媒体鼓噪与情绪激奋之后,世纪末的“西海固”文坛呈现出两个明显的特点:一是集成热。首先是三卷本百万余字的“西海固文学丛书”(分小说、散文、诗歌三卷)的正式出版,这是“西海固文学”发展历史上划时代的重要举措,丛书的主编、固原地委宣传部李克强部长在“后记”中不无自豪地宣称:“‘西海固文学丛书’无论摆在全国哪一个书架上都不会是一个相形见绌的集子。”鲜为人知的是,早在1988年9月,固原地区文联就曾编印过一本19万字的《西海固风情》,收入了46位作者的55篇抒写西海固风情的散文作品。那本书的编辑、印刷和装帧在当时来说都算上乘,书内还收载了6张比较精美的彩色照片,可惜只印发了2000余册,也未交付出版社正式出版发行,仅在一个相对狭小的范围流传。那本书的编印是在固原地区文联成立、《六盘山文艺》创刊仅6年之后,是西海固文坛首次将年龄差距较为悬殊、文化构成层次不一的新老作者们团结在“西海固”名义下的一次成功的尝试。我翻阅着那一篇篇拙朴真淳的文字,辨认着旧貌依稀的山城街景和老龙潭照片,浏览着那一个个熟悉而又陌生的名字——他们有的已经作古;有的早已挥泪离开了西海固这片土地;有的仍生活和工作在西海固,但已基本上告别了西海固文坛。面对那一段历史,我陷入了长久的沉思,既有对时光匆匆流逝的巨大无奈,也有对岁月无私馈赠的无限感慨。岁月并非无痕。当年,正是这些“西海固文学”的先驱者们,他们几乎是在一片荒地上耕耘,为后来者开垦了一片熟地,播下了希望的种子,收获了一种传统。当我们回首20世纪的西海固文坛,无论从哪个角度,他们都将处在我们的视野之内,他们完全有资格接受我们的怀念与敬意。此后的10年,“西海固文学”经历了从萌芽阶段进入初创时期,而且以不甘寂寞的姿态和自觉自省的文学意识,保持了与20世纪末期中国当代文学的某种同步和契合。现在出版的这套“西海固文学丛书”,收入了33位作者的33篇小说、49位作者的98篇散文和53位作者的250多首诗作,是对近20年来“西海固文学”创作实绩的第一次认真的、审慎的回顾和检阅。我认为,这套丛书的出版,是为“西海固文学”的发生发展奠定的第一块基石,它预示着“西海固文学”初创阶段的基本完成,具有特殊的文学意义和史料价值。同时,它也是给20世纪末西海固社会文明与进步的一个文学交代，是西海固社会第一次以文学为载体总结过去、审视自身，因而还具有非同寻常的超越文学本身以外的意义。集成热的另一个标志，是马存贤、方石、韩聆、虎维屏、禹红霞、王怀凌等人的小说、散文、诗歌集的付梓行世，还有一些作家也正在编辑自己的处女集。在集成热中，令人略觉异常的是，有些骨干作家的作品一直未能尽快结集出版，这将影响到对“西海固文学”实际水准的价值判断。1999年的西海固文坛，似乎进入了“休整期”，理性的思考多于激情的呐喊，经验的总结多于创作的冲动，我愿意相信这是超越与冲锋前的“整装待发期”。不管怎么说，“西海固文学”现在还只是一个婴儿，需要悉心的呵护和关怀，既不可期望值过高，也不能娇生惯养。我作过一个粗略的统计，《朔方》杂志 1999 年 1 至 12 期，为西海固作家发表小说 10 余篇，其中火会亮的《寻找砚台》和石舒清的《开花的院子》分别为 1 期和 10 期头条，石舒清的小说《旗杆》、刘鹏凯的小说《城市的门》分别为 1、2 期“回族作者专栏”头条，1、2 期的“佳作欣赏”栏还分别推介了石舒清发表于 1998 年的小说《清水里的刀子》和《节日》，全年为西海固作者发表散文诗歌累计 10 多人次 20 余篇首。这个数量和待遇也不错了，显出宁夏文学界一如既往的扶持与呵护。

但是，西海固文坛在面临着这样两个尴尬的现实：一是创作上的“芳草满天涯”与理论研究上的“山色有无中”。对“西海固文学”的研究当然不能仅停留在作家作品的具体评述层面，必须尽快建构“西海固文学”的理论研究体系，为西海固作家实现突破与超越提供一种比较可靠的认识向度与思考坐标。“西海固文学丛书”独独缺了“评论卷”，说明我们还没有培养出得到社会认可的评论能力。其二，是创作上实现突破与超越的种种潜在和显在的瓶颈，需要我们认真地思考和对待。我们还缺少《心灵史》这样滴泪为水、研血成墨的文字，缺少能够率领读者对置身的日常环境进行审美突围的作家。我们也没有必要一味地展示苦难图景和意识，我们要把眼光放在苦难以外，放在苦难中的“人”身上，写出苦难中的复杂人性，写出人类生命的奇观和生存的奇迹。我们的作家还未能培养出异乎寻常的感知生活的能力，作家们的审美视界还难以“走出”西海固的黄土山和黄土地，还未能以文化审视和批判的能力对故乡的人文资源进行“远距离”（当然不仅仅是物理意义上的）的观照和思考，一些很好的题材被浪费掉了，乡土故事和个人经验也总有用完的一天。我们必须认真思考“西海固文学”产生的文化根源，思考西海固文化在西海固人精神意识和心理构成中的复杂积淀，思考西海固人生存繁衍的文化支撑力。“西海固文学”必须找到自己的地域文化之根，否则，恐怕就成了“豆芽芽菜”。

写完上述文字，正是一天里新旧交替的午夜之际，遥望满天星斗，内心里强烈地企盼着新的一天和即将到来的世纪能带给我们意外的惊喜，企盼着西海固以精神巨人的形象屹立于西北大地，企盼着凭借“西海固文学”之窗以刷新世人对这片土地和这片土地上生息繁衍的人们的解读。

2000.03

“西海固文学”发展述略

一

从地理和行政区划上讲，西海固地区位于宁夏最南部，辖固原、海原、西吉、隆德、泾源、彭阳6县（海原县后来划归了中卫市），总面积2.2万多平方公里，人口180多万，为全国回族集中聚居区之一，人们习惯上称为“南部山区”或“西海固地区”。国内外对“西海固”如雷贯耳不是因为它有“西海固文学”，不是因为它是少数民族聚居地区，而是因为它的“苦甲天下、贫甲天下”，因为它所展示的人类生存奇观。但是，西海固发生“西海固文学”现象，拥有“西海固文学”，则正是因为它的“苦甲天下、贫甲天下”，因为它所展示的人类生存奇观和由此所衍生的一种精神文化。

西海固大地曾有过广袤的耕地、草场、清泉、天然森林和深水大河，气候湿润，景色宜人，农耕文化极为发达；这里也曾是历史上的交通枢纽、军事重镇，是关中通往河西走廊的咽喉要道，是古丝绸之路的重要组成部分，有着悠久而丰富的文化积淀。后来，西海固却成了“上帝”的弃儿，气候变坏，多风少雨，草场消失，森林缩小，河流干涸，天灾匪患，苦不堪言，以致变成了“不宜于人类生存”的“穷山恶水”。但是，它的悠久的历史，它的富含神秘色彩和人文资源的考古发现，它的辽阔的地域，它的无处不山、无处不川、无处不沟的地貌，如同一篇篇艰涩难懂的文章，如同一本本发黄的古籍，虽然陈旧、苍老、疲惫、破损，浸透着苦难和屈辱，但却蕴含着人类生命的奥义和生存的秘密。

在这块状如大海的黄土地上，生长着一片片的土豆、麦子、谷子和糜子，更生长着拙朴憨直、吃苦耐劳、多情重义的西海固人，生长着一种忍受、抗争、坚毅的民族精神。千百年来，太多的苦难和不幸，在这块封闭性的地域上，演绎着一幕幕壮烈的人生悲喜剧，孕育出不屈的人文品格。在现代社会，西海固可能是一片物质文明的荒原，但却是一片滋长精神的肥地、孕育文学的沃土，长久的封闭和压抑蓄积着惊人的文学能量。那么，谁能承担起将这块地域的深刻秘密昭示给世人的历史重任呢？

文学，也许最好的选择只能是文学。于是，它的山川大地、河流瓦舍，就成了西海固作家孜孜求索、虔心翻检的书页。从这个意义上讲，“西海固文学”是早就深藏于西海固的博大胸怀中的，“地火”早就在地下燃烧，“西海固文学” 现象的发生只是迟早的事情，20 世纪 90 年代西海固作家的“井喷”现象也就成为一种历史的必然。

这是西海固文学发生发展的历史地缘因素和人文精神内因。

二

一种文学现象的形成必然有一个规模可观的作家群，“西海固文学”的发生发展有一个艰难的历史的过程，西海固作家群的形成也有一个由个体到集体、由游击作战到集团冲锋、由自然原生状态到文学意识的自觉自省这样一个整合流变过程，基本线索可梳理为：“西海固文化人”：以 20 世纪 50 年代支宁知识分子为主体，活跃于 70 年代末 80 年代初中期的西海固文坛，主要成员有丁文庆、慕岳、袁伯诚、范泰昌、华世欣、米正中、李振声、任光武、王铎、徐兴亚、蔡锦启、李云峰等。“黄土高原派”作者群：以固原师专中文系为主体的本地大中专毕业生，活跃于 80 年代中后期的西海固文坛，主要成员有屈文焜、火仲舫、李银泮、王漫西、陈彭生、马存贤、白军胜、拜学英、兰茂林、周彦虎、刘鹏凯以及所谓的“固原四平”（王亚平、钟正平、文建平、罗致平）等。“西海固星群”：西海固文坛的“新生代”，大多出生于六七十年代，活跃于 90 年代初中期的宁夏文坛，主要成员有石舒清、郭文斌、火会亮、古原、李方、左侧统、梦也、冯雄、虎西山、王怀凌、杨建虎、单永珍、张嵩、张根粹（了一容）、穹宇（李向荣）、泾河（兰煜）、胡琴、韩聆、方石、杨友桐、叶子(禹红霞)等数十人。西海固作家群以"新生代"作家为主体,加上历年来大浪淘沙"幸存"下来的作者,总数逾80人,活跃于宁夏乃至全国文坛。"西海固作家群"这个概念,最早是由《六盘山》前主编王铎同志于1996年提出来的。是年《六盘山》第3期作为"固原地区青年作家小说专号",刊发了火会亮、石舒清、郭文斌、韩聆、古原、李方、拜学英、李银泮等8位作者的小说,随着该期刊物的被抢购一空,"西海固作家群"这个概念就被一些评论工作者和业内人士所引用,而《六盘山》杂志作为西海固作家的摇篮,也逐渐得到广泛认可。

一个地区的6个县,县县有作家诗人,县县有在全区产生影响的骨干作家。截至目前,西海固作者在《人民文学》《中国作家》《十月》《青年文学》《民族文学》《诗刊》《星星诗刊》《上海文学》等文学大刊上(甚至占据头条位置)发表作品的近20人次,获得国家级和省区级文学大奖的不下10人次。在《飞天》《时代文学》《朔方》《延河》《新疆回族文学》《绿风》《佛山文艺》《六盘山》《散文诗》《诗神》《诗歌报》《宁夏日报》《固原日报》等报刊发表作品的有200多人。全地区作者从20世纪80年代至今累计发表小说800余篇(部),诗歌4000余首,还有大量难以计数的散文作品。整个地区的所有作者在文坛上形成立体型集团冲锋的创作态势,前赴后继、生生不息,这种情况在全国文坛都是极其罕见的文学现象。

目前,西海固作家群的分布情况大致如下:

固原县:从事小说创作的主要有火会亮、李方、郭文斌、古原、程耀东等;从事诗歌创作的主要有虎西山、王怀凌、方石、张嵩、杨建虎、郭文斌、单永珍、胡琴、唐晴、安奇、韩鹏、董琳、李四霞等;从事散文创作的主要有火仲舫、李成福、张光全、郭文斌、刘长青、薛正昌、朱世忠、火会亮、古原、武淑莲、杨建虎、张嵩、徐兴亚、李方、邹慧萍、杨风军、马正虎、赵景聚、钟正平等;写文学评论的主要有张光全、张铎、单永珍、钟正平、马正虎、邹慧萍、安奇、韩鹏、王龄松、杨奉宇等;从事戏剧创作的主要有火仲舫。

西吉县:从事小说创作的主要有马存贤、张根粹(了一容)、吴志明、王雪情、高浩等;从事诗歌创作的主要有周彦虎、王钟、火霞、李继林、李耀斌、马兴明、辰饰、李兴民、张旭东等;从事散文创作的主要有周彦虎、谢琳霞、谢峰、谢丽、安学斌、赵炳庭、樊大学、樊永学、张根粹(了一容)、郭占海、郭宁、郭志刚等;写文学评论的主要有李耀斌。

海原县:从事小说创作的主要有石舒清、左侧统、邢连平、牛川等;从事诗歌创作的主要有梦也、冯雄、马凤义等;从事散文创作的主要有左侧统、梦也、冯雄、牛川、杨柏林、雷建孝等;从事戏剧创作的主要有张明公、翟承恩。

泾源县:从事小说创作的主要有拜学英、杨友桐等;从事诗歌创作的主要有泾河、郑真等;从事散文创作的主要有拜学英、叶子(禹红霞)、泾河(兰煜)等;从事戏剧小品创作的主要有王文清。

隆德县:从事小说创作的主要有李银泮、邵永杰、辛小慧等;从事诗歌创作的主要有郭静、刘银石、刘向忠等。

彭阳县:从事小说和散文创作的主要有瓮志明、穹宇(李向荣)和韩聆等;从事诗歌创作的主要有刘天文、周国宁、杨爽等。

考察二十多年来西海固文坛的历史，就会发现西海固作家群实际上一直处于不断地生灭流变之中,这其中最可贵的一种精神品格就是:薪火相传,前赴后继,相互帮扶。一个不见了,更多的涌出来。第一代西海固文化人早已完成了他们的历史使命:撒播文化的种子,培养本地化的知识分子。虽然他们中的许多人并没有成为知名的作家和诗人,却后来大都成了德高望重的教授和学者,成为西海固作家们敬仰的师长和前辈。西海固文坛真正意义上的第一代作家的较早人物徐兴亚、蔡锦启等人现已基本不写小说了,在他们稍后的所谓“固原四平”,有的从事新闻工作,有的改事文学评论,有的从政或经商,创作上已少有建树。20 世纪 80 年代比较活跃的所谓“黄土高原派”作家,只有王漫西、马存贤、白军胜等少数人坚守了下来,90 年代仍有零星作品问世，与上述作者同时起步的儿童文学作家李银泮,长期在隆德县的城乡生活和工作,苦守着他的地盘埋头耕耘,著述颇丰。那些为数不少、起点不低但未能坚持下来的作者,如同雨中的水泡在西海固文坛上一闪即逝。还有一部分人,始终扎根在西海固生活的底层,也不是没有才华,他们要么昙花一现,要么就一直在原地转圈子,始终走不出西海固的山水地域,令西海固文坛深感困惑。从西海固走出的作家中，在区内外文坛已有影响的代表人物南台、陈继明、马宇桢、于秀兰、白军胜、王治平等，随着生活境遇的变迁，他们已完成了从农村到县城、从县城到省府的心态、精神、情绪、文学意识、生存方式等种种复杂的转变，已很难再绝对地把他们划入西海固作家群的行列。十多年来有影响的女作者也属罕见。在经过了生灭流变的80年代之后，在“西海固文学”进退维谷之际，90年代情况突然间有所好转，“新生代”作家群星闪烁，80年代大浪淘沙“幸存”下来的作者，与90年代的后起之秀，迅即构成颇为壮观的西海固作家群，而且西海固有了自己的第一代女作者，如胡琴、邹慧萍、火霞、辛小慧等。举凡小说、散文、诗歌等，各种体裁领域都有旗鼓相当的骨干作家和作者，他们以“集团军”的形象、以殉道般的虔诚、以比较良好的文化素养和个性化的作品，终于在西海固文学的前沿阵地坚守了下来，成为西海固文坛的一道亮丽的风景，成为西海固历史上第一支具备了实现超越、走向辉煌的可能性的作家群体。

三

“西海固文学”源于20世纪80年代初，但作为一种文学现象得到区内外文坛认可并受到广泛关注，则是在90年代中后期。

公元1998新春伊始，西海固作家的摇篮——《六盘山》杂志正式打出了“西海固文学”的旗号，正式提出了“西海固作家群”的概念，同期推出了“西海固同题散文专号”；与此同时，固原地委宣传部、固原文联和有关部门邀请区内外学者作家于1998年4月30日成功举办了有史以来第一次以“西海固文学”为题的研讨会。《朔方》杂志先后于1997年4月号、7月号和1998年10月号分别为海原、固原和西吉的作家们推出了“作品特辑”。1999年1至12期的《朔方》杂志几乎每期都有西海固作家的小说、散文和诗歌作品，而且多居于各栏头条位置。《宁夏日报》1997年11月7日的“西部周末”头版以整版的篇幅、彩色图文的方式推介了海原作家群，张贤亮先生著文称“幸亏宁夏南部山区还有几位作家出来”。同一时期，西海固地区的最高学府固原师专也特批成立了校内第一个专门的学术研究机构:“西海固文学研究室”,目前成为宁夏唯一的专事西海固文学研究的学术机构。1998 年 6 月 11 日,中国文学界的权威报纸《文学报》头版以《“西海固文学”正在崛起》为题报道了“西海固文学现象”。《固原日报》开辟专栏进行了长时间的关于西海固文学的热烈讨论。1998 年 6 月 16 日,《宁夏日报》头版在显著位置以《繁荣西海固文学创作——固原地区文联精心营造精神产业》为题详细报道了西海固文学创作现状,宣称固原地委、行署力争使“西海固文学”成为一个在全国叫得响的精神产业。1998 年 8 月,中国作协创研部副主任、著名评论家雷达为《六盘山》杂志题词:“西海固,神秘的土地,承受过太多的苦难和贫穷,创造过绚烂的历史文明,它必将创造更加美丽而宏伟的文学!”这一切都说明,“西海固文学现象”已引起了区内外、文学界和社会的越来越广泛的关注。

在个人创作方面,1997 岁末石舒清的小说集《苦土》荣膺国家级文学奖的“骏马奖”,他的小说《选举》《恩典》《清水里的刀子》先后入选权威刊物《小说月报》《小说选刊》,短篇《逝水》和《清水里的刀子》受到区内外文坛广泛好评。李银泮专攻儿童文学,已出版长篇小说和中短篇小说集 4 部:长篇小说《塬上的日头》(南京少儿版),《夏日遇险》(甘肃少儿版),《同饮渝河水》(山西希望版),少儿短篇集《山道·少女·牛贩子》(甘肃少儿版)。早在 1996 年 8 月,自治区文联等有关部门就在银川组织召开过李银泮作品讨论会。全国发行量最大的文学半月刊《佛山文艺》1998 年为郭文斌开设小说专栏,发表短篇 26 篇,标志着西海固作家开始了向外省区文学刊物个人作品专栏的进军。虎西山、王怀凌、梦也、冯雄、张嵩、周彦虎、杨建虎、方石等一些代表诗人的诗作早已成功问津《诗刊》《星星诗刊》等国家一流诗歌报刊,代表着宁夏目前诗歌创作的较高水平。薛正昌的《董福祥传》《李梦阳传》开西海固文坛长篇历史传记文学之先河。郭文斌的散文集《空信封》出版后引起轰动,好评如潮,深受读者特别是青年学生的欢迎,一印再印。拜学英的散文集《六盘雾中行》、火仲舫的散文集《西吉风景线》、张光全的散文集《脚印》以及左侧统、梦也的许多散文,浓缩着作家各自的生命体验和生活感悟,从不同的方面丰富着西海固散文创作的实绩。火会亮、李方、了一容等西海固作家在《朔方》《飞天》等刊物多次刊发头条。走出西海固的西海固籍作家丰硕的创作成果，也在外围有力地烘托和声援着故乡的文友们，屈文焜的散文诗集《感情世界》、于秀兰的散文集《芳草落英》、陈继明的小说集《寂静与芬芳》、马宇桢的小说集《季节深处》，特别是南台的长篇小说《一朝县令》的出版，作为“跳出西海固回头再看西海固”的文学力作，在全国文学界、评论界都产生了很大的反响。20世纪90年代中国文坛先后流行的先锋小说、新写实小说、新状态小说，都已在郭文斌、左侧统、王漫西等西海固作家笔下进行了较为成功的实验。

戏剧和影视文学的创作近年来也出现良好的势头。戏剧文学方面，1993年火仲舫的剧本集《凤凰泉》由宁夏人民出版社出版，成为宁夏第一部个人剧本集。张明公创作的《娃们的婚事》和王文清创作的《甘工鸟》《审案记》等十多个剧作丰富着西海固的戏剧园地，为西海固文学增添了光彩。影视文学方面，马宇桢、石舒清参与编写的20集电视连续剧《苦泉纪事》和王漫西参与编写的6集电视剧《花儿四季》以及取材于郭文斌散文集《空信封》的系列电视散文，先后在宁夏电视台、中央电视台黄金时段播出。受到广泛关注，使西海固文学的影响扩展到了新的领域。

20世纪末的西海固文坛，在经历了1998年的理论鼓噪与情绪激奋之后，现在呈现出两个明显的特点：一是集成热。首先是三卷本百万余字的“西海固文学丛书”（分小说、散文、诗歌三卷）由宁夏人民出版社正式出版，收入了33位作者的33篇小说、49位作者的98篇散文和53位作者的250多首诗作。这是西海固文学发展历史上具有划时代意义的重要举措，是对近二十年来“西海固文学”创作实绩的第一次认真地、审慎地回顾和检阅，是对“西海固文学”的发生发展奠放的第一块基石，它预示着“西海固文学”初创阶段的基本完成，具有特殊的文学意义和史料价值。同时，它也是20世纪末叶西海固社会文明与进步的一个文学交代，是西海固社会第一次以文学为载体总结过去，审视自身，因而还具有非同寻常的超越文学本身以外的意义。丛书的主编、中共固原地委宣传部部长李克强先生在“后记”中不无自豪地写道：“‘西海固文学丛书’无论摆在全国哪一个书架上都不会是一个相形见绌的集子。”其次是王漫西、马存贤、王怀凌、禹红霞等人的小说、诗歌集的正式出版，还有一些作家也正在编辑自己的处女集。20世纪末的西海固作家们,不约而同地进行着认真的回顾与小结。二是媒体的降温与创作的沉寂。西海固文坛似乎进入了“休整期”,理性的思考多于激情的呐喊,经验的总结多于创作的冲动。如何更深刻、更审美、更艺术地把握和表现现实生活,如何发现和挖掘出深藏于西海固大地和历史烟云中的文学矿藏,如何使西海固文学的旗帜更加飘扬招展,成为众多作家诗人评论工作者共同思考的热点问题。好作品也有一些,石舒清的短篇小说《节日》被《小说选刊》第4期选载,火会亮的小小说《腊月》被《小小说选刊》第1期选载,郭文斌的长篇散文诗《心系红尘》被《散文诗》特别看重,于1999年第1期头条发出,同时他的12万字的纪实文学《第三种阳光》也在《六盘山》1999年第6期全文刊出,被《中华文学选刊》等媒体推介。包括郭文斌在内的西海固的许多作家在创作上都是多面手,他们在专事小说或诗歌创作的同时,几乎都不约而同地客串着散文作者的角色。而郭文斌由于在此方面表现得更为突出,被称为“多栖”作家。

据粗略统计,《朔方》杂志1999年1至12期,为西海固作家发表小说十余篇,其中火会亮的《寻找砚台》和石舒清的《开花的院子》分别为1期和10期头条,石舒情的小说《旗杆》、刘鹏凯的小说《城市的门》分别为1、2期“回族作者专栏”头条,1、2期的“佳作欣赏”栏还分别推介了石舒清发表于1998年的小说《清水里的刀子》和《节日》,累计发表诗歌、散文十多人次。这个数量和待遇,显出宁夏文学界对西海固作家一如既往的扶持与呵护。

新世纪初年,西海固文学更是捷报频传。郭文斌发表在《六盘山》第1期上的《开花的牙》,了一容发表在《上海文学》第3期上的《历途命感》,石舒清发表在《青年文学》第3期上的《小青驴》,同时被《小说选刊》第5期选载。

四

“西海固文学”被文学界和社会所广泛认同,这是几代西海固作者薪火相传、不懈努力的结果。不过,关于“西海固文学”概念的阐释与界定,仍是一个需要深入思考的理论话题。

“西海固文学”是一个群体性的写作现象，西海固作家群类似于20世纪30年代现代文坛上的“东北作家群”和90年代初期当代文坛上“东征”的“陕军”，是一个创作的群体而不是一个创作的流派，这个群体统一在“西海固文学”的旗帜下，但作家个性差异较大，风格追求有别，审美趣味迥异，师承和艺术主张也不尽相同，就如同是在一个大厨房里制作着花色品种各自不同的美味佳肴，这当然并不是坏事，它有利于作家艺术个性和思想才情的自由张扬。形成流派是一种希望和愿望，流派是地域文学成熟的重要标志，“西海固文学”的创作源泉离不开这方水土的历史和现实，其地域文化特征比较明显，这是形成流派的基础，也是“西海固文学”健康发展的一种可能性。“西海固文学”也不是一股创作潮流，潮流有涨潮落潮退潮之时，“西海固文学”的发生发展不是一朝一夕的事情，有一个较为漫长的历史过程。概括地说，“西海固文学”就是本土作家创作的描写和展示西海固地区历史的、文化的图景和西海固人生活与命运的文学，是表现西海固人的感情、性格心理、文化气质和审美精神的文学，是记录西海固人民的代言人——本土化知识分子的追求、奋斗、反思和梦想的文学，是富于西海固地域文化特色和人性、人道主义精神关怀的文学。“西海固文学”必须在保持它的独立特质的前提下兼容并蓄，非本土作家创作的反映本土生活的作品和本土作家创作的非本土题材的作品，是泛“西海固文学”，是对“西海固文学”的补充和丰富，但不是“西海固文学”的主流或主体。“西海固文学”是典型的地域文学而不是其他，离开了这片地域的水土和历史，就谈不上“西海固文学”。西海固作家视文学为“宁静而神圣的屋子”，普遍地对文学保持着一种近于宗教般的虔诚，把文学视作自己的精神家园；西海固作家的群体意识、帮扶意识，对土地、民族、家园和生存的忧患意识，这些都是域外作家难以体验和理解的。真正要把西海固地域完整地、深层地表现出来，把西海固从远古写到现代，把西海固人与自然、人与社会、人与命运的抗争写深写透的，最终只能是本地作家，那是渗透在血液里头的东西。西海固作家必须建立这种信念，当然还要具备足够的耐心和耐力。

五

西海固的作家们几乎是在一片荒地上耕耘，难免带有拓荒者和先驱者的意味，从已有的收获不难发现先天的不足和局限。西海固文坛现在面临着这样几个严峻的现实：一是创作上的“芳草满天涯”与理论研究上的“山色有无中”。对“西海固文学”的研究目前还仅停留在对作家作品的具体评述欣赏层面，还缺乏高屋建瓴的审美把悟能力，还没有建构起“西海固文学”的理论研究体系。“西海固文学丛书”独独缺了“评论卷”，说明西海固文坛还没有培养出足够的评论能力。西海固作家现在的确需要充满爱意的批评关怀和满怀爱心与耐心的理论引导。二是创作上实现突破与超越的种种潜在和显在的瓶颈，还需要作家、诗人和评论工作者认真的思考和对待。西海固文坛还缺少与这块地域足相匹配的滴泪为水、研血成墨的文字，缺少能够率领读者对置身的日常环境进行审美突围的作家。展示生存图景、宣泄苦难意识、抒写乡土情结的作品较多，把眼光放在苦难以外，放在苦难中的“人”身上，写出苦难中的复杂人性，写出人类生命的奇观和生存的奇迹的作品还非常欠缺。乡土故事和个人经验也总有用完的一天，作家们还未能培养出异乎寻常的感知生活的能力，审美眼界还难以“走出”西海固的黄土山和黄土地，还未能以文化审视和批判的能力对故乡的人文资源进行“远距离”（当然不仅仅是物理意义上的）的观照和思考，如此，一些很好的题材被浪费掉了。三是西海固文坛目前还没有专业作家，许多业余作者都有一份维持生计的工作，他们必须首先做好本职工作，留给文学之梦的时间不多，很少有人能像石舒清那样完全静下心来沉入到文学的世界中去。而时代和文学的发展却向作家们提出了新的课题，必须克服浮躁和急躁之气，必须节制发表欲，必须认真思考“西海固文学”产生的文化根源，思考西海固传统文化在西海固人精神意识和心理构成中的复杂积淀，思考西海固人生存繁衍的文化支撑力。“西海固文学”必须找到自己的地域文化之“根”，西海固作家也必须找到自己的文学生命之“根”。而这种思考，必然要求作家们保持一个远离世俗的精神王国。为生存而奔波、为生计而忙碌,不知耗费了多少西海固作家宝贵的创作生命。

西海固有自己的作家和作家群虽然只是近二十年的事情，还存在着这样那样的局限与不足,但“西海固文学现象”的发生发展正在或已经超越着它文学本身的意义。“西海固文学” 正在逐渐成为西海固得天独厚、“旱涝保收”的精神产业,是西海固社会精神话语的兴奋中心,是西海固社会走向外界的一张名片、一面鲜艳招展的旗帜,是西海固社会文明与进步的一个重要的、显在的标志。

2000.04

世纪末的“分娩”与“阵痛”

——西海固文学现状分析

“西海固文学”发展迄今已经历了二十多个春秋，经过了几代文化人和几茬作家的努力，由“草色遥看近却无”到芳草遍及西海固，由“山色有无中”到“江流天地外”，前赴后继，薪火相传，实属不易。在西海固，文学与一种生存苦难和生存精神如此紧密地结合在一起，每一位作家，都把文学作为自己生命存在的一种别无选择的方式，每一位作家，都以西海固大地代言人的自觉意识从事文学活动，每一个在西海固的蓝天白云下从事文学活动的人都坚信：文学不一定能发展西海固，但文学一定能提升西海固。这种生命与文学、文学与生存融为一体的现象，具有深刻的、独一无二的启示意义。完全可以断言，没有西海固人的特殊生存，就不会有西海固文学。西海固文学体现着西海固人在异常艰难的生存活动中内心世界的不屈与憧憬，蕴含着人类追求生存与发展过程中的许多健康珍贵的精神因素。“西海固文学现象”背后所遮蔽的生存精神和生存文化，对日益面临着生存危机的整个人类而言，也应该具有普遍的启迪意义。

二十多年的风雨历程，有失败的教训，有成功的经验，也有对未来的深刻隐忧。如果把西海固文学比作一个人的话，那么，他现在正处在风华正茂的青年时代，应该以他青春的姿态和旺盛的创作活力冲刺中国文坛，但是，认真考察西海固文坛，我们会发现，西海固文学现在正处在这样一个历史时期：作品集成、理论总结和个人突破，我将其比作“分娩与阵痛”。作品集成，宣告着西海固文学初创阶段的完成和对艰苦创业历史的不约而同的集体性检阅；理论总结，说明西海固文学正在努力培养自己的评论能力和形成自己的美学向导；个人突破，预示着西海固文学的明天和未来，这又包含两层意思：其一是已成名作家的自我突破，其二是文学新人的脱颖而出并尽快实现对文学前辈的追赶超越。就是说，我们现在一方面收获着首次分娩的喜悦，另一方面又面临着下一次孕育和分娩的阵痛，后者比前者更重要、更意味深长。往者已矣，来者是否可追，是值得每一个西海固作家们认真思考的问题。

2000年8月30日，一个蓝天白云、阳光明媚的夏日，暖风习习，游人醺醺，西海固的神秘之地须弥山，西海固文坛骄子齐聚在这里，举行西海固小说诗歌"双十星"授奖活动，与会的作家诗人们兴高采烈，煮酒论诗、把盏说文，一派人气兴旺景象，显示着在这神秘之地，将升起一颗颗文学之星，正如活动的策划者、西海固文人的好朋友克强部长所说：这是一个"三星级"的颁奖会，希望西海固文坛将来多涌现一些新星、明星和巨星，语重心长，期望殷切。克强部长那天喝了不少啤酒，他比许多与会的作家诗人年纪大，却兴奋得满山跑，嘴里喊着"跟我来！"大家紧随其后，跑得不亦乐乎，追也追不上。

应该说，西海固作家队伍建设的这一创造性举措，为西海固文学发展继续保持上升势头奠定了良好的基础。来自西海固六县的二十位作家诗人被评为小说"十颗星"和诗歌"十颗星"，在未来的第二个二十年里，他们将扮演承上启下的角色。一方面，他们被寄予厚望，21世纪初叶西海固文学的繁荣发展和再度辉煌要靠他们，另一方面，西海固文坛未来的新人也主要靠他们去引领、去培养，他们是西海固文学传统的创造者、继承者和发扬者，也是最主要的传播者。新星、明星、巨星——"三星级"，实在是没有比这更恰当、更天才、更富有诗意的比喻了。

但是，就目前的现状来看，这个孕育和阵痛将不会在短期内完成，西海固文学正在面临着深刻的危机。危机缘于六个因素：一是主流作家队伍的部分流失。据我所知，为西海固文学发展作出重要贡献的海原的"三驾马车"石舒清、梦也、冯雄悉数调往银川，其中有公认的西海固文学的扛旗人物石舒清，"双十星"中的牛川、郭文斌也紧随其后相继到了银川。虽然他们仍然是西海固文学创作队伍中的一分子，但他们离开长期坚守的西海固大地，对这个花了二十多年时间形成的文学集团的整体形象不可能不产生影响，对期盼得到他们引领和提携的新作者的成长不可能不产生影响。二是现有的作家队伍正在失去创作活力，面临着突破与超越的双重挑战。我注意到，从 2000 年 8 月“双十星”命名之后到现在，除了极少数作者之外，“双十星” 中的多数作家诗人们的创作努力和创作实绩与人们的期望是有差距的，他们无疑正处在一种深刻的文学苦恼与创作危机之中。三是西海固文坛至今没有一名专业作家，包括“双十星”在内的西海固作家群体中，几乎每个人都有自己的一份安身立命的职业，从政的、从教的、编辑、记者、秘书以及打工者等等，他们首先要做好自己的本职工作，首先要生存，其次才能顾及文学，这对创作的影响是肯定的，这一状况短期内无望改观。四是急于求成的创作心态和缺乏十年磨一剑的毅力与恒心。西海固文学在区内外产生影响的是短篇小说和诗歌，它们的生产周期相对较短，却没有一部在全国打响的中篇和长篇。已经具备了相当创作经验和艺术功力的西海固作家，应该开始准备自己大部头的东西了，因为在当今文坛，这是最具证明力的，而且，一部作品和一个人的巨大成功还会带来整个群体的振奋。五是文学新人成长缓慢，创作园地后继乏人。20 世纪末“西海固文学”正式提出之际，每县都有自己的一个基本的作者队伍，现在虽然各县都在纷纷成立文联组织，有的县不但没有了创作的排头兵，甚至连基本的作者队伍都没有了。“双十星”之外比较看好的文学新人状况也不乐观。六是大环境的预期压力。我们知道，现在“西海固文学现象”作为宁夏文坛的一道风景，作为中国当代文坛的一个比较少见的文学现象，作为西海固社会文明与进步的重要标志和一张通向外部世界的名片，作为西海固社会的精神产业，作为团结和号召西海固作家群的一面旗帜已是一个不争的事实。这种大环境的殷殷期望给作家们带来了巨大的压力，尤其是头上闪着星光的作家诗人们。当此之际，我认为媒体的宣传应该降温，理论的批评应该加强，作家们必须少安毋躁，保持良好平稳的创作心态，我们现有的文学之星和未来的文学新星们，必须有充足的精神准备和耐力。否则“西海固文学”可能就会昙花一现。

2002.08

为什么一定要维护“西海固文学”这个概念？

——一则手机短信

尊敬的××常委：

您好！

我是钟正平，最近听说要把“西海固文学艺术丛书”更名为“六盘山文学艺术丛书”出版，我有些不同的看法供常委参考：

一是“西海固文学”这一概念的形成是有一个较长的历史过程并取得了区内外广泛的认同和共识的，现在突然要更名，这会带来文坛内外的严重误读和理论研究上的极大混乱，由此还可能导致几十年来关于“西海固文学”理论研究的功亏一篑。

二是用“六盘山文学”来指涉和概括几十年来在“西海固文学”旗帜下发展起来的文学艺术成果显得不伦不类，因为谁都应该明白：“六盘山”是有精神而无文学的。

三是“六盘山文学”这一概念据我所知从未被人从理论上正式提出并进行过界定和科学阐述，更不用说被区外文坛所认知，现在突然冒出一套以此命名的丛书来，仿佛有如民间行为一样轻率随意。

四是多年来区内外文坛包括我校关于“西海固文学”的理论研究都是建立在对这一概念完全认同毫不怀疑毫不动摇的基础上的，甚至我校这些年来申报立项的一系列校级、区级和国家级科研项目也是以“西海固文学”为核心命名论证的，我校成立的“西海固文学研究所”、财政部专款资助我校建立的“西海固文学与地方民俗文化研究基地”等都是以此命名的，现在突然冒出新的提法，会对我们已经做过的工作、正在进行的工作和将要开展的工作带来严重影响甚至损害。

五是一种文学现象的形成并得到毫无争议的命名和共识，一定会经过几代人的不懈努力和较长时间的实践检验，它绝不是一件一蹴而就、心血来潮的事情，因此，维护“西海固文学”的概念不仅是维护西海固社会来之不易的一张精神名片和一面文化旗帜，也是在维护文学自身的规律和尊严。

手机短信难以言尽，就说这些罢，还望常委抚卷三思，审慎定夺。

握手！

2009.06

苦土上的岁月、人生和艺术

——评石舒清的小说集《苦土》

作为新时期固原地区青年作家出版的首部个人小说集,《苦土》收入了作者石舒清创作于 1990~1993 年的 6 个短篇小说《逝水》《三爷》《招魂》《赶山》《苦土》(包括《队长》和《三舅爷》两篇)和 1 部中篇《黄土魂》,全书约 15 万字。这部作品入选百花文艺出版社"21 世纪文学之星丛书·1994 年卷",并于 1997 年岁末荣获"第五届全国少数民族文学创作奖·骏马奖"。在文学观念嬗变、思潮迭起、作家辈出、各领风骚三两年的当今文坛上,石舒清长期不懈的默默耕耘终于迎得了文学界的青睐,是可喜可贺的。翻阅这本不算厚实的小册子,我的心情却越来越沉甸甸的,我感到了它异常的分量。我们在为西海固地区文学创作的新收获而欣喜的同时,更为石舒清笔下的这片苦焦的黄土地、这片黄土地上的往昔岁月和苦难人生而扼腕喟叹。

一

我以为,最能体现石舒清创作个性、艺术追求和思想才情的,当属他在《苦土》中所勾勒的那一个个宁南山区回族老人的形象。石舒清擅长写老人,也爱写老人。他用一种清淡而娴雅的笔致勾勒了一个黄土地上的老人形象系列,当然这与石舒清的个性气质和生活阅历不无关系,但这不是主要的。一个有出息的作家,不但要在作品里反映和描摹生活,更主要的是要在作品里透视、思索、解释和评价生活,要体现出作家反映生活的主观能动性。通过勾勒一个个老人形象,通过追忆一个个往昔岁月的生活故事,石舒清要表现的正是自己对那不堪回首的往昔岁月的重新审视、对往昔生存图景乃至人类生命现象和精神信仰的种种思索，石舒清笔下老人形象的艺术价值、思想价值和认识价值也正来源于此。无论是《逝水》中的那个身世坎坷、善良无助、孤独执着的“姨奶奶”，《三爷》中的那个极左温床上孕育出来的时代怪物——寄生虫“三爷”，《招魂》中的那个瞎眼的、虽然“哄”了一辈子人却从不害人不贪财的柳阿訇，《赶山》中的那个“想自己六七十岁的人了，为着光阴，还要睡到这荒山里来，不禁有些酸楚”的李七十儿老人，还是《苦土》中的那个陷入政治怪圈而不能自拔的可怜又可叹的悲剧人物队长马如龙，以及那个“生来就是作积极分子的料”的时尚痞子三舅爷，他们有的活得神秘而高贵、有的活得可怜又可笑、有的活得可恶可恨、有的活得可悲可叹。这些老人形象，共同构成了石舒清笔下人物形象的主体，却无一不是作者思索评判生活的结晶。

人类生命本身就是一种奇妙而复杂的现象，生命的存在和生命的运动，蕴含着极为丰富的哲学意义。在不正常的年月里，黄土地上的生命现象和生存图景，又浓缩着人类生存的种种困境和苦难。在一个不正常的社会里，一个心灵畸形的个体生命的存在，极有可能会对另外一些生命的存在构成威胁和摧残。在《苦土》的众多篇什里，我们看到三爷、三舅爷、队长马如龙等人物，正是这样的一些畸形的存在，他们寄生在“极左”的土壤上，以摧残他人的身心为生存目的；我们还看到，石舒清以自己年轻的生命默默体悟着生之尊严、深味着生之艰辛并由此苦寻生命的价值和意义。他走近一个又一个老人，他努力试图走进他们的心灵和精神生命中去，拷问自己也拷问读者：“告诉我为什么要拥有这生命，拥有这生命到底是要干什么？”(《逝水》)这种对生命本体的困惑与诘问，已经超越了对一般生活现象的评判，从而表现出石舒清思索生活的一种深度。阅读《苦土》，我常讶然于那样一个瘦瘦弱弱的人，怎么对生活、对人生、对生命、对自己深爱着的土地和人民，有着那样深重、那样透彻的了解和忧虑，进行着那样执着的、近于对宗教般虔诚的求索。

《逝水》是石舒清最为看重的作品，也最直接地体现着石舒清挖掘和思索生活的艺术追求，蕴含着石舒清对生活、信仰和生命现象的诸多苦思冥想。在这篇小说中，石舒清通过“我”与“姨奶奶”的一段共同的寄居生活，勾勒了一位回族老女人近一个世纪的生命历程。和任何一个普通的生命一样，“姨奶奶”渴望人间的温暖，她却几乎一生都没有得到；她也需要关心别人，她却尽自己的能力做到了。她默默地关心疼爱着青年学子舍木，她为病中发烧的舍木偷梨、处理电视机风波，为此她付出了极为惨重的代价，几乎丧失了赖以生存的立锥之地。“在这残破无望的世上”，她无依无靠，活得极其艰辛、孤苦而无助，却又奇迹般的长寿。为了信守心灵的那一方神圣，她极其严格而虔诚地坚守着自己生活上的那些清规戒律，她从不与人乞求什么，也从不作半点精神上的让步。这个形象的身上，体现着人类生命的高贵、生的尊严和精神力量的无价。石舒清对这个形象寄予了无限的同情，他苦苦思索和寻觅着她“活着的根据与指望”，通过这个形象，石舒清对生命现象、精神力量、信仰以及某种生存方式都作出了自己的价值判断。在其后发表于《六盘山》1997 年 5 期的《背景》(《逝水》之二)里，石舒清仍是通过对一个回族老女人刘老太太的形象刻画，演绎着一个类似的主题：人必须尊严地活着，要么就干脆死去。失去尊严，比失去生命更可怕。无疑，这是石舒清对人类生存意义的一种终极拷问。

人的一生都在修行，有的习善，有的习美，有的积德，有的积恶。瞎子柳述增就是一个积德行善之人(《招魂》)。他用一种“欺骗”的方法(为人招魂)积德行善，他虽然“哄”了一辈子人，却从不害人也不贪财，他所得的钱财几乎尽数散了“乜帖”。他深知自己的“罪孽”，他对自己为人“招魂”的行为怀着深深的恐惧却又无可奈何(他必须生存下去)，临终前他对蒲阿訇说：“我哄了一辈子人。哥，我怕得很，我知道我不得脱离，我害怕得很。”然而更深的恐惧在于他对自己瞎眼的儿子西穆儿的担忧，他恳求蒲阿訇引导他走正路。但是从西穆儿后来的表现我们看到，作家对新一代价值观的沦丧和救赎的无望表现出了深深的担忧。

正是在这些方面，我们深深地感到石舒清在小说里执着地表现着自己对生命和生存的种种刻骨铭心的体悟，他超越了对宁南山区黄土地上人们一般生存现状和生存苦难的浅层描摹，而进入到了一个哲学的层次。在这里，连那最为直接地影响着人们的生活和行为准则的宗教都仅仅只是一个隐约的背景和氛围，这就大大地拓展了石舒清小说的艺术视野和思想蕴含。

同属老人系列，三爷、三舅爷、队长马如龙却是石舒清笔下的另一类人物，他们是畸形社会中孕育出的一些时代怪胎。这类人物的共同特点，是精神生命的极端扭曲和畸形，他们不能过正常人的生活，也不允许别人过正常人的生活。他们是石舒清对往昔岁月黄土地上的几种不同生存形态的浓缩和概括，通过对这类人物生存状态和扭曲心态的刻画，石舒清对那些不能让人尊严地活着的岁月和日子进行了无情地鞭挞、嘲讽和否定。

小说《三爷》以素描的笔法讲述了一个由于和“大人物”牛团长一起坐过牢的村痞无赖“三爷”，利用牛团长特殊的身份，利用人们普遍扭曲的心态，横行乡里、鱼肉百姓的故事。他身强力壮却无所事事，他饱食终日又无恶不作。他吃“五保”、奸妇女，丑行遍及全村。他的胆大妄为无法无天已经令人触目惊心，而那些在他眼里如同“苍蝇蚂蚁一类可以忽略不计的生物”的众百姓们对他的容忍和无奈，更是到了令人瞠目结舌的地步。小说将这个极左温床上孕育出的寄生虫形象刻画得入木三分。不正常的社会政治生活、法律和人性的被践踏、人们心态和灵魂的扭曲、黑白颠倒、邪恶当道、令人不寒而栗的日子，都在这篇短短的小说里得到了淋漓尽致的表现。在小说《苦土》中，石舒清分别勾画了队长马如龙和三舅爷两个相互关联而又有所区别的时代怪胎。《队长》一文，记述了队长马如龙从发迹到衰落以至神秘死亡的一大段特殊的人生经历，描述了一个被时代扭曲了灵魂，是如何更加卖力地扭曲别人灵魂的故事。“队长”，可说是一个特殊时代的象征，也可能是最能体现政治风云对人性扭曲的人物。这是一个政治运动的投机分子，也是一个可怜可悲的人物。他的愚昧与狂热，使他自己陷入了一个不能自拔的政治怪圈，他同时又迫使每个人都走进这个怪圈里，以满足他不可理喻的畸形心态。他之所以得势，是因为扭曲的社会政治生活对愚昧与狂热的纵容，对知识与理性的扼杀。在这篇小说中，石舒清有许多精彩的议论，他说：“当众人都在干一件想不清的事时，就不想了，就只有干。”“人这个东西，啥时候都似乎清醒地糊涂着。”“运动就是刮风”等等，这是石舒清对那个人妖颠倒的特殊年月的独特感受，也是他对那个年月的人们的心态和生存状态的一种精彩的概括。

这里有必要特别提及“三舅爷”这个人物。在小说《三舅爷》中，石舒清对这个人物有一个极为精当的定位：“生来就不甘居人后，又不敢太居于人前。”“生来就是作积极分子的料。”小说写他如何以自己异于常人的行为，在那个特殊的年代中异化自己又异化别人的故事。这是一个令人可憎可笑的极左小丑。这个近乎文盲的人，为了实现他“能站在队长后面，能立在百姓前面”的人生目的，竟耗时19天强行背会了一本《语录》，成为村里检查背《语录》的人，从此整得全村几百口子人鸡飞狗跳苦不堪言。石舒清诘问得极为深刻：“为什么，这么一点子人，竟辖持得四百多号男女深更半夜了不得归家？”在一个不正常的社会里，这种人往往容易发迹，而一旦发迹，大多数人就要倒霉，社会就要倒退，即使是社会恢复到正常的时期，这种人还是会成为“某种东西的积极分子”。在新时期，三舅爷的“积极性”不就又“落在了钱上”了吗？这种人在我们的社会中“有着一定的普遍性”，因此，这就无异于告诫人们，要时刻警惕和防范我们社会中的这种人，决不能再给他们制造和提供任何发迹的土壤和条件。

二

仔细品读就会发现，石舒清的小说充盈着一种灵气，对生活的体悟也好，对艺术的感悟也好，对人生的感悟也好，对大自然的感悟也好，甚至语言、一声喟叹、一句议论、一个细节、一段孤灯下的静思默想、一种山野间的星空月夜，都浸润着一种灵气——一种气韵和情致。他注意体味大自然的意象与情韵，凝视生活的微波细澜，洞察普通人的情感世界，将人与自然、人性与时代性融为一体，运用精致、抒情富含诗意的笔墨使作品更神似于真实存在的状态，萦绕着一种审美气氛，显得宁静而深邃。

石舒清认为“文学的气质应当是宁静与深邃的，它永远揭示的是一种精神现象”[①]。他说自己的创作“倾向于写搏斗者，内心的搏斗者，这种搏斗是无声的，是一个人在暗处用渐渐加重的牙齿咬破自己的嘴唇”[②]。石舒清

①②石舒清：《宁静深邃的追求》，《宁夏日报》，1997年11月7日。

一再强调“好的作品应该是宁静的深邃的，让人看到一部分，但还有很重要的一部分让读者能感知却不能清晰地看见与说出”[1]。宁静与深邃，言已尽而意无穷，这种颇含中国传统美学特色的艺术境界，是石舒清努力的方向与追求。对自然、人生的体悟与把握，对生活与生命现象的静思默察并诉诸笔端，石舒清有着自己独特的方式方法：“把一件事置于无穷的事中去看，把一段时间置于一切时间中去默想。”[2]《苦土》的许多篇什中，我们都能感觉出石舒清小说的这个特点，感觉出石舒清努力的结果，这其实也是石舒清小说已然达到的一种艺术高度。这个特点，在西海固地区的青年作家中尚不多见。当然，灵气充盈而大气不足，这与石舒清的个性气质有一定关系，但归根到底，石舒清还很年轻，还需要不断开拓生活视野，不断修炼自己，有突破有大成也并不是不可预知的。

现代小说，如果把自己定位于纯文学这个档次上，那么就不再是以往小说的那种单纯情节化的，故事性的，一览无余的，抑或急功近利的；而应该是含蓄蕴藉的，深邃宁静的，能够适应现代人的情绪、心理和多样化的审美需求。我认为，石舒清的小说就已具备了这个品格，他的小说写得很纯粹很耐嚼。在西海固的青年作家群中，石舒清是一个真正意义上的很纯的文人，他生性内向寡言，耽于寂寞痴于静思，勤于耕耘少有浮躁，除了文学几无别的爱好，这就使他能静下心来深入进去，于静思默想中感悟很多生活和艺术问题。他以纯文学的品位和纯文人的眼光记述乡土故事，写的是下里巴人，味道是阳春白雪，雅而不俗，清而不淡。他要求自己的作品“既不单调地控诉，更不滥情地喜悦”[3]。淡淡的宗教背景，素描式的生活图景，民族习俗点缀其中，却也并不着意渲染，这就超越了对黄土地上一般生存图景的直观展示，进入一种苦修苦觅的境界。有时候我觉得，石舒清作小说不是用笔墨、不是用才气，他不投机、不取巧，他是用自己的灵魂和生命作小说，他把经过自己的生命体验过的又经过自己灵魂感悟熔裁之后的生活一点一滴地用小说的形式表达了出来。一个作家，如果把自己的

①石舒清：《随笔二则·1》，《固原日报》，1997年6月14日。

②③石舒清：《宁静深邃的追求》，《宁夏日报》，1997年11月7日。

灵魂和生命都融入到自己的作品中去，那么这作品就一定不会是粗糙的、肤浅的。

就题材而言，石舒清所写，多为凡人小事、故乡风情。他笔下的那些素描式的生活图景，平常得就跟我们所熟悉的宁南山地的生活一样。他用艺术的冷冻法冷藏了黄土地上沟沟垴垴里的人和事，尽可能地保持了生活的原汁原味，保存了岁月的原始风貌。学子时代"我"与姨奶奶的一段寄居生活(《逝水》)，不正常年代里三爷的一段寄生虫的人生(《三爷》)，生来就瞎眼的柳阿訇救赎别人更救赎自己的艰难一生(《招魂》)，拾发菜的故事(《赶山》)，队长喊上工(《苦土·队长》)、社员背语录(《苦土·三舅爷》)以及"我"的一段乡村教师生活(《黄土魂》)，都被石舒清用素雅传神的笔致记录了下来。就作品反映的时间而言，《苦土》多写"文革"岁月和新时期初期宁南山地回乡生活，但石舒清写过去不单写过去，写现在也不单写现在，他往往打破时空限制，把过去和现在、此时和彼时交错表现、交错勾勒，这就大大地加厚了小说的生活容量，最大可能地揭示出生活的脉流、本质和发展趋势。

就叙述方式来看，石舒清喜欢采用第一人称叙事法。他笔下的生活，有着明显的个人经历的痕迹，笔下的人物，都是他最熟悉的宁南山地故乡的父老乡亲兄弟姐妹，他熟悉他们的音容笑貌、信仰习俗、饮食起居、喜怒哀乐。在《苦土》的 7 篇(部)作品中，直接采用第一人称的就有《逝水》《队长》《三舅爷》和《黄土魂》等 4 篇(部)，间接采用第一人称叙事法的有《三爷》(貌似客观的叙述中隐藏着一个"我")，只有《招魂》和《赶山》采用了第三人称叙事法。可见石舒清善于用第一人称表达自己对生活的体悟、观察和评判，这使石舒清的小说有着明显的"自叙传"的色彩，当然，这也是石舒清的小说真实感人的原因之一。这里要谈谈《黄土魂》这部中篇。在《苦土》一书中，《黄土魂》是唯一的中篇，也是一篇极具写实风格的作品。它虽仍旧落笔于故乡风情，但却是书中唯一的一篇以知识分子——乡村小学教师生活为题材的作品。师范毕业生的"我"——刘小燕，被分配到宁南山区的一个叫李家大沟的村子当教师，于是读者和她一道结识了邹校长、马老师、田老师等人物，看到了他们默默的奉献、人生的艰辛和自身的局限，结识了何秀、小灵灵、刘云、杨成子等这些山沟里可怜可爱求知若渴的孩子们，看到了乡村小学教育的严峻现状。这部中篇，即使将它与当代同类题材的优秀作品相比，也并不显逊色。我认为，这是石舒清个人生活的一段真实的记录，他大专毕业后也曾做过乡村中学教师，他对山村的教师、学生、家长和教育现状，有着自己的切身体会。他在作品中所表现出的深深的忧思，足以警策世人。

文学是人学，文学更是语言的艺术。现代小说越来越讲究叙事技巧和语言艺术。我总认为，文学语言作为一种特殊的信息载体，在不失其生活本真的前提下，应该更艺术化一些，更有情致韵味一些，譬如恋人写情书，应该追求一词一语的美感，这是语言信息区别于内容信息的地方。

石舒清的小说语言，气韵流畅，感觉独特，用词新异大胆，无论写景状物叙事抒情，均不乏诗意情致，极富质感和美感。比如："三爷斜躺在山坡上，跷起腿来，襟子敞开，宽松的小腹山芋皮一般颜色，着了暖阳，就起伏出无限幸福的模样。"（《三爷》）"起伏……模样"，将这个村痞无赖的神态勾勒得淋漓尽致。他的叙述语言，是淡淡的素描式的，喜用短句式、"就……"字句，并不过多泼洒笔墨，简洁明了，有顿感，俏俊而清雅，且常含言外之意。比如，"队长像秋末的草一样活着自己""运动就是刮风"（《苦土·队长》），"话题如雨泡儿，灭了一个，又兴起一个"（《赶山》）。写李七十儿老人的精神信仰："他是确信着一种存在，敬畏着一种存在的。有时候，在礼拜的时间，他会得到一种难以言说的喜悦，这喜悦使他热泪盈眶，使他更加虔敬于一种信仰。"写初恋的感觉："他一直在听她的呼吸，在这夜色里，在这星光下，燕燕青春的呼吸与众不同，它有一种香味儿，有一种光泽，有一种直达心底并蔓延周身的温馨。"（《赶山》）只有对生活观察体悟得细致入微，才能表达得这样准确到位。石舒清小说中的人物对话，多为白描式的，自然贴切，口语化，性格化，深受鲁迅的影响，保留了乡土特色和方言俚语，但又被艺术化了，极少"土"的感觉，这与石舒清小说的整个格调韵味是相一致的。他还时不时地插上那么一两句议论，但也只是点到为止，绝不铺陈恣肆，叫人感觉着他对人情世事的洞悉与思虑。比如，"人嘛，关键要心干净呢"（《赶山》）；"'文化大革命'这段时节，蹲在监狱与蹲在外面一样”“人这个东西，是个怪物呀，他为别人设的圈套，他进入了，后来，那圈套没有了，他还在那圈套里，一辈子也挣扎不出来”(《苦土·队长》)。这是借作品中人物之口发议论；更多的时候是作家直接站出来议论，多集中于《逝水》《队长》和《三舅爷》三篇作品中，内容多为对生存困惑的思索与拷问。例如：“我觉得人在这世上真正地处在一大片难以澄清难以超越的混沌之中，拥有生命，却惑于生命；拥有能力，却囿于命运；拥有双足，却迷于路途。”“我深切地感到了活着的艰难。那种比缺衣少食艰难多少倍的艰难啊。”“心上没路时，走到哪里不一样呢？”(《逝水》)；“想起那高远的天空，想起那辽阔的坎湾，想起那浩荡在耳边的风，想起那一朵疲惫的、褐生生的云，我就深深觉得，人，有时节，真可怜。”(《苦土·三舅爷》)

我特别欣赏石舒清小说写景状物的文字，这类文字充分表现了石舒清对大自然的独特感受，对语言技巧的娴熟运用，清丽秀美，水意溶溶，读之如品香茗、如饮佳酿，味淡而韵长。小说《赶山》集中体现着这个特点。例如，写手扶拖拉机进山“把许多的山超越了，还有许多的山在前面”，那车声“震得两边的山坡像张开了无数的嘴，呱呱呱呱地释放着声音”，“车往深里走走，便遇到了沟的拐弯，弯拐得很急，所以远远儿看去，两座山便似三座山了，呈‘入’状矗立在眼前”。观察之细致，感觉之独特，表达之准确，尽在这一个“入”字。写晨曦“遥远的东方，紧贴着山顶的那一抹天空，先是淡黄着那么一绺儿，再就有些微红，终而深红了，像敞着一个什么重大的秘密与喜讯”，层次分明，意象明丽，有动感。写山歌“她的歌声那么微细，如薄薄的蝉翼上那点儿光泽，被小风吹得梦一般颤着”。写雪“雪大了起来，纷飞的雪花像世事一样狂乱地舞着”。比喻贴切传神，“含不尽之意见于言外”，创造出一种独特的意境。如此等等，不一而足。

品评《苦土》，我们还会发现一个奇妙的现象：干涸的土地、贫瘠的生活、苦涩的人生、纷繁多艰的岁月，却孕育出了石舒清这些颇含“水意”的作品——假如我们一定要用两个字来概括石舒清小说的艺术特色的话，那就是“水意”。《苦土》集子中打头的篇什，也是石舒清最看重的一篇小说，就叫《逝水》，这并不是巧合，它昭示着作家的一种风格追求和艺术气质。不光是语言有水的色泽韵味，他笔下的自然景致、意境物象、生活图景均具有水的质感和韵味，纷繁而不失清纯、拙朴而不失生动、刻意而不失自然。水是曲线的、清澈的、流动的，也是生动自然的、容易表现诗情画意的，这的确造就了石舒清小说水的质感、流动的韵味、诗的情致和自然的人格，就像宁南山区黄土地上的任何一条小河沟，朴素宁静而不失美丽。石舒清的小说孕育于一片苦土之上，往昔岁月有太多的苦难太多的荒诞和艰涩，石舒清不愿意把它直呈给本就活得很累的现代人，因而才在自己的小说里融进了水意、充盈了灵气、显出了水色，替读者营造出了一种滋润的格调与意境、滋润的情致与韵味、滋润的人生与艺术。

1998.01

精神生命的礼赞与尊严意识的喻扬

——评石舒清的小说《逝水》与《背景》

若干年前，诗人白莽将匈牙利伟大爱国诗人和革命家裴多菲的爱情诗《自由与爱情》译成一首格律诗:生命诚可贵,爱情价更高;若为自由故,二者皆可抛!鲁迅先生对这首著名的译作给予了高度的评价(《鲁迅全集》第四卷 p.375)。革命战争年代,这首著名的诗作曾激励着千百万优秀的中华儿女为了民族的解放、国家的独立和个人的自由而赴汤蹈火、视死如归。读石舒清的短篇小说《逝水》(载《朔方》1993 年第 4 期,收入小说集《苦土》)及其续篇《背景》(载《六盘山》1997 年第 5 期),我不由自主地常常想到这首诗,只是,我将其作了小小改动:生命诚宝贵,爱情价更高;若为尊严故,二者皆可抛!在这两篇小说里,作家站在人文主义的立场上,通过两个回族老女人的生活片断和艺术形象,对人的生存意义、精神信仰、生活价值和人的更高发展、理想境界等进行了形象化的探索与思考,表达了对生命尊严、健全人格的关注与企求。作家高扬“人的尊严”的大旗,歌颂了人类对精神的顶礼膜拜和不息追求，剖白了自我的生命升华历程和心灵净化之路,宣叙了自我对生命意义和人生价值的理解和感悟。

《逝水》是获奖小说集《苦土》打头的篇什,这篇小说以素描式的笔法记录了少年的“我”与“姨奶奶”的一段相伴四年的寄居生活,描述了一位回族老女人凄婉动人的一生,反映了曾经十分美丽的“姨奶奶”因一个偶然的因素而一生坎坷、最终将自己的生之意义,寄托在虔诚信守信仰上的故事。学子时代的“我”,是一个感到比姨奶奶“优越”、漠然于她的存在、漠然于她的呼唤与关心、以沉默拒绝她的问话、把她排挤到炕角的“浑小子”。那时的“我”,不谙世事,不知生之悲苦艰辛,仅觉得姨奶奶是“太老了”，睡在炕上，“像一捆谷秸一样紧裹着自己”，“可以终日不说一句话”，时常“垂首静坐”“进入深长的沉默与思索里”。她还有着许多“见憎于人”的清规戒律：饼干、水果糖、罐头、机子面、街上买来的肉等这些她认为不清真的东西，一概统统不吃；对世间的各种物质享受她毫无奢望，却对自己洁净如初的水缸视若至珍，绝不与人共享，否则她就“搬家”走人。她以孤苦无依之身默默抗衡着命运强加在她身上的诸多不幸，却尽己所能施善于“我”而不求回报。她为“我”焐被铺炕、整书“偷”梨，照看病中的“我”，甚至不惜以老弱衰微之身替“我”受过赴难。她渴望人间亲情和天伦之乐，却什么也没有得到，我们仅从她在诸兄弟姊妹家的轮流寄居中感到世俗亲情的些许暖意。除此之外，在“这残破无望的世上”，她所能得到的就是无尽的寂寞和孤独。然而，就是这个“面容清瘦、眼窝深陷、身着发了白的蓝对襟衫子，戴着白盖头紧束着脚脖子且弓了腰的老人”，在一无所有的、颠沛流离的、漫长的近一个世纪的流浪生活中，构建起了自己坚实无比的精神家园。在心灵朝圣的征途上，她无比坚执毫不迁就，对一切荣辱得失都漠然视之，对既定精神目标和既定信仰的追求不留退路，生命的大厦因之高贵而坚不可摧。若干年后回想起来，“我”不禁悲哀于当年的无知与浅薄，不仅“肃然”而且“生出敬意来”。这是一个极其感人的、极富象征意义的艺术形象。对于芸芸众生，对于那些“心上没路”“感到生活的茫然和生命的无助，感到命运的不测和活着的艰难”的人来说，“姨奶奶”这个形象，姨奶奶对精神信仰（超越宗教意义的）的顶礼膜拜，对精神生命的无比执着，其启迪意义都是不言而喻的。

这篇小说，有两条相互交融的情感线索，其一是姨奶奶对精神信仰的苦行坚执，这是一个人精神追求、灵魂皈依的求索过程。其间，姨奶奶除了坚执自己的那些“见憎于人”的生活禁规之外，曾先后两次祈求主的饶恕。一次是在为病中发烧的舍木“偷”梨之后，她为自己的“偷窃”行为而自责，也为舍木的早日康复而祈愿：“胡达呀，你饶恕者！”一次是替舍木赴难受过之后，为舍木的过失也为自己的遮掩说谎而愧疚：“主啊，你饶恕者。”在心灵朝圣的路上，这也许是姨奶奶唯一“见憎于己”的两件事了。不管怎么说，姨奶奶终于一步步登上了心灵的圣坛，得到了“杜瓦”，获得了“脱离”，有了一个“终身圆满的结果”。宗教信仰在这里其实已象征化为一种不可移易的生命追求和人生目标，是一种“终身圆满的结果”，一种人生境界，它永远吸引你去追寻苦修，却不容易企及。在石舒清看来，这种纯精神的东西（或曰精神信仰）是人生的最高目标，人生不能没有它，为了达到这个目标，人应该毫不动摇、义无反顾地奋斗终生，直到幸福地献出自己的生命，其间的一切荣辱都微不足道，而这一切，就构成了人生的终极意义。其二是“我”的自责反省和对“生的秘诀”的困惑与拷问，属精神自救的内心活动。成年的“我”，“觉得人在这世上真正地处在一大片难以澄清难以超越的混沌之中，拥有生命，却惑于生命；拥有能力，却囿于命运；拥有双足，却迷于路途”，“我年轻的生命常常因一些锋利的，难以回避的观念而动荡不安，时时刻刻处于一种困境，时时刻刻被什么威胁”。“我”常常深切地感到“活着的艰难。那种比缺衣少食艰难多少倍的艰难啊”。因之“我”才苦苦寻觅姨奶奶“活着的根据与指望”，才苦苦拷问：“告诉我为什么要拥有这生命？拥有这生命到底是要干些什么?！”从某种意义上说，这是现代商品经济引发的当代人精神空落、信仰迷失、心理素质滑坡的一种反映。石舒清是一位具有人文责任感的作家，他以自己年轻的生命默默地体验着严峻的生活，体悟着生之尊严，深味着生之艰辛，对“活着的根据与指望”、生命的价值和意义，进行着极其深刻的体悟与思索。

值得一提的是，在“姨奶奶”一步步迈上精神圣坛之际，作品还同时进行了大胆的自我暴露和率真的自我表白，表现出一个当代人文知识分子的道德自期。作品写道“我亏过这个无依无靠视我为亲人的老人”，那时“我待她是不怎么好的”，流露出深深的痛苦和愧疚之情。在这里，坦直率真的内心表白和不避私瑕的自我解剖，表现出作家不逃避良知裁判的勇气和奋力挣脱世俗社会丑陋人性的熏染，努力剔除精神世界的污迹，实现自我的灵魂洗礼和人格重塑的愿望。当然，这里的“自我”，既体现着作家个人的也带有普遍的人性的意义。就是说，在解剖自我的同时，也解剖着人性的弱点；在企望实现自我的灵魂净化、精神信仰重建的同时，也深切地呼唤着现代人的精神自救和精神再造，期盼重建现代人的精神家园。

在作品的结尾，有这样几句耐人寻味的话：“于是那安详地活着直到高寿的人多么叫我羡慕，我想他们所以安详、所以高寿，定然是有生的秘诀的。”“我还要活着……去寻找那令我安详如您、高贵如您的答案……”“无论如何，我要去寻找这个答案。”至此，我们看到，石舒清终于背向了他已不齿的世俗人性，开始了悲壮而崇高的精神孤旅和心灵朝觐，也难怪石舒清会说：“其实在我，最投入的却是《逝水》，《逝水》确乎是我的一篇心血之作，我的一部分就在这篇小说里。”

石舒清是一位勤于思考的作家，他曾在《固原日报》著文认为，人性如同一棵虫蚀的树，是有瑕疵的、不完美的。作为《逝水》的续篇，小说《背景》正是在素描式的生活图景中，以最真切朴素的方式描绘了黄土地上的一种生存状态，展示了人性中丑陋卑琐的一面，让我们看到了世俗社会的种种卑劣和不义，表达了作家对生命尊严、健全人性的关怀与企求，具有鲜明而强烈的人道主义精神。

作品的主人公是刘老太太，这个曾做过旅长老婆、六十多岁与刘老太爷结婚、而今已年近八十的老女人，给“我”留下的深刻印象是：“有一张极为洁净而和善的脸，有一双总是没有完全睁开像内含着什么的眼睛，总是穿一身庄重而神秘的黑衣裳，那衣裳总是那么新、那么黑永远不脏，也永远地不褪色。”她，“总是那么干净、宁静而又神秘”。就个体生命而言，刘老太太和我们每个人一样，是微不足道的，她刚嫁到村里时，“像一只刚从遥远处捉来的有病的小鸡娃”。然而就是这个弱小卑微的生命，这个“异常干净也异常自尊的女人”，在无依无助中进行着无声的抗争，在无声无息间维护着自己的尊严，维护着人性的尊严，甚至不惜以生命殉之。刘老太太身上所体现出的人的“尊严意识”，强烈地震撼着读者，给日益麻木的世俗人性以无声的嘲讽和警策。

我们看到，自从与刘老太爷结成老年伴侣之后，刘老太太就陷入了长达十数年的冷遇与歧视中，陷入了刘老太爷的一大群儿子儿媳孙子孙媳的喋喋不休的舆论包围中，在刘老太爷病重期间尤甚。在一群卑琐饶舌的女人们背后，策划纵容者却是刘老太爷的子孙们，这里有长子刘士元、当村长的儿子刘士诚、当乡中心小学会计的刘士廉等，大都是村里的头面人物,代表着乡村的主流社会和主流文化。在男人们的放纵下,女人们认为,刘老太太自嫁给刘老太爷后,“把我们吃了十几年,老掌柜的一殁,咱们也就不伺候她了,水有源,树有根,咱们伺候她没有个说头啊,咱们连咱们的一对老人还没有伺候过呢,伺候这十来年都算是她的积修了”。及至刘老太爷病重无常前夕,一大群儿媳孙媳妇们已“没有一个不提前说出不赡养刘老太太的话了”,她们再三地声明着,理由冠冕堂皇,且赌咒发誓、态度决绝,言辞刻薄以至恶毒。不光如此,刘士诚的女人还指使她不懂事的小女儿把屎拉在刘老太太的门上栽赃陷害,真是无所不用其极。刘老太太就是在这样的聒噪声中精心尽力地服侍伺候着年事已高的刘老太爷,度过了她生命中的最后时日。

我们无由揣测刘老太太是以怎样的心力和毅力承受着这人生的最沉重的压力,她年迈的生命是怎样艰难地坚持到刘老太爷的无常的。从某种意义上说,逆境和苦难是拷问人性良知和生命活力的最好公堂,我们看到,处于逆境中的刘老太太,虽然很少说话,但是从她的肖像和神态中,我们能感觉到她波翻浪涌的情感世界和心灵悸动。作家不惜笔墨反复描写和渲染着刘老太太的“洁净”和“苍白”:“一张异常干净与宁静的脸,以及整个一个干净得让人神爽的老人。我那刻觉得,原来别人的干净可以使你自己也干净起来的。看见那个老人,就觉得一种看不见的水将自己一瞬间里里外外都洗了一遍。”她把自己的居住地也打扫得很干净,“人用舌头舔都不嫌脏”,“屋里肃穆而宁静,有淡淡的卫生香味”,“一张紫檀木的桌子被擦得能映出一种让人宁静的光”,“墙上连一丝灰尘也没有”,“人走到这屋里来,的确是宁静而且干净了许多”,“她穿得那样干净,那样地脱俗,她的脸洁净得像新月一样”。在拉屎事件中,她一出现就“息了众人的声音”,她自始至终没说一句话,她的倔傲的神态和尊贵的气质让一群栽赃陷害准备看笑话的女人们无地自容。刘老太爷无常之后,一大群虚情假意的女人们“挥泪泼雨”,刘老太太却没有哭,没淌眼泪。作家捕捉了刘老太太的一个特定的、富有深刻内涵的动作反复描写之:刘老太太坐在刘老太爷的尸体边,“一只手从绿毯下探进去,悄悄地握着刘老太爷的一只手”。同时,还反复勾勒她的肖像神情,渲染她的高贵与端庄:“她脸上不见悲伤,也不见泪迹。她依然那样洁净而镇定。”“她端庄而深刻地坐在那里，眼睛深邃而内向，面孔苍白。”甚至“连皱纹也是那么的洗练而高贵”，使“我”觉得“在宁静的亡人身边，端庄而肃然地坐一位这样高贵脱俗的守灵者是多么的和谐多么的引人注目呀”。即便是在最痛苦动容的时刻，刘老太太也不过是“面孔很苍白……眼里一直隐隐的有着泪花，但总不能形成泪水滚下来”。与刘老太太相比较，“那些沾有肮脏泪迹的、惊慌的、左顾右盼的女人的脸显得那么浅薄、虚假、庸俗，如果把人的脸比作叶子，那么，似乎只有她那一张脸还是一片真正的绿叶，其余的叶子都落到地上了，陷入泥泞了，发黑了”。而且这些女人“不断地用自己卑琐的手指头偷偷指着刘老太太……鬼祟地窃议着什么”，断续的议论声“就像阴雨天的老鼠在不休地咬着一段潮湿的木头”。至此，作家的爱憎感情才终于突破一贯不动声色的理性的叙写，如决堤之水喷发了出来。

为了不落人口实、授人以柄，不使自己的人格尊严蒙羞受辱，凡儿孙们孝敬刘老太爷的肉、蛋、葡萄干、冰糖、柿饼之类的东西，刘老太太一概声称“不吃”，她的身体于是在半信半疑的人们眼里日渐“瘦小了许多”。（顺便带一笔，这里的各种“不吃”，与《逝水》中的姨奶奶的各种“不吃”稍有雷同，其主要情节“葵花子风波”与《逝水》中的“电视机风波”亦然，显出作家生活积累上的局限，但乡村的日常生活的确也就是这样。）为了维护被刘老太太视为至高无上的生命的尊严，在刘老太爷无常的次日，刘老太太伏在他的尸体旁边，也无疾而终了。

这篇小说，借助刘老太太形象的勾勒，作家提炼出一种人格精神来加以喻扬，高举的是“人的尊严”的大旗。刘老太太宁可死不受辱的凛然之气，既是自我人格的升华，也是对人的尊严的最高礼赞，维护了比生命本体更重要更有价的人的精神生命的核心——人格尊严。因此，随着刘老太太的无疾而终，我们一方面感到世俗社会人格精神的萎缩，另一方面，更主要的是，我们看到在石舒清的笔下屹立着一个大写的“人”——生命高贵、精神尊严的人。

由于两篇小说的取材、形象、思想意蕴的一脉相承以及写法的可类比性，我们可以把两篇小说作一个简单的比较观照：

1. 两篇小说都是以石舒清所擅长的第一人称叙事的，以 15 岁左右的少年的"我"的亲身经历、识见所闻来记录人和事，以成年的"我"的内心反省自我解剖来评判人和事。两个自我突破时空的限制而交替出现，为石舒清小说叙事方式的一大特色。少年的"我"涉世未深、稚气未脱，对"人生的不幸与残酷"尚无多少了解和理解，对世态的炎凉和人情的冷暖还少有体悟与认识。唯其如此，"我"眼里见的、耳里听的、心里想的，才更接近生活的真实，不可能掺杂其他因素；而通过成年的"我"的内心反省和自我解剖，便于直接抒发感情、表现自己对人生日渐成熟的见解和对生命意义的理解体悟。

2. 就人物个性而言，姨奶奶与刘老太太同样的善良（前者主要通过"电视机风波"而表现之；后者主要通过"葵花子风波"而表现之，情节相似却穿插得体），同样的高贵与尊严，同样的高寿且无助，同样的自尊且倔傲。姨奶奶活了九十多岁，年已耄耋；刘老太太活了七十多岁，年已古稀（本该还能活些年的）。她们都没有子女亲人，与生命本体相伴的唯精神生命而已。那种高贵的气质与凛然的自尊仿佛与生俱来，体现出石舒清对理想人格的构建、赞美和呼唤。两个老人形象的区别仅在于，一个活得高贵，为追求自我价值的实现，可以抛开一切不顾，坚守心灵的神圣，高贵且高寿；一个死得尊严，宁可死，不受辱，不能尊严地活，就不失尊严地死，以极端方式维护了人的"尊重需要"[1]，给被世俗淹没而日益麻木的人性以一帖清凉剂。生与死本来是两个极端，却在石舒清的笔下殊途同归、等值转换。

3. 维护高贵与尊严的主要方式：不吃。不同的人物，采取了相同的方式与手段。不吃与尊严，这本来是风马牛不相及的事，小说的主人公恰恰是抛开了这些人类生存的基本物质享受即"生理需要"[2]而守护自己心灵的净土。这既非人物的怪癖，也不完全是宗教的禁规。姨奶奶是自觉自愿的心灵守护、自我约束，具有宗教感和自我价值实现感；刘老太太则是迫

①②［美］弗兰克·戈布尔著：《第三思潮：马斯洛心理学》，吕明、陈红雯译，上海译文出版社，1987 年 2 月版。

于世俗压力和人性的卑污，为了始终保持人格尊严的一份清醒，才从现实出发以各种“不吃”来维护自己的生的高贵、精神生命的尊严神圣，因之更具尊严意识和人格力量。

4. 人生之大恸，莫过于生离死别。两篇小说都涉及生与死的主题，都触及到了个体生命的生存与死亡、精神生命的崇高与无限、命运遭际的必然与偶然等这些重大的人生命题，人情冷暖、世态炎凉、人性善恶诸多涉及，且颇多精彩议论，证明石舒清对这个人生至关重要的命题的关注和深思。

5. 关于小说的题目。一为《逝水》，往者已矣，逝者如斯！生活之水长流，生命代代不息。往昔岁月，无论它是苦难的还是美好的，总是给人留下种种人生的况味，值得再三反思自省，不管世事多么纷繁，生活多么孤寂清苦，姨奶奶的内心却一如秋水，宁静而深邃、安详而执着。一为《背景》，可理解为黄土地上的一种生存状态，象征着一种人文背景和世俗氛围，是模糊的隐喻性的，并非特定的时代背景或社会背景，读者在这里看到的是世俗社会中的一幕幕充满人文色彩的生活图景，抽象的人性在这里被具象化、被曝光展览、被指斥拷问。

1998.02

尊严意识:人性的精髓

——兼论石舒清的小说《逝水》与《背景》

人的尊严意识，是近年来文学创作比较关注但还开掘不够深入的一个题材和思想领域，青年作家石舒清以自己默默的笔耕探索和张扬着这一严肃的命题。在《逝水》(载《朔方》1993年第4期,收入获奖小说集《苦土》)与《背景》(载《六盘山》1997年第5期)里,作家站在人文主义的立场上,通过两个回族老女人的生活片断和艺术形象,对人的生存意义、精神信仰、生活价值和人的更高发展、理想境界等进行了形象化的探索与思考,表达了对生命尊严、健全人格的关注与企求。作家高扬“人的尊严”的大旗,颂扬了人类精神生命中“尊严意识”的永恒与无价。

近年来,由于商业文化的迅速崛起、传统思想道德体系的动摇嬗变以及对一些作家作品的不同评价,思想文化界曾经发生过一场关于“人文精神”的较长时间的学术讨论。在讨论中,涉及“人文精神”的定位、失落与重建,涉及崇高与伪崇高、道德与假道德、常德与圣德、人的尊严意识的维护与人生终极价值的实现等话题,石舒清的短篇小说《逝水》和《背景》,就是在这样的一种人文思潮的大背景下发表的。说来也巧,《逝水》发表于思想文化界关于人文精神讨论之初的1993年初夏,《背景》发表于人文精神讨论退潮期的1997年深秋。不管是有意为之还是无意巧合,两篇小说无疑成为这场文化大讨论中的一个成功的文学介入，奏出了与时代思潮同步的和谐音符,表现出了一个有责任感的青年作家敏锐的洞察力、勇敢的参与意识和可贵的探索精神。

关于“人文精神”,在长时间的讨论中,众多学者作家对“人文精神”的构成及其内涵曾作过多种界定和阐释,发表了许多建设性的意见:许苏民认为,人文精神是人性——人类对于真善美的永恒追求的展现。它包含三个层面:第一,对于“人之异于禽兽”而为人所特有的文化教养的珍视;第二,对于建立在个体精神原则基础上的人的尊严、人的感性生活特别是每一个人自由地运用其理性的权利的珍视;第三,对于建立在教养有素基础上的每一个人在情感和意志方面自由发展的珍视。[①]袁进认为,“人文精神”是对“人”的“存在”的思考;是对“人”的价值、“人”的生存意义的关注;是对人类命运、人类的痛苦与解脱的思考与探索。[②]肖同庆认为人文精神属“意义领域”,一般指的是人对自身命运的理解和把握,是对人的价值、尊严、权利,亦即人的生存意义的关注,它着眼于对人类命运与归宿,痛苦与解脱,幸福与追求的思考。[③]肖云儒认为,“人文精神从根本上说是关心人(包括关心人物质和精神两方面的需求)、有利人类生活的进步(包括有利于人物质和精神两方面的进步)的,人文精神从根本上说是一种人道精神”[④]。不管学者们对“人文精神”作何种解释和界定,无疑的,“尊严意识”都被作为人文思想的重要资源而备受看重和肯定。我们注意到,在表现人的“尊严意识”这个主题时,石舒清在《苦土》一书的其他小说里还写到了不正常的年代里黄土地上人的尊严意识的麻木泯灭, 写到了不正常的社会政治生活所导致的人性的异化和灵魂的畸变以及由此构成的对普通大众的致命威胁, 写到了根植于黄土地上苦难人生和生存现状的人文精神的崩溃衰落和人格精神的萎缩病态,写到了人的尊严的被轻视、践踏以至丧失,作家为此痛心疾首。谈到人的尊严感的丧失,我以为,除了自甘沉沦堕落者外,不外两个原因:其一,由于社会政治(特定社会、特定时代)的原因,剥夺了人的尊严,使人丧失尊严感而畸形异化成“非人”。譬如“文革”时期, 人的尊严意识被全面践踏, 精神恐怖的氛围笼罩着人们的生存空间,整个社会是一个覆巢,覆巢之下安有完卵?在石舒清的笔下,我们看到

①许苏民:《人文精神论纲》,载《学习与探索》,1995 年第 5 期。
②袁进:《人文精神寻踪——人文精神寻思录之二》,载《读书》,1994 年第 4 期。
③肖同庆:《寻求价值目标与历史进程的契合》,载《东方》,1994 年第 1 期。
④肖云儒:《被拷问的中国人文精神》,载《延河》,1995 年第 1 期。

三爷(《三爷》)、三舅爷(《苦土·三舅爷》)、队长马如龙(《苦土·队长》)等这些时代的受害者、畸形儿,反过来又是如何地可着劲儿异化糟践他人,而众百姓又是如何默默地忍受着这种糟践或者干脆被异化;其二,由于世俗社会的丑恶和人性的卑琐,使人不能尊严地活。人性与兽性不同,兽性就是兽性,而人性中包含着兽性,所谓“一半天使,一半禽兽”。在本文涉及的这两篇小说尤其是《背景》中,石舒清以人道主义精神为基点,对人性中的兽性因素进行了深刻的揭示,于不动声色中让人触目惊心、喟叹不已。

人文,广义地说,泛指人类社会的各种文化现象。关于人文的主要概念有:自由、尊严、平等、公正、科学、民主、理性、良知等。人文资源,有形而上层面的,也有世俗层面的;有物质内容的,也有精神内容的。石舒清所写,主要是后者。石舒清笔下黄土地上的人文景观——贫苦的物质状态与猥琐的精神状态,构成黄土地上特有的生存图景和生命形式,在整个社会人文精神失落、思想道德滑坡之际,根植于黄土地上苦涩人生的人格精神就显出了萎缩和病态,物质的状态往往演变为精神因素而深刻地作用于人。《背景》中刘老太爷的一大群儿媳孙媳妇们,不就是怕刘老太爷死后刘老太太白吃她们的饭而喋喋不休,从而造成巨大的精神压力仅用唾沫星子就“杀死”了刘老太太的吗?由此而知,作家对黄土地上的苦难人生同情垂悯之余,还有着更为深刻而复杂的担忧和激愤。开掘和喻扬人的“尊严意识”,对人的生存意义、精神信仰、生活价值和人的更高发展、理想境界等进行形象化的苦思与求索,是石舒清这类小说的思想价值所在,闪耀着人文精神的亮色。

按照心理学家马斯洛的学说,人的一生实际上都处在不断追求之中,他是一个不断有所需求的动物。人有五种基本需要,包括“生理需要”(空气、水、食物、住所、睡眠、性生活等,属于对“生存的需要”)、“安全需要”“归属和爱的需要”(此二者为“因缺乏而产生的需要”)、“尊重需要”(包括自尊和他人的尊重)以及“自我实现的需要”(建立在上述四种需要的基础上,包括“有意义”“自我满足”“轻松”“乐观诙谐”“丰富”“单纯”“秩序”“正义”“完成”“必要”“完善”“个人风格”“活跃”“真善美”等,为人的“发展需要”，亦称“存在的价值或后需要”）[①]，这其中，“尊重需要”和“自我实现的需要”是实现人的“生命价值”（马斯洛解释为“一个人能成为什么，他就必须成为什么”，并进而描述为“一种想要变得越来越像人的本来样子、实现人的全部潜力的欲望”）的最高境界，而树立人的尊严意识则意味着“人的需要”的全面实现，尤其是后两种更具精神意义更具人的本质的需要。概括地说，人的精神追求的意义主要体现在这些方面：成就感、尊严感、神圣感、胜利感、道德感、使命感、义务感、自我价值实现感等等，而尊严则是构成健全人格的核心，是提高人的生命质量的内驱动力。尊者，与卑相对，尊贵、高贵也。“天尊地卑，乾坤定矣”（《易·系辞》上）。尊严并不是“面子”“清高”之类狭隘的、浅表层次的东西，在汉语中，“尊严”一词的出现和使用可上溯到《荀子·致士》：“尊严而惮，可以为师。”司马相如《封禅文》：“是以汤武帝至尊严，不失肃祇。”《汉书·威帝纪·赞》：“临朝渊嘿，尊严若神，可谓穆穆天子之容者矣！”可见自古人们就将“尊严”一词同师者帝王相联系，象征着庄重而有威严，使人敬畏不可侵犯。尊严若神！它是一种内在的精神因素，是对理想信念和品性的誓死坚守，是一种独立向上不可侵犯的人格力量。尊严意识是人性中良性因素的“发酵剂”，是文学作品应不断开掘和弘扬的最主要的人文思想，也是文学创作应不断开掘和弘扬的一种文化人格。拥有尊严的生命，就变得神圣和崇高，就乐于奉献而不问索取，就会使道德感、使命感和责任感高度强烈。“一个具有足够自尊的人总是更有信心、更有能力，也更有效率”[②]。一个人若没有了尊严感，就没有了羞耻心，就会丧失道德感和责任感，精神世界就会崩溃变异，“从而可能导致绝望和神经症行为”[③]。瑞典当代思想家、神学家汉斯·昆（Pro.Dr.Hans Kung）称“人的尊严”是“人性的精髓”“真正的人道”，是“一切人的共同人性”[④]。他虽是站在宗教神学的立场上解释人的尊严意识的，但却带有普遍的哲学

①②③［美］弗兰克·戈布尔著：《第三思潮：马斯洛心理学》，吕明、陈红雯译，上海译文出版社，1987 年 2 月版。

④刘小枫主编：《20 世纪西方宗教哲学文选·上卷》，第 17、19 页，杨德友、董友等译，三联书店上海分店，1991 年 6 月版。

和文学的意义。

作为地球的灵长、“万物的尺度”的人，上顶天而下立地，生命的存在应该是高贵的（有如《逝水》中姨奶奶内心所体验到的生）、尊严的（有如《背景》中刘老太太无声的死）。人的生命的过程伴随着“创造”和“尊严”，前者为改造自然的实践活动，后者为完善生命的精神追求，这就把人与动物从根本上区别了开来。按照马克思主义关于“人”的学说，人正是从自身创造性的生存活动中生成为人的。人作为人的所有性质，也都是生根于此、来源于此的，人只有在这个意义上而不是在别的什么上，才可以实现自己的价值和意义。人为了追求自我价值的实现和维护自己的尊严（可推而广之为国家的尊严、民族的尊严、群体的尊严等）而不惜牺牲自己宝贵的生命，这是人的生命存在较之于其他生命现象所独具的。为了生的高贵和心灵的神圣，无依无靠的姨奶奶不惜多次“搬家”走人；为了避免人格尊严蒙羞受辱，刘老太太不惜无疾而终。尽管物质（生命本体）把死的规律强加给精神所推动的身体，然而在这里我们能强烈地感觉到，“精神是不死的”①，尊严是永恒的。

人的尊严意识，既体现在如何生，也体现在如何死，又承传着一种文化传统。《逝水》和《背景》正是以此为切入点来喻扬人的尊严意识的。士可杀不可辱，匹夫不可夺志，宁可站着死，不愿跪着生，中华民族精神资源中的这些宝贵营养，潜移默化地影响着姨奶奶、刘老太太这些“越来越像人的本来样子”的人。生与死本来是两个极端，却在石舒清的笔下殊途同归、等值转换。

1998.05

①刘小枫主编：《20世纪西方宗教哲学文选·上卷》，第17、19页，杨德友、董友等译，三联书店上海分店，1991年6月版。

情爱精灵与生命烛照

——郭文斌散文集《空信封》[①]阅读札记

我相信，我可能是这本散文集尚未正式问世前的少数几个先睹为快的阅读者之一。我曾花了两天两夜的时间为这本书的清样做了一些文字上的校对工作，并零星记下了最初的一些阅读感受。我相信最初的审美感受是最能逼近作者心灵的，我还相信这书能带领许多读者和我一样进行一次感觉不错的情感旅行，共同分享这一笔人生的、精神的财富。

这本书给我最深刻的阅读感受，就是思想意蕴的现代性和写法上的先锋性，飘逸着浓浓的抒情氛围、思辨色彩和浪漫气息。我感到美好的散文作品就应该是这样的：像人的感情一样节制有度，像人的心境一样自由无束。

《空信封》从作者已发表的二百多篇作品中精编而成，共52篇，大都是些千字左右的抒情短构。作家用一颗成年人的心去触摸生活的本质，咀嚼自我内心的生命体验，苦苦探寻“生命难题和情感困惑”，为心与心架起一座沟通的桥梁，许多篇什的思考具有一定的人性的深度。

人是思想感情的动物，人除了拥有一个现实的物理的世界，还拥有一个思想感情的世界。在思想感情的世界里，人的生命才真正熠熠闪光。文学艺术的本质就是要证明和展示人的这个精神世界的存在、博大、精深和无限美好，郭文斌的散文直逼心灵，探幽索微，把这个世界里一闪而过的念头、思绪，稍纵即逝的感觉、体验都捕捉住了，并且非常丰满地展现在我们面前。他的散文，写实的不多，叙事的不多，有些篇什，更像散文诗。那

---

①《空信封》，郭文斌著，中国华侨出版社，1998年7月版。

是从心田流出的情感之水，那是从生命的琴弦上弹奏的音符。每一个句子，每一个音符，都浸润着青春的遐想和情爱的律动，飞扬着作家的艺术才情，使这书从头到尾保持了一种难得的可读性和启迪意义。即便你的心锁久已尘封锈蚀，你已与世无争，于己无求，说不定他的哪一页短章，哪一句心语，哪一种感觉，哪一个字眼，甚或一篇文章的题目，会突然开启你的心锁，拨动你的心弦，让你的灵魂为之震颤起来，从而高扬生命的风帆。

人生之大恸，莫过于生离死别，在这方面，郭文斌有自己刻骨铭心的体验和把悟。《爱情没有药》《有一种感情无法面对》《落在日子肩头的相思鸟》等篇什，对“分手”“送别”“相思”以及生命与情爱的感受和见解，都可谓惊世骇俗。“这个世界什么也留不住，只有相思还在”。他一方面“制造”着现代人的爱情宣言，一方面又感到“生命太寒冷了”，需“借酒御寒”。他的思考充满痛苦和悲悯色彩，具有浓浓的人生无奈感，叫人不由得不被他说动。

郭文斌的散文中渗透着一种宁静淡泊的人生观和文化人格，对儒释道三家的清静无争、“色空” 观、“顿悟” 等思想和思维方式都有消化和渗透。《凉天峡》写树，流露出“厌了滚滚红尘、倦了喧喧闹世”的情态；《荷花沟》写绿，崇尚一种“宁静淡远”的存在，但自然界的“荷花毕竟过于淡泊”，作家向往的仍是人间烟火的“荷花”。如此，遁世无为与入世求进的思想相互混杂搏斗，折射出当代文人知识分子的矛盾心态。郭文斌散文中的“我”，被定位为“城市边缘人”，是与乡村社会有着千丝万缕的联系的大学生、文化人，其人格特征表现为多愁善感，对人生有着深刻的思索且生命一直感受着痛苦和无奈，是情与爱的精灵。因此，对人、生命、情爱的艺术烛照，就构成了郭文斌散文的思想坐标。

这本散文集还有一个内容，就是对清明节、送寒衣、中秋祭月、燎干等民间习俗和以往农村生活体验的回顾与描写。阅读这类散文，透过那些往昔岁月黄土地上苦难的生存图景，我们分明感到的，是“已被故乡所放逐”的作家那浓浓的化也化解不开的乡愁乡情、乡土情结。

我还觉得，郭文斌很在意散文题目的“制造”，一些题目如同气质绝佳的女性的面颊，叫人一看就喜爱，就产生阅读的欲望。譬如《静夜听月》《雪吻》等。有时候，他的散文像印象派的画，捕捉瞬间感觉的能力和调配色彩的能力都是惊人的，《蛋黄色的办公室》纯粹就是一幅印象派的“黄昏图”。作家对一些物象的捕捉与感觉极其独特和富有诗意，用语也新奇大胆，常有惊人之喻。他的旅游览胜的文字，很少直接描写山水之秀美多姿，笔下所述，多是经作家审美感受熔裁之后的自然物象，一切都郭文斌化了，打上了作者思考的烙印。

写法上显得随意、跳荡、不连贯，不刻意经营结构，仿佛文章就在那里等着，在月夜、在床上、在车站、在校园、在教室、在驿站，在随手可及的地方，他只是信手拾捡而来，稍作连缀而已。作者喜欢用句号和逗号为他的思想定格，爱用“制造”一类动态感较强的词，突破了传统散文的章法结构，有艺术探险和文本实验的味道。思绪的片断，如柳絮飞花，并不刻意，但绝不缺少诗意和睿智。

散文是袒露自我人生和心灵的最自由意义上的写作，它是一种不受拘碍的文体，最能展示作家心灵的深度。读散文，常能读出一个人的个性和人格思想。郭文斌是一位充满感情色彩的作家，这仅从他在书的“代后记”《回头一望》中就可浓浓地感觉出来。在《月光下的一片豆地》以及篇幅较长的《一片荞地》中，郭文斌尽情地讴歌了一种具有普遍意义的伟大的母爱，读之催人泪下；而《忧伤的钥匙》则更像一篇缠绵悱恻的爱情小说，是全书“压轴”的篇什，作者期望以此制造一些关于“散文”的话题，事实上他已经制造了一些话题。在西海固贫瘠干枯的土地上，在富于黄土高原特色的西海固作家群中，出现郭文斌这样多情如水的作家，孕育出《空信封》这样秀色可餐的文章，不是很平常的事情。

1998.12

苦难生存中的灵魂救赎

——释读被《小说选刊》选载的西海固作家的三篇小说

宁南西海固地区文坛上，如果说1998年年初“西海固文学”的正式提出、媒体的宣传以及1999年创作的沉寂、思考和集成，使“西海固文学”还有一些形式感和自我鼓劲的意味的话，那么，2000年《小说选刊》第5期的出版，则标志着“主流”文学界对西海固作家和“西海固文学”的一种实质性的关注与认可。这期刊物同时选载了西海固作家的三个短篇。作为“国刊”，同一期上为一个偏远闭塞、在当今中国文坛处于“边缘”地带的作者一连选载三篇小说，恐怕是绝无仅有的。

首先来读石舒清的《小青驴》，该文原载《青年文学》2000年第2期。

我不清楚这篇小说是不是石舒清上鲁迅文学院以后的新作，但这小说，确与作者以前的作品有不同的人性深度和味道。小说一开篇就创造了一种动态的文字韵律：“小青驴船姑娘一样娇娆地走着。”我就是在这样既现代又古典的感觉中阅读着少年舍木尔耐和姑太太短暂相处的人生故事。

我首先感兴趣的是姑太太的形象。和石舒清许多作品中的老女人形象一样，年逾七旬的姑太太是作家理想生命的范本，生存观念的化身。一方面，她是“我”的人生启蒙者，她使“我”朦胧地意识到自己长大了，导致“我”偷偷地躲在房顶上窥察自己身体的羞处；一方面又为“我”的心灵严加设防，当少年的“我”无意间观看了一场“鸡踏蛋”的追逐之后，姑太太便用汤瓶盛水给“我”洗脸洗眼睛，“像一种抚慰，一种告诫，一种疗救，一种深深的叮咛与祝福”。这个象征性的细节暗示着信仰在个人存在之中无可替代的位置，生命必须有所皈依，石舒清从中巧妙地提炼出了与我们生命存在本质相关的一些东西。在这里,宗教情感化为一种生存态度和生存精神,化为一股支撑生命的信念和心劲。石舒清擅长写老女人形象,他的笔下,越是久远的生命,就越是蕴藏着令我们怦然心动的生存秘密。《逝水》中的姨奶奶、《背景》中的刘老太太、《小青驴》中的姑太太等,这些老女人,就像深山老林荒村僻野中脱尽了绿叶细枝,只剩瘦硬枯干的身躯的老榆树老柳树,她们什么都经历过,什么都知道,她们的生命真是谜一样深邃、梦一样难解。

其次我感兴趣的是叙述文本的纯粹灵透和语言文字的精致典雅。"我"牵着小青驴从大山深处接来了年逾古稀的姑太太,姑太太和驮着姑太太的小青驴,一路上的举止使"我"十分好奇倍感神秘;姑太太嚼馍喂妹妹的情景使"我有些怕";姑太太暗夜里讲的"古今"使我异常恐惧并产生幻觉;姑太太吃苦苦菜团子,叙说光阴,唏嘘岁月,说"人是假的呀";姑太太重归大山里之后,"我"因为脸上留有"姑太太的手印和泪水"而"突然不想洗脸"。在作家的笔下,小青驴,姑太太的衣饰、举止,姑太太对我的昵称,灯火苗,黑夜,古今,太阳,这一切生活物象都具有灵性,暗蕴禅意,洋溢着生命的韵律。当少年的"我"(舍木尔耐)给驮着姑太太的小青驴擦脸上的汗时,"它晃晃脑袋像不满意"。"我"看见自己映入它眼睛的暗影显得又小又遥远。姑太太谜一样的生命状态不禁使"我"猜想着她"那件黑色的大襟衣裳下面究竟裹藏着多少东西"。姑太太昵称"我"为"舍蛋","我就觉得自己真像是一只鸟蛋,刚从鸟屁股里滚出来"。在夜里,"油灯在窗台上像在打盹","一家人就凭着油灯上鸟舌头一样长的那束光活着",夜呢,则"像一条大河迟缓而深沉地流淌,无穷无尽"。在白天,"日头在头顶一动不动,它像是等着要看什么"。这些童年的刻骨铭心的生活印象,是那么深入骨髓地导引着作家观照生活的审美精神,往事在石舒清的笔下是一种点点滴滴的人生细部、一种安然恬淡的日月光阴、一种清风徐来水波不兴的气度风范。

石舒清有着感受生活的出色禀赋,他对日常生活静思默想的感悟能力是超常的,对生命状态入丝入缕的精雕细刻的功夫是惊人的。在复活往昔的生存图景时,石舒清灌注着宗教般的虔诚和感恩,他以一种古典主义的态度修炼着语言的典雅性，往事的纯净典雅很大程度上来自于叙事话语的精心装饰，他制造的语言景点是那样密集，几乎每一个文字每一个生活细节都极富张力，都自有一种空灵典雅的韵致，使人仿佛连牙缝里都塞满了阅读快感。

文字的魅力同时也消解着文本的复杂意蕴，童年情结？宗教情感？青春期萌动？使人迷失于词语营构的意境中，产生一种把握不定的审美困惑，就如同一张白纸一面墙壁一棵树，你说它表现了什么呢还是什么都没有表现？“小青驴”和“我”，“我”和“小青驴”，哪个是真实的存在，哪个又是虚设的意象呢？

石舒清的小说，要在一种宁静古典的场景氛围中去阅读。那种情怀，那种感觉，那种味道，那种韵致，如风中的一缕晚香，山野的一声小曲，丝丝缕缕，都能浸人心脾，要用整个灵魂去静静地感受品尝。

再来读了一容的《历途命感》，该文原载《上海文学》2000年第3期。

我是躲在城市的一间小阁楼里，拉上窗帘在一种比较灰暗的色调中阅读这篇小说的。我的生命未曾体验过作者生命历途中的那种悲壮酷烈——这是进入了一容小说世界的一道“城壕”，我试图寻找一种与小说内容相适应的阅读环境，我的阅读方式也是试图找到一座越过城壕的吊桥，这也许有些可笑。在我有限的阅读体验中，杰克·伦敦《热爱生命》，海明威《老人与海》，艾芜《南行记》中的一些篇什，都从不同的角度诠释着人类与自然、人性与兽性、生存与死亡，丰富着我们对生命历史和意义的理性认识。了一容的小说《历途命感》则描写了严酷的环境中灵魂的救赎与人性的亮色，展示了人的生存的酷烈和悲壮。

小说的整个叙事流程是在流浪者东乡族少年伊斯哈尔与姓马的撒拉族老头之间展开的。小说写了撒拉族老头对东乡族少年由别有用心的关心到真心实意的照顾、由图财害命到相依为命的心灵历程；写了东乡族少年的心路历程和坚挺的生命意识。撒拉族老头为东乡族少年买药、陪少年上路、把自己的黑马驹借给生病的少年骑，与他找水并让“干渴得劲大”的少年先喝，这一切闪耀着人性光辉的善举背后隐藏着不可告人的歹意，恶念被真心实意的关心举动掩饰得严严实实。对撒拉族老头内心世界“闪烁其词”的描写，作者仿佛要证明人的内心潜藏着一个罪恶的渊薮，一个黑暗的王国隐匿于人性的内部。在这个意义上，罪恶是无因可循的，它们源于人的本性。少年漂泊者伊斯哈尔，由生命的历途追索着生命的意义，内心世界不断进行着追问和反思。“人间的路何其的遥远、漫长啊！”“人在这世上都是为了各种‘买卖’而活着！”“人其实不该到这世上来的，来了，从生到死，都是为个‘命’而活着。命到了尽头，才觉着什么都是空的，只有精神被留下来了”，“人最难战胜的敌人是人之本身”，“在生命的旅途中，人的信念是压不垮的”。这些思考源于作者对生活的深刻体察和切身的生命体验。循化、尕楞、街子乡、石壁、札巴、腊子口、五道岭子、隆化、塔尔寺，这些富有高原藏区特色的地名在小说中反复出现，强化着生存环境的特征。个体生命被置于严酷的自然环境中历练，生存环境的严酷（夜、高原、森林、饿狼）迫使人性由恶向善：“这娃娃活着多么好啊！能走到一达，在这个世上也是个伴儿。”“老头儿像一个战胜了自己的幽灵，在心里哭了。”当黑马驹被饿狼咬死以后，当老头恶念除尽，用手抚摸着伊斯哈尔的头，这一老一少抱头痛哭，终由互相设防到相依为命，联手跋涉在漫漫的人生旅途上。

我觉得，故事本身似乎还蕴含着更丰富更审美的东西有待开掘。小说有这样一个情节：流浪少年伊斯哈尔在流浪途中从一堆垃圾里捡了一张写着“王晓霞”名字的相片，“相片上有个美得让草木都会为之动情的女孩儿”。从内蒙古到西藏，到新疆，再到云南、青海，他一直把“她”带在身上，“寂寞时，拿出来看看，也不失为一种满足”。他几次都想吻一吻，但都打消了。暗夜里，撒拉族老头发现了这个秘密，就告诫少年：“尕娃，身上别带这骚东西，就倒霉咧！”“尕娃，那丫头片子，太漂亮咧，你要不了的！”就用香烧坏了她的形象。尽管用于这个情节的文字不足500字，我却特别欣赏“王晓霞照片”这个情节，这是小说最有灵气和才气的一笔，这个情节使发生在暗夜里的人生故事容光焕发，使一老一少两个人物大放异彩，正是这样一种美的召唤和对美的不同体验和感受，才使人性有别于兽性，得以在严酷的环境里完成灵魂的救赎。

与石舒清的《小青驴》相比,《历途命感》的叙事话语显得粗粝硬实,仿佛被青海高原凛冽的风吹打过,被酷烈的日头暴晒过,直截了当,没有刻意的灵巧修饰。

少年时代的了一容,走南闯北四处漂泊,遍尝人世凄苦,年轻的生命积淀了一笔可观的创作财富,在西海固作家中是得天独厚的。这使他的小说创作取材独特,起点较高,包含着对于底层生存的深刻体察,手法基本上是现实主义的,他注意观察人物与环境之间的互动关系,他笔下的人物性格,很大程度上是生存环境刻画出来的,人物的企图、动机、心理与行动,都可以在他的生存环境中找到相应的解释。我想说的是,这笔生命资源要慢慢地支取,要认真地享用,要珍惜不可轻率挪用,否则就会影响"利息"的收入。

死亡,作为一个难以摆脱的幽灵将萦绕于人的整个一生,甚至影响到他的人生观,决定着他所能取得的最高人生成就。死亡,是一切生命形式的共同命运,具有绝对权威的否定性。作为智慧生物的人类,生离与死别,乃人生两大痛苦之最。正如爱情一样,关于生与死,也是文学必须追问的一个永恒的话题。当代文坛上,张贤亮的《习惯死亡》、毕淑敏的《预约死亡》、余华的《活着》等作品都从个体对生与死的刻骨体悟中缓解着生存与现实、生命与死亡的紧张关系。郭文斌的小说《开花的牙》(原载《六盘山》2000 年第 1 期),则从一个独特的生命视角,对生与死进行了浪漫化的诠释,通过一个混沌未开的孩童的心理世界的真实记录告诉我们,生是美丽的,但死也是可以超越的,死是生的高潮,是生存终结的浪漫化。

小说写的是一个"死爷爷、欢孙子"的简单故事。年幼的小牧牧一觉醒来习以为常地喊爷爷时再也听不见爷爷的答应了,于是深感困惑,接下来的纷乱熙攘告诉牧牧,原来爷爷"死"了。小说写了丧葬过程中牧牧的笑闹痴傻和心灵困惑,回叙了爷爷生前与牧牧几次饶有趣味的关于"长牙吃肉""烟锅冒烟""吃鸡"的童叟戏谑,穿插了牧牧与"老辈子"、与比他年长的伙伴们关于爷爷之死的令人捧腹的刨根问底。在整个丧葬过程中,牧牧其实一直没有弄明白爷爷死亡的真实含义。八十多岁的老爷爷和童心未泯的小孙子，一个“人之末”，一个“人之初”；一个生命成熟、丰富、理性，即将终结和已经终结，一个生命稚嫩、单纯、天真，生命意识正在朦胧中觉醒。一老一小两个生命的碰撞交流穿插于特定习俗的丧葬背景中，叙述者隐含幕后，将一个尚不懂事的小孩子的心灵世界及其独特感受，原汁原味和盘托出：一个未受过任何观念“污染”的生命和灵魂对生与死的直觉感受，那种天然的达观境界虽然是非理性的，但却蕴含着丰富的人生启迪意义。丧葬过程的喜剧化和死亡故事的浪漫化，使小说读来颇感轻松，让读者在含泪的笑声中深味生命的诞生与死亡的真谛。

小说以轻俏纯净的叙写展示了大人与小孩面对死亡的不同态度：大人们忙着出迎哀哭打坟治丧，牧牧忙着唱童谣玩游戏凑热闹；牧牧讨好地问大姨“你啥时候死啊？”结果挨了二姨一顿训斥；牧牧要跳到爷爷的坟坑里去玩，结果吓得打坟的忙生子急赤白脸。牧牧从大人们对死亡的忌讳中困惑地想：“这是怎么回事呢？”“她们怎么这么害怕死呢，这死不是很热闹吗？”在牧牧看来，死亡是如同吃一只鸡一样“受用”的事，是令人欢欣鼓舞的，在牧牧的眼里，爷爷丧葬的每一个过程每一个细节都如同儿戏般好玩，什么“杀鸡带路”“出迎”“孝子磕头”“金银斗”“童男女”“白龙马”“往生船”“白仙鹤”“献瓜瓜”，使牧牧深感热闹有趣，以致对死亡的“美好世界”想入非非，“不知爷爷走时能不能带上他”，“要是有几百个爷爷就好了，一天死一个，那就会天天吃上献瓜瓜。或者爷爷一天死一次也可以。就像爹和娘一样，隔几天晚上就说美死了美死了”。牧牧幼小的心灵渴盼着“什么时候才能真的死上一回呢？”当然，牧牧也为爷爷的死“毫无形式感”地大放悲声，那是因为在挨了爹一巴掌后痛切地感到了爷爷的死使他失去了生命的庇护。一切都是那么自然，都是那么纯真。

当代英国著名神学家麦奎利在论述“人”作为一种特殊的生命存在时曾说：人“不仅在，而且知道自己在这一事实，而且在某种程度上还知道自己是什么”。所以“人”又被定义为“理性的动物”。人正是因为意识到自己的存在而庆幸，又因为意识到自己作为个体生命的存在仅只是一个过程（有限性、短暂性、必死性）而恐惧。作为个体生命，人的全部存在的价值和意义就体现在“过程”中，忧虑和希望都深深地植根于人的存在的过程之中。细细想来，人的一生都在吃，吃了一辈子没吃饱；人的一生都在睡，睡了一辈子没睡醒；人的一生都在玩，玩了一辈子没玩够；人的一生都在争这个争那个，希求“永恒”。其实人最终真正得到的“永恒”的东西就是生命的终结——死亡。这么一来，人生的前景的确非常暗淡，生存的所有挣扎和欲求显得既愚蠢又荒唐，死亡否定了一切。问题在于，我们对死亡究竟采取什么态度，是糊里糊涂的还是非常理性的？是无可奈何的还是超脱达观如小牧牧那样，感到死亡“是很热闹的”“死了爷爷真好”、是很“美”的一件事？我们当然可以把牧牧对爷爷的“死”的理解和感受解释为不懂事的小孩子的“傻想”，但这样一颗尚未被文化“污染”的天真心灵，对生与死特别是对于死亡的美化甚至向往，又何尝不是一种知命达观的人生境界呢？那些操办丧事的理性的成熟的聪明的大人们，面对死亡，竟然不如一个童心未泯的小孩子坦然乐观，这不是很值得深思吗？小说通过对牧牧纯真未凿的心灵世界的展示，象征性地昭示我们，“人之初”，人对于死亡是并不怎么看重的，或者说，人根本上没有观念的负累，并未想过自己有一天会“死”，会消失于“无”，即便有人告诉了你，你也会觉得那是一个遥远的梦，就如同出生一样自然而然，没有什么独特之处，你会像牧牧那样用文明的理性人所根本达不到的达观态度去面对死亡。人类的各种文明尤其是文化观念，使人类在不断进化的过程中将许多无价的东西不可逆转地丢弃了。“我思故我在”。人正因为基本上知道自己是什么，自己在干什么，自己的最终结局是什么，人的生命才充满了幸福、痛苦与忧虑。德国哲学家卡西尔一针见血地指出，人是能够运用符号创造文化并用文化包裹起来的动物。“文化的人类”区别于其他动物的标志就在于，他能够运用文化的意识理性地审视自身，人在成为“文化的人”之后，人便背上了文化的“负累”，成为文化的囚徒，这究竟是万幸呢还是不幸？

这篇小说所探寻的生命主题具有普遍的意义。简明透彻的故事文本和意蕴复杂的象征意象，深藏着作家的良苦用心。小说的创作过程中，郭文斌曾随手写下了一则颇有意味的创作笔记：“小说的概念不复存在，犹如置身一片久远的草地，视线被一种带着露珠的阳光打湿，一切都回到了‘当初’那个样子，才发现我们的心灵积了怎样的一层灰尘，洗礼就这样不知不觉地发生了。生是美丽的，而死虽然不是喜庆，却也不是悲凉。”如若抛开一切“文化”的负累，在郭文斌的笔下，死亡是什么？死亡既是生命的一种回归，也是生命的一种升华和高潮，是生存终结的浪漫化。这其实是被“理性的”“文化的”人类所忽略了的人类共有的宝贵经验。我们任何一个活着的人都不可能确切地知道什么是“死亡”，死后又怎样？死，也许是生命的另一种存在形式也未可知。不管怎样，没有一个活得好好的人愿意离开这个世界，正如人是又哭又闹地很不情愿地来到这世上一样，因为他不知道来到这世上是福是祸，他不知道这诞生对自己意味着什么，后来呢，人不就很庆幸自己的生吗？在牧牧的心里，死的道理，不也正是这样吗？有什么可忌讳的？小说正是这样通过童心对死亡的直观感受，努力深入人的精神世界的一域，在淡化死亡的恐惧与悲凉的同时，试图为现代人面对死亡设置一种认识向度。

小说名为《开花的牙》，这个颇费索解的意象无疑具有象征意味。小说几处写到“牙”，不是“吃肉”就是“吃蛋蛋”，却都与“开花”无关。结尾的两段用夸张和象征的手法凸现了牧牧的内心恐惧：“牧牧添牙了。一会儿添一个，一会儿添一个。添得牧牧心惊胆战的。”添牙有什么可怕的？人人都有添牙如“开花”的日子。字面的理解，人，从乳牙吮奶之际到添牙如鲜花怒放的日子再到掉牙而喝糊糊的时刻，浓缩着生命从诞生到茁壮到衰老死亡的整个过程，当“牙”像鲜花一样怒放之时，人生所有的幻想、忧虑也就与之俱来了，人逐渐清楚地知道了自己是怎么回事。但这样的解释仍感牵强，难求甚解。那么牧牧究竟恐惧什么呢？我觉得，牧牧真正恐惧的是“童年”的逐渐丧失，是“人”的意识的觉醒，是人对“死”的理性意识的萌发。当牧牧最后“看见爷爷在开花”，并将“他的眼睛都开红了”的时候，牧牧幼小的心灵，是否于朦胧混沌中也“看见”了那冥冥中主宰着我们的命运之神的启齿微笑？或者牧牧“看见”的是“死”去的爷爷的生命正如同鲜花般怒放升华呢？

对于生命的独特感悟决定了小说形式上的轻巧与纯净，作家清醒地处理了小说形式上的阅读障碍，成功地运用“傻瓜视角”，以丧葬的时间顺序为“经”，以牧牧非理性下意识的心理活动为“纬”构筑文本，用童稚的语言和心灵写大人的思考，运笔的重点置放于捕捉和再现童稚生命对死亡的直观感受,生动幽默地记录生命意识的启蒙过程,形式轻巧纯净又富含现代感。

郭文斌是西海固作家中自觉追求先锋意识的执着者之一,在小说、散文和诗歌创作中,都渗透着对青春生命、对黄土地上的生存图景、对人的精神世界和生命意义的现代思考。在他的笔下,先锋不仅是一种形式,更是一种精神，一种对生命的拷问。在郭文斌创作道路上具有突破意义的《开花的牙》,正是他这种文学意识的理想体现。

三篇小说的主人公都是儿童少年,都写了一老一小(少)的人生故事,都将作者的童年(少年)生活感受熔铸其中,反映出西海固作家开掘题材上的一种价值走向。三位作家都是由农民的儿子发育而成的文人,渗透在血液里的是"童年情结",是积重难返的农业文明因子。在对童年生活的文学复活过程中,他们不约而同地渲染着一种返璞归真的审美理想,展示了人的生存的酷烈悲壮和苦难生存中的灵魂救赎,张扬着一种经历苦难、战胜苦难、好好活着的生命意识。

2000.09

生存苦难与精神狂欢

——论西海固小说的题材与主题

乡土情怀与民间立场：西海固作家的题材之源

二十多年来，西海固小说的取材可以说都与作家的童年记忆和乡土生活的经验有关，是亲历者对苦难童年所提供的“证言”，是对童年生活的文学“复活”。西海固作家大都土生土长，在他们成为作家之前，他们都长时间地生活在贫困闭塞的乡村，他们的生命与乡村社会发生着千丝万缕的联系，他们并不知道自己将来有朝一日会成为西海固大地的代言人，这使得这种长时间的乡村生活不带有任何目的性和价值色彩，因而更显真切自然和刻骨铭心。他们对乡村社会的生存图景、人文景观、世相民情和宗教习俗一一亲历，这使他们在成为作家之前就已浸淫了长时间的民间文化，具备了一种丰厚的积累和诉说的资格。上天把这块黄土地交给了他们，由着他们去翻检和寻索。久而久之，西海固作家的创作越来越呈现出两个共性的特征：一是西海固作家普遍的对乡土执着的近于固执的深情，无论是展示生存的苦难图景，歌咏生存精神的卓绝坚毅，还是表现苦难生存中人性的温暖，健康的生命活力，开掘出蕴藏在老百姓日常生活中的乐观主义和对苦难的深刻理解，他们总是首先把热情的目光指向他们曾经生活过的土地和岁月，把最深情的文字留给他们最熟悉的父老乡亲兄弟姐妹，他们最富有思想意蕴和艺术才情的作品无一例外的都是写乡村生活和民间社会的。二是作为西海固黄土地上成长起来的现代人文知识分子，西海固作家大都接受过中、高等教育，具有一个现代人文知识分子的审美眼界和人文关怀精神，这使他们对黄土地上的岁月与人生进行文学的照拂时能站在一个较高的文化层面上。但是，一个颇有意味的现象是，当今文坛上时髦的“主义”、热门的“流派”却始终未能把他们挟裹进去，“市场经济”“商业文化”“全球化语境” 等等似乎与他们没有什么关系，他们沉浸在乡土情怀中苦觅着精神的坐标，无论写什么，他们总是站在同一个立场上透析世事，评判人生，这个共同的立场就是民间立场。他们对生活进行提炼的价值尺度来自民间，这个“民间”并不是相对于“官方”而言的，它是一个广义上的乡村社会和乡村文化的积淀和综合，是与市井文化相对应的一种民间文化形态，其中还包括作家的写作立场、价值取向、审美风格、文化修养和精神皈依等等。我向来认为，西海固文学并不是一个创作流派，而是一个群体性的创作现象。西海固文学也不是一种文学主张，而是一面旗帜，这个旗帜下包容和团结了所有西海固本土作家和类似张承志等的“外籍”作家。但是，二十多年来西海固本土作家薪尽火传的不懈耕耘，正在或已经形成了一个共同的话语系统，却是现在必须指出的，这个共同的话语系统是以乡土情怀和民间立场为核心的民间话语系统。这个话语系统的形成是不自觉的，甚至可以说是“先天”就有的，它的顽固的自我封闭意识使得外来的一切“思潮”“主义”都难以消解或浸入。无论作家来自于西海固大地上的哪一个村落哪一座乡镇，无论采取什么样的叙事方式和审美追求，无论作家的思想与时代大潮发生着怎样的龃龉，对民间文化形态的着迷和民间文化形态对他们的重要性，都几乎是绝对的。

通常，民间世界是与黄土地、农村、农事宗教、民风民俗紧密联系在一起的，与现代都市没有直接关联。在西海固作家笔下找不到现代都市小说的影子，甚至连像样的小县城生活的小说也极其罕见。应该说，西海固本土作家的绝大多数现在都生活和工作在宁南的各个小县城里，对小县城的市民生活和市民文化并不陌生，小县城的生活感受必然会影响他们的创作，然而西海固作家仿佛总是生活在回忆和幻想中，对所处的现实人生缺乏激情，梦魂萦绕的总是乡村生活和往昔岁月，乡土眼光和民间立场是他们矢志不移地观察和摹写世事的出发点。他们中的大多数人都崇尚贾平凹和路遥的写作方式，贾平凹一直钟情于对他的“商州故事”的连绵述说，路遥短暂而耀眼的写作生命一直行走在“城乡交叉地带”；他们也欣赏张承志寻找精神家园途程中的文学祭拜，并深受其影响；他们中的有些人还崇尚博尔赫斯，这位世界级的文学奇才一生都活在自己的思想之中，他的大部分时光沉浸于白日梦似的幻想或在与之相对应的失眠状态中度过，并且不到晚年就双目失明，但这并不影响他为世界文坛树立一种小说风范。十年磨一剑，这些文坛的前辈和大师对西海固作家创作思想的影响是显而易见的，石舒清的成功又坚定了西海固作家的乡土信念：就地掘一口深井，不能守着一个文学的富矿讨饭吃。西海固作家现在普遍地意识到，他们面临的首要任务是对这座文学的富矿进行多样化的采掘和更加艺术化的冶炼。

站在民间的立场上写作，农事劳作、日常起居、乡风民俗、宗教仪典及其浸透其间的生存苦难和抗争意识，成为所有西海固作家的首选题材。这中间，有以日常生活故事和日常劳作来揭示民间世界生存状态的《乡土一隅》《开花的院子》（石舒清），《麦捆》（古原）；有以宗教逸事和宗教情感为题材的礼赞人的生存精神和尊严意识的《节日》《出行》《清洁的日子》《逝水》《背景》（石舒清）、《斋月和斋月以后的故事》（古原）；有以家乡习俗的描写来反映当代生活的《选举》（石舒清）、《挂匾》（火会亮）；有以故乡往事的追述来刻画人物坎坷命运的《暗杀》（石舒清）、《名声》（火会亮）、《炭车》（马存贤）；有以女性命运的抒写来探寻民间文化传统的《尕花儿》（王漫西）；有以天灾人祸的追记来表现人性的复杂因素的《垅上劫》（李方）；有以童年视角探寻生命的意义、表现青春萌动和呼唤返璞归真的《小青驴》（石舒清）、《开花的牙》（郭文斌）；还有以流浪故事为背景展示人的生存酷烈的《历途命感》《出门》《绝境》（了一容）等。这只是一个粗略的归类。我们发现，不管西海固作家采取怎样的叙事视角，选取怎样的题材，在人物命运的叙述中，总是穿插各种风俗民情、日常起居和农事宗教的细致描写。民俗事象的描写是人物命运的组成部分，并成为推动情节和人物发展的内在动力。在这些作品中，民俗事象并不完全是小说故事的环境构成部分，而是作为一种艺术的审美精神出现的，民间社会与民间文化不但是西海固作家小说取材的根本源泉，而且还是西海固作家主要的审美对象。

在充分展示生存苦难和抗争精神的同时，一些作家还尽情展现出自己感知世界的独特方式和语言才华。石舒清善于以温婉的态度和宗教的虔诚来处理家族往事和习俗所包含的文化观念，他重视追求一词一语的美感，比喻的妙用使他的一笔一画都那么到位，那么传神；他重视作家的人生体验，善于捕捉生活的细部和灵魂的瞬间感受，描写深藏在心灵深处的一些人性的细节，抵拒了宏大单一主题的诱惑。他的作品有一种内在的穿透力，写得不瘟不火，宁静幽远，润物无声。他的《清水里的刀子》，通过对一个宗教传说的忧伤抒写，表达生命与生命之间的神秘关系，他的许多类似的浸润着宗教情感的作品，我称之为“灵魂的独白”。郭文斌则总是以诗意的眼光来廓清生活表象的复杂和粗糙，对叙述节奏的把握、对文学语言的提炼、对文本形式的迷恋使他显得很“先锋”，他的许多作品都来源于他童年的记忆，在故乡黄土地上的见闻，以及他丰沛的感觉和想象。由于个人禀赋中善于思考的成分日趋活跃，这使他在平淡的童年往事中总能挖掘出一份意外的浪漫。他的《弥天大谎》《开花的牙》《惊蛰》《最顶头的一个梨》等，共同谱成了一曲曲苦难与狂欢并存的“童年牧歌”。在西海固作家群中，年轻的了一容一出道就引人注目，造成西海固作家群中特有的“艾芜现象”。在成为作家之前，这位西吉山沟里土生土长的东乡族小伙子就跑遍了陕西、甘肃、青海、新疆、西藏、内蒙古、云南等中国西部，当然那不是为了深入生活，而是为了生存。尽管生命的资源独一无二，但了一容仍是满怀着对乡土的深情，站在民间的立场上，以一个亲历者的口吻讲述着那一个个悲壮酷烈的生存故事。他的成名作《沙沟行》，以及后来的《历途命感》《出门》《绝境》等作品，都巧妙地将游子生涯与乡土情怀纠结在一起，书写社会底层的生存图景，构成一部小小的西海固作家的“西行记”。如果把了一容笔下的一个个游子形象比作风筝，那么乡土情怀就是那根看不见的线，永远也扯不断。了一容现在所面临的是如何最大限度地开掘生命资源中所蕴藏的文学价值，这当然需要进行更艰难的艺术跋涉。

西海固作家的乡土情结和民间立场，形成西海固作家观照往昔岁月和现代社会的一种共同的审美眼光，这既是特色，又可能会成为局限。虽然那过去了的就会变成美好的回忆，但还是要警惕怀旧情绪麻木了作家感知现代社会的敏感神经。有生命力的艺术是不能自我封闭的，它必须是有源活水。

苦难生存中的精神狂欢:西海固小说的文化主题

西海固作家笔下的人物和生存环境构成一种矛盾的对立统一。一方面,环境作为人物赖以生存成长的基本依托,与人物有着母子连心般的情感关系,另一方面,环境又决定性地制约着人物的生存质量,人物命运的坎坷、苦难甚至生存悲剧很大程度上来源于客观的生存环境。西海固作家笔下的悲剧基本上都是生存悲剧,很少有政治悲剧、社会悲剧、历史悲剧和性格悲剧,他们不约而同地表现着人物与环境的不屈抗争。

进入20世纪90年代中后期,对抗争意识的表现上升为对生存文化支撑力的探寻,一些作家将往昔岁月的生活故事和世象民俗置于源远流长的民间文化背景下给以表现,对人生意义与生命价值进行了深入的开掘,展示出人类别样的一种生存状态。在探寻生命本质的过程中,重视一种与大自然浑然一体的生命形态,终于成功地挖掘出了长期被苦难本身所遮蔽了的西海固民间抗衡苦难的精神来源,这就是苦难生存中的精神狂欢现象。这是西海固小说主题的一个革命性的升华。

如果说在此以前西海固的第一、二代作家,面对他们生活过的土地和岁月,在作品中难以掩饰那种悲凉和无奈的话,那么20世纪90年代中后期活跃于西海固乃至宁夏文坛的西海固作家,则更多的是以怀恋和赞美的心态去梳理逝去的岁月,面对干枯的黄土地和苦涩的往昔,他们毫无鄙薄之意,正是在对往昔生活的文学复活过程中,西海固作家几乎不约而同地发现了一种弥足珍贵的东西,那就是蕴含在物质生活和文化生活都极端贫困的西海固大地之上的精神狂欢。

原来上帝真是公平的。世世代代在“不宜于人类生存”的黄土地上生息繁衍下来的西海固人,生命的体验中不光是苦难和抗争,原来还有着生存的狂欢,这种狂欢与苦难并存,苦难孪生了狂欢,狂欢消解了苦难。这是一种多么奇异的生存景观和文学发现啊!

按照苏联文艺批评家、思想巨匠巴赫金的观点,狂欢是人类生活中具有一定世界性的文化现象,狂欢化的概念,可用于解释人类一般精神生活和叙事文学中的某些特殊现象。狂欢,既然是一种文化现象,就必然存在于民间生活的种种文化形态中。西海固民间的农事宗教、婚丧嫁娶、日常起居、童叟戏谑以及农历几乎月月都有的各种传统节日中,无不蕴含着极其丰富的狂欢因素。

在西海固作家的创作中,乡土情怀和精神狂欢在郭文斌的小说里首先得到了炽烈而恣肆的表现,那种极度的精神狂欢往往产生于物质极端贫困的苦难生存之中。小说《弥天大谎》的写作主旨也许并不是要表现精神狂欢,但认真阅读这篇小说,会发现精神狂欢浸透在过年的每一个细节之中,浸透在人物一生的每一个步骤之中:“无论如何过年是很欢的。”放碰炮的“响声是多么好呀”,“要是夜夜都是三十晚夕就好了”,“那鼓也是很有意思的”,“山也过着年,树也过着年”。而初一早上一家人围着吃暖锅的感觉竟是:“天哪,世上还有这么好的事情。”那在外求学的人呢,一想着放学“往回走是多么好啊。满脑子都是娘的热炕、热汤、红灶膛”。小说人物的这些感受,又何尝不是作家自己最堪玩味的童年回忆呢?发表于《朔方》2000 年第 8 期的小说《最顶头的一个梨》,是郭文斌自觉表现精神狂欢的一篇佳作。小说采用的是作者最擅长的童年视角,娓娓叙述的是亮亮和地地童年生活的一段人生情节。在作者充满欢乐戏谑的叙述过程中,我一直期待着亮亮和地地能把挂在树的最顶头的那个“梨”打下来。然而,那个亮亮和地地千辛万苦九“死”一生未能打下来的“梨”,后来竟然自己掉到了地上,而且还是个烂的。出人意料的结局使人突然从狂欢的巅峰坠落了下来。这是一篇极富象征意味的小说,作者似乎在暗示人们,人生的结局并不重要,重要的是过程,狂欢和希望永远在追求的过程中,生命就是一个过程而已。

石舒清的小说侧重于开采信仰所带来的精神狂欢和灵魂熨帖,字里行间暗浮着幽若晚香的宗教情感。他笔下的人物往往把信仰作为自己处世为人的准则,在极端清贫的生活中,构筑灵魂的一方圣地,甚至不惜以死来守护,从而获得无与伦比的精神享受。《逝水》《背景》《小青驴》《清洁的日子》和《节日》等作品,都隐含着这一主题。在《节日》中,石舒清把一个回族妇女的精神朝拜过程尤其是心理活动写得波涌浪翻、枝叶扶疏,把生活的细部放大了再放大,从而凸现出生活本身的多姿多彩和诗意。在拱北上出散一只自己精心喂养的尕羯羊，是婚姻生活并不如意的环环媳妇心灵的盛大节日,散舍带来的精神狂欢,是支撑环环媳妇抗争苦难的力量源泉。这种狂欢也许在漫长的生存抗争中是短暂的,但它所带来的心灵熨帖却是长久的,它将伴随着环环媳妇一生的岁月。

“很久了,我们居然不知道我们是在美与波澜壮阔中生存着。”年轻的作家了一容曾经发出这样的感慨。了一容的小说多写流浪者的生存挣扎,挖掘蕴藏于社会最底层的生存群落中的人性的某些方面，表现民间道德所体现出的正义、仁爱和同情心以及顽强坚挺的生命意识,为西海固小说创作开辟了一个新的审美空间。他的小说《沙沟行》把苦难与狂欢几乎同时呈现在读者面前,这篇小说至少有三点是读者长久回味不已的:其一是回族老大娘招待“我”的一碗葱花浆水面,竟使邻家的两个娃儿看得哭了起来。其二是牛娃子相亲时把唯一的礼物小手绢塞到女方手中时,“感觉到有种大丰收了的幸福”。其三是备受生活折磨的“我”回到精神故乡,在大山的怀抱里受到大娘一家的热情款待后所感受到的那种“被收容的皈依”。小说通过对苦难中民间情义的生动抒写,使淳朴的民间道德体现出动人的人性力量。值得一提的是,有的作者在表现精神狂欢时还流露出某种美丽的忧伤,如古原的《斋月和斋月以后的故事》,把一个回族女子的青春萌动和宗教仪规融合起来,让我们既感受到信仰所带来的精神狂欢,又喟叹习俗挟裹下两情相悦的无奈。在西海固社会迈向现代化的历史进程中,如何适应宗教传统、克服习俗的惯性力量是作家深为隐忧的。有的作者还表现出精神狂欢的另一种形态:试图“活得体面”而不得的精神失落。火会亮的《名声》本来是一篇重在刻画人物性格命运的作品,但作者无意间表现了主人公毕其一生追求精神熨帖而不得的痛苦。农民王宗信一生都活在他的乡邻杨七贤的阴影中(“杨七贤总是瞧不起王宗信,无缘无故地瞧不起”),恼不得恨不得,近不得远不得,精神上老是矮着半截,于是王宗信生活的目的就是在精神上与杨七贤平起平坐。能和对方坐在一起喝一杯酒、吃一口菜,在他就是“一种发自内心的快乐和幸福”。短暂的窃喜熨帖和长久的惴惴压抑伴随着这个人物大半辈子的精神生活。小说人物性格鲜明生动,形象鲜活丰满,写出了漫长的民间生活中的某些复杂的精神现象。

显而易见,西海固作家笔下所记录的童年乡村生活感受,无论是农事宗教、婚丧嫁娶,还是日常起居、童叟戏谑,无不融入民间生存文化的大背景下,文字的背后隐藏着丰富的人类狂欢热情,洋溢着心灵的欢乐和生命的激情,体现出人类精神追求的共性特征。

西海固民俗事象中包含的文化因素是混合而复杂的,有宗教信仰的性质,也有道德习俗的特点,有慰藉也有惰性,既淳朴鲜活自娱自乐也藏污纳垢安贫守道,不管包含怎样复杂的文化因素,其精神内涵是与世界各民族的狂欢活动相一致的。它的突出意义就在于,暂时缓解了日常生活中人与恶劣环境的对抗,破除了男女两性之间的道德防范,打破了规范、正统的社会秩序,表现出比较突出的抗争意义和自由自在的审美精神。迄今为止,很多西海固的人文知识分子都在寻求西海固人的生存之谜,在没有更惊人的发现之前,我宁愿相信苦难中的精神狂欢是一个答案,一个形而上的解释,还有什么比精神狂欢更能熨帖灵魂的呢?假如没有这样一种文化支撑力,黄土地上的苦难生存,就会变成没有盼头的精神炼狱。

2000.10

男人·女人·钱及其他:兼谈西海固文坛的女性写作

——读《六盘山》2001 年第 6 期“女作家小辑”

西海固文学发展二十多年来，一个显而易见的事实是女性的声音太过微弱,女性作家寥若晨星,即便是在当代文坛上女性主义泛滥和女性化写作被炒得沸沸扬扬的季节,西海固文坛仍然几乎是清一色的男性天地。少了另一半的声音和身影,没有了她们的低吟浅唱、巧笑倩兮,文坛无疑是单调寂寞的。二十多年来,西海固文坛也曾冒出过一些颇有才华的女性作者,但她们的创作生涯如同女性美丽的青春一样短暂,她们很多人只在文坛耀眼地一闪就杳无音讯了。就文学而言,无论是阅读还是写作,都是直逼心灵的精神活动,女性有女性的长处,男性有男性的短处,是不言而喻的。

新世纪初年的落幕钟声即将敲响之际,《六盘山》特地编发了“女作家小辑”,算是对西海固文坛女性写作亮出了一面小小的旗帜,此举应该得到我们的看重。

打头的是辛小慧的短篇《上学》。这是一篇老实的文字,老老实实地叙述了一个农村青年筹钱上大学的故事。故事的背景是山区艰难的日常生活图景。一个“钱”字贯穿全篇,筹钱的艰辛和得钱的曲折都使人担心着意外不幸的降临——高中毕业生刘霄能如愿以偿吗? 作者精心设计了这个农村青年在步入大学殿堂过程中的“四喜四忧”:金榜题名为一喜,没有学费为一忧;获得奖金为二喜,学费太高为二忧;凑够了学费为三喜,附增的开支为三忧;学费的意外返还为四喜,未来的清苦岁月为四忧。作者以具有普遍意义的生活故事告诉我们,对我们生存的这片黄土地而言,无数天之骄子在步入大学殿堂之前和之后,必须经历怎样的人生煎熬。小说较为出色地展示了西海固社会这一特殊群体的生存现状和人生拼搏，必将引起每一个“过来人”的深刻共鸣。写法平实、琐细、传统，生活情景的叙写高度概略化，对刘霄打工换衣服的细节捕捉比较独到而富深意，对刘霄打工挣钱、四处借贷的精神煎熬开掘有一定深度，对苦难生存中的亲情与友情都有不动声色的感人描写。有的人物如刘磊、齐楚楚、旺财等则显得较为平面。

人世间的全部故事，无非是男人和女人的故事。韩银梅的短篇《其实大家都挺侥幸》，表面看去写的好像是时下很时髦的题材：一对生活平淡的中年男女的婚外情事，实则这小说隐含着一个很深的人性主题。人性是伟大的，人性之美是无与伦比的，但人性也是极其脆弱易污的。节水办普通职员王强遭遇飞来横财和对“色”的蠢蠢欲动，读来虽然没有“秽”的感觉，却能产生警策的力量。女作家池莉曾说：“小说更是一种鞭辟入里剖析人性的艺术，是一种认识自我的秘传式心灵感应，是一种对客观生活的细腻凝望。”这篇小说似乎要暗示读者，人性的深处都关押着一个魔鬼，需用一生的努力去筑防，并不是人人都能“侥幸”脱逃，如王强那样“体会到死里逃生的幸福感”的。王强心中的魔鬼就是对财色的非分占有欲，天上掉馅饼式的好事激活了他心中的种种欲望。刘青青心中的魔鬼是对于情欲的无节制渴望，她并不是坏人，王强当然也不是，刘青青不过是一个很个性的“让人赏心悦目的女人”，说穿了，就是一个善于释放自己的女性，或者干脆说是那种既有贼心又有贼胆的女人。但她的不加节制却是无形的人生法则所不允许的，这正是刘青青永远得不到真正满足的原因，也是王强实现自我救赎的外部力量所在。小说通过一对中年男女偷情未成的故事，在一个日常甚至是庸常的生活故事中，深藏了对人性的卑污和异化的善意讽刺。小说把现实与梦境相交融，对王强心理的刻画多有精彩之笔，叙述语言很活，是那种既朴实又灵气的语言，小说的一部分阅读价值，就体现在富有灵气的叙述过程中。

两篇小说都写了跟“钱”有关的故事，钱真是一个特别害人的尤物。而刘建芳的短篇《两截断指》，竟然又是一个关于“钱”的故事！1.6 万字的篇幅，仿佛是一个浓缩了的中篇，又仿佛是一个“注了水”的短篇——我的意思当然不是说这小说像肉市上那注了水的肉一样有水分，而是说这篇作品仿佛解除了与生活的想象关系，琐屑密集的日常生活图景直接逼近了生活本身，是对生活原生态的鲜活还原：国文与小钻儿兄弟的生存龃龉与谅解，吃皇粮的国文遭遇了妻子下岗的意外窘境，小钻儿的长期流浪与凄苦创业，老父亲蹬三轮车送蜂窝煤的落水而死，都是因为一个"钱"字。读来令人伤感，深喟生之艰辛。但好的小说除了还原和提炼生活，还要渗进作者对生活的理解和评价，这篇小说也表现出这个企图，却因为后半部分的处理不当为小说带来了两处"硬伤"，一是两兄弟"断指"的细节，二是小钻儿为儿子登广告招聘爷爷奶奶的情节，感觉有些杜撰生活之嫌，实为美中不足。

落户西海固的川妹子唐晴，本擅长于低吟浅唱的抒情短构，却也牛刀小试写起了小说，并引入网络语言，为西海固女性写作带来新的文学因素。她的《裂变》虽然显得轻浅，却演绎着现代社会里"裂变"的人生，男人也好女人也好都挣扎在现代生活的苦恼中，身不由己地奔波着。小说似乎要表现单相思带来的精神痛苦，又仿佛诉说着人的本性与社会法则的冲突。"诗心"带来了"文心"的多义。

我一直认为读散文是为了享受语言，而读诗是为了捕获感觉。邹慧萍的散文《打碗碗花爬满田埂的那个雨天》和武瑛的散文《绣鞋垫》，都是很有生活气息的写作，都有上佳的精彩比喻："其实我觉得那花瓣更像张开的迎接着雨水的嘴巴，女人粉嘟嘟的嘴巴。""向日葵丰满的脸低垂着，好像倾听着谁喃喃的低语，站着的样子既害羞又温顺。"(《打碗碗花爬满田埂的那个雨天》)"十八九岁的女子，就像热锅里的豆子，纷纷跳出娘家，被婆家的人带了彩礼来迎娶。"(《绣鞋垫》)。相比之下，邹慧萍的文笔显得老到娴雅，武瑛的语言活泛有趣。两篇散文都通过童年旧事与乡里习俗的回忆性抒写，回味着童年的欢乐，也反刍着民间生活中的一些观念性的东西：乡邻对"命硬"的姑姑的凉薄与歧视，对"打碗碗花"的忌讳；"绣鞋垫"的习俗中所包含着的民间婚嫁观念和男尊女卑的思想："世个虱子，也别世个女子。"稍感不解的是邹慧萍把姑姑的自杀写得既突兀又缺乏必要的解释，成为一个文本之外的谜。

还值得一提的是叶子的一组散文诗《像大地一样爱的人是多么幸福》、韩鹏的抒情组诗《雪地上的女孩》和李四霞的爱情诗《我在恋爱》，这些文字的女性特色比较鲜明，重个人体验和生命感觉的捕捉，有日子的咏叹，有青春的伤感，有岁月的迷惘；重语言的抒情质感和阅读韵味，比如韩鹏的组诗《雪地上的女孩》，采用短促而考究的语句，想象比较奇特、意象远似古典。我将这些文字看做是女作者们的感情散步。

从这一期“女作家小辑”来看，9 位女性作者虽然不都是西海固本土作家，但她们都把温情关爱的目光不约而同地投向底层的生存，描写的对象也都是一些位置比较边缘的小人物，表现出对生活较为一致的理解和女性作家的文学立场：对生活的苦辣酸甜体味得比较细腻，对底层生存的艰辛给予细心地照拂。但是，这些作品总体上讲都还显得比较稚嫩，没有特别震撼人的东西，缺少美的冲击力。西海固文坛上的女性写作还处在很幼年的阶段，无论是个人还是群体，都尚未建立起女性自己的文学标志，女性生活和女性世界的表述更是一片空白。但有了这样一个开头，相信以后能够听到她们更加响亮多调的声音。我这里所说的“女性写作”和女性意识，并不是指那些与男性可以共享的公共意识，而是以女性特有的直觉和敏感来写女性的内心、自我和无意识的隐秘愿望。从西海固走上中国文坛的石舒清的成功至少证明，西海固作家无论在生活领域的占有和开掘上，还是艺术表现的话语方式上，都必须有自己的追求和目标，东一榔头西一棒槌地写，恐永难走出这片黄土地，赢得当今文坛青睐。

2002.01

西海固“文星”“诗星”[①]六家点击

“文星”郭文斌：对复杂粗糙的生活现象进行诗意的廓清，对自然原始的生存景观进行形而上的异变抒写，通过生存假象传达生存的狂欢与卓绝，寓言的形式与童话的情趣，已成为郭文斌小说创作的一种下意识追求。郭文斌的小说得之于“灵”而失之于“巧”，想假假得不透，想真真不实在。灵者，是感悟生活的能动和作家自己丰沛的情感世界，是对生活细部的精心咀嚼，是一颗诗意的敏感心灵对触摸的瞬间反应；巧者，过于迷恋文本的形式，过于追逐语言的感觉，人物过于文学化（仿佛仅存在于文学作品里）、过于“纤云弄巧”而失真。小说中的人物应该源于生活而不应该源于作家的幻想，作家当然可以赋予人物以自己的人格精神，但生活中的人物，并不都像作家那样多愁善感，并不都具有作家的人格境界。作家必须和他笔下的人物保持距离。“写什么像什么”并不过时。如若每篇作品中都能看到作家活动的影子，看到作家的人格精神与人物的人格精神交融为一，看到作家在替人物喜、怒、哀、乐，那就意味着作家正在失去创新的能力。对郭文斌的作品和才气我很偏爱，我深知郭文斌敏感而勤奋，深信已身处闹市的他一旦走出自己的心狱，仔细打量大千世界，就不难发现芸芸众生中，绝对没有两个一模一样的人。就好比作家的郭文斌和文学人物的“扣扣”（小说《立春》），感知世界的方式肯定是不一样的。

---

①2000 年 8 月 30 日，由中共固原地委宣传部和固原地区文联举办的“西海固小说暨诗歌双‘十星’”评选揭晓，了一容、马存贤、牛川、火会亮、古原、李方、李银泮、穹宇、郭文斌、拜学英等 10 人被命名为“西海固小说‘十颗星’”；王怀凌、方石、冯雄、杨建虎、张嵩、虎西山、泾河、单永珍、周彦虎、郭静等 10 人被命名为“西海固诗歌‘十颗星’”。均以姓氏笔画为序。

“文星”李方：如果你初识李方其人，听过他的会议发言，然后再去读他的小说，你可能会与当初的我产生相同的感觉：为人为文大大咧咧毛毛糙糙不修边幅。进一步走近他、熟悉他，才发现貌似大大咧咧的李方有着典型的文人性格：谦和、羞赧、内秀、憨实。他有一篇较长的叙事小说在《六盘山》发表时，自命名为《T市的旅游》，发表前我就认真地读过，从题目到内容写实极了，后来在《佛山文艺》转发时，被编辑改为《请你过来说句话》，一下子有了味道和蛊惑性。他还有一篇刊于《银川晚报》的小说《我在固原挺好的》，全文近1万字，以自我调侃的方式传达出浓浓的生存尴尬和生活的苦涩。从题目看，你能判断出它是一个短篇小说吗？可它确实是一个短篇。李方的小说里还常出现一些固原实有的街道名和地名，这些都典型地表现出作家李方的一种写作姿态：太过老实，不善操作（炒作），因此，李方总出不了彩。李方的写作与郭文斌的写作形成一种对照，李方玩实，郭文斌弄巧；郭文斌总是刻意经营作品的篇名，像今日城里人给自己心爱的小宝宝绞尽脑汁起名儿，使作品的题目既费解又耐嚼还有点诗意，如《开花的牙》《忧伤的钥匙》等；而李方则像一个乡巴佬随便给孩子起个“狗蛋”“兔娃”什么的，他不是《东奔西跑》就是《T市的旅游》，要么就自我安慰一把：《我在固原挺好的》，你说，他能出彩吗？

“文星”了一容：游子生活与浪人情怀是了一容得天独厚的文学资源，他以《历途命感》《板客》《那一片绿土》等作品，正在为我们创造着一个浪人世界，这在西海固文学中是独一无二的。他的小说得之于得天独厚的生命体验而失之于对生活进行更深层次更高境界的开掘，这与作家的文化素养有关。了一容曾在一个作品研讨会上发言说，他在阅读美国作家海明威的小说《老人与海》时，“多次想举起书在阳光下看看文字里究竟藏着什么”。了一容读了很多书，如饥似渴地弥补着自己的不足，然而先天的缺失（譬如没有上过正规的大学）总是影响着他在创作上的进一步突破。他是靠生活阅历和才气写作的，有些靠天吃饭的感觉。一旦遇到旱年，庄稼就会歉收，但若把过去的生活积累作为一笔慢慢支取的存款，那么，随着时间的推移，“利息”将会越来越丰厚。“双十星”评选之后，了一容是出作品最多的“文星”之一，《金马湾轶事》《在路上》《骚动的野狼口》《根基》《玩刀子的男人》等，题材领域有所扩大，境界也在不断拓展，是令人满怀希望的。

“诗星”虎西山：须发皆浓虎背但不熊腰的“诗星”虎西山，总是把诗写得玲珑剔透小家碧玉气。读虎西山的诗如饮功夫茶，你得小小地酌慢慢地呷，时间久了，就品出一种生命的机趣和宋词的韵律来。平日里虎西山很少谈诗论文，最大的爱好是听笑话说笑话，做派倒像个民间采风的。诗人的专业本是画画，善于捕捉瞬间印象，表现在诗里，机智和狡黠、小聪明和小花招就闪烁其间，颇堪玩味。然而也正是这一长处反倒成了诗人突破的瓶颈，使西海固诗坛上的一只“虎”每每在智慧的园子里兜圈子，很难听到深谷一声长啸。我一直很喜欢早些年他刊发于《朔方》的一首抒情诗《山区》，读来真叫人荡气回肠。从以往的《石匠》《男人和女人》《荒坟》《古寺》《羊从山坡上走过》到后来的《写一抹秋雨》(组诗)、《诗四首》(《雪》等)、《寸草》(组诗)等，虎西山诗作的题材大多来源于生命对世界的独特感知和灵机一动，信手拈来，信笔写来，甚而有些“禅”的味道。虽然我比较爱读他的诗，但从纯粹诗学的意义上讲，在他的很多小诗里，多了些小家碧玉的秀色可餐，少了些大家闺秀的雍容娴雅，好比鱼与熊掌不可兼得，是以为憾。

“诗星”王怀凌：一面是“匪气”，一面是诗意，都说文如其人，可这一点在诗人王怀凌身上怎么也难以得到印证。王怀凌一身“匪气”和“霸气”，可为诗为文却又那样清纯浑厚、温婉抒情，用虎西山的话说就是“慧圆行方”，“其为人也率直，其为诗也灵动”。这个成天在公文堆里跌打滚爬的人，这个貌似“匪气”、个性粗豪洒脱、言行豁达不羁的人，在诗歌创作中却始终保持了自己的一方精神圣地，向度尽劫波的苦难家园频频投去关爱的一瞥，那么深切，那么凄婉，那么动人。王怀凌对西海固大地充满母子连心之情，他的第一本诗集就命名为《大地清唱》，是唱给故乡和土地的心曲。因为是“清唱”，有时难免“跑调”，高八度的忧患意识让读者与他一同经历着自设炼狱的煎熬，低八度的缠绵吟诵又让人如品苦涩参半的罐罐茶。大气者有如《西海固方志》《我们是虫》，小巧者不外《短诗》数首，痛切者莫过《大旱的四月》，也有难得如《布谷》一样的轻松一吟。对“水”的渴望和对诗歌的坚守意识，几乎渗透在他的每一篇作品中。诗人理想中的西海固与现实中的西海固的巨大反差，构成王怀凌诗歌生产的奇妙空间，乡土情怀与现代意识纠结在一起，使他的诗每每显露着被历史和现实的风沙吹打擦伤的痕迹，浸润着自觉而沉重的使命感，读来一点儿也不轻松。发表于世纪初年的组诗《在西海固大地上穿行》，蓬勃的诗情与理性的拷问、现实的触目惊心与心灵的累累伤痕，都挥洒到了一个极致。

“诗星”杨建虎：杨建虎的生命之树上虽然结满了沉甸甸的诗歌果实，但杨建虎却一直是一个“未长大”的诗人。从早期的《流过乡间的谣曲》《用诗歌抚摸秋天》《最好的季节》，到后来的《大地上的秋天》（组诗）、《沉沦的花园》（组诗）以及《远逝》（长诗）等，无论长诗短诗组诗，都能写得得心应手，飘逸雅致，挥洒自如，却也都贯注着少年情结与才子心态。他往往从西海固之子、西海固大地生存精神探寻者的人文立场出发，把抒情对象精神化，从而产生抒情者与抒写对象之间血缘关系般的灵魂亲近感。我从杨建虎的诗里总能感受到一种矛盾的心绪，他长期守望在乡间的磨房里唱着民间的谣曲，独自徘徊在岁月的河床上倾听着季节的风，想扮多情的骑士却没有落难的公主，想发思古之幽情却难以掩饰现代青年的形象，想让秋的情调长驻人间却又渴望着春色满园。杨建虎有着相当好的语言感觉，从杨建虎的诗里能读到一种美丽的幻想、浪漫和才情。“诗思”的传统古典（类似于古代的文人儒士情结）与“诗艺”的前卫现代，使杨建虎成为西海固诗歌群体中的一名风格独具的青年诗人。人生能享受的东西太多了，如果你愿意领略“天凉好个秋”的滋味，那么，就去读一些杨建虎的诗吧，秋声无深浅，深浅在人心。

2002.03

琐细而智性的写作

——评季栋梁的小说创作

在集中阅读了季栋梁写于1998年至现在的数十个中短篇小说之后，我竟然一时无法从理论上对他的创作找到一个基本的归属。如果按照一种较为纯粹的理论标准来衡量，他的小说，既不是乡土小说，也不是都市小说；既不是文化小说，也不是隐私小说；既不是家庭伦理小说，也不是社会心理小说。他写了大量的日常生活琐事，说其是日常生活小说还沾一点边。他写了农村、城市和农村与城市的交叉过渡地带，写了农民、市民和知识分子，他笔下的人物还有小老板、暴发户、出租车司机、村妇、闲汉、士兵、乡村干部、小职员、下岗女工、教师、学生、屠夫、妓女、贼等等。他回叙了过去，讲述着现在，也企图预示着未来，他以一个乡村回望者和城市边缘人的身份观察着一切，叙述着一切，敏锐地捕捉着当下社会生活的一鳞半爪，这使他的小说从题材内容上看呈现出某种丰富性和琐细性。另一方面，我们知道季栋梁出生于20世纪60年代，可他在文学意识、审美情趣和艺术追求上与曾走红当今文坛的"60年代出生的作家"并不很搭界；他出生并成长于最纯粹的西北农村，可他并不是一个纯粹意义上的乡土小说家；他与石舒清等曾在西海固的同一所大学里求学，20世纪末，以那所大学的毕业生为主在宁夏文坛形成了一个"西海固作家群"，可季栋梁却并不是这个作家群体中的一员；从农村到县城再到省府，季栋梁早已完成了许多中国文人都曾经历过的人生转折，但是，他一手触摸着城市的神经，一手却仍紧抓着乡村的命脉，这从他的大量弥漫着挥之不去的乡土情结的当代生活小说里不难得到印证。这些，是我们解读季栋梁的小说所必须面对的一些矛盾而复杂的客观存在。

在宁夏文坛上，季栋梁仿佛一个独行者，默默地埋头耕耘着属于他的那一片文学的土壤，除了少数的几部作品曾引起文坛和读者关注外，他本人一直并未过多的引起文坛的注意，然而正是他长期不慌不忙的写作态度和水波不兴的大量作品，却使我感到了一种写作的潜力、一种敏锐的才情、一种游刃圆熟的叙事艺术和一种文学的责任。基于这样的一些认识，我把季栋梁的小说作了一个粗略的归类：回望与怀旧的小说，寄寓与讽喻的小说，智性与诗意的小说。这种归类不一定科学和准确，它仅仅只是一种便于解读的方式而已。

一、回望与怀旧的小说

怀旧倾向是20世纪中外文坛的一种最基本的文学情绪，从最负盛名的中外作家艾略特、叶芝、乔伊斯、托马斯·曼、卡夫卡、鲁迅、沈从文、艾芜到新时期的贾平凹、韩少功、莫言、苏童、叶兆言、刘震云等一大批“寻根”作家，他们以怀旧的心情重新回头去看家乡，他们作品中流露出的乡土情结和对精神家园的守望是十分鲜明强烈的，季栋梁也概莫能外，他的这类作品虽然不多，成就也不是很突出，但却表现出与世界性文学潮流和谐一致的审美趋向。

我这里所说的“回望与怀旧”有两层含义：一方面是说季栋梁在他的笔下“复活”着自己的童年往事，并以掺杂着浓浓的怀旧情绪的新的审美眼光对往昔生活和陈年旧事进行价值判断，另一方面是说季栋梁以乡村游子和“悬浮”在城市里的文化人的眼光重新打量曾经生他养他的乡村世界，他把土地、乡村、亲情、乡风民俗和日常生存图景这样一些富有泥土和家园意味的内容混合在一起，以一种无限怀恋的感情和口吻娓娓道来，在小说里讲述着父老乡亲们的琐细人生，精心建构着自己的精神故里。这类小说大抵包括《青春三记》《离乡》《意思》《小银匠》《小洋伞》《錾子》《老解在乡下》《死人的事情》《在水的另一方》《花衫婶的后事》《普通的婚事》等。

《青春三记》，由三篇笔记体小说构成，它有一个意味深长的“题记”：“童年的一些故事长大以后便只有怀念了。”这是最能代表季栋梁回望与怀旧创作倾向的作品。小说叙写中学时代的三个既甜蜜又忧伤的往事，感叹时光流逝今非昔比。快乐的童年、诗意的童年一去不返了，而那青春期性意识的萌动、初恋的战栗、物质饥荒年代里精神狂欢的少年时光是多么令人怀念啊。那个当年老被“我”和同学们整得哭鼻子的江小倩，若干年后同学聚会时却感叹说：“其实人不懂事的时候做的比懂事后做的有意义。”(《江小美人》)那个曾对“豆腐西施”的绰号深恶痛绝的女孩吴小翠，长大后却不但成了“西施豆腐”坊的女老板，还给自己的爱女起名叫“西施”(《豆腐西施》)。阅读着这样的人生往事，我们的心灵不免为之一颤。小说提供给我们的正是我们生存中被我们所忽视、漠视、遗忘的东西。是的，不论你拥有一个怎样的童年，你的心里肯定永久珍藏着一个关于童年的梦想，这个梦想可能会暂时沉睡在记忆的深处，但绝对不会消失。所以，当那个绰号“黄瓜”的青年为着一个童年的梦想，若干年后在雨中的风景亭上守望“她”达三个多小时的动人情景和孤独身影，带给我们的正是这样一种刻骨的感觉(《雨中的风景亭》)。阅读《青春三记》让我们感到我们曾经生活过，我们的生存是充满回忆的，尽管这回忆忧伤又惆怅。是的，不管生活曾经多么艰难，遥想自己的中学时代，我们曾经那么“诗意地栖居”在民间的大地上。那时候，我们经历了极度的物质贫困；那时候，我们经历了极度的文化饥荒；那时候，我们也经历了极度的精神愚民化。但也正是在那时候，我们拥有了一段咀嚼不尽的童年时光，那是多么叫人又窘迫又窃喜的岁月啊。

《离乡》和《意思》可看作是季栋梁表现乡土情结的姊妹篇。前者从儿子的视角写父亲挥泪离别乡村家园和土地的故事，后者从第三者的视角写父亲挥手作别城市重返土地的心路历程。我们完全有理由把《意思》看做是《离乡》符合生活逻辑和人物性格的延续。两篇小说的叙事流程形成一个老一辈农民人生道路的“圆”：农村→城市→农村，体现出农耕文化下生命形态的“顽固”性。中国老一辈的农民，把侍弄土地和种好庄稼不仅作为一种生存的方式，更是作为一种生命的必须和做人的准则，他们人生中的全部辛酸和欢乐都与土地密不可分。作品对父亲心理的刻画十分细腻逼真，对农民与土地感情的描写令人为之动容。季栋梁的这类小说带有明显的自叙传的性质，因而文字质朴，真实感强，亲切自然。

季栋梁十分关注底层的生存。他的笔下，还写到了下层善良的小人物身上蕴含着的人性的闪光(《小银匠》)、民间妓女的悲剧命运(《小洋伞》)、民间闲汉的生存故事(《鋬子》)、换亲与抢亲所反映的触目惊心的现实和人的生存本能(《普通的婚事》《换亲》)、知识分子蒙难之际来自民间的温情和慰藉(《老解在乡下》)、来自古老乡间的"隐形杀手"(《死人的事情》)、肮脏人性与宗法观念导演的乡村闹剧(《花衫婶的后事》),这类作品有意淡化时代背景,淡化政治意识,凸现的是人的生存本能和生命本相。

宁南干旱地区农民生存的严酷性,在包括四个短篇小说的《在水的另一方》里以一种最为直观的形式呈现在我们面前。"人"在这样的生存环境里经受着双重的煎熬,一方面,作为生命必需的物质的"水"在这里极度的匮乏,在"水"面前,生存是最重要的,其他的人生要义暂放一边,为了得到"水",人的生存本能使人可以不惜一切,残酷的生存现实完全吞食了人的最基本的亲情和做人准则,因"水"而发生着许多灵与肉的悲剧,人的精神和肉体经受着干渴的极度煎熬。我们看到,这里有宁可坐牢也不愿归还偷来之水的旦子(《坐牢》)、视一窑水比自己的亲生女儿更值钱的老农红喜爹(《回家》),宁要一个蓄水的窖而不要儿媳妇的二楞爹(《换亲》),在"水"的威胁面前低声下气活人的根旺夫妇(《哺乳期》)。另一方面,"水"不但作为生存的象征,"水"还成为主宰人们心理与行为的根本性因素,当一场大雨降临,当人又还原为社会的人时,人世间的一切法则就开始出来审判着人、羞辱着人,使人倍感做人的艰难和屈辱。回望故乡,回望民间的苦难生存,季栋梁真是忧心如焚。

随着当今中国社会城镇化进程的加快和人们城镇化心态的过早到来,文学正在发生着深刻的蜕变,文学的重心正在由乡村转移到城市,城市文学随着改革大潮汹涌而来,大有淹没乡土文学之势。正是在这样一种文学背景下,季栋梁坚守着自己作为一个农村出身的知识分子的精神立场,不时地转身离开城市和商业社会,专注地巡视他曾经生活和成长的小小村落和黄土地。他笔下的乡村社会有两个存在形态:一个是那些老旧的、尘封已久的日子在记忆里重现,作品中的时间向度经常指向了身后的往昔;一个是现时的正在经历着深刻变革的乡村社会,吸引着作家深挚而关爱的目光。民间风情与如烟往事不断抵御和销蚀作家的入世心理,帮助他一次次从世俗中超拔出来，变得洒脱与豁达，加上长期身处文化单位，少了一些浮躁与喧嚣的尘世干扰，从而使他沉入深度的孤独之中，保护了审美眼光的纯洁与艺术感觉的敏锐。

还需要指出的是，季栋梁对过去的回叙并不带有当今文坛流行的“拷问”的意味，反而露出无限的留恋和亲切之感，通过“父亲”和“土地”的媒介，季栋梁在建构着精神的故里，过去的生活哪怕是那种带有悲剧意味的生活，在季栋梁的笔下都成了一种“诗意的栖居”，显得温和而自然，洋溢着深刻的美感。

二、寄寓与讽喻的小说

在一个纯现象的世界里，我们看到的是有秩序的生活和规律化、机械化的一切，看不到生活背后的杂乱和潜流；我们看到的是生活的平面和镜像，看不到生活的内部和它的本质。一个作家如果只满足于对当下生活的直观描摹，而没有一种历史的透视感，那是不可能有深度发现的。作家的责任就是要把现象背后的本质揭示出来，在混浊的生活中挖掘出带有共性的东西。季栋梁属于那种勤于观察勤于思考的作家，他的许多小说里流露出对现实人生和世俗社会物欲横流的焦灼，对不良社会风气和不正常社会心理的针砭谴责，对人类心灵“荒漠化”的深刻担忧，对隐藏在人性深处的陈旧恶习的嘲讽鞭挞。这类作品基本体现着季栋梁创作的思想深度和艺术水准，主要有：《追寻英雄的妻子》《西海固其实离我们很近》《觉得有谁推了我一把》（中篇）、《我不会出事》（又名《贼说》）、《让生命飞翔起来》《绑架者》《衣锦还乡》《众生》《人情操作》《机械故障》《牛歌羊唱》《正午的骂声》《先人种树》《路过陈村》《有思想的黄成》《母亲》《蓝房子》《女人在路上》等。

《追寻英雄的妻子》以一个极具物理意义上的真实性的故事，表现了时下社会生活中的自以为是和道貌岸然。之所以说其具有物理意义上的真实性，是因为小说所讲述的故事就发生在我们身边，就在我们的日常生活中，读者几乎能从小说中找到自己或自己周围的一些人的影子。我们的社会现在虽然缺少真正的英雄，但总不乏英雄的故事，更不乏对英雄和英雄的家人的特殊关注。警察金钟因公英勇地牺牲了，他的妻子方其姝成了社会关注的焦点，于是，无论以正统面目出现的媒体、单位、领导、居委会的老太太和小说叙述者的“我”，还是装束前卫思想现代的时髦女青年西娅，他们都不约而同地在心里勾勒着“英雄的妻子”应有的形象，并用自己的标准一厢情愿地去暗示和要求方其姝为英雄守节。他们共同形成了一个令人窒息的社会心理网，使这个年仅26岁的漂亮少妇失去了生活的自由和维护个人隐私的权利，失去了作为一个普通人享受生活的种种可能。他们美其名曰是“关怀”，他们并不知道这种所谓的关怀正在变相地成为一种道貌岸然的监视和戕害。我们的社会忽略了一个最基本的事实：方其姝首先是一个女人，一个年轻而漂亮的女人，然后才是“英雄的妻子”。忍无可忍之下，“英雄的妻子” 终于远避他乡，“我” 也奉命走上了千里追寻“英雄的妻子”之路。

解构主义认为，一个重要的细节可以颠覆一个文本。这篇小说通过方其姝出走时放在写字台上翻开着的《霍乱时期的爱情》《少年维特之烦恼》和与“我”告别时送“我”的一本曾风靡世界的中年婚外恋小说《廊桥遗梦》等几本书的细节，暗示出“英雄的妻子”与这种社会关爱或者说社会期待之间的严重对立。“你放过我好不好？”“你们放过我好不好？”“你们到底要怎么样？”方其姝一连串的诘问，由“你”到“你们”，显示出小说对社会病态心理一语中的毫不留情的穿透性，显示出作家思考生活的一种智性和深度。

在西海固确曾广泛流传过农民进城卖洋芋，因拉车的毛驴啃了街道上的树皮而受罚受辱的故事，西海固作家郭文斌曾在他的小说《开春》中演绎过这个故事，而季栋梁却以这个故事为楔子翻出了新意。如果说郭文斌在他的小说里流露出对生活的调侃和戏谑，在挖掘和表现一种民间亲情时暴露出农民面对人间不公的那种无奈心态，那么季栋梁在小说《西海固其实离我们很近》里，则表现出一种对西海固大地一样淳朴的民间情义发自内心的赞咏，表现出对弱势群体的深挚同情和对以强凌弱的社会现象的强烈谴责。一个社会一旦对弱者失去爱心和温情，那么这个社会就可能已十分的不健康了，它的内部肯定潜藏着深刻的危机，作家的隐忧正在这里。在阅读这个故事（我唯愿它成为一个永远的“故事”而不再是现实生活中的事实)时，我一直在想着世人对“西海固”的误读误解，西海固不仅仅是贫穷、落后和干旱，它的褐黄色的胸怀里蕴藏着当下社会里日渐稀薄的人间真情，什么叫“滴水之恩当涌泉相报”，看看小说里那个驼背的西海固农民吧。

中篇《觉得有谁推了我一把》是季栋梁迄今为止十分优秀的一个作品，是一篇具有相当心理描写深度和人性深度的小说。与人无仇与世无争白天杀猪晚上搂着心爱的老婆小菊睡觉的屠夫阿三，和千千万万中国的普通劳动者一样，日复一日完成着他们并不奢侈的人生梦想，忽然有一日发现自己的老婆与人偷情，生活突然间把三个当事人推上了风口浪尖。小菊上吊，当事人顺生和阿三也在一种欲罢不能的情势下被送上了绝路。这就是小说的全部故事。

且不说小菊和顺生偷情的背后隐藏着多少经济的或情感的因素，只看阿三杀人的原因，说简单也太简单了，简单到用两个字就可以概括：情杀；说复杂也太复杂了，复杂到没有一个真正的凶手却处处都是凶手。在这个悲剧性的生活故事里，杀人的恶行与好好活人的愿望相悖，家族的仇怨与个人的尊严相互纠缠。顺生的父亲旺祖老汉、三爷、村长、号称“山案专家”的王姓老公安，他们从不同的方向上“推”着阿三，促成了阿三的杀人，他们不同程度地扮演着帮凶的角色。就说这个三爷，在季栋梁的一些小说里是见多识广的智者，在另一些小说里是德高望重的长者或乡村宗法社会的一尊神，而在这篇小说里，则无疑是一个不折不扣的帮凶和教唆犯，正是在阿三将要接受一个不了了之的平局结局时，他却出面火上浇油，使阿三欲罢不能，使阿三不得不为那个虚设的家族的荣誉和自己的脸面铤而走险。三爷身上积淀着乡村宗法社会太多的糟粕恶习，积淀着人性中太多的道貌岸然。请公安到自己家里吃饭是顺生的父亲旺祖老汉的愚蠢之举，正是他的愚蠢行为成了儿子被杀的直接诱因。再说那位办案经验丰富的“山案专家”，他曾试图亮出手枪手铐震慑阿三，却不料对方磨刀霍霍不甘示弱，“山案专家”最后仿佛悟出了一些什么，面对即将服刑的屠夫阿三，他为自己的自以为是和自作聪明追悔莫及：“我没救下你，我真没用。”

这本来是一个完全可以避免的悲剧。阿三身上虽有些“二杆子”劲，却也不乏阿Q气。老婆给人睡了，他只是想在村人面前找回一点面子，维护仅有的那一点做人的尊严，获得一种心理平衡。他懂得为此不值得去杀人，“他知道杀人偿命的道理，但他必须追杀书生，这是作为一个男人在这个时候必须做的事，而且必须做好，做不好他将无法做男人的。因此他的杀人表现真实而自然”。我们看到，整个事件过程中，人们集体忽视了一个至为关键的问题，那就是屠夫阿三维护做人的尊严的需要。我们看到，阿三始终以虚张声势咋呼为主并不想真的杀人，却竟然没有一个人出面劝劝他，给他一个台阶，反而是激他、逗他，期待着他把事情闹下去，把事情闹大，这是当下社会人们的一种非常可怕的类似于损人不利己的畸形心理。“觉得有谁推了我一把”，阿三服刑前反复念叨的这句话，正是我们正确解读小说题旨的关键所在。

季栋梁认为，“金钱带给我们的兴奋与文明，金钱带给我们的颓废与愚昧，在时下的社会，同样的繁荣，也同样的嚣张。人类的精神空间正如我们现在面临的自然一样让我们感到无奈而恐惧。‘荒漠化’的概念在目前的意义上已不仅仅是在沙尘暴袭击我们、干旱肆虐我们、江水吞噬我们时的意义，更重要的是来自我们人类自身的‘荒漠化’，每个人的心灵上的‘荒漠化’正在侵吞着我们的精神空间……人类在自我的虐待中濒临崩溃的边缘。”①季栋梁是一个颇富忧虑感和责任感的作家，但他的这种忧虑感和责任感不是很直接很强烈地表现出来，他总是凭借着一个日常的生活故事、一种普通的生活现象、一个平凡的小人物、一个并不新奇的生活片断的素描式的琐细写作，把他的寄寓和讽喻隐含其间。从表面上看，《绑架者》写的是一个青年堕落的心路历程，实际上却隐含着一个“为富不仁”的社会问题，没有父亲的荒淫放荡、为富不仁，就不会有儿子的绑架犯罪；《我不会出事》表面写的是一个小偷的独白式自述，渲染了一个小偷并不高超的窃艺和屡屡得手的经验，实则在“我不会出事”的表白背后隐喻着更大的犯罪和可怕的腐败，触及了我们社会现实的一隅。季栋梁在解读艾

①季栋梁：《责任》，载《朔方》，2001年第9期。

特玛托夫的《白轮船》的结尾时说:“孩子不要这个世界了,是因为这个世界的走向与孩子心目中的世界背道而驰。”[①]用这句话来解释《让生命飞翔起来》中的高中生解玉跳楼自尽的最终选择,也是很恰当的。

季栋梁的艺术触觉很敏锐,他还写了许多小人物的生存悲喜剧,勾画出时下社会的众生相。生活中的一鳞半爪被他拿来稍作点化即成一顿文学快餐,这类作品,文字内容贴近时下,酷似生活,深藏着一种机敏之美。《众生》中的 14 篇小小说完全是一种生活素描;《正午的骂声》《先人种树》写乡村弱者阿 Q 式的复仇心理;《衣锦还乡》写一个名叫张文的人与他的少年挚友为着竞争一种活人的优越感而生出的俗世悲剧;《女人在路上》写一种难以言说的善意欺骗;《机械故障》《人情操作》讽喻时下不良的社会风气;《牛歌羊唱》《有思想的黄成》《路过陈村》写弄虚作假、流弊成风的扶贫闹剧;而《蓝房子》则表现了一种以嫉妒为主的文化人格的堕落和低下;等等。

当今社会科学化、技术化、物质化的发展,使人的心灵和精神空间变得越来越狭窄。抵制、消除人的物化,恢复、张扬人的自由个性,是文学的责任。文学进入 20 世纪 90 年代和新世纪,已很少再有 80 年代作家的那种社会激情和责任感了,季栋梁却对此情有独钟,实属难得。

三、智性与诗意的小说

《军马祭》《老人与森林》是季栋梁所有小说中的“另类”,此前此后,季栋梁都没有再写过类似的小说,这让我不免诧异和遗憾。即使置身于当前中国小说的密密丛林中,这两篇小说都显示出相当独特的姿态——这是两篇智性与诗意、现实主义与象征主义高度和谐一致的小说,也是两篇展示人性灾难、展示作家心灵深度的小说。它的语言、它的意境、它的情调以及弥漫于小说艺术世界上空的那种对生命的感悟、对自由个性的执着追寻,使这两篇小说显得十分考究而耐嚼。

《军马祭》是一篇关于军马的“祭文”。一个偶然的机会,一匹纯白健美的军马来到了村里,它那“仿佛玉石雕成的一般晶莹剔透”,顿时使村里的

---

①季栋梁:《责任》,载《朔方》,2001 年第 9 期。

那些“因长期的汗渍、尿渍和土尘浸染”显得“斑驳而沧桑”“萎靡而焦苦”的牲畜黯然失色。它是被“养”在这里的，它不参加犁地、耱地、拉车的农事劳作，因为大家都知道它是要驰骋疆场保家卫国的。它被专人放牧着，在一片较为开阔的类似于草原的山塬上，军马的生命活力忽然被唤醒，它一声长嘶，奋蹄一跃，风驰电掣般地飞奔了起来，显示出无与伦比的速度、力量和健美，显示出它属于草原、属于疆场、属于力的较量的本质属性。但不幸的是真正的战场却遗忘了这匹无比神勇健美的军马，它长期流落民间，最终被人为地强行训练成拉犁耕地的牲畜，失却了往日的光芒与灵气。它虽然拼死反抗过，然而它却没有抗拒过主人的意志，它最终成为“身上脏兮兮的，混在牲口群里”的普通耕马。作家用了大量的文字描写了军马健美的肖像、军马神勇奔跑的情景和鄂尔多斯草原的辽阔壮美与群马奔驰的壮观景象，还用了大量的文字叙写了驯马的悲壮场面，写得淋漓尽致、酣畅无比，流露出无限的悲哀和惋惜。“从鄂尔多斯回来，我心里久久难以平静，我才明白草原对于一匹马意味着什么，那才是真正的家，真正的归宿。也明白了在我们那里为什么就生长不出来那样的马。也认识到我们那里的马受了什么样的罪，遭了什么样的罪了”。作品的每一个字符都仿佛在暗示我们，世间任何生命，都必须有适合于自己生存的土壤和发展的空间，有属于它的最终归宿。反之，人不能尽其才，物不能尽其用，英雄无用武之地，悲剧就是不可避免的。马的遭遇和命运使这篇小说具有了深刻而独特的智性启迪和暗示意义。

《老人与森林》是另外一种意义上的象征主义小说。小说的题目首先让人想到海明威的《老人与海》，两篇小说的取材当然有异，但在颂扬人类生命的题旨上有着异曲同工之处。这篇小说写得相当精美刻意。我们看到，这个当过马家兵、参加过解放军、亲历过解放战争和抗美援朝的身世坎坷的老人，由于历史的曲折（“好人在改造他，坏人也改造他”）严重损害了他的心理健康（“他变得倔强，甚至蛮横”），由于和平年月里物欲横流人性卑污和儿女们的自私无义（“另”家时儿子为一点蝇头小利斤斤计较，甚至指着他的眼窝说我不是你儿子，你也不是我爹），严重损害了他的身心健康，使老人彻底丧失了对人世的信心。他身染沉疴濒临死亡，“做人的悲哀毫不留情地侵袭了他”,他开始厌恶人类,厌恶世俗生活,他甚至感到“有人的地方就有陷阱，有人的地方就有残酷”,“他是真正被有想法的人搞坏了身体与精神,人使他感到不安、陌生、恐惧、邪恶,人的本质里都带有侵略性,与人相处让他觉得很累了”。以致“最后到了一和人相遇他就感觉到浑身燥热,心情烦躁,脑袋发晕,浑身都觉得不对劲”的地步,他终于离开了村庄,离开了不孝的子女,独自浪迹天涯。他找到了一片人迹罕至的森林,在这里,“人世的气息越走越淡了”,在这时,他发现“什么东西都按照自己的特点长,长得正直、苍劲、挺拔”。他终于找到了生命的栖息之地,找到了“通往天堂的路”。正是在这种远离了“混浊的肥腻的人气”的世外桃源式的生存环境中,在与小鸟、蜘蛛、蚂蚁、呱呱鸡、鹰以及松鼠、岩羊等森林动物们的和谐相处中,老人奇迹般地恢复了健康,恢复了生命的活力,虽然年逾古稀,却头不昏、眼不花、背不驼,思维清晰、身手矫健,使我们感受到一个抛却了尘世烦累的真正健康的生命的美好和生机。

现代工业文明为人类带来了空前的高效和快捷,但是,永不满足的物欲正在日益使人类蚕食着大自然，使人类与自己赖以生存的大自然的关系日益紧张地对峙起来。在老人的命途中,寄寓着作家对人类命运的深刻隐忧,小说警告私欲日益膨胀的人类,过度的贪婪与生命的过早消亡是成正比的,我们看到,只有当人与藏污纳垢的世俗社会处于对立相峙状态,与自然环境处于互相激发的和谐状态,老人才得以复活,反之,老人肯定会像他的五十刚出头两个儿子一样早已淹没于世俗社会的污泥浊水中尸骨无存了。

小说的结尾,老人又一次在人类的入侵下被迫离开了生命的栖息地,走上了新的寻觅跋涉之路，这是颇富象征意义的一笔。因为生活还会延续,老人的出路在何方呢？人类的出路又在何方呢？

这两篇小说的叙述中,作家不露痕迹地使用了两种艺术代码:一种是现实主义,一种是象征主义。在现实主义代码系统中,大量的生活实景的描写充实着我们的经验和想象,人们看到的是马的俊美的肖像、马的吃草的潇洒、马的奔跑的英姿、草原的辽阔、驯马的悲壮和马的最终被驯化;是老人寻找人生归宿的疲惫身影、老人坎坷的身世、尘世的污浊与森林的清纯、森林中的白昼、冬季、飞禽走兽和森林之风、人类对森林的入侵和对自然的蚕食，以及两篇小说刻意使用的那种散文诗一样精美雅致的抒情文本。在象征主义的代码系统中，人们感受到的是一种“死亡”和“复活”的悲壮过程。如果说《军马祭》描写的是一种“死亡”，那么《老人与森林》则表现的是一种“复活”，前者描写一种美和个性在不可抗拒的外部力量摧残下的异化毁灭过程和最终毁灭，后者表现一种倔强生命对卑劣的世俗和人性的恐惧与疏离，并由此导致的凤凰涅槃般的复活与长生。作为一匹应该驰骋疆场的军马，它的肉体虽然活着，它的灵魂却早已死了；作为一个被医生判了死刑的老人，一个世俗社会的厌倦者，他的肉体和灵魂的生命都从世俗社会中消失了，却在和大自然的和谐相处中焕发出生命的潜能和活力。两种叙事代码的平行交替，加之绚丽的想象、超拔的智性、敏锐的感受力，撩人心弦的语言和全新的构思，把生活和人性的里里外外都非常丰满地展示在我们面前，使小说产生了无限的阅读张力，使我们感受到一种因智慧和悟性而产生的丰厚和力度。

两篇小说的时代背景：前者 1975 年，正是新时期曙光出现前那艰难的一刻；后者为 20 世纪 80 年代改革开放之初，正是全社会物欲滋生、精神滑坡之际。不管是作家有意还是无意，这种时代背景的设置，都给人的感觉是大有深意的。

在季栋梁的小说创作中，《军马祭》《老人与森林》的出现，是一种扎扎实实的艺术实验，他把现实与幻想推向一个极端。他的才情和笔墨像他笔下的那匹纯白的骏马一样，尽情挥洒，自由驰骋于文字的原野上，整个小说是用精细的描写、严密的逻辑和浪漫的情调贯穿的，在带给我们审美惊异的同时，引发我们深切的思考。

四、流畅圆熟的叙事艺术

一个真正的小说家，当然会时时经受着思想的、艺术的考验。季栋梁不是那种靠领悟写作的作家，应该说，善于观察生活和讲述故事是他的一大优势。我感到，季栋梁的小说目前已形成了自己比较稳定的主题类型和成熟的艺术表现手法。

讲求叙述是季栋梁小说的一大美学追求。他的小说基本上都是较为纯粹的叙述文本，像《军马祭》《老人与森林》那样以精细的描写而见长的小说并不多见。无疑，季栋梁是善于讲故事的，他能把一个生活故事讲述得极其顺畅生动。他从不故弄玄虚，他使用的文本干净简洁，他使用的语言顺溜爽口，他使用的结构不事雕饰。在叙述方式上，时空切换是他常用的撒手锏，季栋梁很喜欢在叙述当下生活的瞬间突然返回若干年前的生活，或者正在讲述一段陈年旧事之际突然把镜头拉近，很像电影里的蒙太奇，季栋梁的很多小说运用了这种时间闪回的叙述方式，譬如“那时间，这南区只有一所中学，在胭脂巷，就是现在的胭脂街了”（《青春三记》）。这种回叙中的时空瞬间转换，使整个叙述进程中交叉着过去时和现在时，作家的叙述始终保持着清醒的时空意识，使描写对象和读者之间隔着一种审美距离。他总是在现实与历史的交接点上切割生活的段落，从不简单地回望过去，也从不简单地勾勒当下，因而他的小说常常流露出一种时空感和人生沧桑感。

对话构成季栋梁小说的基本表现形态，然而就是这对话也大都是用叙述的方式写出，对话在季栋梁的小说里不是一个现在进行时，而是一个过去进行时，一个曾经存在物，是叙述的一部分。这就使季栋梁的大量写实性小说具有了一种朦胧虚拟的艺术美质，弥补了写实性小说容易存在的浅白和粗疏的不足，从而拓展了小说的生活空间和艺术空间。

季栋梁毫不掩饰自己小说的写实特性，一些情节、细节、人物、事件甚至故事发生的地点，在不同的作品里反复出现，仿佛要证明一切都是真的，信不信由你。譬如“四起三落的高考史”“童年射箭的游戏”“换亲的故事”以及“胭脂巷”——一个很脂粉气的小说故事环境等等。季栋梁笔下还经常闪现着乡村社会里两个常见的特殊人物：村长和三爷，他们作为特定时期社会政治、村社家族和宗法文化的象征符号而出现，他们经常被作为调侃、嘲弄和针砭的对象，实在不是什么好角色，欺凌百姓鱼肉乡里的是他们，维持乡村社会的某种平衡与稳定，构筑乡村社会现行人生法则和观念支柱的也是他们，这使人感到乡土中国的深厚可怕。还有一个影子一样挥之不去的人物就是“我”——一个钟情于大地、怀恋着过去、忧虑着当下的叙述视角。这个“我”常常一分为二，一个是童年的那时的“我”，一个是作家的现在的“我”;一个是早已“被故乡所放逐”的游子,一个是混迹在城市笙歌弦乐之中的文化人。无论是哪个“我”,都既是一个叙述视角,是生活的见证者,又是生活的亲历者和直接参与者。以上三个人物的忽隐忽现,客观上宣示着作品的亲历色彩。

季栋梁的小说写的都是一些发生在西北山乡和城镇里的人和事,民谣民谚民间顺口溜的穿插使用和民间习俗的不时点缀,加之又使用了许多西海固方言:譬如:大、攻帮、打牛后半截、二流子、哪达、歇缓着、亏先人、狗日的、看笑摊、泼烦、闲谝、言传、日怪、要脚不敢给手、扒锅挖灶等等,使他的小说还体现出明显的地域特性。限于篇幅,不作赘论。

在阅读季栋梁小说时,我时时感受着作家的那种克制与冷静,这与我所知道的季栋梁的性格并不一致。像《青春三记》《老解在乡下》《小银匠》等小说的那种不慌不忙不瘟不火的叙述方式,颇有汪曾祺笔记小说的韵味。季栋梁写得颇有耐心,像一个有经验有实力又不急于显山露水的足球队,一招一式有章法有板眼。在季栋梁的小说中,悲和喜并不那么强烈,一切都是平和冲淡的,他仿佛并不急于告诉读者自己喜爱什么或者痛恨什么,也并不急于立刻凭着一两篇作品引人注目,而是在默默地累积着、积蓄着,是一种蓄势待发的写作,不求一鸣惊人。

在深刻与广泛、尖锐与敏锐、虚拟与写实上,季栋梁选择了后者。季栋梁写的虽然不是那种新潮、猎奇、前卫的小说,却是那种质朴、爽洁而又不失灵气的小说,是那种比较好看又耐嚼的小说,季栋梁总是把小说写得很小很具体甚至很琐细,一些生活细节信手拈来宛若天成,《觉得有谁推了我一把》里旺祖老汉取钱救儿的细节,对人物心理的准确传神的把握让人想到《药》里的华老栓。季栋梁的作品读得越多,有一个感觉就越晴晰,那就是,季栋梁笔下的那些生存故事,应该是一部长篇小说的极佳素材,或者说,他的大量琐细而智性的作品,构成了一部当代生活的大小说,而且有头还没有尾,只要生活还会延续下去,季栋梁的小说就会层出不穷。季栋梁不要花招的平实写作,含着功力和敏锐,读季栋梁的小说能感觉到生存是那样真切而难以逃避,这大约就是季栋梁的文学性格。

2002.06

一出贴近生活的轻喜剧

——读王文清的眉户小戏《甜甜的日子浓浓的情》

我虽然长时间从事中国当代文学的教学工作，但对于戏剧文学总是缺乏感受能力，培养不起阅读兴趣。看到4月30日的《固原日报》用一整版篇幅刊发的一出独幕剧本《甜甜的日子浓浓的情》(以下简称《甜》剧)，在一种既好奇又说不清的力量的诱导之下，竟一口气读完了该剧，很少读剧本的我，竟被这出小戏所打动。我觉得，这是一出构思精巧、手法娴熟、富于时代气息的生活轻喜剧，值得阅读也适合排演。

误会、巧合是戏剧常用的表现手法，尤其是喜剧，若没有误会、巧合等矛盾冲突就无法构成令人捧腹的戏剧情节。生活中的全部矛盾冲突无非是男人和女人构成的，《甜》剧也不例外，这出戏精巧就精巧在它的人物关系的设置和由此所导致的一连串误会之中。全剧人物只有4个，两男：村支书双喜和单身的兽医富贵；两女：支书妻梅花和养羊专业户的寡妇杏花。全部戏剧情节都是在“误会—消除误会—再误会—再消除误会”的过程中铺排推进的。

已阅知人间风情的四个中年男女凑在一起，即便是在真实的生活中也不可能没有戏，何况是在戏中。果然，“月昏夜黑风啸啸……急急忙忙把杏花找”。村支书双喜夜入寡妇家，这行动本身就颇含暧昧色彩，妻子悄悄一跟踪，就更起悬念，造成了第一个误会：“四十五岁的男人免疫功能差……我怕他节外生枝有个啥麻达！”“晚上为别人家你忙得不上炕，原来跑到寡妇家……”怀疑丈夫与杏花有染，闹半天却原来是做着村官的丈夫有急事连夜通知杏花。这个误会刚刚说清，第二个误会就接踵而来：杏花的情人富贵于夜色朦胧中误将梅花认作杏花，也怪双喜、梅花这对老夫妻深更半夜在他人家里搂搂抱抱。有意思的是，这次误会导致了前来给羊接生的富贵与杏花之间类似于秦腔折子戏《王宝钏·回窑》里的一番极富生活情趣的逗弄调侃。待到这对有情人之间的误会冰消雪释，却又将正在给羊接生的双喜误为偷羊贼而痛揍一顿。这下好了，闯了祸的兽医富贵忙着给羊接生去了，杏花不得不留在院子里照顾已受伤的赤裸着上身的村支书（上衣裹了刚出生的小羊羔），这就为最后一个误会做足了准备。果然，第二次上场的梅花看了个正着。俗话说，耳听为虚，眼见为实，梅花心里本来就疑疑惑惑的，这回亲眼看见杏花在赤裸着上身的丈夫脸上抚摸擦拭岂能轻易饶过："你把我打发回去，你原来在这里跌实活哩！""你今晚不说清楚，我就是母羊跟公羊顶仗哩，豁出皮脸臊到底咧！"

可见，作者精心设置了一连串的误会，并由此构成全剧的情节和冲突，直至出现一个让人快心一笑的结局。短短的一出戏，做到了环环相扣一波三折，于不动声色中情翻浪涌妙趣横生，显出作家王文清对戏剧要素的娴熟掌握，对时下生活的敏锐捕捉。我每以为，小说不能作得太像，散文可以信笔写来，而戏却要作得像"戏"，像戏才有戏，无巧不成书。生活不等于戏剧，但戏剧一定要浓缩生活、重新结构生活逻辑、提炼出生活中的戏剧因素，否则，没有误会哪来的开怀释然，没有矛盾哪来的五彩缤纷？

当然，并不是说这出戏就已完美无瑕了。譬如误会的产生和消除，虽也环环相扣，符合生活逻辑和戏剧冲突的要求，但梅花与丈夫深夜在杏花家院里搂抱接吻的情节，就不免有些生硬——尽管是为后来的一个精彩误会作铺垫。这说明作"戏"的难处：既要有戏出戏，又不能刻意造作。

老舍先生在谈及话剧语言的时候曾说过六个字："想得深，说得俏。"我的理解是，深，就是深刻准确，一语中的；俏，就是语含机锋，生动幽默，有言外之意。《甜》剧的语言诙谐生动，语带双关，妙趣盎然，也是值得一品的。因是眉户剧，便既有道白也有唱词，作者成功地将文学语言与方言土语糅合在一起，形成雅俗共赏的戏剧语言，使唱词便于演唱又适于听众欣赏，如"我有心专心致志把羊养，一群羊怎能容下两只领头羊？""多年的希望已泡汤，我竹篮打水空奔忙"等，还大量使用了民间谚语和歇后语，增强了语言的表现力和生活气息。如："锣打三年也会烂，鼓打三年也会穿。"

“高山上打鼓，远近闻名。”“安口窑烧出来的瓷货——冷娃。”“石墙缝里种菜——园(缘)分浅。”“你是白骨精翻跟头，净给孙悟空耍鬼把戏哩！”当这些格言俚语成为特定场合的戏剧语言时，就显出了它们独特的语言价值。

《固原日报》是我每日必读的报纸之一，在我的读报记忆中，这些年来，用一整版的篇幅刊发一出独幕剧本的举动好像还没有先例，尤其在戏剧文学举步维艰几近无人问津之际，仅此可见编者对这出小戏的偏爱。

2003.04

依然是黄土大地的声音

——评西海固文学作品选集《生命的重音》

我们曾经认为，世纪末的 1999 年，“西海固文学丛书”小说、诗歌、散文三卷本的出版，为西海固文学的发生发展放下了第一块奠基石；我们也曾经为“文学评论卷”的独独缺席而深怀歉意愧疚不安；我们还曾担心喧嚣之后的西海固文学会不会昙花一现？2000 年“双十星”评选之后，我们一方面为西海固文坛终于有了被社会认可的自己的骨干作家队伍而欢欣鼓舞，另一方面也隐隐担忧我们的作者能否经得起荣誉的考验，能否保持创作的后劲、从而肩负起西海固文学承上启下的使命。现在，《生命的重音》一书的出版，至少使我们有这么几个理由认为，西海固文学后继并不乏力，西海固文学正在一条更加实在的道路上稳步地生长着、发展着：其一，骨干作者保持了稳健求实的创作活力；其二，新的有创作实力和潜力的作者加盟；其三，文学评论卷填补了一项空白；其四，各类体裁作品的思想与艺术水准在稳步提升。

三四年的时光稍纵即逝。今天，形式和新闻意义上的“西海固文学现象”已经成为历史，更加凝重、厚实、稳健的创作正在成为一种趋势，收入《生命的重音》一书的作品，已彰显出一种成熟的创作心态。这本由宁夏人民出版社近期出版的集成了“小说卷”“散文卷”“诗歌卷”和“评论卷”的作品集，34 万字的篇幅，共收入了西海固籍和曾在以及正在西海固生活和工作的 9 位作家的 11 篇小说、17 位作家的 19 篇散文、11 位诗人的 147 首诗作和 7 位作者的 7 篇文学评论，“双十星” 中分别有 9 位小说作家和 8 位诗人在这本书中亮相，他们分别有 8 篇小说、3 篇散文和 106 首诗作被辑入，在全书篇幅上占有绝对优势，这说明他们仍然是西海固文坛的主力军和生力军。

小说方面,11 篇作品中的绝大部分篇什描写的是各个历史时期西海固的农村生活,乡村情结依然是西海固作家最为鲜明的写作特征。石舒清的《旱年》写大旱之年里求乞与散舍的故事,石舒清总是有本事于不动声色中将人物的生存图景和精神世界的深处展现得淋漓尽致毫发毕现,他捕捉和描述西海固农村回族少妇内心世界的隐秘、替她们诉说心曲的能力是惊人的,他几乎是用每一个字、每一个标点符号、每一处景致、每一个细节、每一个场面和每一声叹息,弘扬着一种生存和处世的精神,宗教情感深刻地渗透在他笔下的每一个角落,这种一贯的执着和虔诚,在西海固作家里是独一无二的。在火会亮的笔下,一只失而复得的雕龙传家石砚,把荒诞的历史与荒诞的现实联系起来,对我们共同经历过的时代和岁月进行解读,寻找的结果使生活显得更加荒诞、人性显得更加狰狞,作家也更加失落困惑(《寻找砚石》)。以往读李方的小说,总有一种直奔结局的感觉,可这篇《葵花》却使用了 许多诸如汪曾祺式的散文笔法,那些考证“葵花”“向日葵”“瓜子”的文字,不但使小说的叙事流程摇曳生姿,而且读来也是满口葵花香;以往李方小说中的“我”带有浓厚的写实成分,而这篇小说的叙述者却完全是个超然物外、冷眼旁观的隐士,是一双乡村世界无处不在的眼睛。这种从容不迫、信步闲笔的叙述方式,表明李方小说在叙事技巧上的新气象,也昭示着西海固作家在表现技巧上寻求突破的努力。小说中值得一读的还有郭文斌具有现代主义色彩的儿童视角小说《开花的牙》,了一容笔下的那篇故事简单而意蕴深邃的《金马湾轶事》,梦也笔下的那个既美丽又血腥的寓言故事《羊的月亮》,还有古原的《绿苜蓿》《摆碎九和高拉拉》所展示的深埋在童年记忆中的悲惨往事和乡村社会的人生插曲,而穹宇的《去双喜那儿》《成人生活》,则把当代城镇生活中的集体无意识和人性中的丑恶、背叛以及由此所滋生的游戏人生的心理状态可怕地展示在读者面前,体现出西海固青年作家思考生活的一种可贵的精神向度。小说中唯一以反腐倡廉为主题的作品是杨友桐的《代表》,民间土语和谚语的修饰点缀,使小说显得极有生活气息,对选举内幕的真实揭露读来令人不寒而栗。

在西海固文学的组成部分中，散文创作一直处在一种客串的地位，本书的“散文卷”因为有李成福的《寻找大先生》这样厚重大气的作品而显得格外有分量，文章通过对已然消逝的岁月和乡间贤达的钩沉发掘，表现出无比深沉的历史苍凉感，是西海固文坛近年来难得的优秀篇章。不同风格和情趣的游记随笔占了较大篇幅，这里有对民族灿烂文化的顶礼讴歌(火仲舫的《岳阳楼赏联》、拜学英的《乐山大佛》、拜石的《敦煌散记》)，有西海固文人纵情故乡自然山水、人文地理的短章佳构（左侧统的《走进荷花沟》、刘长青的《落雪的西海固》、马存贤的《我没有走到鬼门关》)，也有对藏地自然与文明的无比敬仰与膜拜(韩聆的《藏歌怎么穿越圣山》)、对中外智者精神长旅的悠深一叹(安奇的《眺望者的悲剧》)，这表明西海固散文创作的题材和视野随着作家的阅历在不断拓展。借故乡生活和童年往事而抒发种种心态情怀的作品也不少，朱世忠的《秋天开花的梨树》表现出西海固作家对人生的体悟和对生活的理解，薛正昌的《永远的独木桥》流露出对儿时生活的无限怀念，感叹生态环境的日益恶化，女作家邹慧萍借一棵《老树》而感念黄土地上生存的艰辛与执着、坚韧和伟大，广泉的《鞭声》勾掘出沉埋在时间尘烟中的故乡往事和陈年旧闻，杨风军借《空巢》以宣泄故乡游子的怅然若失之感。牛川的《楼上的风景》和叶子的《静夜，冥想者的家园》也是值得细细一品的抒情心语。散文虽然不是西海固文学的主体，但却是一种比较成熟、人人可执笔为之的文体，它在题材、主题、语言、艺术以及审美意识等方面表现出西海固文学的丰富性和广泛性。

无论是童年的乡村记忆还是时下作家们所身处的城镇生活，旱魔总是作家们心中挥之不去的阴影，大旱景象与乡村情感在西海固作家笔下仿佛与生俱来地天然交融在一起，直接以旱情为背景的作品涉及小说、散文和诗歌等全部体裁，而全书打头的石舒清的小说干脆就叫《旱年》，散文中有刘长青的《落雪的西海固》、邵永杰的《生命的甘霖》，诗歌里有王怀凌的《六盘山顶的雪》《枯河》《泾河以西》、周彦虎的《家信》等。大量而集中的阅读使我蓦然发现，在西海固作家心里，除了乡村情结，还有一个大旱情结，作家们长期以来所挖掘和弘扬的一种生存精神也源于此，两种情结相生相克，更加使人感到生存的艰辛和生命的沉重。绝大多数西海固作家都是在极度缺雨的旱季里完成童年到青年的乡村旅程的，也正是在这样的人生旅程中，他们无意间接受了民间社会赐予的、日后对一个作家来说至关重要的生活储备。在他们的意象库存中，村舍、田园、土地、山岭、磨坊、旱年、雨水、大雪、干涸等等，是最最重要的语言珠贝和文学资源。迄今为止，还没有一个西海固籍的作家未写过与旱灾无关的文字。对西海固的作家来说，旱情旱象真像一把双刃剑，它一方面涂炭着这片土地上的万物生灵，另一方面又成就着西海固作家对伟大生存的独特体悟与无限感佩。

在读诗的时候，我还注意到一个有趣的现象，那就是西海固的诗人们普遍的对“雪”情有独钟，收入本书中的诗作，直接以“雪”为题的就达 11 首之多，还有诸如单永珍的《冬日》、杨梓的《三棵树》等这样虽不直接以“雪”为题却以咏雪为旨的大量诗作，“雪”的意象随处可见，清爽和水意扑面而来。“雪”作为意象出现在诗中，大体有两种情况：一种是自然界中的素洁晶莹的雪，一种是诗人意念中的具有特定象征含义的雪。杨梓期盼着“雪落在塞上 就让乡亲们/看出一片银川及一座座金山”；冯雄称颂“雪花/是我通向天堂的唯一信笺”，祈祷着“谁在大雪中/能告诉我人间的消息”，“谁能看透一场风雪的思想？”；王怀凌称“六盘山顶的雪”是“智慧的雪”，面对一个名叫“喊叫水”的村庄和“地面上到处都是/裂开的嘴巴”的旱象，他发出深长一叹：“终于下雪了！”而在真正降雪的夜晚，他欣喜地感到“雪像棉花一样暖和着根和种子”，带着这种好心情回家，竟然觉得在床上读书的“她”“把通体读成雪的颜色”，从而深信“一场雪就焐在被子下面”，多么奇妙的感受，多么情意绵绵的抒写；在虎西山的眼里，“大雪”被喻为“天堂的羊群”，将雪的意象渲染得无比丰饶而富有诗意，诗人抒写自己渴望雪的那种心情，即使“用庄稼汉的些许白发/来表达/对于雪的期待”，也还是显得有点“太传统了”；面对“大雪已经来临”，单永珍则豪情万丈：“看吧，十万雁阵远离湖畔，十万只羊群归栏/十万只灯盏照亮了窗前的雪地”；杨建虎宣称要“走向大雪中央”，让纷纷大雪“覆盖着心灵的原野”；落户西海固的川妹子唐晴更是认为“最美丽的风景是一场大雪”，她“渴望一场漫天的大雪/包扎大地的伤口/以及扩散生命的萧瑟”，这位来自川东的女诗人在西海固生活最深切的感受就是“跃上陆地的小鱼/所有的伤口被大雪深藏//青草和牛羊在传说中走失已久/对一粒露珠的怀想/被干涸的麦芒刺伤”。

本来，风花雪月入诗，古今中外亦然，是不足为奇的，可这么多诗人那么多诗作都不约而同地寄情于大雪，并且表现出相同或相似的情感朝向和审美判断，就不应是一个忽略不计的创作现象了。不难看到，洁白晶莹的雪，富含水意的雪，不仅给了西海固诗人丰富的创作灵感，更能触动他们心灵深处的某根琴弦、某种诗绪，使雪成为他们的“大众情人”。我认为，“期待一场雪”“渴盼一场大雪”的背后潜伏着的仍是一种大旱情结，这是诗人们共同拥有的一种创作的潜意识。裸露着的干山土岭黄土地，多么需要一场大雪的抚慰啊，雨水少而难得，退而求其次，那就“仰望风雪”吧，正如诗人们所言：在“西海固神性的土地”上，“秘密”正在“等待一场素洁的雪来公开”，此中可见西海固诗人们对养育自己的大地母亲的那种拳拳之心、殷殷之情。面对这样的诗句诗思，谁还能不为之心动呢！

二十多年的西海固诗坛，一直走着一条波澜不兴的扎实稳健之路，虽然人才辈出硕果累累，稳稳占据着宁夏诗坛的半壁江山，却从不见喧嚣标榜，从未冒出什么“流派”“主义”，这使西海固的诗歌创作较少地受到外界的影响而去追风逐浪，但这并不是说诗人们就没有借鉴、没有必要的诗歌视野，社会责任和个性张扬，古典情怀和现代意识，乡村情感和文人心态，传统手法和西方现代主义艺术经验，在西海固诗歌中都不难觅到踪迹，西海固诗人的诗歌观念和审美意识既扎根于黄土大地，又不断受到主流诗坛各种诗潮和手法技巧的影响，他们只是善于默默地吸收消化而不善于张扬炒作罢了。平心而论，西海固诗歌的思想与艺术成就，即使放在当今主流诗坛也并不显其低。

总的来看，就收入本书的各类体裁和题材的作品而言，艺术水准在稳步提升，急于求成的浮躁心态得以克服，许多作家诗人都表现出一定的风格特色。譬如诗歌方面，杨梓的诗冷峻峭拔，王怀凌的诗机敏洒脱，冯雄的诗秀外慧中，虎西山的诗玲珑睿智，单永珍的诗虔诚悲怆，杨建虎的诗丰润忧郁，唐晴的诗伤感而凛冽，胡琴的诗则有“为伊消得人憔悴”之感，周彦虎、泾河、郭静的诗素朴写实富含山野气息，等等。但是就内容特征而言，与前相比似乎并无太大变化，绝大多数作品的背景都是乡村社会和民间世界，是作家们所赖以生存的足下大地。整个一本《生命的重音》所透露出的，依然是黄土大地的声音，依然是民间立场的述说，依然是乡村世界的情感，依然是生命幽谷的震颤，就连书的名字也是沉甸甸的，令人想起一曲悲壮的低吟、一声苦涩的长叹、一种旷世的生存、一片有如深秋大地的静穆凝重。

必须指出，在西海固作家的作品中普遍看不到都市生活与都市风情的影子，嗅不到现代工业文明的气息，看到的是永恒的乡村大地和永恒的自然与生存，是古老的歌谣、陈旧的磨坊和依稀的往事。这种面对当下城镇生活而失语的创作现象是令人担忧的，因为，西海固文学要面对未来，走向未来，就必须关注当下，关注中国的现代化、信息化，关注发生在我们身边的波澜壮阔的城镇化的历史进程，这是一个不可阻挡的历史趋势，正在影响着我们生活的方方面面，作家们应该勇于面对这一生活现实，积极地投身进去，创作出更加具有历史意识和时代精神的优秀作品来。

2003.08

评《西北狼》兼论宁夏“潜在的民间长篇小说创作现象”

一、用心的写作与奇异的果实——关于长篇小说《西北狼》

《西北狼》是赵宗民先生耗费十多年时光精心打造的一部长篇小说，收于“金骆驼丛书”第四辑。全书27节另加一个“尾声”，15万字的篇幅不算长，却写了数十年的历史和十多个影子一样的昔年人物。读完这部小说，有如品尝了一枚山间青杏，有酸涩之感和野性之味，却没有那种预期的酣畅淋漓。我感到，这是一部处处“用心”又处处“拘谨”的作品，而且小说的“用心”和“拘谨”，都奇迹般地集中体现在语言文字的精心使用上，体现在对纷繁依稀的昔年岁月生存图景的努力拼接上，小说很像一件民间精心缝制的百衲衣，局部看上去清晰明了，整体看上去影影绰绰、眼花缭乱，既感精致又觉刻意，既感纯粹又觉雕琢，既感事象纷呈又觉芜杂零乱。用心，用心到考究的境地，拘谨，又拘谨到涩滞的地步，仿佛用心和考究就是写作的目的，这是这部长篇小说所呈现给读者的一个奇异的特质，也是这部长篇写作中的一个值得思考的现象。

按常理判断，一部长篇小说，总是要有较为集中丰富的题材内容、较为曲折完整的故事情节、较为丰满鲜明的人物形象，较为深刻的对于生活和人性的洞悉和拷索，而这一切的实现，又必须建立在一种较为成功的叙事手法和表现方式上，古今中外的优秀长篇小说，无不具备这些最基本的素质。阅读《西北狼》，我的这些经验性判断几乎全部失灵了，我时时不得不面对这样一些困惑：1. 这是什么题材的小说——乱世匪患？农民起义？革命前夜？昔年传奇？似乎是，又似乎都不像，对于这些生活素材，作品都有所涉猎，但显然是平均使用了笔墨，读完后我们甚至连一些事件的基本面貌和是非性质都搞不甚清楚。2. 究竟谁是主人公——“山狼队”战士、青年叛逆者撒尔？老猎手、农民起义军首领祖德？土匪头子、自卫队司令冶老三？撒尔生父、黑道大商贩索道兮？丽曼和冶泽碧这两个分分合合影子一样的美丽女性？似乎是，又似乎都不像。作品的“主要人物表”中开列了足足15个有名有姓有身份的人物名单，但在阅读中我发现这些人物大都像影子或符号一样在你眼前晃来晃去，他们的眉眼身段、他们的喜怒哀乐，都像风中飘絮般难以捕捉和把握，这使我们感到了小说人物描写上的浮光掠影，使活动在小说里的人物普遍的有野性而欠灵性，有气魄而少魂魄，有骨架而缺血肉。3. 有无中心情节？有故事还是没故事？就小说所呈现的生活素材来看，如果把它演绎成一个乱世岁月的传奇故事，外加一些风花雪月的点缀，写得流畅、生动而曲折，不一定精心和深邃，也肯定是有看点的，但小说显然并不看重故事情节的传奇性（小说素材本身含有传奇因素）、完整性和连贯性，小说似乎十分刻意地追求另外一种表达效果，类似于意识流小说的“东一榔头西一棒槌”的随意走笔，一件事尚未交代完整，甚至刚说了个开头，就宕开一笔写其他，而且不容易再绕回来，譬如第13节写自卫队员“活烫公牛”大宴宾客，本可以写得绘声绘色酣畅淋漓，但刚写了个“活烫公牛”的场景（这个场景倒是写得很精彩），就迫不及待地宕开一笔写黄将军和其他人其他事了，后边的情节竟然与“活烫公牛”大宴宾客的事件再也搭不上界，让人读来不知所云，这种遍布小说的节外之笔严重损害了故事的流畅性，影响了阅读的吸引力——这种现象并不是《西北狼》所独有的，这种随意拼装点滴生活图景的写法，在“金骆驼丛书”的其他一些作品中也有不同程度的存在，郎伟先生在为同样是“金骆驼丛书”的另一部长篇小说《徒步穿梭》所作的“序言”中，有一段评析该作叙事特点的话可以印证：“当然，感情的放纵奔流，抒情因素的过于强大，对小说的叙事显然格外飘忽不定，甚至一下子变成叙事天空中‘断线的风筝’。这也使得阅读作品时常常不明所以，犹如坐在游乐园中急速翻转的‘过山车’上，诸多人与事刚一谋面便忽然被抛到了身后，有的还消失了踪迹。”这种现象提醒我们，宁夏的长篇小说作者，培养和加强营构故事的能力是多么必要和重要。4. 写实还是象征？纪实还是虚构？叙述还是描写？现实主义还是意识流？这些看似简单的问题在这部小说里仍然造成了难以进行判断的困惑。从小说的“后记”中得知,小说写的是一些听来的故事，是一些流传于民间的零星故事的拼凑和演绎，是一些民族生存历史“瞬间”的积淀和拾遗,既非“亲历”也非“编造”。但在阅读的过程中,常常让人想到印象派堆砌色块的绘画,哪些是工笔?哪些又是写意?小说的整个表达,特别是语言和节奏,看上去自由而随意,实则拘谨而刻意。文学是心灵自由的体现,是智慧自由的创造,是情感自由的宣泄,是精神自由的提升,如果让人处处读出障碍,时时感到茫然,那至少说明作者的创作意图并没有完全实现。5. 时代背景与地域环境?小说的直接情节起始于何年何月不甚明了,但终止于“民国二十八年”,小说的间接情节曾提到索道兮和侵华的日本人有生意往来,还提到“直到全国解放以后”等字眼,显然时间跨度不短,当然小说作品并不一定要有特别具体的时间概念,我想说的是,作者显然是在有意淡化时代背景,意图制造一种审美距离,作者的这种艺术努力当然无可厚非，问题在于这种努力所产生的艺术效果究竟如何。从小说穿插的一些“花儿”和一些似曾相识的地名(如“云雾山”“胭脂沟”“崆峒”“清水河”等),大体上可以判断小说事件发生的地域环境是宁夏南部山区，但小说内容本身又不具备特别鲜明的宁南山区自然与人文的特征,小说人物的思想意识和行为特征显得普泛化,仿佛似曾相识,与很多类似作品中的人物没有多大区别，缺乏由地域生存环境所锻造的那种独特个性与魅力。6. 个别情节的困惑:其一,小说第 15 节写撒尔仅仅为了索要枪支武装“山狼队”,不但绑架了生父索道兮,还摧毁了索道兮的庄园,烧死了他的牛羊,这种类似土匪的作风,近情理乎?其二,冶老三之女冶泽碧,多次冒充撒尔的恋人、祖萨之女丽曼与撒尔频频幽会,对其实施美人计,她们并不是双胞胎,撒尔怎能一直认不出她是冒充的呢?连自己的恋人都认不出来,这可能吗?7. 最后一个困惑:小说的可读性在哪里?语言情致?传奇故事?民俗风情?思想意蕴?仿佛都有一点,而其实都承担不了。

以上这些问题并不是独立存在的,是相互联系在一起的。我罗列它们的本意不是要为难作者和作品,不是为了表达对作品的一种苛刻之意,我主要是想说明,正是这些问题共同造就了对这部小说阅读判断的难度,使小说颇费索解。也许，小说的一部分魅力也正隐匿在这里，事实上我在读完作品后还随手记下了这么一段话：这是用小说的形式来“拼接”而不是“复活”民族曾经经历过的狰狞岁月，这是对民族曾经经历过的灾难生活的频频回眸，是对渐行渐远的昔年山区生存图景的回望与诉说，是对西海固文学资源的一种抢救性利用，小说在唤醒人们沉睡的记忆的同时，也让人们尽可能地领略民族生存中的野性之美、强悍之美和沧桑之美。

所以我说这是一部用心写作的奇异的小说，它的魅力和局限都奇异地纠缠在一起，想分也分不清。

二、“金骆驼丛书”——关于宁夏“潜在的民间长篇小说创作现象”

据荆竹先生考证，新中国成立前甚至1978年前宁夏都没有一部本区作家创作的长篇小说，1978年宁夏才开始有了自己的长篇作品，这个起步是很晚的。宁夏长篇小说创作现在出版有两个“丛书”：“金骆驼丛书”和“新绿丛书”，现在硕果仅存的是“金骆驼丛书”。另据诗人吴淮生先生介绍，从1978年到2004年，宁夏作家创作出版有70多部长篇小说，从数量上看，占全国人口0.7%的宁夏创作出了占全国长篇小说创作量的约1%，非常不易；但从质量和影响方面看，只有一部作品在全国性评奖中获奖（即马知遥先生的《亚瑟爷和他的家族》，获“骏马奖”），在文坛和读者中产生较大反响和影响的作品也不多，应该说是数量和质量不成正比，作家石舒清就对“宁夏作者的长篇一出来就摆在旧书摊”的现象深感忧虑。

20世纪80年代，宁夏的长篇小说创作基本上集中在少数专业作家之手，如张贤亮、查舜等，他们分别有作品《男人的风格》《习惯死亡》和《穆斯林的儿女们》，可以说是作者人数少，作品数量少，整体影响小，但个体影响较大，如《习惯死亡》就曾引发全国性的争鸣和讨论，不过张贤亮的整个创作在宁夏文学中是一个不可多得的特例。进入90年代，宁夏长篇小说创作受中国文坛“长篇热”的影响而逐渐升温，一方面是有影响的专业作者频频出手，张贤亮、南台、张武、马知遥、查舜等都拿出了他们的呕心沥血之作，有的作品还产生了较大的反响，如《我的菩提树》《一朝县令》《亚瑟爷和他的家族》等，另一方面是一个潜在的作者群正在悄悄孕育，这个作者群中的大部分人在小说界都名不见经传，他们游离于文坛的边缘地带，散伏于文坛之外的广大民间，而且人数不少，其创作活动处于“隐形”状态，从现已出版的“新绿丛书”和“金骆驼丛书”可以看到，他们中的许多人甚至是第一次提笔写小说，而且一写就是鸿篇巨制，如火仲舫的《花旦》、齐宝库的《大山作证》、牛复奎的《宋辽夏演义》、王维堡的《朗家巷子》、升玄的《徒步穿梭》、艾琳的《金色指甲》、赵宗民的《西北狼》等，从而形成了一个群体性的长篇创作现象。

宁夏是全国最小的省份之一，宁夏显然也不是文学大省，但近年来宁夏正在成为全国有影响的文学省份之一，这是不争的事实。20 世纪 90 年代尤其是新世纪以来，宁夏的文学氛围逐渐走好，“三棵树”和“新三棵树”的奋力冲刺，多人入选“21 世纪文学之星”，全国性文学大奖如“骏马奖”“鲁迅文学奖”“春天文学奖”以及中国文联“优秀文学评论奖”等的频频获得，“金骆驼丛书”的连续出版，都是一个证明。宁夏形成目前这样一个良好的文学生态环境，有多方面的原因，就长篇小说而言，潜在的民间性的群体写作与显在的官方性的出版运作是其中最重要的两个因素。

由区党委宣传部、区文联和区作协编辑出版的“金骆驼丛书”，从 2000 年到 2004 年的 5 年间，共出版 4 辑 12 部作品，其中长篇小说 11 部，长诗 1 部。这套丛书的连续出版，至少证明在宁夏的确存在着一个“潜在的民间长篇小说创作现象”，“金骆驼丛书”就是这个创作现象的成果和标志。

说是潜在的和民间性的，是因为这个创作群体多半处于散伏的、隐性的状态，长期默默，不事张扬，这种创作活动并未进入所谓的主流媒体和主流文学界，作者也大都处于文学创作的边缘地带，专业作家寥寥，专门从事文学工作的也不多，甚至多数作者都不是学中文出身的，很多作者从事着文学以外的其他职业。我做过一个统计，“金骆驼丛书”的 12 位作者中，新中国成立前出生的共 6 位，占 50%，其中 5 位作者现已退休；其他 6 位都出生于 20 世纪 60 年代，这些作者也大多都已 40 多岁了。作者群的年龄显然偏大，一些作者都是“十年磨一剑”式的默默创作，在文坛上并未大红大紫，也许一生就那么一部长篇小说作品，有的作者是在花甲之年甚至古稀之年，才拿出了他们的第一部长篇小说，真是可敬可佩。这些作者的创作活动并不是有组织的、官方性的，而是出于对文学的热情，把写作当做一种终生的爱好，当做一种生命存在的方式，直到他们拿出了作品，才会被圈内人士留心到，所以说他们的创作活动具有民间色彩。说是“现象”，是因为这种对文学的热爱和坚守是相似的、长期的、呈群体性的态势，应该想到，已出版的12部作品的后面，肯定还有为数不少的创作活动和失败的作品，那些未能浮出水面的大量不为人知的作者和作品，是已出版的12部作品的水下冰山，没有他们的支撑，就不会有12部作品的脱颖而出，就不会有连续5年的坚持不懈，所以说是一个长篇小说的创作“现象”。我认为，目前认真考察这个创作现象，精心呵护和培育宁夏的文学环境和文学氛围，为日后出精品出大作积累方方面面的经验，可能比单纯评析这12部作品更有意义。

“金骆驼丛书”的编辑出版，使得一些散伏于民间的长篇小说作者的创作没有自生自灭，并由潜在走向显在，由无人喝彩变得有人瞩目，由个体性的创作活动变成令人关注的群体性的创作现象，这是作者的幸运，也是宁夏文学的幸运，从长远看，对培育宁夏的长篇小说创作和文学氛围，是功不可没的。虽然有影响的作品还不多，一些作品出版后可能上了旧书摊，一些作品可能会在岁月的流逝中被人遗忘，但它们所提供的这样那样的艺术经验，作者们先驱蹚路一样的文学精神，都会变成后继者的文学沃土，精品和大作也许会在长久的静默和寂寞中孕育。

谈到宁夏的长篇小说创作，我还不由自主地常常想到中国国家足球队。

宁夏不能没有长篇小说创作队伍和长篇小说作品，就好比中国不能没有国家足球队一样，要求宁夏在短期内拿出一些长篇大作或精品，就像要求中国足球队在短期内拿回一个世界杯一样不现实。

这些年来，尽管国足屡战屡败屡败屡战，“软骨症”“恐韩症”旷日持久不见好转，国人尽管痛心疾首恨铁不成钢，但对国足的殷切期望和倾力支持仍是痴心不改，没有人说国足冲不出亚洲、走不向世界干脆解散算了；中国的球市尽管充斥着黑哨和假球，没有人说干脆取缔这个市场算了，但球市要培育，体制要改革是不言而喻的。

宁夏的长篇小说创作存在着这样那样的不足，但绝对不能因噎废食、不闻不问，也不能急功近利，不能因为才出版了 12 部作品就想结个大果子，宁夏的长篇小说创作的确还需要好好运作和培养，“金骆驼丛书”其实正在做着这个艰苦而可敬的工作。现在，评论界和读者对一些作品提出批评意见，并不是指责“金骆驼丛书”的运作有什么问题，也不是对作者和作品的过分苛刻。从质量上讲，“金骆驼丛书”是有些良莠不齐，读者的冷漠和批评乃属正常的反应，但要想到这种冷漠的背后可能潜藏着一种良好的愿望和期待，尤其是来自批评界的声音，一味的胡吹乱捧，可能会既误导了读者也误导了作者，是读者和作者都不愿接受的，应该有批评的声音，只要这种批评实事求是而不是信口开河、尖锐中肯而不是乱骂一气、有真知灼见而不是无的放矢，能帮助作者寻找差距、总结成败得失，能让后来者少走弯路，这才是作者之幸，宁夏长篇之幸，宁夏文学之幸，也是宁夏文学批评之幸。

2005.01

在历史与现实的交会点上

——读李东东的《固原词》[1]

历史上,苦甲天下而又雄踞塞北的固原,以其苍凉雄奇的自然环境和重镇险关的军事地位,吸引着无数旅人诗家的眼球,刺激着每一个曾经远眺过或者踏上这片土地的人们的神经和灵魂,从有文字记载的西周“料民于大原”,到《诗经·小雅·六月》中“薄伐猃狁,至于大原”的记载,说明固原历史和人文源头的久远。汉《短萧铙歌·上之回》中有“回中道路险,萧关烽堠多”的感叹,至今我们还能在战国秦长城遗址沿线看到历代烽燧遗迹,足以让人时时遥想固原曾有的险峻和辉煌。曾任北魏吏部尚书的董超在政坛落魄时牧马于固原,作《高平牧马》一诗,抒发自己漂泊塞外的悲愤难耐之情。历史上吟诵固原诗词较多的是唐代,“初唐四杰”中的王勃和卢照邻分别在他们的诗作《宿长城诗》和《陇山诗》中,以“阴云凝朔气,陇上正飞雪。四月草不生,北风劲如切”和“陇山飞落叶,陇雁度寒天。行客频回首,肚肠空自怜”的诗句,抒写了固原一带自然气候的严酷和诗人途经陇上的无限艰辛。固原也曾是丝绸之路东段北道的必经之地,诗旅文化源远流长,王昌龄、王维、岑参等均留有许多脍炙人口的诗文吟诵固原。王昌龄在其著名的五言绝句《塞上曲》中,以“蝉鸣空桑林,八月萧关道。出塞复出塞,处处黄芦草”的诗句,极其精当地描绘了夏末秋初的萧关古道,使宁南塞北萧索荒芜的景象跃然纸上。王维的《使至塞上》更有“大漠孤烟直,长

[1]李东东:《固原词》,先后发表于《人民日报》,2005年8月9日,《宁夏日报》,2005年8月10日,《固原日报》,2005年8月11日。

河落日圆。萧关逢候骑，都护在燕然”的名句传扬天下，诗圣杜甫在《喜闻盗贼蕃寇总退口号》中，以“萧关陇水入官军，青海黄河卷塞云”的诗句，典型地表现了固原这片土地上军事与诗歌颈项相连、战事入诗的历史特色。诗人岑参在《胡笳歌送颜真卿使赴河陇》一诗的起首就是“凉秋八月萧关道，北风吹断天山草”的苍凉诗句。这些诗词，都不同程度地描绘了固原自然环境恶劣严酷的一面，抒写了诗人途经固原身临塞北的无限凄凉悲怆之感。宋元明清以至民国，历朝历代都有众多吟诵萧关道、六盘山的即兴诗词散见于各典籍。到了近现代，毛泽东更是以一首气吞云天的《清平乐·六盘山》，使六盘山的知名度得到了前所未有的提升，成为固原这片黄土地上的诗词绝唱。

穿越岁月的河床，我们突然惊讶地发现，千百年来，在固原这片干旱缺水的土地上，一直激荡着两股从未间断过的历史与人文的洪流：一是军事征战，一是诗词吟咏，这两股洪流交相辉映，奔腾不息，仿佛是一种亘古不变的宿命，凡行军出塞守边关，战事乡愁征人泪，都被定格在诗词中，这是这片土地不惜耗费几千年的时光孕育孪生的文明成果，固原这片土地上的生存图景，也因之没有因为干旱缺水而被风化成一个个令人叹息的传说，而是被风干凝固成了一种生存精神和文化遗存，使得后世不敢些许轻慢。

但是，历朝历代，很少有词人诗家站在时代的立场上，试图全方位地关照和抒写固原，为固原这片黄土地的自然人文景观深感骄傲并充满深情的祝愿，他们多从自我立场出发，多是些即席应景的零星涉笔和点滴拾趣，通过对自我境遇与感受的勾画与状写，抒发一己的征战之苦和旅途艰辛，表达对自然生态的敬畏和浩叹，没有人会想到这片土地会不动声色地创造人类生存的奇迹，会有文明与进步的“锦天绣地”。

终于到了今天，李东东以五首系列组词《固原词》，在历史与现实的交会点上，浓缩了固原的历史大事、红色之旅、自然生态、文化传承和美好愿景，字里行间处处渗透着作者对固原这块土地精细入微的体察和思考，其拳拳之心溢于言表。以系列组词抒写固原的过去和未来，以当代人的全新视野扫描固原的历史和文化，以豪情满怀的笔墨赞咏固原的山水和人文，以主人翁的姿态展望固原的发展和明天，是李东东《固原词》与历代学人名家吟咏固原诗词的根本区别，因而《固原词》的问世，成为今天人们津津乐道的话题，为“诗词与固原”的人文传统，又添一道壮美的景观，《固原词》也因之将成为宣传评介固原的一张珍贵的，蕴含着思想、艺术与情感价值的精美名片。

《固原词》由《破阵子·青史》《南歌子·红旗》《山花子·春雨》《南乡子·书香》和《采桑子·好景》五首组成，全词均采用盛唐教坊曲牌名，有人亲切地称其为“五子登科”。《破阵子·青史》是对固原曾经作为“高平第一城”，“据八郡之肩背，绾三镇之要膂”的边关重镇的悠久历史的慨叹与回眸，举凡固原历史上的烽火征战、朝代更迭、边关大事、城垣易手，悉数尽扫笔底，一句“青史有固原”，字字千钧，豪情毕现，堪称力透纸背的佳句。《南歌子·红旗》一词，是对20世纪30年代发生在苦难的神州大地上的那次悲壮的红色长旅的状描与歌咏，作者笔下的长征路与六盘山，早已成为今天固原人民的一笔精神财富，“回汉铁马金戈，忠魂舞”的诗句，深刻地挖掘和概括了固原这片土地上孕育出来的民族精神和爱国主义思想。在远古的历史中，固原是以险关重镇令人望而生畏的，在近现代，固原又是以苦甲天下闻名遐迩的，干旱少雨成为制约固原社会文明与进步的天然障碍，但是，在《山花子·春雨》一词中，作者却巧妙地将一“树”两“水”引入词中，一树是“左公柳”，两水是两个富有特征性的地名“喊叫水”和“好水川”，以这样三个极富历史意蕴与现实指涉的物象，画龙点睛地叙写了固原干旱少雨的气候条件和“童山旷野”的生态特征，表达了固原人民建设一个山清水秀、绿树成荫的新固原的美好愿望和乐观情怀，一扫历代吟咏固原的诗词中所弥漫的悲怆和凄凉。固原虽是苦寒之地，但千百年来却滋生繁衍出了一种生存精神和文化传统，诗文、剪纸、书法、绘画、演艺，城市乡村，庙堂民间，处处有踪迹，样样不逊色，正如作者在《南乡子·书香》一词中所吟咏的：“文脉一缕传古今，户户书香尽风流”，该词上阕的末句“胸中锦绣不言愁”，还准确地概括了固原人民生存的达观和精神的富有。本来四首词，已写尽了固原的过去和现在，但作者仍然意犹未尽，又情不自禁地写下了《采桑子·好景》一词，在感叹时光飞逝岁月沧桑的同时，抒发了“风虎云龙意气扬”的豪迈情怀，鼓舞人心地展望了固原的发展腾飞和美好未来。我相信，正在步入文明与进步快车道的固原，必将以这首词为契机，众志成城，负重拼搏，一定会迎来她梦寐以求的“好景”“春光”和“锦天绣地”。

除了作者的几条注释，《固原词》几乎没有什么令人费解的地方，全词写得豪放洒脱而又不失缜密精当，简练畅达而又不失深邃贴切，明白晓畅而又不失典雅大方，视界邈远宏廓而又能目及当下现实，词意清澈如涓涓溪流，情感丰沛如大川潮涌，在历史与现实的交会点上巧用笔墨，构思成篇，历史意象与现实物象交相辉映，古典情怀与现代精神妙合无垠，使全词充满历史感与时代感。可以说，这是一组涵盖上下古今过去未来，力图全方位立体吟诵固原的好词作，是作者长期潜心研读固原的呕心沥血之作，值得反复阅读和体味。

2005.09

让写作成为一种愉悦和提升生命的方式：边缘化写作之一种

——读马吉福先生的三部人生随笔

马吉福先生最近一口气出版了《幸福与痛苦的人生》《理性与本能的人生》《从空间追寻时间》三部著作——我们虽然不能完全以书的名字来判断书的内容，但从书的名字也大体能判断出书的内涵要旨，“幸福”与“痛苦”“理性”与“本能”“空间”与“时间”，这些在哲学上二元对立的概念被用作了书名，暗示着三部著作的非文学性和显明的哲学考辨的意味，事实果真如此。前两部书以哲学思考、人生随感和文化随笔为主体内容，后一本书则是他的游历随笔——不同于传统意义上的文学性游记。在我看来，三部书可统统归入“大散文”一类，但不是纯粹意义上的文学作品，这里姑且通称其为“人生随笔”罢。

在断断续续地阅读着马吉福先生这三部著作中的一些篇章的时候，我一直在思考这样两个问题：如何定位马吉福先生的写作？这种写作的价值和意义何在？表面上看，这仿佛是一种类似于20世纪90年代缘于女性作家的“个人化写作”，但与“个人化写作”者所倡导的反抗“集体回忆，回到个人生活”的作者们完全不同的是，马吉福的作品第一不是小说体裁，第二是他把个人与群体、个体的人与公共的人、私人生活与社会生活、个人思考与群体经验融合起来而不是分裂开来，他的文章中珍存着普遍的公众价值观和时代道德观，因而他的作品在进入公共领域被社会接受和认知时并无多大障碍。但是，这个界定仅仅只说明了马吉福写作的表象，并没有抓住本质。我们知道，马吉福并不是主流作家，甚至更准确地说在这以前他还未被文学圈内所认知，近十年来，尽管他的一些长长短短的篇章不时的见诸报刊,他本人也担任过固原市文联主席,但事实上他一直没有得到真正意义上的文学关注,若不是这三部书和这次研讨会,他仍然并没有进入文学视野,多年来,尽管他写了这么多,却一直处在文学的边缘,因此更准确地说，这是一种典型的边缘化写作，这种写作有一定的潜在性、隐蔽性和非功利性,是一种不鸣则已,一鸣惊人式的写作。

马吉福先生长期从事意识形态工作，他的公众形象基本上是一个政府官员,但我们从他的大量文字中,看不到官员身份和官员背景的太大影响,看不到官样文气和官样心态,我们看到的更像一个智者、学者、思考者和哲学家的马吉福，他的《人生》《人生的价值》《思想》《文化》《人化与文化》《人与自然》《幸福与自由》《追求与痛苦》等等诸多篇章无不显示着作者阅读和思考的个性化色彩。从这个意义上讲,马吉福其实是一个沉静的写作者,他一边做官为生,一边写字为文。因为不追名逐利,写作于是成为一种生命存在的方式,成为愉悦和提升生命的方式,这大约就是马吉福写作的价值和意义所在。

这种写作给我们一种启示:在一个日益精神荒漠化的时代,在一个享乐至上的消费主义盛行的时代,马吉福却一头潜入生命的湖底,对我们司空见惯的诸多问题进行着形而上的苦苦思考，打捞着被世人弃之不顾的一些人生要义,从而发现,虽然人生充满着痛苦和无奈,但生活总还是积极向上美丽迷人的；虽然生命短暂意义有限，但对幸福和崇高的不懈追求,最终将使人的生命变得高贵而无与伦比。

2009.05

疼着与醉着——关于小说题材与语言的价值

——评《六盘山》“原州区小辑”的两篇小说

早在新时期初期，文学就开始关注个人经验的表达了，这是新时期文坛崇尚个性尊重个体的最为显著的特征。没有个人经验的登堂入室，就不可能有30年来小说创作的乱花迷人景象。我不知道《凡尘的生活》的作者王永玮与其笔下的周凡尘是否一样地经历了那些后大学时代的俗世凡尘的漂荡挣扎，但我本能地感觉到作者对这个群体生存状态和心理轨迹的努力描述和还原。

小说试图把当下社会的一个新型弱势群体的生存窘境老老实实不加粉饰地展示给人看，把曾经是时代骄子的大学生们的青春之梦毁灭了给人看，把后大学时代现实生活的不确定性和残酷性暴露给人看。应该说，这是小说选材方面值得肯定的一种努力指向。

小说勾画的这个后大学时代是一幅极其可怕的图景：大学毕业=失业=游荡=打工=挣扎=可能性的沉沦。小说的主人公周凡尘年轻、有文化、有正义感和同情心，大学毕业后干过信访局秘书、卖过菜、当过私营网吧的网管、当过建筑工地的小工子，最后却差点走到了灵与肉都要沉沦的境地。他的内心的凄楚和挣扎、他无声的呐喊和精神崩溃、他对亲人的绝情忘义、他自戕似的抽烟喝酒关禁闭，都无不凸现出一种当代生活与生存的质感，展示出一种悲剧性的现实遭遇和个人经验。

我虽然无法确定作者究竟是不是亲历过周凡尘们的生活，但我知道我的许多学生都有过周凡尘的经历，我至今还和他们中的一些保持着某种联系，时常隔空交流，送上一些无济于事的语言安慰。我在想，这一定是我们的生活在某些环节出了问题，而且还不是小问题，作为时代精英的大学生们，怎么会一夜之间变成了弱势群体？是个人不幸还是社会悲哀？走出校门，走上社会，他们本应该在一个较长的时间内，本能地维护自己的知识分子立场和价值操守，却为什么在现实面前很快的消磨和放弃？“是他放弃了生活还是被生活抛弃了？”周凡尘的困惑事实上代表了一个群体的共同困惑。

应该说，这是一篇在叙述方面四平八稳的小说。它的文字还有些学生腔，因而显得文气稚嫩，叙述平稳而略显沉闷，不如《脸面》那么生动细致精到。说实话，在阅读这篇小说的时候，直到这个文本快要结束的时候，除了陈列于文本里的那些颇具悲剧意味的现实景象之外，我几乎再找不到一种特别的东西留着咀嚼。小说的主人公周凡尘这个形象其实也并没有完全立起来，包括他的暗含寓意的名字，也好像更多的只有观念的意义，没有特别让人心动的地方。这篇小说最出彩的东西是在阅读快要结束的时候出现的，这就是周凡尘走投无路之际，大学时代的恋人刘思晴发给他的一封请求分手的电子邮件，确切地说是邮件中的一句话：“这几年，我们整天为工作而奔波，顾不上爱了。”“顾不上爱了”，这叹息般的五个字，一下子叫人心疼得想流泪，这是我迄今所读到的最简单、最朴素、最无奈的分手理由，是一个美丽女孩向她的青春和爱作辛酸的告别，是一个女大学生向她的诗意年华作最后的一瞥，无助而绝望。掩卷许久，我都无法把这几个字和它所带给我的疼痛的感觉消解掉。我不知道我的学生中有多少人正在或者早已“顾不上爱了”，但我想说的是，正是刘思晴的这句话，赋予了这个题材以特别的意义，因为正是这封突然而至的电子邮件，使这略显沉闷的叙述顿然熠熠生辉起来，正是这叹息般的五个字，使埋伏于生活深处的人生苦累顿然浮现于眼前。假如作者只满足于对现实生活表象的阐释，而没有一种深切的透视时代病灶的意识，没有对悲剧因素的人性化思考，那么，这个小说文本的意义也就仅仅停留在个案故事的层面上了，不可能有深度的发现，也就不可能产生一定的艺术力量。

其实，小说就是这么个东西，它有时真的不在乎千言万语，即使它的千言万语，有时候也就是为了那么一个点服务的，是为了装饰、点缀、衬托那个点，好比星空夜月，诗家称之为“诗眼”，散文家称之为“文眼”，短篇小说其实也有文眼的,这个点或者说这个文眼,可以是一句话、一个人物,或者一种感觉和氛围,有时是具体的,有时是抽象的。“先结婚后恋爱”是《李双双小传》的文眼,“气氛即人物”是汪曾祺许多小说精心营构的文眼,就是这个道理。常常在很多时候,我们因为找不到短篇小说的那个“文眼”,而失去进一步阅读和探究的兴趣。

小说是语言的艺术,小说以语言为工具,它当然是个技术范畴的东西,但在它的语言后面,一定有一个灵魂存在,殷高的《脸面》就是这样的一篇小说。说实话,这篇小说写得比《凡尘的生活》要好看多了。

这是一篇很有意味的小说,读来让人深深沉醉、忍俊不禁。

小说小说,就是往小里说。小,当然包括篇幅的短小、表达的精炼,但也并不一定就是篇幅小,《脸面》的篇幅其实一点儿也不小,1 万多字呢,但它通篇传达出的仍是小的感觉,小人物、小天地、小环境、小情趣、小细节,情感的流露小心翼翼,就连男主人公的眼睛都小得像用“钻子钻出来”的。把这小说往细里读,就觉得小说小得只剩下了一些只言片语:写女主人公闫红蓉的美对男主人公高问里形成的心理压力,使高问里患上了严重的心理口吃症:“他发现他不能看闫红蓉的眼睛,一旦见她的眼睛舌头上就像绾了个橡皮筋。”所以,“他和闫红蓉说话吝啬得像从口袋里往外掏钱”。写高问里口吃的状态是:“像和面团,揉,搓,压,挤,拉,憋得五官变形错位,白眼仁多,黑眼仁少,听话的人都快崩溃了,恨不能从他口里掏出来。”面对自己心中的女神闫红蓉,高问里的精神往往处在崩溃错乱的状态,他曾经“大结特结”,“羊角风发作了一般翻着眼仁子,直到把闫红蓉吓跑了,他还没有说出一句完整的话来”。写闫红蓉的容貌之美:“闫红蓉是所谓的水花眼,毛茸茸的,眼睑有三层花眼皮:靠近睫毛的一层深刻,另外两层虚掩着,平常只是个印象,抑或一颦一笑才渐次绽开”。高问里发现,“当她勾着头,或者目光虚虚地旁骛着什么出神时,她的脸庞就像‘关闭’着,显得寻常、平庸乃至死气沉沉;一旦给了你正脸儿,眸子笃定地瞅着你了,她的脸庞‘打开’了,生动起来,灼灼地,犹如黑夜里对面射来的汽车灯光”。女人的容貌之美是一个渐次打开的动态过程,这还真是闻所未闻。每每看到闫红蓉的美,高问里就像“把个心在清油里煮着一般”,连酒喝进嘴里的感觉都“俨然噙了一口活蹦乱跳的蚂蚱”。对高问里来说，闫红蓉的美往往是逼人的，有无比巨大的压力：“念书那时节，她就像一盏灯，到哪里，哪里就亮起来。现在，他觉得她像炭火，烤得他热汗四流。”“和她在一起，内心的烈焰噼噼啪啪在燃烧，三天五夜也不会困倦。”闫红蓉不经意的一个眼神，就会使“他的目光立刻被碰弯了，折向了天空”。闫红蓉的歌声，使“他听到美好处真想叫人捅自己一刀子”。这真是“问世间情为何物，直叫人生死相许”啊！在高问里的心目中，闫红蓉是几近完美的。再来看写高问里的相貌之丑：“脸模子一马平川，像碾子打开过的，没个凸凹、棱角。两个眼窝，绝对是钻子钻出来的，但绝对没有钻孔那般圆溜。”写闫红蓉吓唬偏瘫着的婆婆：“再胡说就不往炕上抱你，叫你数一晚上星星！”写乡村的夜色是“铺排开来”。写高问里酒醉的感觉是“满天的星星被煮在沸水里，跳仗子”。“像所有头一天喝醉酒的人一样，高问里有点儿蔫，有点儿瓷。他感到五脏六腑木木的，像煮熟了挂在体腔内；又像脏腑被悉数摘了去，虚空着。头生疼，一摇动，咣当咣当脑子在颅里响动，是个坏了的鸡蛋”。写乡村夜里狗吠的声音是：“它苍老地叫了一声，就扯出一串咳嗽来”。写高问里眼里的葵花是“这株葵花长得好是轩昂，显出很有学问的样子。傍着它的一株，形容猥琐，显然受了那株的欺压”。写高问里性的冲动是：“男人家那点破烂事，现在没治了。不是沾衣欲湿杏花雨那般来得轻微那般可有可无，而是裤子都要撑破了。没办法正是尿尿冲倒墙的年龄嘛。”

我之所以不厌其烦地摘引这么多文字，就是想提醒读者别错过欣赏小说里随处可见的这些最有意味的地方，这些生动形象活蹦乱跳的文字，仿佛高问里的心跳，在小说里的每一处地方跃动着，作者的语言天赋是显而易见的。

19 世纪意大利哲学家克罗齐说过一句话：“一条美的河或一棵美的树，纯粹是语言的修饰。”作者就是用如此绵密灵动的文字，为读者描述了一段发生在人的心灵里的故事，撩人心弦的语言把一个并不鲜见的题材渲染得令人目不暇接。作家深厚的生活积淀、敏锐的感受力和语言组织能力，都使这小说文本弥漫着一种浓浓的美学氛围，整个小说都是用真实的细节和生活逻辑串接起来的，这一点很像崇尚细节主义的石舒清。

阅读这篇小说，其实欣赏和品味这些令人忍俊不禁的美丽文字就可以了，但是我还想强调两点：就一个具体的短篇小说而言，《脸面》这篇小说是在努力把人生中很大很大的两件事，很用心很用心地往小里说的一个成功的范本。哪两件事呢？

一是情感。当然是男女之情了。这是人生中顶顶重要的大事吧？小说从头至尾字里行间都弥漫着、浸透着一个“情”字，却并没有轰轰烈烈地去讲述，而是把一个柏拉图式的爱情故事置放在当下农村的现实背景中，通过邻里往来和日常农事劳作，一点一滴又是极其含蓄丰满地呈现在读者面前。闫红蓉守着偏瘫的婆婆，抵御着同村浪荡男子牛五的纠缠，过着丈夫外出打工自己独守空房的寂寞日子。早在中学时代，同学高问里就苦苦地暗恋过她，落下个一见她就口吃的病根，毕业后本可以结束这段单相思，但造化弄人，她偏偏就嫁到高问里的村里来，她也心仪这个相貌丑陋而心地善良纯洁的老同学。天长日久，低头不见抬头见的日常接触中，心灵的“越轨”不知不觉间就发生了，但他们始终未敢越雷池一步。小说对闫红蓉的婚姻生活未作过多的描写，但我们感到，这个美丽的农村少妇，她的爱情和婚姻有点像烙饼，一面甜脆得发黄，一面其实苦涩得焦黑。如果说，《凡尘的生活》中刘思晴的“顾不上爱了”让人心疼，那么，《脸面》中男女主人公的爱又不能，则让人心醉。

二是面子。这也是小说中十分动人的地方。在国人的心目中，面子问题也是顶顶重要的事情，所谓死要面子活受罪嘛。高问里因为相貌的丑陋而极其自卑和自尊，极度的自卑和自尊使他患上了“美女结巴症”，一见闫红蓉就犯病。他爱得那么苦涩又是那么甜美，但他从不妄想，从不轻薄。一方面是因为自卑，一方面也缘于发乎情而止乎礼的文化约束力。作者的描写和把握精到而准确，使我感到作者像一位写短篇小说的高手，因为没有多年的沉静观察和细心体悟、对人性细部的分寸把握，是达不到这个火候的。

所以，这是一篇值得一再把玩的小说文本，它给我们一种写作启示：生活中即使再小再小的事，也可以做成很大很大的文章；生活中即使再大再大的事，也可以写成很小很小的小说。关键是看谁写、怎么写了，这大约就是艺术的辩证法。

两篇小说，正好是一静一动、一凝重一生动、一沉闷一欣悦、一城镇一乡村，却都不约而同地表现出对当下现实生活的关注与思考，这也正是西海固小说创作应该始终坚持的一个艺术方向。

2010.01

古老乡村的现代书写

——评马金莲长篇小说《马兰花开》

在马金莲的小说创作中，长篇小说《马兰花开》是一座高峰，较为丰沛地释放了她的生活积淀。农村小媳妇、嫂子、婆婆这三大人物形象越发变得丰满和鲜活，成为马金莲小说创作中最常见、最重要、最有生命内涵的人物形象构成。全书洋洋洒洒40万言，主要叙写的就是马兰一家人的日常生活，他们日出而作，日落而息，过着老旧平淡的乡居生活，尤其是作者不吝笔墨，以极其耐心的态度叙写了主人公马兰的生活命运和心灵世界，时常出现在作者笔下的碎女子、小媳妇，则是把各种人物和生活串起来的一个文学视角，是马金莲最爱使用的表达方式。

这虽是作者的首部长篇小说，却是经过了多年的积淀和孕育，较为全面地展示了马金莲的文学才华，它集中体现了马金莲创作中的几个鲜明的特点。

一是自叙传的成分。作者此前的多个中短篇小说创作，已表露出这一迹象，作者自己的那段农村小媳妇生活的全部刻骨铭心的体验，都被融进了《马兰花开》的创作，这种经历和体验在西海固农村有一定的普遍性和代表性，所以这部小说的选材本身就具备了打动人心的因素。小说的主人公是还未步入青年的马兰，第一年辍学嫁人，第二年怀孕生女，第三年养鸡育女，过着十分原始而艰辛的农耕生活。一个因辍学而嫁入农家为人妻为人媳的女孩，一个不甘命运摆布又无以反抗的弱女子，一个有一定文化知识却被迫嫁人被迫为媳被迫产子被迫放弃人生美好追求的女人，在宁南山区农村太普遍了，它超越了民族的界限，具有更广泛而深厚的社会学意义，它表达的不仅是一个农家女子的心灵世界，更是“一群西部底层穷人的心灵写照”，一个群体的命运写真。

此前，作者就有一篇反响很大的短篇小说《碎媳妇》，还以此作为她第二部小说集的书名，可见作者对其的看重。小说叙写的是回族民间小媳妇生孩子前一个人的思绪漫游。在传统闭塞的穷山沟，生孩子是所有女人的人生大关，不仅要经历生与死的鬼门关，更要经历来自宗法社会的种种考验与压力，雪花深知“女人坐月子前一定得把生前身后的事都考虑好”，一大家子人在一起生活，婆媳之间、兄弟之间、妯娌之间、亲戚邻里，虽不是步步惊心，却一定要处处小心，八面应对，这种生存环境有自己的生活法则和价值系统，它早已超越了人性的范畴，具有无比的权威性和残酷意味，千百年来，从没有人怀疑过它的合理性。作为小媳妇的雪花就要时时面对婆婆、嫂子和丈夫的不同态度，婆婆精明能干、治家有方，雪花是“又怕又尊敬”；那位说话总是“夹枪带棒”的嫂子虽然始终没有亮相登场，如同一个影子般的存在，但她像一道心灵深处的阴影，始终萦绕在字里行间，她对雪花生活的影响无时不在，农村宗法社会的这种妯娌关系，被马金莲一再下笔，写得枝叶扶疏、令人心悸。这篇小说里还有一个情节：女人生孩子这么大的事，在城里打工的男人竟然因那些无形的人生法则没有回来，尽管人类已进入21世纪了，一个多么繁华奢靡的世纪，但马金莲笔下的西海固乡村，家族宗法观念还停留在远古时代，无声无息地制造着许多精神悲剧，加重了生存苦难，这是值得深思的问题。在《马兰花开》里，这一生存图景更是被作者表现得淋漓尽致，和作者笔下的许多农村小媳妇一样，马兰善良、勤快、柔顺、忍让，但她的人生轨迹简直就是一条充满泥泞的山路，每一步都别无选择。辍学嫁人为媳生女，煨炕下厨养鸡赶集，出门下田劳作，在家侍奉公婆。赌徒的父亲，懦弱可怜的母亲，贫苦无望的日子，“命运始终被一层灰暗的色调笼罩着”，没有一样不是让生命在煎熬和小心翼翼中度过。也许是因为长篇的原因，作者写得很琐细很耐心，于无声处有悲怆，于平静中有波澜，于不动声色中有人生永不停息的苦撑和角逐。因此我觉得，作者自身农村小媳妇的那段生活体验不但刻骨铭心，还正在成为其小说创作的文学胎记，烙了上浓浓的自传色彩，这一点与曹雪芹、萧红等颇为相似。

二是工笔细描式的红楼梦笔法。可以这么说,《马兰花开》记录和描写的主要是水波不兴的日常生活流:日出而作日落而息的日常劳作,春夏秋冬的四季忙碌,柴米油盐酱醋茶,鸡叫狗咬娃娃吵,婚丧嫁娶,邻里往来,一切都在慢条斯理的叙述中,一切都流淌在生活的河流中。日子仿佛在永不厌倦永不停息地重复着,考验着人的耐心,又仿佛花样翻新地诱惑着人往前走,只有翻过一页又一页平淡的日历,生活仿佛才有希望,平淡仿佛才有个尽头。

总体上说,《马兰花开》的叙述特点是不慌不忙且略显沉闷,幸亏作者的语言秀雅清丽不拖泥带水,时而还夹杂有来自民间生活的精妙之笔,俗语、谚语、俚语以及富有民族特色的日常生活用语都被得体穿插运用,加之作者的语感本来就好,读来亲切而温暖,否则会大大影响表达效果和读者的阅读耐心,毕竟是40万字的篇幅。我觉得,这小说要静下心来慢慢地品细细地读,它不属于情节跌宕起伏、故事百折千回、人物命运大起大落令人荡气回肠的作品,它的文脉在于“细”,如涓涓细流,润物于无声中。马兰内心世界是一条奔腾的大河,但在生活中她却如同水波不兴的细流,无声无息地消耗着有限的年华和生命。它的触点在于“实”,你看不到作为长篇小说可能必备的虚构成分,看不到刻意的虚饰或夸张,生活咋样小说就咋样,小说不过是把生活原汁原味地文字化了。这样的村庄,这样的家庭,这样的人物,这样的生存形态和群体特征,包括人性中的那些难免的藏污纳垢的角角落落,在宁南山区太普遍了,太常见了,太古老太传统了,是亘古如一的常态化存在,这些都在作者笔下得到了原汁原味的呈现,不由让我们想起曹雪芹对大观园众生相入木三分的惊人再现。能把普遍和常见的东西写得耐读而又触痛灵魂,这就是作者的禀赋和本事,也源于作者的现代审美视角——对古老乡村的深情回望和现代思考。

三是安贫守道的精神麻醉剂。这是我想和作者讨论的地方,我看到对《马兰花开》以及作者其他许多作品的一些评论文字,都是赞赏有加,但我觉得这部小说整体上还是缺乏一种强大而持久的文学力量, 这是一个很古老、很古典的农耕故事,是一幅很古老、很古典的乡村图景,它与时代仿佛没有关系, 骨子里透出的是亘古如一的东西, 这里有人性的温暖和质朴，但没有人性的力量和召唤；这里有寂静安详的春夏秋冬，却没有五彩缤纷的绚丽人生；这里有刀耕火种、生儿育女的安贫守道，却没有轰轰烈烈、惊天动地的大喜大悲。所以，它缺少路遥笔下那种震撼人心的悲剧力量、直击灵魂的人性光辉和经典现实主义文学作品所具有的大气魄、大悲怆。

主人公内心躁动却安于现状，日复一日的乡村生活会磨蚀掉人的一切念想，祖祖辈辈年复一年。主人公逆来顺受，安贫守道，小富即安，她的身上缺乏一种经典作家笔下人物强大的精神力量，缺乏一种鼓舞人心的东西。作为小说试图塑造的文学典型，她的人格特征和精神世界，本应成为小说强大而持久的文学魅力的核心因素，可惜，这一文学高度并没有完全达到。这样的小说读着让人疼，但看不到希望所在，就是主人公自己也常常产生“日子有一种掉进黑洞的感觉”。这一现象在马金莲小说里不同程度地存在着，我们并不是说要一个光明的尾巴或者廉价的亮色，并不是要主人公一定高大上，我们也能理解生活给予马兰们的就是这么个样子，无论马兰们怎样抗争怎样顽强不屈，也是无法改变命运摆布的。我们只是希望在这样的大部头作品里，能蕴含更大的悲剧力量，人生本来就是悲喜剧的叠加，悲剧并不是没有价值，譬如路遥的《平凡的世界》，苦难弥漫于字里行间，生存的悲苦无处不在，但每看一遍，都有一种高贵的气质和催人奋进的东西，这就是名著和经典应具备的文学高度。路遥笔下的人物，贫穷但不卑贱，落魄依然纯真，从不放弃对理想的追求，有着为之不惜献身的勇气，这应是人类普遍能够接受的价值，也是艺术应高于生活的所在。在马金莲的笔下，强大的农村宗法意识和传统伦理道德的力量，在建构超稳定生活秩序的同时，也坚持不懈地摧残和谋杀着人的美好愿望，人的合理追求，乡村宗法社会的无形法则，每每杀人于无形中，马金莲的表现无疑是真实深刻的，也是令人惊悚的，但作家不能透出哪怕些许的麻木和妥协，再原汁原味地忠实呈现，也还是要有所针砭和扬弃的，毕竟，作家的责任主要的不在于表现，而在于洞穿和引领。

其实这小说还可以继续写下去，只要马兰的日子不终止，万古如一的生活不停息，这无声无息的故事就还会延续，那些人性的美好和丑陋、那些日子的苦焦和民间的快乐，那些日复一日的重复和延续，一定还会叫我们感伤、惊悚、望而生畏,但不会羡慕、向往或有所认同,估计没有人会愿意终生过着这样小心翼翼的生活，它只有在文学的层面才具有审美的意义,在现实中一点都不美,这正应了那句老话:理想很丰满,现实很骨感。

马金莲曾说,她的创作“都是关于村庄的。写作灵感的源头,就是我最初生活的那个村庄”“今后的写作，还是围绕村庄。只要村庄屹立在大地上,生活没有枯竭,写作的灵感就不会枯竭”。对于马金莲来说,农村生活是一个富矿,素材源源不断,文思也是源源不断,她的全部创作似乎都在告诉我们一个难得的可能性:只要生活不停息,只要她愿意提笔,就有写不完的东西。许多作家的创作实践一再证明,如果缺乏深厚的生活积累和明智的艺术选择,那么作家到一定的时候就会发生生活枯竭、灵感滞涩的现象,艺术之路就会遇到难以逾越的坎儿,但马金莲似乎不会,因为她有感悟生活的独特禀赋和表达生活的个性追求，她是个从小处入手的能手高手,她是心里有数的作家,她心无旁骛天生定力,这是我接触和阅读马金莲的一个十分强烈的感受，这种强烈的感受在我接触和阅读宁夏其他作家时很少产生过。

马金莲说:“时间的长河里,我们生命的个体就是一粒粒微小的尘埃。我想做的是,通过书写,挖掘出这些尘埃在消失瞬间闪现出的光泽。”她的文字满含着悲悯和宽容，她从不为自己找一个现代人的道德制高点或者文化人的优越感去评判或俯瞰她笔下的人物，哪怕是那些丑陋卑琐的人物,她只是展示他们、描写他们,让他们就那样原生态地活在扇子湾,活在卧牛川,活在她的笔下,成为众生相中每一个真实而独特的个体,这有点像曹雪芹的笔法——几近残酷地展示生命的各种形态和真相，这正是作为作家的马金莲过人的地方!

在马金莲的世界里,人生的经验全是古典的、老旧的,是过去进行时,她一再展现给我们的是现代社会里的古老日子，她为古老乡村留下了一纸现代人的沉思录。在马金莲的笔下,那些被雪藏冰封在记忆里的日子,逐一被解冻,展现出无限的生机和无穷的魅力,她写得不慌不忙、从容不迫,从不挥霍主料,也从不浪费角料,题材无轻重,人物无大小。喜鹊抓鸡娃、雪天送女归、长夜掌灯妇、亘古如一的生老病死、婆媳之间的相依为命、鸡毛蒜皮的家长里短，都能被她演绎成一个个生动的篇章。马金莲说自己“从来没有想过更进一步左右文字，或者用文字将心中的激越部分表达出来。只是不急不缓地，一点一点写，一滴一滴流淌。”这是马金莲天赋异禀的地方，是她的长项。但事物总是一分为二的，我想说的是，希望作者不要平着往前走，而是要给自己设置一个逐渐向上的方向，坚守心中所想，沿着台阶，逐步向前。如此，以马金莲的积累、勤奋和文学智慧，她的文学视野一定会越来越高、越来越宽广，我们充满乐观的期待。

2016.10

散淡而温暖的写作

——韩聆散文集《简静与沉浸》序

两年前知道，百花文艺出版社的谢大光先生有意让韩聆整理一本“西海固题材”的散文。之后有一次，韩聆便拿了《简静与沉浸》给我，说我未能如谢老所愿，就这个，钟老师你给它写点文字吧。我说是批评？他说不，是叫“序”的那个东西。见我一时哑默，他急了说要不我就把我们茹河道里那一截古木弄来竖在书前让它为我说话。

韩聆是在简静里沉浸的人，为人谦逊而温和，为文散淡而温暖，我虽然已应了他的意思，而后却迟迟未能动笔，一方面是因为我自己这段时间陷入俗务难有整齐的时间细心阅读，我自己已失缺了往日所拥有的那种“简静与沉浸”，另一方面，当然这主要是因为这个在静默中歌吟诗意家园的老朋友长期以来对我的信任和期许，所以我除了感动和应允之外还有一点惶恐，虽然和韩聆做了这么多年的朋友，虽然一直不停地被他那些充满着无边诗意而忧戚的文字所感染着，然而，要为他珍贵的文集写一个序，这于我确实是心存着一份怯意的，我唯恐自己的文字遮蔽了韩聆的诗才。不过既然应允了，也是自己平生初为友人书稿作“序”，无论如何都得硬着头皮在这里写上几句话，就权当我对韩聆和韩聆式的写作表现的一份敬意吧。

韩聆的人生道路曲曲折折。或许正是这种曲折的人生经历造就了韩聆，造就了他忧郁的气质和内敛的才华。从 1980 年开始文学创作，二十多年来韩聆一直固执地坚持着自己的写作追求，抗拒着物质欲望对人的精神和灵魂的冲击，抗拒着四处弥散的焦灼粗俗气息，始终坚守着自己的精神家园，坚守着自我心灵的纯净，用他自己的话说就是“于荒冥中营建一样东西”，我想这“荒冥”就是一片无边的清洁和寂静，而韩聆正是在这清洁与寂静中抒写着自己博爱和悲悯的情怀，享受着生命中的那份散淡和温暖。

散文是一种最为自由的文体，它要求创作的主体要尽可能的摆脱来自物质世界和精神世界各种现象的纠葛和缠绕，拨开纷繁世事而沉入内心一隅，然而事实情况正如卢梭所说，人生为自由而又无时不在束缚之中，这就往往使得散文的写作者处在一种两难的尴尬境地，纯粹的、个人的写作成了一种奢侈的行为。在这种情况下能够写出真诚、自由、散淡的文章，则这个写作者必须是一个散淡的人，真诚的人，他的心中必须要有一种坚守。然而这却不是轻而易举的事情，在现在的时代没有几个人能够固守“富贵于我如浮云”的态度，在物质欲望和权力面前我行我素泰然处之。所以现在充斥在我们视野里的大多都是阿谀献媚、无病呻吟之作。

然而我们还是有幸能在20世纪的尾巴上依稀看见了几个单薄而奇崛的影子，比如过早地离开了人世的苇岸、王小波，比如被林贤治称作“(20世纪)90年代最后一位散文家”的刘亮程，比如以笔为旗快意复仇的张承志。苇岸像一个永远坚守在岸边的苇丛，水样柔润的文字恪守着内心静谧的湖，散漫而整饬；王小波则是智慧的、西方的，以平民的品格和对个体生命的尊重表达着对“媚雅”和“媚俗”的抗拒以及对科学和理性的热爱；刘亮程是一个散淡的人，他所有的哲学来自于人畜共居的村庄和丰饶贫苦的故土，闲散在他就是一种坚守，坚守的就是人类最后那片被工业和城市紧紧围困的忧伤而干净的土地；张承志是敏感、激越、偏执、自傲、神秘而辽阔的，以清洁的精神在荒芜的英雄路上寻找着思想最后的棱角。这几个人被我当作喧嚣混沌迷茫的20世纪的尾巴上唯一清澈的声音，唯一瑰丽的颜色，我常常在深夜难以入眠的时候遥想他们，遥想着那些从逼仄的缝隙中遗漏下来的清澈而珍贵的水滴，人类不可或缺的粮食。

而韩聆，我最终还是要谈到韩聆。我从苇岸、王小波、刘亮程、张承志们遥远如岸的身影中想到仄身低洼处的我们身边的韩聆。我想知道，除了他们，除了那些响亮的名字之外还有谁像他们那样在无人知晓的地方清守着诗意、信仰等等古典、传统的人文价值，还有谁在我们心灵干枯的时候让我们感觉到湿润,还有谁在寂静中守望着无边的旷远,这是韩聆。

早前集中阅读韩聆其实是那本弥漫着感伤和诗情的《边缘情感》。对土地乡村的亲近,对父母亲人的感念,对喧嚣都市的质疑和厌倦,对薄凉人世的拒绝和反抗……呈现给读者的是一个倔强、温情、忧郁、真性的韩聆。而现在,他又拿出了这本以他的知性和心性凝成的更具情感张力、文化指向和精神亮度的《简静与沉浸》,它是沉思的,是凝重丰赡的;它又是疏朗的,是包容的。收在这本书里的32篇长长短短的篇章共分为三辑,在我看来,"近岸的远方" 是透过空间的反差交错寻找并体味爱和温暖;"追想的幸福"是对情绪、经验和思想的审美叙述;而"时间草稿" 则是生命历史的延伸和弥漫。不论是《红茜草》唯美感伤的西海固情怀,还是《洁净而自尊地活着》对人的尊严和清洁精神的守护,还是《相伴爱弥尔》对生命成长的反思,以及《秋伤》里的哲理与思辨……这些都是散淡自由的处方,是坚韧的治愈的力量。通过从审美对象到审美形式的转换,挣脱弥漫着扭曲和粉饰的现实世界,让一切都从隐逸放达、健康质朴的心灵深处浮现出来,呈于我们面前。在这里,韩聆以他既现代又古典的情怀,既干净简约又富于美质的语言,试图搭建起与这个世界核心价值系统的对接和融汇。我想这不但是献于读者的,而且也是献于他足下温热的土地和身后涓细的茹河的,是献于一种韩聆式的写作信念的。

性格就是命运,命运铸造风格。几十年来韩聆始终没有离开他的土地哪怕是一步,所以他的散文,始终散发着醇厚温热的大地和青草的气息,永远闪烁着理想的光辉,永远在幽微中寻找着失散已久的情绪。

虽是林林总总地说了这些话,然而诸多的阅读感受并不是几句序言能够说尽的,不过总算了却了自己的一桩心愿,也算是表达了我对于性情写作者的一种心灵的默契。

承蒙韩聆抬爱,权且当作序。

2007.12

海燕一样飞翔的情丝和文字

——高海燕诗文集《海燕之歌》序

学生要出诗文集了，是叫人既高兴又惭愧的事。高兴的是这些年来学生出书不是稀奇事，而是这个要出诗文集的学生才刚刚走出校门，连自己的生计都还没有解决妥帖呢，就要出自己的处女作了；惭愧的是讲了几十年文学课，也写了一些文字，也算是衣食无忧了，却耽于种种，自己的书稿在出版社却快要变成“孤独的守望者”了。

按中国人的习惯，“海燕”这个名字极富女性化，应该是女性钟情的名字，应该是让男性产生诗意联想的名字，但高海燕偏偏却是一个大男生，普普通通、结结实实的一个西海固小伙，只是他的性格和为人谦谦和和、羞羞赧赧的透着一些内秀，让人隐约感觉到他内心飞扬的情丝和如梦如缕的诗绪。

那天当海燕说要我为他的诗文集《海燕之歌》作序时，我的确很是顾虑，一是从未给学生的书稿作过序，不知如何下笔，说得太好了怕有文过饰非吹捧学生之嫌，说得不好又怕招致“靛青蓼蓝”之议，而且也明白自己基本上很难有完整的时间认真阅读他的作品，又不愿马马虎虎应付了事。于是我推荐了几位我认为能为海燕的诗文集写一精彩序文的老师和朋友，但海燕就是不置可否，他站在我面前不走不说话不表态，剀切而无助的样子，完全不像一个即将出版诗文集的年轻诗人，倒像是一个前来讨教或者认错的怯怯学子，一瞬间我的心软了。

不料这一拖就是月余。

断断续续地阅读着海燕的文稿，在享受其清纯快意的文字的同时，我的眼前总是不断叠印出他的形象，几年来我为他和他的同学们讲当代文学，和他们一起讨论热点作品，一起参加西海固文坛的一些活动，共同欣赏当代作家特别是西海固作家的优秀作品，不时地看到他发表在中文系北斗文学社编印的《山城》以及当地报刊上的长长短短的诗文。仿佛只是一晃的时间，海燕的"翅膀"就硬了，就要在文学的天空翱翔了，正是在这本打印得整整齐齐的诗稿里，我逐渐看到了一个乡情质朴的海燕、青春阳光的海燕、率直稚嫩的海燕。

《海燕之歌》由诗辑"乡土亲情""曼语如歌""生活真味""摆渡灵魂"和散文辑"守护美丽"以及评论辑"清醒面对"三大部分组成，体现出海燕在写作上的多种尝试。其主体部分是诗歌，由四个小辑组成，第一小辑就是"乡土亲情"，收在这里的全是抒写乡情之作，集中传达着海燕对家乡、亲情，对这片养育他的土地的爱之深沉。"你耕耘在每一寸土地/与父老乡亲一同汇聚起/汗的涌动和阳光的流淌/孕育出黄金般的魅力"（《你好，老牛》）；"霍霍的磨刀声起/麦子黄的金色无比/没有声音却闪耀着光芒/麦穗吃力地低着沉重的头颅/好像给大地诉说着什么冤屈//农民/一手握着豁亮的镰刀/一手捉紧麦子的根部"（《镰刀》）；"今夜没有很亮很圆的月亮/是谁把夜晚/照得如此清亮/母爱，也像这没有月光的夜晚一样"（《母爱》）……这些质朴无华的诗句，字里行间都洋溢出作者对家乡、土地和亲情深深的爱恋与赞颂。事实上海燕这种挥之不去的浓浓乡情，贯穿在他诗文写作的全过程，在这里我们看到的是一个乡情的、质朴的海燕。

成功和失败都镌刻进生活，春履和秋痕都不失为景色。作为一个年轻的写作者，在海燕的文字中，不可避免地会记录下青春的激情、生活的浪漫、人生的向往、友情的珍贵、追求的热烈。《美丽的忧伤》《写给朋友》《心中那份难割舍的情》《为什么》《另一种美丽》《你可知道我在想你》《守护美丽》《我是西北一只燕》等等这些诗文作品，与其说是在表达着什么，还不如说是一种自我塑造。在一首题为《今夜写诗》的作品里，年轻的作者深情的歌唱道"春夏秋冬/风土尘尘/情感早已垄断在黄土地深深的沟壑里/朦胧的神话犹如千里飘香的醇酒/深沉又醉人/思绪的情感/倾倒在方格的稿纸上"，对缪斯的无限钟情、无尽的爱恋和执着的追求都溢于言表，在这里我们看到的是一个青春的、阳光的海燕，当然这阳光带着一抹青春时代特有的忧伤——那种美丽而甜蜜的忧伤。

海燕在创作诗歌散文的同时，也写了一些评论的文字，笔锋较为犀利，对世事生活有着较为细心的观察和感悟，对大学时代有着特别的见解和感触，在此就不必一一细述了。

诗歌和散文都是很难侍弄的文体，要把感觉完全表达出来，要营构理想的文气和意蕴，是很不容易的。作为一个诗人，首先要有诗化的心灵，而不是诗化的行为。在目前的文坛，各种文字熙熙攘攘，所缺的是“诗情”；也并不缺诗人，各类诗人营营生生，所缺的是“诗心”。而“诗情”“诗心”才是诗歌和诗人的生命之所在。海燕的中学时代、海燕就读的大学和他现在安身立命的地方，使他能够在一个相对长的时期内远离喧嚣与浮躁，怯怯地躲在一隅，甘于寂寞地用文字发言。在海燕看来，所有的生活方式里边，最好的是写作，也是最能让自己感到幸福快意的一种生存状态，因此他总是在写啊写，始终以一个勤奋学子的姿态舞文弄墨，唯因如此，海燕的文字，才保存了一份少有的纯真和质朴。

海燕的许多诗作，都喜欢使用反复铺排、往复流连的手法，一气呵成、错落有致，有些作品很是适合于朗诵，譬如《腾飞吧，宁夏师范学院》等，这其实是一种坚持、一种执着甚至是一种执拗，如同他的质朴的个性，爱就是爱，恨就是恨，毫不保留，毫不隐瞒。

我留心了一下，收在集子里的诗文，写作的时间跨度从1998年至2008年，前后竟达十年，也就是说早在中学时代，海燕就已尝试着进行他的文学之旅了，因此，《海燕之歌》中的作品是良莠不齐的，有些诗作结构意蕴失之于憨拙稚嫩，部分篇章的语言显得直白了些，在产生冲击力的同时少了些让人回味的东西，少了些诗歌散文应有的含蓄精致之美。好在海燕的文学之旅才刚刚起步，更加自由地舞动文学的翅膀去拥抱蓝天白云，也并不仅仅是一个美丽的梦想。

那么，就让我在这拉拉杂杂的序文的末尾，送上一个诗一样的祝愿——

是海燕，就该高高地飞着！

2008.05

一部砥砺警世之作

——火仲舫长篇小说《浪子吟》[1]序

在我的印象里，火仲舫属于那种典型的大器晚成的作家，在努力经营了数十年的散文和戏剧创作之后，在读者和文学圈内完全未觉意的情况下，仿佛是一夜之间，他一口气推出了三卷本近80万字的长篇小说《花旦》，突然以一个成熟的小说家的姿态出现在文坛上。他曾给宁夏文坛带来两个惊喜：一是由散文、戏剧作家到小说作家的华丽转身；二是大器晚成、出手不凡，他的文学才情终于找到了一个新的更加合适的突破口。当年，《花旦》甫一问世即好评如潮，不但为作者带来空前声誉，也成为宁夏文坛长篇小说创作中的翘楚之作。说实话，宁夏的长篇小说创作中，让人过目难忘、读之不忍释手的作品并不常见，而产生影响、广受瞩目、颇具艺术品质和影视改编价值的作品更是凤毛麟角，《花旦》就是其中难得的一部。

为什么要先提《花旦》呢？因为在为《浪子吟》写下我的阅读感受之前，首先想到的是《花旦》，因为《花旦》曾给我留下过十分美好的文学印象，因之在接到《浪子吟》书稿之后，虽然未能马上展读，但内心还是满怀一种文学期待。我清楚，从一个作家创作的生命周期来讲，火仲舫其实已处在创作的晚期，他是退休赋闲之后才提笔改作小说的；但从一个作家的创作个例来看，火仲舫正处在创作的"井喷"状态，勤奋而多产，大气而质优。我感到，他前半生的全部文学活动，仿佛都是为了晚年写长篇大著而准备的，他贴近现实广纳博采，他潜心思考心无旁骛，将自己一生的宝贵积淀进行

---

①火仲舫著：《浪子吟》，阳光出版社，2014年。

文学的开掘和升华，这就有了一部部取材角度新颖、生活气息浓郁、语言清丽流畅、艺术丰沛厚重的长篇小说，比起那些胡编乱造、故弄玄虚所谓的长篇，火仲舫的文学活动对宁夏的长篇小说创作是有突出贡献和启示的。

《浪子吟》写的是一个集偷、抢、骗、嫖、闹于一身的街头小混混，在经历了人生的诸多炼励和风雨后，通过读书和遇到高人指点，良心发现、幡然悔悟，继而浪子回头、痛改前非，最终成为一名道德模范的故事。小说的素材取自一位山区青年的成长史，以"一个街头小混混到道德模范，这个转化是如何在矛盾的阵痛中完成的"为主线展开联想、构建小说文本。常识告诉我们，这个转变肯定不是一帆风顺的，而是经过了脱胎换骨的心灵阵痛和矛盾冲突才完成的；常识也告诉我们，这个选材对于小说家而言，存在着一定的冒险性，很容易弄成一个榜样人物的事迹报告和道德说教。从现在小说对这一题材的处理来看，作者显然成功地避开了题材本身的局限与"陷阱"，他紧扣主人公彭飞人生的蜕变与新生这一脉络，抓住读者关注的焦点，以重点描写"浪子"过去的所作所为为线索，揭示"浪子"大起大落的人生轨迹，将个人悲剧与生活的负面尽情暴露给读者，剖析"浪子"之所以走向歧途的社会根源，展示了耐人寻味的社会现象，折射了人生百态，蕴含着深重的忧思，从而使作品产生了一定的艺术感染力。

火仲舫的长篇小说素以发掘、展示民俗文化著称，他的作品最显著的特点是民俗文化穿插期间，以浓郁的民俗风情吸引读者，打造氛围，营构意境，展示时代风貌，揭示思想主题。在这部小说中，正月十五元宵节点明心灯，腊月八吃"糊心饭"，婚宴上耍公婆，青年男女找对象时对"花儿"，定亲时喝喜酒，娶亲后"耍新娘"和晚上"暖床"，以及回族的沐浴习俗"乌苏里"等等，都能给人以直接的阅读快感。另外，由于作者长期生活在西海固地区，对西海固地区及周边的汉、回、蒙古族的民间习俗与日常交往十分熟悉，作品中用了相当的篇幅进行描述，大大拓展了小说的生活空间，给人以耳目一新之感。

从小说文本上看，《浪子吟》属于纪实性小说，它的人物有原形，故事有依据，事件的背景完全写实（譬如真实的地名、宁南方言、民间习俗等），乃至小说中的其他人物(如本土作家“文翰”、杂志编辑“钟编辑”)等在现实生活里都是有迹可循的。它的主人公完全不是传统小说里虚构的文学典型,但他却是现实生活里的“这一个”,故事发生的社会氛围也与当下十分契合。文体上的这种规定性，使这部小说一方面产生了强大的写实力量,它所触及到的社会现实令人触目惊心,它所展示的那个混混群体的生活状态和心态叫人不寒而栗，它所描写的那个由流浪打工仔到街头小混混再到道德模范的生命轨迹叫人唏嘘不已，它朴素真实到让人几乎能触摸到生活的肌肤、嗅闻到生活的原始味道,这就使这部小说在朴素无华的文字里蕴含着砥砺和警世的力量;另一方面,它毕竟是小说而不是传记,它延续了《花旦》的成功之途——追求故事的传奇跌宕和情节的生动多趣,它的小说元素一点不缺,发生在主人公彭飞身上的诸多生活事件,传递的无论是正能量也好还是负能量也罢,无不具有刻意营构的“传奇”色彩,主人公无限纠结的内心世界被作者以文学的手段演绎得枝叶扶疏,他在劫财劫色做坏事时常常悲天悯人进退有度，总是留有余地而不把事情做绝;他在助人为乐急公好义时却又狡黠机敏邪恶难掩,这种善恶参半的人性纠结,被作者展示得游刃有余色彩缤纷,这就是文学的力量。

早在今年5月份,火仲舫就发来小说的电子版,殷殷嘱我为之序,说实话我是有些为难,一则因为这是一部长达19万字的小说文稿,不认真阅读就无从下笔,而我的工作性质使我的确没有一个完整的阅读时间,难以保证按时交稿,尤其是没有一种沉浸其中的文学心境,应付了事又非我心所愿,因此内心不敢轻易应承;二则火仲舫是我多年的文友故交,去政退休之后坚持创作笔耕不辍且多有佳作,前面提到的《花旦》即令人刮目相看,在我内心早已建立了对他的文学信心和敬重,他在新作问世之际又如此看重于我,轻易推却亦非我心所愿。就这么纠结着,近几个月来,我带着厚厚的一沓小说文稿,带着诸多公务,先湖北江苏、再陕北徽南、继巴蜀周边,每次出行都是十天半月,一边走一边看,白天办公事,晚上读小说,就这么断断续续地读完了。近几个月来,小说如影随形,简直成为我生活里摆脱不掉的一个“负担”了。

在阅读这部小说的过程中，在读完这部小说之后提笔写下如许文字的整个过程中，我一直在思考这么两个问题：一是彭飞和他的那些弟兄们，本来是一些会唱歌爱作诗的农村知识青年，他们怀揣梦想，进入城市，想靠自己的诚实劳动改变命运，却为何相继沦落为城市混混、流氓无赖、强奸抢劫犯，成为当今城市社会的毒瘤？他们没有将这个社会改造得更加美好，而现实生活却将他们打造得面目全非，这不值得深思么？小说涉笔到城市无业游民这样一个群体，在现代都市里，他们虽然是弱势群体，但他们绝对是一个庞大的存在，随着城镇化建设的推进，他们几乎无处不在，已然成为一个介于市民与农民之间的新兴“阶层”，他们居无定所萍踪浪迹，他们参与和推动着一个个城市的建设，又成为一个个城市社会不安定的因素，我们的文学创作不应该忽略他们的生存状态，小说《浪子吟》以令人信服的生活故事展示了他们怎样由一个个良民而蜕变为社会毒瘤、走上害人害己的人生歧路。小说所揭示的促使他们人生发生蜕变的直接原因，是连续被骗和简单而有失公允的司法处理所导致的逆反心理，然而这只是表象，深层折射出的，是社会诚信系统的溃决和公道与良知的被漠视，这才是最可怕最具警策意义的。

二是在一个世风日下、唯利是图、信仰缺失、敬畏无存的大环境里，文化或者说文学，真的能让一个人或者一个群体改邪归正、实现灵魂的救赎么？一个人性几尽泯灭、坏事几乎做尽的人，真的可以洗心革面反鬼为人么？我们常说，一个不读诗的民族是没有希望的，一个没有敬畏感的民族则是可怕的，而一个心存敬畏、崇尚文化的人，坏也坏不到彻底、烂也烂不到蚀骨，《浪子吟》的全部故事和主人公彭飞的毁灭与涅槃，试图证明的就是这个道理。小说让我们看到，《弟子规》中有“回家的路”，《平凡的世界》里有“黄金屋”，它们一古典一现代，一经典一名著，在彭飞“浪子回头金不换”的人生路途中，它们极具点化象征意味，文化或者文学的因素，在这里起到了点滴濡染、点石成金的作用。我以为，这不是作者的随意之笔，而正是作者的良苦用心所在，榜样的力量是无穷的，但设若榜样的身上没有一种精神和灵魂，那么榜样也不过仅仅是一个没有生命的标杆而已。所以，正是因为小说中的这些元素，才使彭飞这个形象具有了道德教育的价值和意义，而《浪子吟》的文学价值，也正体现在这里。

火仲舫是宁夏的一位老作家，他生活阅历丰富，文字功夫扎实，驾驭长篇的功力深厚，近年来四处奔波、勤于笔耕，继前几年《花旦》《土堡风云》《柳毅传奇》等几部长篇之后，这次在整合出版他的作品文集时，又推出了这部长篇新作，使"西海固文学"又增添了新的内容和分量。这种持之以恒的敬业精神难能可贵，我作为一名长期关注西海固文学的同道者，乐而为之序！

2013.08

无声的歌谣

——高琨花儿散文集《黑牡丹》[1]序

一

继1999年《红牡丹》、2006年《绿牡丹》之后，高琨先生“花儿三部曲”的第三部——花儿散文集《黑牡丹》，即将与广大读者见面了。我是怀着无比痛悔和歉疚的心情写这篇文字的，因为在《黑牡丹》即将付梓行世之际，她的作者高琨先生已离开我们七个多月了，他永远看不到为之倾注了一生最后心血的《黑牡丹》的问世。我们唯有祈愿先生在天有灵，能够在天国感知到，他人生的最后一个夙愿即将变为现实。

先生是今年1月17日因感染未知超级病毒而溘然长逝的，走时没有留下一句话，也无法见到一个友人，仿佛是突然间，他走过了七十六个春秋的生命就永远定格在了银川某医院的那间重症监护室了。他的突然离去，让他的亲人和文友们猝不及防，陷入无比悲痛和追悔之中。在众多文友们的吊唁文字里，韩鹏女士的一段话我至今还记忆犹新：“在这个文学被视为尘屑，文字被看做草芥的虚浮年代，这老人，以他的淳朴和坚守，将喧哗和躁动弃之身后，将他的花儿世界握于掌心。最后，留给我们一个意味深长的背影。”韩鹏女士道出了众多文友们的共同心声。

一个人，他活着让人喜欢、让人惦念、让人留恋，他去后让人追悔、让人痛惜、让人无比怀念——高琨先生，就是这样一位老人；一个地方，让人留恋或者关注，不是因为这个地方有多么迷人，而是因为这个地方有迷人

①高琨著：《黑牡丹》，宁夏人民出版社，2013年。

的人——高琨先生在银川老城某街巷的那间不足百平米的普通单元房，就是这样一个地方，西海固的文友们，无论公差还是私事，只要到了银川，这里就如同自己的家，吃住不愁，宾至如归。生前，他有许多忘年交，我大致归一下类，主要有三类人：一类是文友们，这是最主要的一个群体，是他最喜爱也是最敬重他的一类人；一类是说固原话的人（尽管他的儿女们都讲一口标准流利的普通话），是他最感亲近也是最亲近他的一类人；一类是年轻美丽的女性，是他最喜欢也是最乐意与他交往的一类人，我猜测，这也许是他创作灵感的源泉。他的家，简直成了文友们日常欢聚的沙龙会所，大家在这里喝好酒、抽好烟、品好茶，小笼包子羊羔肉，才子佳人一老头，谈诗论文，无拘无束，昏天黑地，乐不思蜀。每次聚会，不论人多人少，老人都翻箱倒柜、倾其所有，把儿女亲友们孝敬他的好东西，悉数拿出来让大家共享，然后捧出自己的新作请大家品鉴。老人唯一的要求是，大家都要说固原话，而他呢，我感到，就是在这样一个过程中，尽情享受着晚年的幸福时光。

这老人，一生乐观开朗、诙谐幽默、嬉笑睿智、心地阳光，把自己晚年的人生，安排得忙忙碌碌，满满当当。他曾为自己作了一首《自画像》：

前面一马平川
后面白发锁边
上身驼背溜肩
下身有点罗圈
饮食简单，不能大干
宝刀无效，马放南山

早上牛奶鸡蛋
中午烩肉米饭
下午羊肉臊子揪面
吃罢饭，没事干
戴上花镜满街胡串

遇见美女心花烂漫

碰到朋友胡谝乱谈

有写实，有调侃，有真意，有戏谑。我们身边，如此真实率性的老人，有几个呢？而就是这样一个健康乐观、热爱生活、热爱生命、热爱文字的性情老人，说走就走了，说闭口不言就闭口不言了，人生之扼腕悲恸，莫过于此！

高琨先生，是至今唯一一个一生坚持用固原话写作花儿散文的人，他也许还是花儿世界的最后一个无声的歌者，繁华浊世中最后一个纯情的“花儿少年”。正如韩鹏女士所说，他留给我们的，的确是一个“意味深长的背影”。

今天，在写下这些文字的时候，我的脑海里还不断浮现出一次次在他家里小聚的情景，这就更增加了我的歉疚，因为早在四年前，我就答应为他的第三部书稿作序，四年过去了，在他生前我竟然未能交稿，让老人带着无限遗憾作别了人世。

我与高老相识二十多年，既是文友，也是忘年交。四年前的一天，我在银川出差时登门看望老人，他告诉我，他正在筹划撰写第三部书，书名还未定，文体仍是他最喜欢也最擅长的花儿散文。他以思虑已久不容置辩的口吻对我说：“一定要请你给我写个序！”因我对花儿散文没有什么研究，也没有任何思想准备，且他的前两部书稿都是文化名家张贤亮、朱昌平为序的，我哪敢与之比肩。看见我为难，他仍强调说：“我就是要请你写序，你不写的话，我就不要序言出书。”我知道推不掉了，就开玩笑说：“嘿，这回看来还真给您老讹上了！”他就赶紧搜腾出好茶好酒和我对酌，还美其名曰：“先要把你搞么好呢！”

就是这样一个承诺，让我在过去四年里断断续续地参与了《黑牡丹》创作的全过程，期间，他多有催促，恨不得书还未写成先要我把序写出来，我就笑他：我写序一定要读了全书才敢下笔，否则不敢妄言，您老这书从名字到内容都还没个影子呢，我怎么写？他就把陆续写好的手稿、打印稿、报刊剪辑以及托人输入的电子文稿发我或寄我阅读。他自己还早早地设计了一个书的清样，书名是《花蝶起舞》，是我后来建议他采用《黑牡丹》为书名的，这样可与前两部书形成一个三部曲系列，他最终采纳了我的建议。从 2010 年始编到去年 4 月下旬，《黑牡丹》书稿逐渐成形，记得是去年初夏的某一天，他突然打电话催序，给我下了“最后通牒”，说：院长大人，你再不给序，我就给序的这一页印上四句话：

挚友挥毫抒序文
金口不言难索求
疑似此页无墨迹
此处无声胜有声

我赶紧说：这四句我一定写进序言里，您老把编好的书稿准备好，过些日子我来家里看您，商谈序文写作事宜啊。

印象中，这大概是我最后一次面见高琨先生，因为之后不久我出国访学，直到年底才回来，谁知尚未来得及拜见先生一面，他就溘然长逝了，这是我心中永远的痛。

这最后一面，时间大约是 2012 年暑假的某一天下午到晚上，地点当然是在老人家里。喝着香茶，品着美酒，专心与他谈论《黑牡丹》，谈论花儿散文的写作。亦是在这次长谈中，高老第一次告诉我他痴情于花儿散文的缘由，他说，花儿就是女人，女人就是花儿，花儿就是唱给女人的歌，花儿就是情歌。我是借花儿说心事，我实际上有些话没处说没处表达去……说到动情处，老泪花花的。我心里知道，《黑牡丹》里的许多文字，都是他写给已故爱妻的，那个北京来的与他相濡以沫几十年的“女文艺兵”。在《永不凋谢的玫瑰花》一文里，他把对亡妻的深切思念表达得幽远芬芳，感人至深：“一年又一年，我虽衰老了许多，但你植根于我心中的爱已深深地融入我的血肉之躯，只要我的心不停止跳动，你的影子会在我的眼前晃动显现，每每激起我们相伴时的情潮。”“一件翻着小领的列宁服，两根长长的辫子扎着一对蝴蝶小花，瓜子脸上常带着笑意的你胜似那古代仕女。想起你，一种说不出的冲动摇荡得我心神不宁。”“一年一度梅开梅落，一丝一缕情思缠绕，我多么想在你的坟头坐上一天一夜，手拉手地陪伴你诉说家常，倾吐孤独、寂寞和对儿女的思念之情。"2013 年 1 月高老去世之时，距他心爱的妻子辞世整整十年，真是"十年生死两茫茫，不思量，自难忘！"

那天一直聊到夜里，在我临出老人家门回宾馆之际，他突然说，送你几句花儿罢：

想你想你实想你，
抱了个枕头当成个你！
想你想的脚后跟疼，
想看你者走不成！
想你想的眼角子烂，
见了你了不敢看！

……我由此深信，真情或许会成压力，但感动更是一种享受。

二

《黑牡丹》是高琨先生花儿散文的集大成之作，是他熟练运用花儿散文这种独创的文体享受生命的最后言说，全书计收"花儿散文"55 篇、花儿 8 首（穿插在散文篇章里的花儿短章更是数以百计），总计 63 篇（首），创作时间大致在 2006 年下半年到 2012 年年底之间，期间还经历了一次车祸卧床大半年。这样算起来，正常情况下，高老几乎是平均每个月都有 1 篇（首）新作问世，一个七十多岁的孤居老人，在不烦劳儿女、生活完全自理的情况下，还能广交文友、四处奔波、紧跟时代步伐、坚持笔耕不辍，光是这样的一种生活态度和精神心境，都让我辈自愧弗如、感佩万分。

文成蕉叶书犹绿，吟到梅花句亦香。概括起来讲，通过《红牡丹》《绿牡丹》，特别是用笔更加老到、文体更加成熟、艺术上更加娴熟圆润的《黑牡丹》，我感到，高琨先生对宁夏文学创作有三大独特贡献。

一是独创了"花儿散文"这种通俗新颖、亦诗亦文的阅读文体。他把花儿的情和散文的事结合起来，把花儿的诗趣与散文的文意融为一体，创造了一种全新的文体：花儿散文。这是一种双重的创作：既是花儿又是散文，亦诗亦文，自成一体。每篇散文，至少揉进四、五首花儿或者花儿片断，或者通篇干脆就是用花儿串起来的，他把这两种在文体上不相干的艺术形式揉捏得天衣无缝，谁也离不开谁，花儿用来点睛抒情，散文用来叙事铺排，穿插得体，相辅相成，相映成趣，大大拓展了花儿与散文的内涵和可读性。

以诗入文并不是高老的独创，但“花儿散文”却是高老晚年的一种文体创新。越到老年，他越是把这种文体运用得得心应手、炉火纯青，《黑牡丹》堪称他“花儿散文”的代表之作。在这里，我觉得“花儿散文”既是高老对生命言说方式的选择，也是他诗性智慧在散文中的具体体现。它的成功不只在才情创新，还在于创作者情感和灵魂所处的状态，在于他的情感与灵魂和这个世界构成的特定关系，那么和谐，那么明媚，那么阳光。

我不记得是谁说过，把散文写好了，能达到诗的境界；把散文与诗的关系想透了，能把文学与人生打通。晚年的高琨先生，我想大约已经达到了这种境界。他是用生命进行写作的，他把写作视为生命存在的一种理想方式，把文章视为生命的绝佳栖息地，在日复一日的文字咀嚼中，享受着生命中的每一个晨曦和黄昏。

在文学史上，常常有大器晚成者，常常有身后大红大紫者。我有一个预感，高琨先生留下来的可能是一笔不可再生的文学遗产，真正认识它的价值，可能还需时日，也许要到他身后若干年，才会有人问津，才会世所公认。

二是颠覆了传统花儿的题材单一、主题骚俗的情歌模式，大大拓展了花儿的题材内容与审美表现领域，而又不失传统花儿的形式灵魂情致韵味。

传统意义上的花儿，也称“野曲”或“少年”，是在山野和田间演唱的一种高腔山歌，广泛流传于甘、宁、青、新等西部省区。它“羌音、汉语、回调”；它形似“信天游”、状似“顺口溜”，亦诗亦曲、比兴迭用；它以花为体状物言事、喻人抒情；它的曲调悠扬婉转，高亢时响遏行云，凄婉时催人泪下。宁夏回族群众尤其喜爱花儿，是花儿的创造者、演唱者、继承者和传播者，他们把唱花儿叫“漫”花儿，可见它诞生于田园地畔、山野沟壑，大美天地才是它真正的舞台空间。花儿是宁夏回族民间最具地方特色的标志性艺术形式，是回族民间的文化地标，具有不可替代的民族特质和民间艺术韵味。在宁夏，它本来是原生态的民间艺术形式，它的创作者不是文人而是老百姓，通过口口传唱得以存世，到了高琨先生这里，才逐渐演变成了文人自觉的书面创作。

唐代诗人刘禹锡在“巴山楚水凄凉地”的二十三年，大胆革新，把民间俚曲“竹枝词”改造成词坛上有名的词牌“竹枝词”，丰富了宋词的表现形式。阅读高琨先生的“花儿三部曲”，我们会发现，他对传统的花儿从内容到形式都进行了革新，其意义当不亚于刘禹锡对宋词的贡献。传统花儿多以情歌为主，多写男女情事，往往情哥哥肉蛋蛋，媚骚十足，故有“骚花儿”之说。传统花儿虽情感表达充盈丰沛，然不免媚俗肉麻，题旨单一，高琨先生完全摈弃了传统花儿的骚俗之气，在不损伤传统花儿美学要素的前提下，在文字中注进了情感、智慧和想象，更是注入了鲜明的时代内涵，揉进了现代生活内容。在仔细翻阅《黑牡丹》的一页页文稿时，我很讶然它所涉及生活内容的丰富性和广泛性，举凡念亲忆旧、情爱婚嫁、农事劳作、退耕还林、生态移民、画山秀水、回族习俗、秦腔名角、特产小吃、改革开放、经贸论坛……无不涉笔成趣、兴味盎然，具有强烈的时代气息，简直可称作是近十年来宁夏民间回汉生活图景的花儿画卷。我曾笑言他这是“旧瓶装新酒”，他说旧瓶装新酒容易，但是那个新酒要让人喝起来感到与那个陈酒一样的淳美，不容易。还说，我也不是直接装，那瓶子是洗了的。

是的，这恰恰就是高琨先生花儿艺术难能可贵的地方，在革新扬弃的同时，他努力继承了传统花儿语言运用的生动性，传情达意的夸张性，情感表达的火辣性，心事传递的含蓄性，传统花儿的格式、语言、表现手段和精神内涵都是自成美学体系的，它不是顺口溜打油诗格律诗，更不是现代自由诗，它那以极其民间化的口语所达到的超强的表现力，在高琨先生的笔下都被很好地传承了下来，可以这样说，高老笔下的花儿煽情而不媚俗，时尚而不造作，抒胸中之真彩，掘矿里之真金，推陈而出新，已然自成一体。

三是革新了传统花儿的审美欣赏方式，改唱为诵，以文为美。

和我把盏聚谈时，高琨先生说，干啥的都有招，目前唱花儿的人有很多，有些把花儿唱得很好，但他自身没有花儿的创造能力，他只能在别人已有的曲调和歌词的基础上心口相传。我写的花儿不是为唱的，而是为读的、品的，能唱的花儿是以声音曲调打动听众，我写的花儿是以情动人，以词感人，让人读着美。我说，您这是“无声的歌谣”，他笑着默认了。

的确，与高琨先生结识数十年来，我还真没有一次听到他唱过花儿，他是汉族，却毕生钟情于回族的花儿；他写了一生的花儿，却没有完整地唱过一首花儿。一说起传统花儿，他出口成章，滔滔不绝：“上去个高山望平川，平川里有一朵牡丹。”“鸡的骨头羊的髓，摊馍馍沾的是蜂蜜。”“走咧走咧走远了，眼泪的花儿把心淹了。”“园子里长的绿韭菜，不要割，你叫它绿绿儿地长着；阿哥是阳沟妹是水，不要断，你叫它慢慢儿地淌着。”这些极富表现力的经典句子，他能如数家珍地说上大半天。一说到自己的花儿作品，他更是眉飞色舞、意趣盎然，完全陶醉其中，物我两忘：“情妮欢欣的双飞燕，牵牛花盘上了房檐。灯影里映的蝶蹁跹，花烛夜，‘花儿’嬉戏着‘少年’。”（《黑牡丹·新媳妇》）“远看那‘古城’展新姿，搭眼看，我当了‘紫金’的城了；‘宋家巷’改容换貌了，我当了‘京城’的‘后海’了。”（《黑牡·回固原》）不仅是津津乐道，简直是满口生香。

高琨先生一生有固原情结，他一生坚持用固原话写固原，《黑牡丹》里收集的 8 首花儿，篇幅都比较长，除《“湖城”聚“神仙”的会了 》写中阿经贸论坛外，其余 7 首写的全是固原，2 首写固原生态移民，2 首赞颂固原新貌，1 首写固原回汉人民喜迎国庆，1 首写固原民间娶亲，1 首写参观王洛宾文化园的感受。固原这片黄土地，是他灵感的源泉，是他花儿的母床。

从人类精神共通性的角度看，有些东西是亘古不变的，亦是可以超越民族的，无论是传统花儿还是现代花儿，它所表达的终极情感是相通的。在城市之一角，穿越时空的阻隔，高琨先生终其一生，以乡村民间共有的一种口头语言，抒写着他的无限情思，延伸和丰富着他的花儿触角，让那字里行间，和他的心地一样阳光、一样喜乐。

一个文人，穷其一生，能为文坛贡献一句话、一部书、一个典型形象或一种审美风范，就了不起了，而生前没有大红大紫的高琨先生，他竟然做到了三个！

斯人已去，大悲无泪，长歌当哭！

谨以此文，缅悼高老，序《黑牡丹》。

2013.08

风华正从朴素来

——《学人文萃》[1]序

宁夏师范学院人文学院的前身是固原师范高等专科学校中文系，创建于1978年，是与学校同时诞生的院（系）之一。2006年学校升格为本科院校，更名为宁夏师范学院，中文系也随着学校的升本而升格，于2007年更名为人文学院。人文学院有着悠久的历史和光荣的办学传统，是一个培育汉语言文学人才和基础教育师资的摇篮，人文学院的历任教师潜心教坛、崇尚学术、立德树人、为师重道，这种历久弥坚的使命感和责任感薪火相传，深深地镌刻在历届学子们的心中。35年来，毕业于人文学院的近3000名校友如今都在各条战线做着积极贡献，他们中有的已成为区内外教育、科研、管理、文化建设方面的骨干力量和知名学者，有的已成为商海中的弄潮儿，他们在实现个人价值的同时也延续着人文学院的文化基因，传扬着人文学院人才培养的卓异声誉。

从1983–2006年的23年多时间里，我一直在中文系（人文学院）从事教学和管理工作，2006年年底我离开中文系时，全系教师也就20来人，专、本科学生加起来不足600人。七年之后的今天，人文学院发生了很大的变化，据人文学院提供的最新资料，人文学院现有专兼职教师42人，教师中有自治区"313"人才1名，博士2名，在读博士5名，硕士30名；有教授6人，副教授7人，区级教学名师1人，校级教学名师2人；有汉语言文学（教育）、秘书学、公共事业管理3个本科专业，本科生650人。2012年

①钟正平主编：《学人文萃——人文学院教师学术论文选（1978~2013）》，阳光出版社，2013年。

12 月获得教育硕士(学科教学·语文)专业学位点,2013 年招收了首届 8 名硕士研究生, 实现继升本之后办学层次的再一次升格;2013 年还以一本线招收了 35 名免费师范生,生源质量进一步提升。近年来,汉语言文学(教育)专业获立校级、自治区和国家级特色专业建设点;中国现当代文学、中国古代文学为自治区级精品课程;中国文学教学团队、中国古代文学教学团队为自治区级教学团队;中国现当代文学为校级、自治区级重点学科。教师承担国家级科研项目 4 项,省部级科研项目 7 项,宁夏高校科研项目 8 项,校级项目 20 多项,出版学术著作和文学艺术作品集 12 部。升本以来,人文学院已有四届本科毕业生,他们中有的凭借卓异的才能、勤奋的努力、扎实的作风和不甘落后的精神, 在工作单位赢得良好的口碑;有的在教学岗位中潜心钻研、诚心教书,赢得了学校的好评。先后有 6 名学生通过勤奋的学习考取了硕士研究生。这些点滴成绩,虽然还微不足道,但却显示了人文学院教师教育事业发展充盈而坚实的后劲。

2013 年是人文学院建院 35 周年, 也是学校升本之后即将迎接教育部合格评估的大考之年。35 年来,人文学院以人才培养、科学研究、服务地方、文化传承为己任,继承和发扬优良传统,办学规模不断扩大,办学层次不断提升,学院已经发展成为一个培养体系完善、师资力量雄厚、享有较高声誉的院系。为彰显国家在偏远、落后地区办教育、启民智、兴文化、推发展的政策,为感念前贤奉献青春、成就育人之盛举,为继承发扬 35 年来的宝贵办学理念,激扬后学,砥砺奋进,也为助推学校合格评估顺利通过,人文学院决定编辑出版历年历任教师学术论文集以作感念留存,在年初甫有动议之时,我就力促此事尽快付诸完成,我认为这是十分值得肯定和嘉许的善举,为之欣慰,亦为之鼓呼。

《学人文萃》共收集新老教师学术论文 59 篇,涵盖了汉语言文学专业的 8 个二级学科,其中中国古代文学 17 篇,中国现当代文学 10 篇,比较文学与世界文学 5 篇,语言学 8 篇,文艺学 6 篇,教师教育 3 篇,其他学科 10 篇。文选蕴含着新老教师沉甸甸的才学和感人至深的人文情怀,每一个字符、每一句话都是作者们孜孜不倦地思索、感悟和心语的书写。让人不胜唏嘘的是,曾经为人文学院做出重要贡献的袁伯诚、杨子仪、南矩容和王锦才四位先生已斯人远去,天不假余年。其他离退休教师大多身体健康,颐养天年,年高者如华世鑫先生、荣茂根先生,已期耄耋,丁文庆先生、慕岳先生虽已步入古稀之年,但他们都心系学院,时有建言。现在的中坚力量是中青年教师,他们大多都是硕士研究生学历,具有良好的教育背景,受到规范的研究方法训练,年届而立或逾不惑,正是人生盛年,是创造的最佳时期,他们用心甚苦,用力颇多,累年积学,初步确立了自己的研究视野和精研方向,具备了一定的教学科研实力,是人文学院未来的希望。

《学人文萃》是人文学院自建立以来历任教师研究成果的汇集,最早者诞之于1978年,最近者成之于2013年,是人文学院发展35年来学术思想的大梳理、大汇集、大展示,是跨越世纪的学术接力。每位教师虽仅选一篇,但仍能展现新老教师严谨治学和教书育人的作风,仍能管窥到人文学院多年秉持的办学理念和优良传统。一本厚厚的《学人文萃》,实际上也追叙了35年来代际之间教书育人、教学相长的师道大义,荟萃、勾勒出高等教育语境下人才培养模式的现状与未来。我相信,此论文集一定会起到提升校园文化,彰显大学精神、促进学术繁荣的作用。借此付梓之际,我们要向已然长逝者表达深切的感念之情,感念他们曾经的默默奉献和山高水长的德学!向曾经为人文学院创立和发展起到基元性作用的学人表达诚挚的敬意!可以想象,当那些年事已高、尚幸健在的前辈们手捧《学人文萃》,一定会追忆起那激扬文字、意气风发的青春岁月,一定会感叹稍纵即逝的美好年华。同时也向正在教学一线潜心育人的后学们,表达鞭策和勉励之意!希望后学者能从《学人文萃》汲取宝贵人生经验和精神财富,担起以育人为己任的责任,继承传统,弘扬人文,光大风范。

《学人文萃》从启动到结集出版,历时近10个月,恰似一个新生儿的孕育过程。从联络、征集、筛选,到编排、校勘、付印,其间经历的时间、人力、技术等方面的困难都难以尽数,除了作古者,许多作者都散居在全国各地,编校人员付出了极大的心力和耐力,每一行每一页都记录了其历程的艰辛。十个多月的编校过程中,作为主编的我,也只匆匆校阅了一遍,大量工作是由人文学院的同仁们完成的。但我相信,随着这个新生儿的诞生,当我们手捧着这散发着墨香的沉甸甸的集子,每一个为之付出心血的编校者都会喜悦之情溢于言表，曾经的酸甜苦辣一定会因为读者的一句温暖的肯定而涣然冰释，所有的艰辛都会在读者专注的目光中化为欣慰。

当然，由于时间、人力、能力有限，《学人文萃》尚有不完美之处，在期望广大读者从中感念人文学院35年的厚重历史、感受人文学院几代教师朴实无华的情怀的同时，我们也期望听到来自社会与同行的批评和指正，如此，就不辜负编辑这本文集的初衷了。

三十年前，初进中文系时，我还是二十出头、风华正茂的翩翩青年，三十年后，当我写下这些文字时，却已华发初现，一身沧桑，不由额手喟叹，无限感慨！幸好这本书出版面世之时，正值秋高气爽、岁月静好的季节，又是第29个教师节前夕，于是心情大好，双手奉上它，如同奉上59个人的拳拳之心！

是为序。

2013.09

偏远地区的中国现当代文学研究

——《坚守与创新》[①]序

从20世纪80年代中期开始，中国现当代文学研究进入黄金时代，新方法、新理论、新视野层出不穷，而中国现当代文学学科也逐渐摆脱了从20世纪50年代年代开始依附于政治话语和课堂教学的状况，从而表现出时代突变带来的学科的自觉与自信。尤其是从1983年前后开始的重建现代文学学科的努力、1985年作为方法年的影响以及1988年开始的“重写文学史”等，使中国现当代文学学科研究的影响力和冲击力迅速扩大，尤其在高校，现当代文学学科成为热门学科，几近于“显学”。宁夏师范学院中国现当代文学学科的发展也基本上是从那时候开始起步的。丁文庆、慕岳、张光全等先生在20世纪80年代初期就敏锐地捕捉到中国现当代文学学科发展的动向，以他们的教学实践和学术研究促进和推动了当时固原师专中文系的中国现当代文学学科的建立和发展。1983年，正是新时期文学浪潮接踵而来席卷文坛之际，我正好大学毕业走上讲台，甫一工作即开始从事中国现当代文学的教学和研究工作，一晃就是30多年。30多个春秋过去了，从全国来看，这一学科从无到有、从小到大、从弱到强，走过了一条稳步发展、自强进取之路；就宁夏师院而言，逐步形成了一支较为稳定、结构合理的教学和研究队伍，尤其是2006年学校升本更名为宁夏师范学院至今，中国现当代文学学科更是取得了突飞猛进的发展，学科组由三位教授（其中二级教授1人）、两位副教授和五位讲师构成，学科组成员中有博士2人、博士在读2人、硕士6人。中国现当代文学课程先

---

①钟正平，倪万军主编：《坚守与创新》，阳光出版社，2014年。

后被评为校级和自治区级精品课程，中国现当代文学学科被评定为校级和自治区级重点学科进行建设，这也是学校最早重点建设的学科，同时，这一学科也成为学校唯一的教育部“质量工程”项目——汉语言文学特色专业建设点的重要支撑，我任建设点的负责人至今。

学校升本以来，中国现当代文学学科取得的成绩是有目共睹的，除了建设成为自治区级精品课程、重点学科之外，学科组成员先后主持完成教育部科研项目、自治区社会科学规划项目、自治区高校项目等科研项目多项，获得中国文联文艺评奖、自治区社科评奖、自治区文学艺术评奖、固原市文艺评奖、学校科研奖励等奖项多项。学科组成员从20世纪90年代至今在各自的研究领域均有所建树。武淑莲教授专注于女性文学研究、宁夏文学研究和地方民俗文化研究，她的现代作家创作心理研究深刻触及了现代作家创作的心理发生机制，这在宁夏乃至更大范围内的现代文学研究领域都有一定的学术价值和拓荒意义。徐安辉教授的西海固文学研究、现代文学研究，尤其他在郭文斌和毕飞宇的创作个案研究中用力尤甚，成果颇丰，产生了一定的影响。王兴文和苏文宝两位博士都是学文艺理论专业，后又投入现当代文学和宁夏文学研究，扎实的理论功底和良好的学养使他们的研究能够跻身于当代学术的前沿，尤其是王兴文的城市与文学研究、苏文宝的回族文学研究和身体理论阐述，都在各自的领域内占有一席之地。倪万军长期从事宁夏文学研究，尤其在文学史料的钩沉梳理方面下了很大的工夫且卓有成效，他还积极策划组织文学活动，由于他对文学的虔敬、执着和独有的文学禀赋，使他的文学活动对宁夏文学尤其是西海固文学的发展产生了不可或缺的推动作用。马晓雁主要从事女性文学、影视文学和宁夏文学研究，同时辅之以颇富个性色彩的文学创作，这使她的研究更加切近作家的情感与心灵。许艺主要从事女性文学研究、写作研究、宁夏文学的现代性研究和小说创作，她的小说创作已引起文坛广泛关注。马晓雁和许艺作为学科组内才华横溢的女教师，她们充分发挥自身优势，在教学研究之余，坚持在文学创作方面不断尝试，她们的小说、散文、诗歌作品在宁夏乃至全国范围都有一定的影响。高传峰、郑鹏飞两位目前博士在读，他们主要从事现代文学期刊、思潮和当代作家研究，相信不久的将来,他们也会在这一领域有所建树。

当然,在宁夏这样的偏远地区谈学术研究的确有些奢侈。先天不足又没有后天的条件和环境,这是开展学术研究所遇到的最尴尬的情况。我们远离文化中心远离学术前沿,缺乏与外界的文化与学术的交流合作,这在很大程度上影响了我们视野和眼界,使我们的研究一直处在较低的层面,甚至很多研究成果无法进入全国现当代文学研究领域,我们所关注的学术问题无法在全国研究领域产生影响,也很难突破现有的局限。我们声音微弱、队伍分散、人数较少,好在这几年我们相继有几位青年教师走了出去,王兴文师从兰州大学彭岚嘉教授攻读现当代文学博士并获得了文学博士学位,苏文宝师从陕西师范大学李西建教授攻读文艺学博士,高传峰师从华东师范大学杨扬教授攻读现当代文学博士,郑鹏飞先在复旦师从袁进教授做访问学者后又考入陕西师范大学师从田刚教授攻读中国现当代文学博士,倪万军在南京大学师从黄发有教授做访问学者。这些年轻教师不断到名校从名师读书求学获取新知,为我校现当代文学学科的发展带来了新的希望。而且近几年我们也不断得到区内外兄弟高校、科研院所很多教授学者同行同仁的悉心指导,这也对我们学科学术的发展起到了良好的促进作用。

此次我在学科组同仁全力支持下,尤其是在最早提议此项工作的倪万军老师的协助下,花费了大半年的时间编辑出版这本文集,按不同的研究内容,学科组成员进行了细心的分类梳理,精心撰写了阅读导语,这是对这些年我们学科组研究成果的一个初步总结,也是学科建设的一个小小的成果,当然这还只是一个初步尝试,只是对外展示我们整体研究成果的一个平台。我们的目的是,希望以这样微不足道的努力引起大家对我校现当代文学学科的更多关注和支持。众所周知,现当代文学研究更需要学识、见识和胆识,要敢于突破传统突破成见突破旧有的学术体制。尤其对我们来讲要能够打破地域的局限、突破先天的不足,立足于本地,立足于当下,一方面坚守在西北这块阵地上甘于清贫甘于寂寞,用坐冷板凳的精神在现当代文学学科领域探索跋涉,另一方面我们也要有一定的创新,在宁夏文学研究和回族文学研究领域我们具有一定的优势,所以要扬长避短发挥我们的学术优势，只有这样我们的学术研究、我们的教学实践才能取得更明显的效果，学科建设才能更好地为人才培养服务。

最后，请允许我借此机会向学科组的全体同仁们表达我的谢意，尤其是倪万军老师，为此书的编撰问世付出了艰苦而细致的劳动，在此特别感谢！希望我们的合作能够收获更多更美好的成果，也祝愿中国现当代文学学科建设更上层楼。

2014.09

没有终点的旅程

——为固原市文联成立30周年而作

有没有一种叠加的记忆,可以延续30年而成为生命的主题?有没有一种存在的方式,可以坚持30年而痴心不改?它让你的生命打上一种烙印,它让你时时感到自己的存在并从而觉得生命是有意义的。尤其是,它让你在大千世界中找到了与你性情相投的一个群体,你属于这个群体,这个群体也属于你,只有在这个群体中,你才能找到真正属意于你的位置,你才有归属感,而且,在芸芸众生中,这一切都是无可替代的。

有没有这种可能呢?我想当然是有的。

在提笔写这篇小文的时候,我一直在思考一个问题:30年是一个什么概念?对一个生命的个体来说,它不仅仅是一个时间的概念、不仅仅是一个记忆的概念,它更是一个存在的概念,它证明你曾经这样生活过、存在过,在这个过程中,你追求过也失落过,你苦恼过也快乐过,你痛苦过也享受过。只有在这个过程中,你才能时时触摸生命旅程的蛛丝马迹,感到自己曾经以那样的方式,和那样一群人,消费过生命中的大部分时光。

对我来说,过去的30年,生命中黄金般的30年,就一直与我并不直接就职的一个机构和两个文字紧紧联系在一起,这个机构就是固原市文联,这两个文字就是文学。

文学,文学究竟是什么东西?它在有些人来说是职业,譬如我,一口气从事了近30年的文学课的教学和研究工作;它在有些人来说是消遣,譬如普通读者;它在有些人来说是功名和荣耀,譬如作家诗人评论家们;它在有些人来说是追求和梦想,譬如那些一辈子都做文学梦的人。

说到底,文学是人群中的一部分人享受生命存在的一种方式而已,这种享受可以是痛苦,也可以是快乐,可以是折磨,也可以是狂欢,它充塞在我们心灵的每一个罅隙中,无处不在,无时不在。

如果从2010年往前推,30年前的1980年,我正在读大一,是一个狂热的文学爱好者,整天拼命地读名著,那真是达到了如饥似渴的地步,买不到和买不起的书就抄,抄小说、抄散文、抄诗歌,甚至抄完了30多万字的孙犁的长篇小说《风云初记》,还坚持每周写一篇"小说"和"散文",这样持续了几年,到1982年大三时,就开始偷偷地尝试着投稿,但是许多"小说"和"散文"投出去都泥牛入海了。可以说,整个大学时代,我只做了一件事:读文学。

没有想到的是,一个酷爱小说和散文创作的人,一个不太读诗、也不懂诗的懵懂少年,他平生的第一篇变成铅字的文字,却是一首名为《致须弥山大佛》的诗,它写于1982年暑假我和中学同学骑自行车游历须弥山之后,被印在《六盘山文艺》(《六盘山》的前身)1982年第3期上,从此这刊物就成了我生命中的一件珍藏。在写这篇小文的时候,我找到尘封许久的这期刊物,发现在印有《致须弥山大佛》的这一页上,我不知什么时候写上了这样一句话:"此诗是钟正平第一篇变成铅字的东西,有纪念意义,无文学价值。"

此后的几十年来,虽然我一直在高校工作,但却与固原市文联和《六盘山》编辑部建立了牢不可破的关系,不管文联主席换成谁,不管编辑部人员如何流动更迭,都会很快成为熟人和朋友,文联几乎成了我第二个工作单位,文学的圈子成为我最重要最持久的社交圈子。我的第一篇印成铅字的小说《陆梅》发表在《六盘山》1984年第1期上,第一篇印成铅字的散文《春》发表在《六盘山》1985年第2期上,第一篇获奖的小说《地软子的故事》发表在《六盘山》1984年第4期上,我的最早的一些研究西海固文学的文字也是陆续刊登在《六盘山》上的……在我订阅和珍存的文学刊物里,《六盘山》是唯一每年订阅(后来是赠阅)并保存得最为齐全的文学刊物,2007年,我在离开工作了近24年的中文系时,将珍存的历年《六盘山》杂志捐赠给西海固文学研究室收藏。

在我踏入文学之门的最初日子里,米正中、屈文焜、任光武、李振声、王漫西等，都曾做过我的文字责编，让我每每深怀敬意。还有那位“折拐子”和写散文都一样精深的李成福先生、书法和做人都一样实在的唐宏雄先生，成为与我心灵默契的私交好友。还有我的忘年交——曾任文联秘书长和办公室主任、而今年逾古稀仍笔耕不辍的高琨先生，他在晚年“闭门造车”，创造了一种新的文体“花儿散文”，他那银川的寓所，成了西海固文人们的民间沙龙。李克强、海军、刘文英等先后分管文联工作的市领导，范泰昌、李振声、王铎、马吉福、火仲舫、尹文博等历任文联主席，都成为永驻心间的兄长、文友和朋友，我工作之初的同事和领导丁文庆、慕岳、袁伯诚三位先生，是我文学职业的引路者和师长。而今，范泰昌、任光武、袁伯诚三位先生已经先后作古，成为我心中永远的念想。

提到固原文联和西海固文学，有一件事至今还历历在目，那就是 10 年前的 2001 年 8 月末，时任固原市委常委、宣传部部长的李克强先生，带领一大帮西海固的文友们，在须弥山举行隆重的“西海固文学之星”颁奖仪式，为西海固作家队伍建设写下了浓墨重彩的一笔。提到西海固文学，还有两位女士是值得我们永远铭记在心的，一位是时任宁夏文联副主席、《朔方》主编的冯剑华女士，她像呵护初生的婴儿一样地呵护照看过西海固文学的发生发展，她亲手编发了大量西海固作家的作品，我的一些比较重要的评论，也是经她之手编发在《朔方》杂志上的。另一位是时任宁夏作协常务副主席的余光慧女士，她为西海固作家创造了大量学习、交流、开阔视野、成长成才的机会，许多西海固作家上鲁院，都是她亲自安排的，我至今唯一的一次外地疗养，也是她创造的机会。

也是造化弄人，虽然狂热地喜爱文学创作，却最终并没有真正地走上创作之路，没有在创作上弄出什么名堂来，这主要与个人的才情、努力和勤奋有关。多年来，我收集和珍存着许多创作素材，在有电脑之前，许多习作只开了个头或者写成个半拉子就撂开了手，至今沉睡在书橱里。有了电脑之后，写作是很方便了，时常有写的冲动，但总被人生诸事所打断，应付了别的，就懒得把键盘再敲完。包括后来搞评论，许多文字都写成了夹生饭，半生不熟地沉睡在电脑的硬盘里，唯一的书稿《文学的触须》，也编成个半拉子放在出版社里一晃就是几年。举一个例子来证明一下我的慵懒和无奈：

在我的电脑里有一篇名叫《水色的泾源》的散文残稿，存储的时间是2006年8月，但写作的时间肯定比这要早许多年，内容只有开头的两段：

和一些这世上最情投意合的人，出门作一次短途旅行，到风景绝佳的旅游胜地，尽情领略自然山水的秀色风韵，自由地聊，开怀地笑，暂时抛却尘世的纷争、拆除心灵的篱笆，个性与个性亲密无间、个性与自然融为一体，那是一种多么惬意的人生行程！泾源老龙潭笔会，为一群散布在山区黄土地上的缪斯的钟情者，就提供了这样一种欢乐开怀、纵情山水的人生机会。

几十个人，六月中旬的一天，从山区的四面八方匆匆赶至泾源。我这一路，六七个人，乘公共汽车一大早从固原出发，行至数十里后，固原特色的黄土山就被抛在了身后，扑面而来的是泾源的画山秀水。

……

文章到这里就没有下文了，也不知道什么原因没有再写下去。我不记得那次笔会的准确年代了，只记得在泾源遇到了雨，那种画山秀水的环境里细细密密的雨，当时在泾源工作的文友王治平先生给我们弄了许多雨伞和衣物，让我们在欣赏雨景之美的时候还感受着友情之浓。肯定是因为这个缘故，我回来后想写一篇《水色的泾源》，但却没有完成。

仿佛命中注定般，这些年来，我的许多文字，就是这样的半途而废。

山含秋色远，人在忆中近。

一晃30多年过去了，30多年来，不论求学、工作、远足、近旅，大体都是在文学的圈子中度过的，生命之舟航行在文学的河道里，虽然收获甚微，但终归没有偏航。想想在我们生命最绚烂的年华，是文学圈子里这些情投意合的同行者伴随着我们前行的足迹，点缀着我们前进的航程；我们生命的星空，那些最常见最亲近的星辰，是文友们，是他们温暖和照亮着我们生命的空间；我们手机中存储的最多的名字，是文友们，是他们让我们在孤独寂寥时，可以顺手拨通一个号码、编发一则短信。只有和他们在一起，你才能彻底放开自己，忘了年龄和身份……我突然觉得，我当年在《水色的泾源》仅有的两段文字里，其实已经传递出了当时心里最重要的一个感觉：和情投意合的朋友们在一起是多么美好的一件事，友情是多么珍贵的生命之珠，这才是生命中最重要的收获！

文联30年，我们生命的大部分时光，经历了多少人和事啊。匆促间提笔成文，一些记忆可能并不完全可靠，回忆也并不十分准确，它不能百分百还原历史事件的细部，但是，这些匆促间的回忆充满了温馨和感动，它提醒我们曾经那样活过，那样拥有过一些生命的美好时光。

生命是有彼岸的，而文学，却是没有终点的旅程。

2011.08

第二辑 西部边地的文学声音

黄土地上的苦难人生

——路遥创作座谈会综述

著名作家路遥逝世一个月后的1992年12月18日晚，固原师专中文系部分师生及固原地区部分文学爱好者近50人，在固原师专召开了路遥创作座谈会。固原师专校长、地区文协主席慕岳，固原地区文联副主席王铎和《六盘山》杂志编辑戴凌云等同志也参加了座谈会。座谈会由固原师专中文系当代文学教师钟正平和该系三年级学生于万宏主持。与会者就路遥的英年早逝、路遥的生活和创作以及路遥的一些主要作品展开了热烈的讨论。

对于路遥的英年早逝，大家表示沉痛的哀悼和无比惋惜。许多同志发言说，路遥是一位热爱人民、有强烈责任感、真正献身于文学事业的优秀作家。他以生命殉了文学，他吃苦耐劳的献身精神与追求真理的勇气是令人钦佩的。他的早逝是当代中国文坛的一个不可估量的损失。扼腕之余，令人稍感欣慰的是，路遥生前终于如愿以偿地完成了他以生命为代价的史诗性巨著《平凡的世界》，作家的英灵可以安息于九泉。也有的同志认为，作家当然要耐得住寂寞和痛苦，但也不能过于熬煎自己，像路遥那样把自己活活累死。

人生漫漫，路途遥远。与会同志普遍认为，路遥是带着沉重的苦难走出山沟，到广阔的世界里探索艺术和人生的。路遥的童年和少年生活使他对人生的艰辛和生存的奋争有着刻骨铭心的体验。他是一身黄土、一路悲歌地步入当今中国文坛的，他以《惊心动魄的一幕》《在困难的日子里》《人生》《平凡的世界》等一系列诚挚而纯情地表现人的苦难情怀和生活的奋争的中长篇小说获得了整个社会的青睐。他的作品的字里行间总是渗透着对苦难生活的真切感受和独有的人生悲剧意识。一些同志还认为，路遥的人生观虽然是悲剧性的，但并不是消极的，读他的作品一点都不感到消沉和悲观。这是因为路遥作品中所表现出来的苦难已远远高于一般意义上的苦难。他努力在生存的苦难中发现、开掘和提炼人性中美的、善的和向上的东西，展现苦难中的奋争，奋争中的艰辛。

一些同志还提出，路遥的审美理想是建立在他苦难的人生经历和生存环境基础上的，是和他粗犷顽强的陕北汉子的个性和他丰富深沉的内心世界密不可分的，是与培养了他的贫瘠又富有的黄土地的命运联系在一起的。他的作品充盈着一种绵绵的“乡土情结”。在《平凡的世界》的题记中，路遥写道：“谨以此书献给我生活过的土地和岁月。”在这部长篇小说获得“茅盾文学奖”之后他又说：“人民生活的大树万古长青，我们栖息于它的枝头，就会情不自禁地为此而歌唱。”在创作中，路遥几乎把全部心血和才情都倾注给了黄土地上的一山一水一草一木以及那众多的父老乡亲。黄土高原的深厚雄浑给他的作品以凝重豪放，黄土地上的苦难人生又在他的作品中弹奏着悲剧的旋律。路遥笔下的人物大都来自黄土高原，带有黄土的气息和黄土的性格。他们热爱土地、眷恋土地，同时又希望着有朝一日离开土地。这种矛盾的情绪是作者笔下的一个解不开的情结，也是作品中各种矛盾、冲突、纠葛的根本原因之所在。为了充分地展现这种矛盾状态下的情结，路遥笔下的人和事主要发生在“城乡交叉地带”。这个极其复杂的“立体交叉桥”是路遥瞭望中国乡土社会的窗口。从这个窗口中，作者一次又一次地把中国乡土社会赖以维系的婚姻、家庭、血缘等伦理关系和家族、种姓的种种矛盾以及它们与城市生活、现代意识的众多冲突呈现在读者面前，揭示出这种种矛盾冲突不仅涂染着农村的政治生活、经济生活和家庭生活，而且影响着农村一切人与人之间的关系。路遥的作品对“文革”末期到改革初期十多年间中国城乡社会关系及其衰变有着极为准确的把握。正是从这个意义上，我们看到黄土地上的风土人情和日常生活在路遥的作品中有着更丰富更深刻的社会学内容。路遥恰恰是在一种深刻而微妙的意义上提升了执着如一、绵绵不绝的“乡土情结”。也有的同志认为，我们也不能把黄土意识看得太重，社会在发展，现代化农村已在中国的大地上出现。以往的只能说明过去,应该看到时代发展的总趋势,我们的社会将来只会发展得更快更好。

路遥作品中的许多“好女子”形象和一再出现的“书生落难,佳人相救”的传统审美模式,是座谈会上最为热烈的话题之一。不少同志认为,从本质上来说,路遥是一个农民型的中国知识分子,他的妇女观基本上属于贤妻良母型。在路遥笔下,无论是黄土地上土生土长的村姑少妇,还是具有现代女性气味的女学生、女青年,几乎无不美丽善良、贤淑多情。他的早期短篇小说《姐姐》中的故事就有点“痴心女子负心汉”的味道,到后来的刘巧珍之于高加林、吴亚玲之于马建强、田润叶之于孙少安……无不重复着“书生落难,佳人相救”的审美套路。路遥的这种妇女观和审美追求,有长处也有局限性,其形成有着较为复杂的原因。首先,这是生活积累和认识的产物。路遥从小生活在农村,中国农村妇女普遍善良软弱和富有同情心,路遥对此体会颇深。他说过,我写的刘巧珍,是长期的感情积累,她说不上是谁,也可能就是我所有故乡的姐妹们。写刘巧珍时,我很激动,写到她出嫁,我自己痛哭流涕,把笔都从窗户里扔出去了。其次,与个人生活经历有关。一般说来,人品好的知识分子在农村容易受到一些好姑娘的爱慕。中篇力作《在困难的日子里》所反映的那段生活,那种情绪,几乎就是路遥上中学时的亲身经历。路遥也熟知他的许多同龄人的类似遭遇。他曾说《人生》中的高加林在他的兄弟身上就可以找到原型,他是怀着兄长般的感情来写这个人物的。再次,中外传统文学的影响。中国古典文学中的妇女大都是“好女子”,外国经典文学名著中许多成功的女性形象也与中国传统意义上的“好女子”颇为接近。即便是今天,“好女子”形象仍是中国公众普遍的审美选择,《渴望》中的刘慧芳深受观众爱戴便是一例。显然,在路遥的知识库存中,“好女子”形象的烙印是极其深刻的。最后,作为情感的慰藉和宣泄,实则是作者对真善美的一种追求,是作者审美理想的一种体现。路遥总是在自己的作品中着力挖掘我们民族中最值得赞美的品质,极力颂扬那种多情重义的、纯洁美好的、顽强不屈的美好人性。“好女子”形象正集中地体现着这些传统美德,也体现着路遥的审美理想和美学追求。

座谈会上，许多同志发言说，好的作品能够让读者在当中找到自己的影子和灵魂，一部书能够对读者的人生(怎样做人)产生积极影响，就是有价值的书。路遥笔下的许多形象都能唤醒我们以往的某些生活经验和感受，对于我们辩证地认识现实、树立正确的人生观不无启迪。路遥作品中所蕴含的人生启示意义，是我们文学青年不能忽视的。

对于路遥长期以来所坚持的现实主义创作道路，与会同志深表赞赏。多年来，路遥始终坚持的是一条不断深化、不断拓展的现实主义创作道路，形成了自己真实、浑厚、古朴的创作风格，这充分体现了作家的自信和勇气。路遥的创作实践证明：现实主义可以表现中国的现实，现实主义可以在中国当代文学中得到拓宽和发展，现实主义是中国广大读者最乐于和易于接受的。

对于路遥创作思想和创作风格的形成，有的同志提出，这与作家受地域文化的熏陶和个人生活经历是密不可分的。在他的许多作品中，还可以寻觅到作者生活遭际的象征性表现，带有明显的自传色彩。

大家还就当前文坛现状、中国知识分子的悲剧命运等问题展开了讨论。比较一致的看法是，无论是过去的文学政治化还是今天已具迹象的文学商品化，实际上都是文学的悲剧。知识分子的英年早逝古今中外都有，在中国当代社会比较集中出现，有知识分子自身的原因，也有社会历史的原因，这是一个社会问题，需要全社会都来关注。

1993.01

“汪国真现象”透视

20世纪80年代末90年代初的中国诗坛一片平静，反常的平静似乎必然孕育着什么。果然，90年代初期，中国诗坛上出现了一个汪国真，诗集一本接一本地出，据说已出诗集和散文集9本，仅笔者见到的诗集就有《年轻的风》《年轻的潮》《年轻的思绪》《年轻的梦恋》《春季风》《汪国真独白》和《汪国真校园诗精选》等7本，总发行量已逾百万册。全国有数十家出版社争相印行其作品，他的诗还以配乐朗诵磁带、歌带、贺卡、字帖和明信片等形式陆续上市，有关汪国真其人其诗的文字也频频见于各类报刊，评说汪国真的专著也即将出版。一时间，全国城乡大大小小的书摊上摆满了“年轻”系列，中国的许多大中城市里形成了一个阅读、传抄和出版汪国真诗（以下简称“汪诗”）的热潮，许多报刊还特辟了“专栏”讨论“汪国真现象”，其壮观的势头仿佛我们回到了盛唐诗国时代。作为青春偶像，汪国真还在中央电视台《综艺大观》等黄金节目时间频频亮相。如此机遇和殊荣，在中国新诗史上似乎还无一人能出其右。

评论界及各种大众媒体对汪诗的评价也众说纷纭、莫衷一是。贬者痛心疾首将其说得一无是处，认为汪诗不过是“催眠口诀”，是“一种媚俗”[①]和“漂亮的废话”[②]，认为汪“是一个过街叫卖的骑士，一个提着空篮子吆喝的伪币制造者”。“汪热”只是一个“时代神话”[③]。汪诗产生轰动效应是“中国文坛一大笑话”[④]。甚至有人认为“批评汪国真已超出了一般诗歌批评的

①朗寓：《汪国真的诗：一种媚俗》，载《大学生》，1991年第11期。

②高洪波：《诗的调侃》，载《诗刊》，1991年第11期。

③蒋汝君：《谁制造了汪国真》，载《大学生》，1991年第11期。

④诚言文：转引自《中国文化报》，1991年8月7日。

意义,这是一场捍卫诗歌的战斗”[1]。温和的折中者则认为汪“是一个诗歌界的通俗歌手”[2]。汪诗是“文化快餐”,“只有流行的价值,没有文化的价值”[3]。欣赏者又将其吹得神乎其神,汪国真被称为“缪斯最钟爱的男人”“轰动中国的诗坛王子”[4]。是“纯情诗人”“大陆席慕蓉”[5]。欣赏者甚至还认为“汪诗在中国诗歌的低谷中点燃了一盏希望的灯”[6],它“填补了”朦胧诗后的“这一段诗歌的空白”[7],是中国新诗发展的方向,云云。炒作中,竟然也不乏名报名刊名家的纡尊降贵、点石成金。

那么,汪国真的诗能够表明当代诗坛已经走出低谷了吗?汪诗在思想与艺术上确乎出类拔萃、登峰造极,能承担起为中国新诗指明发展方向的历史重任了吗?汪诗是一块“壮丽的丰碑”[8],还只是一种“文化快餐”?“汪热是一个历史的误会”[9],还是一种正常的文学现象?形成这一现象的原因何在,它又为我们昭示着什么?

一

带着诸多的疑问,笔者仔细阅读了已结集出版的数百首汪诗。总体上说,汪诗基本上都是一些比较短小的只有二至四节十四行左右的抒情短章。从形式上看,大都句式简洁、讲求对仗、结构单纯、一目了然,类似于“赠言”“互勉”与“独语”之类的所谓青春诗;从内容上看,多与当代青年情感生活中的种种困惑有关。纤巧的诗句温婉的情怀加上几句漂亮的警句

---

①韦子:《诗人何为?》,载《大学生》,1991年第11期。

②田田:《笑侃“大师”的流行》,载《文学报》,1991年11月21日。

③孙昕晨:《“汪国真现象”的启示》,载《风流一代》,1991年第10~11合期。

④智鹏:《汪国真速写》,载《风流一代》,1991年第9期。

⑤邵燕君:《“也看汪国真现象”五人谈》,载《风流一代》,1991年第12期。

⑥转引自:《文艺报》1991年11月9日短讯。

⑦周彦文、贺雄飞:《与汪国真对白》,转引自《宁夏青年报》,1991年10月4日,张文楹:《“文化快餐”也是一种需要》。

⑧赵庆君:《我读汪国真的诗》,见《春季风·序》。

⑨魏文民:《“汪国真热”实在是历史的误会》,载《诗歌报》,1991年7月号。

格言，很适合那些处于“多梦时节”的少男少女们阅读，汪诗因之被一些出版商制成“青春诗卡”之类的东西在青年中流行。然而就诗歌艺术本身而言，汪诗的相当一部分很难说是精品，甚至也算不得上品。单个儿地看，汪诗倒也不乏精致优美之作，但当我们把众多的汪诗集合起来进行观照，便会发现其中赘生着许多艺术痼疾，个体的较为精致与整体的浅薄粗疏，构成了汪诗精芜呈杂的矛盾统一体。

直白浅露有余而含蓄深邃不足，缘情体物缺乏深度，哲理诗往往说理化，直白浅露一览无余，这是汪诗最为明显的艺术局限。

好的抒情诗或哲理诗，要求它的情、理、象三者高度和谐完美统一。情，是诗人独特的感受和强烈的感情；理，是诗人对于生活理性的哲学的思索和评价；象，是经过诗人艺术典型化了的那些具体的、生动的、个别的形象或意象，只有这三者的水乳交融，才能构成耐人寻味的艺术境界，但这一艺术境界，在汪诗里却没有得到长足的表现。为了阐释某个道理或解答某个问题，汪国真常常在他的那些简洁明朗如行云流水无遮无拦的诗句中嵌入一些类似于“格言”和“警句”的句子，既显得突兀生硬，又冲淡了诗作的精神内涵，而且大多是雷同的“是”字句式。例如：“含蓄是一种性格/豪放是一种美德”（《豪放是一种美德》），“坎坷/是一双耐穿的鞋/艰险/是一枚闪亮的纪念章”（《风不能，雨也不能……》），“获得是一种满足/给予是一种快乐”（《如果生活不够慷慨》），“难得的是友情/宝贵的是自由”（《送别》），“呼喊是爆发的沉默/沉默是无声的召唤”（《山高路远》），“眼泪/是生命的果/歌声/是生命的旗”（《泪与旗》），“沉思是一种美丽”（《思——题油画》），“命运是时代抛起的飞鸟/时代是历史崭新的脚步”“历史是一份珍贵的礼物/历史是一部无价的书”（《历史》），“跌倒是一次纪念/纪念是朵温馨的花”（《给友人》），“欢乐是人生的驿站/痛苦是生命的航程”（《我知道》），“风是树的爱人/雪是春的笑靥”“轻盈飘舞是美丽/肃穆安详是高洁”（《白雪情思》）……诸如此类的“格言”和“警句”在汪诗里俯拾即是，多数情况下诗人就是靠这样的句子和句式来抒发他的感受与“哲理”的。不仅如此，更有整首诗都是用“是”字句排列堆砌而成的干巴巴的阐释和说教，譬如，“远点的地方/是一个迷人的梦幻/远点的女孩/是一枝清雅的幽兰/远点的山峰/是一腔火热的激情/远点的栅栏/是一曲凄婉的幽怨//远点远点/远点的石头是阑珊”(《远点》),“天空一定是微笑的/大地一定是慈祥的/风儿一定是温柔的/因此，才有这支洁白的歌//孩子的梦一定是蓝的/老人的泪一定是甜的/年轻的心一定是温馨的/因此，才有这支洁白的歌//过去一定是萧条的/现在一定是美丽的/未来一定是缤纷的/因此,才有这支洁白的歌”(《洁白的歌》)。直白浅显、意思简单的低吟浅唱,太概念化了。

诗需以情感人,不能以理服人,哲理诗是要凭借鲜明生动的形象来寄寓哲理、感染读者的。精妙的警句格言恰如其分地植入诗中当然能增色,但过分热衷于道理的直陈,便会使诗歌艺术的含蓄性和形象性遭到损害。《线条》只有四句:“简单/是最成熟的美丽/单纯/是最丰富的高雅。”这首实质上是“断句”的所谓诗,可看作是汪国真诗歌艺术观的真实写照。托尔斯泰认为“最高的技巧是无技巧”,如果汪国真把“简单”与“单纯”当作“清水出芙蓉,天然去雕饰”的艺术境界来追求,那当然是难能可贵的。可是,汪诗里的“简单”与“单纯”,流露的是一种浅薄粗疏的美学意识,是一种真正的简单与单纯。“诗贵不迫不露”,汪国真在他众多的短章营造中,常常忍不住要把自己的轻浅感受一股脑儿兜售出来,不留一点余地,直白浅露可以说是汪诗的一种通病。因此在这些诗作里,形象是模糊的,意境是苍白浅露的,道理是肤浅的,阐释是抽象的,思索是干巴巴的,与其说是哲理诗,倒不如说是“说理诗”更为恰当。

所谓哲理诗,说白了就是诗化了的哲理。首先它必须是诗,必须具备诗的一切艺术特质和美学品格,然后才是哲理。优秀的哲理诗,往往具有鲜明生动的形象,又蕴含着深邃警人的哲理。以艾青的《礁石》为例:“一个浪,一个浪/无休止地扑过来/每一个浪都在它脚下/被打成碎沫,散开……//它的脸上和身上//像刀砍过的一样/但它依然站在那里/含着微笑，看着海洋……”八句诗蕴含着极为丰富深刻的象征意味,但却没有一句费解,也没有一句道理的直陈,汪诗缺乏的正是这种可贵的艺术品格。再如诗人韩瀚悼念张志新烈士的诗作《重量》:“她把带血的头颅/放在生命的天平上/让所有苟活者/都失去了/——重量。”真是字字珠玑,振聋发聩。这与汪诗的抽象说理、浅白直陈是不可同日而语的。

纤巧温婉有余而绵长醇厚不足，立意构思雷同、想象力的局限与表现方式的单一以及随意命笔信口诌来缺乏独到的创见，是汪诗的又一弊病。

清人刘熙载论诗说："诗要避俗，更要避熟。"汪国真并不具备那种"人人心中有，人人笔下无"的独家手笔。他反复念叨的是一些人们都很稔熟的"漂亮的废话"，因而没有多少嚼头，其诗恰如那些仅供消费一次的商品；他反复阐释的一些"哲理"，也大都是人人可以悟出的人生表层体验，"月亮""星星""云彩""风""雨""雪""雾""大海""山峰"等这些自然界人人司空见惯的客观物象，构成了汪诗惯用的意象群。在众多的短章操作中，汪国真倾尽其意象库存，极尽呼风唤雨、吟风弄月之能事："夜，张开黑色的帷幕/月，洒下温柔的清辉/雾袅袅/风微微"(《举杯》)，"雪花，愈发闪亮/细雨，愈发迷蒙"(《路灯》)，"雪是俏丽/风是峥嵘"(《三月》)，"你的祈愿飘在细雨里/我的祝福洒在雪花中"(《南方来信》)，"淡淡的雾/淡淡的雨/淡淡的云彩淡淡地游"(《淡淡的云彩淡淡地游》)，"风不能使我惆怅/雨不能使我忧伤/风和雨/都不能使我的心/变得不晴朗"(《风不能，雨也不能》)，"雨还会下/雪还会落/树叶还会沙沙响"(《告别，不是遗忘》)……并不是说"风花雪月"这些自然物象不可以入诗，问题在于，汪国真借助这些物象传达的只是一些大众化的感受，他翻来覆去展示给读者的，是那些令人眼熟的意象、轻浅直白的"哲理"和狭隘孤独的个人心境，而缺乏"缘情体物"的独家识见。张同吾先生认为："诗的创作不是生活表象信息的汇聚，也不是平白的类型化的语言的组合，而是主观与客观相融合的过程中新颖而精美的意象群的诞生，这才是阵痛中的辉煌。"[1]汪国真在诗中大量地堆砌和重复运用这些物象，只能说明诗人体察生活不深，艺术视野不广，独到创见不够。

虽然早在唐代，白居易就强调诗应做到"老妪能解"。但是，作为"文学中的文学"的诗歌创作，毕竟更多地需要睿智、哲思和一定的艺术素养，并

①张同吾:《谈汪国真的诗》，载《诗刊》，1991 年第 2 期。

非人人都能信口开河、吟风弄月。汪国真诗作的随意性常常损害了其诗歌意蕴的醇厚耐嚼，有的作品甚至暴露出作者思维的混乱、想象力的贫乏和无奈。例如《月光》一诗的第三节："星星/是月亮挥洒的泪滴/月亮/是太阳沉重的哀伤/世界的背面是憧憬/明天的明天是希望/——月光。"在这里，作为自然界客观物象的"月亮"突然成了"太阳"的"哀伤"，而这具有情绪色彩的"哀伤"所发出的"光"，又莫名其妙地变成了"明天"的"希望"。作者显然是随意组合了 "星星""月亮""泪滴""太阳""哀伤""世界""憧憬""明天""希望"和"月光"等十多个概念和意象，未曾进行仔细的斟酌和刻意的锤炼，在这里，"意象"实际上已萎缩为一个个概念的替身符，"意象"与概念之间也缺乏必然的内在联系，变成了一种信笔胡诌。在许多诗里，不光是意象的重复堆砌令人乏味，而立意构思的雷同和表达方式的单一更是叫人瞠目。《思念》与《感觉》，《我不再等待》与《别这样》，《无题》与《也是无题》等诗都极为典型。譬如同样是吟咏春天的诗，《咏春》里写道："夏天太直露/冬又不那么温柔/秋天走来的时候/浪漫便到了头//多情还夸春日。"《春的请柬》里又写道："既然嫌夏天太绿/既然嫌秋天太黄/既然嫌冬天太白/那就发一张请柬吧/——邀请春天。"意象是重复的，诗意也大同小异。汪诗在立意与表达方式等方面的雷同单一，还因此形成了某种"模式化"。除了众多的"是"字句之外，类似于"既然……那就……""如果……何必……""……总是……"这种设问论辩式的表达方式，在汪诗里屡见不鲜。

汪诗的字里行间，还常常渗透着一种与时代生活没有多大关系的闲适情趣和强烈的个人孤独感，由此造成了汪诗的另一个硬伤，那就是"呻吟"。你看，拨响吉他，唱出的是"一支悲凉的歌"(《有一段时间》)，拿起镜子，便"感叹岁月的流逝"(《镜子》)，登上景山，就想"在夜色里消融"(《景山观夜》)，回首往昔，便"恨冬日太短，夏日不长"(《回首》)，站在海边，便盼望"永远永远"(《海边》)。狭隘的心境，轻浅的情怀，一己的悲欢，很难让读者的心灵产生震撼与共鸣。"笑是对的/哭也不是错"(《失恋使我们深刻》)，"爱是纯真的/不爱也是纯真的"(《她》)，"秋色不如春光美/春光也不比秋色强"(《自爱》)。按照汪国真的这个矛盾逻辑，便什么都可以是美的，什么都可以是不美的；什么都可以是诗，什么又都可以不是诗。看来，如果不是思维混乱，那一定就是调侃荒唐了。“相聚的时候/总是很短/期待的时间/总是很长”（《思念》），“随意的时候很少/失意的时候很多”（《有一段时间》），“相识/总是那么美丽/分别/总是优雅不起”（《分手以后》），“总是觉得日子这样简单”“秋色萧索复萧索/春光烂漫又烂漫”（《日子》），“欢乐总是太短/寂寞总是太长/挥不去的/是雾一样的忧伤/挽不住的/是清晨一样的时光”（《感觉》）……这种港台流行歌词的拼盘组合，把汪诗的“呻吟”推向了极致。

汪国真曾表示，他的诗得益于李商隐、李清照、普希金和美国女诗人狄金森等古今中外的四位著名诗人。如汲取他们的艺术滋养，也可能会成为一个不错的诗人。遗憾的是，汪国真并没有真正汲取他们的艺术精髓和神韵。对于包括上述四位在内的古今中外一些诗人们的优秀诗作和经典性诗句的搬迁、演绎和意释，便成了汪国真一些美丽诗句的灵感来源。“如果，你是湖水/我乐意是堤岸环绕/如果，你是山岭/我乐意是装点你姿容的青草”（《我不期望回报》），这很容易让人相起匈牙利著名诗人裴多菲的《我愿意是树……》和《我愿意是激流……》等爱情诗篇。“谁曾想/到头来/山河依旧/爱也依旧/你的身影/刚在身后/又到前头”（《剪不断的情愫》），“谁料/秋色难忘春华时/欲想潇洒/便难潇洒/拿是拿得起/放却放不下”（《总想爱得潇洒》），这是李煜的“剪不断，理还乱”与李清照的“才下眉头，却上心头”的简单意释。“江南雨/斜斜/江南雨/细细/江南雨斜/斜成檐前翩飞的燕子/江南雨细/细成荷塘浅笑的涟漪”（《江南雨》），这是杜甫“细雨鱼儿出，微风燕子斜”的绝妙翻版。“如果生活不够慷慨/我们也不必回报吝啬/何必要细细盘算/付出和得到的必须一样多”（《如果生活不够慷慨》），这又让人想起普希金《假如生活欺骗了你》。例子不必多举，诗人独家“借鉴”的技巧，由此便可窥见。

有些人认为，汪国真的诗贴近生活，不摆架子，突出一个“真”字。但文学艺术的高度真实，不是对现实生活作浮光掠影、蜻蜓点水式的反映，不是简单的照相复制，当然更不是拾人牙慧。国画大师齐白石论作画曰：“作画要在似与不似之间，太似为媚俗，不似为欺世。”道出了艺术的真谛。汪诗的“真”，恰是一种“太似”，是一种伪饰了的真，是一种浅层次的、表象的、不能揭示事物本质内涵的“真”，他的诗缺乏那种诚如马克思所说的“巨大的思想深度和意识到的历史内容”，缺乏揭示生活真谛的深厚功夫。他用浅显的语言和明朗的诗句，写出了人人都可以悟出的人生表层体验，因而易被处于某些特定文化层次的人所接受和喜爱，他并没有写出人类精神和物质生活中那些最能震撼灵魂的情感和真理。时代的风云、社会的变迁，现代人复杂的情绪和心态，现代生活的种种热点和酸辣苦甜，在汪诗里几乎没有得到反映，一些较为优美的抒情短章如《小城》《雨西湖》等，语言很有韵味，意境也较优美，却多表现的是闲适恬淡的情趣，有古旧闲士的文化特征，无贴近当下的时代气息。他的诗缺乏一种社会责任感和历史使命感，这实质上是一种诗歌艺术的伪饰和虚假。

汪国真的“青春诗”，作为文艺百花园里的一个品种，自有它存在的价值和作用，但其形成热潮，对新诗创作的艺术倾向产生的冲击，却又并不完全是积极的。因此从某种意义上说，我们现在对汪诗无论是“捧”是“骂”，都已超出了对个体创作风格和艺术生命评判的范畴，实质上是在审视一种艺术倾向和一种艺术潮流。

二

汪诗良莠并存、精芜呈杂，可它所掀起的热潮却又是客观事实，这就使得这一现象变得复杂而又意味深长了。从时间上看，“汪热”源于1990年上半年，断断续续持续到现在约两年；从空间上看，“汪热”始于北京，而后逐渐北上和南移，天津、南京、上海、广州一路地热下去，波及大江南北；从读者对象看，主要是处于“多梦时节”的中学生、大学低年级学生和社会上一些青年文学爱好者，其中尤以少女居多。传统意义上的诗歌界，相对来说却一直显得较为冷淡。“汪热”始于社会而非源于诗坛这一事实充分说明，这不单是一个诗歌现象，它更是一个社会现象。这不仅包含着对汪诗本身的文学评判和文化鉴定，还涉及社会学、心理学、广告学、商品学等诸范畴。“汪热”的原因是多方面的，它给我们的思索和启迪也是多方面的。

首先，“汪国真现象”反映着某种社会心理和心态，这种心理和心态的主要特点是脆弱、浮躁、趋时、缺乏理性的识辨能力。

大凡一种文学现象的出现，总有其一定的社会背景，一部作品能否产生轰动效应，主要取决于它与特定时代的时代精神和人们共同的社会心理相契合的程度。考察新时期的几乎每一次文学浪潮和文学现象，其形成都与当时的社会现实和人们共同的社会心理紧密相关，譬如新时期文学的第一个浪潮“伤痕文学”，就是“四人帮”垮台后拨乱反正的社会现实和委屈饮恨、痛定思痛的民族心理共同制约文学的必然结果。十多年的社会生活中，人们不间断地经受着这个“潮”那个“风”的冲击，精神的滑坡与心理的失衡并不是危言耸听。汪国真及其诗作被一些欣赏者和吹捧者推向社会舞台并逐渐“热”了起来，与一些人理性鉴赏力的缺乏和脆弱趋时的心理不无关系。新华书店里排队抢购汪国真诗集的现象与这些年来社会上掀起的商品抢购风潮，本质上并无多大区别。这是形成“汪热”的深层社会背景，也是引人深思的地方。

其次，就诗坛本身来说，“汪热”是对朦胧诗后诗坛各种“流派”“主义”者们追求晦涩矫情甚至怪异诗风的一种无情嘲弄和反叛。和“五四”初期朱自清、康白清等人玲珑剔透、清新淡雅的抒情短章相比，汪诗与其颇为相似，只是少了些精致与深邃，这使“汪热”具有了某种“文化回归”的意味。

但是，任何意义上的文化回归，总有其特定的时代原因。

新诗发展史上，诗歌本身败坏诗歌声誉的例子并不鲜见。稍远一点说，“文革”中大量即时应景的“节日诗”“运动诗”、顺口溜，使当代诗歌完全丧失了读者群。新时期，随着思想禁区的打破，随着艺术视野和文学空间的拓宽，自“文革”以来奄奄一息的新诗逐渐获得了生机和声誉。20世纪80年代初中期的中国诗坛是极其热闹的，继“朦胧诗”热潮之后，后新诗潮、新生代诗(或曰“第三代诗”“先锋诗”)等，使诗坛颇为红火繁盛。仅在1986年《深圳青年报》和《诗歌报》联合举办的“现代诗群体大展”上亮相的“流派”“主义”就达六十多个。但是，朦胧诗后的各种“流派”“主义”者们竞相模仿乃至全盘照搬西方现代派，他们高张“反理性”“反文化”“反崇高”“反传统”“反修辞”旗号，纷纷标新立异，竞相展示个人的审美历险，热衷于抒写一己的蜗角之事，表现所谓的孤独感、迷惘感、失落感，逐渐走向了远离人生、脱离人民、故弄玄虚、追求晦涩怪异的思想和艺术误区。“我站在四楼的楼梯上/响亮地撒尿……”“刚出生的女孩就怀孕了”“孔明于2000年复活/世界上一下死去了两千个总统”，这样胡说八道的“诗”句竟也能堂而皇之见诸报刊。一些作者甚至一头扎进了《易经》《庄子》《老子》，将古代神秘文化引入诗歌。在“中国诗坛1986年现代诗群体大展”上曾展出过一首怪“诗”[①]，就颇具代表性：

岸蓝☰天岸
阳海△水黑
○☷岛☷○
光水△海夜
岸黄☷土岸

全“诗”由十七个汉字外加八个爻卦符号和几何图形组成，题名为《现状》。从对称的结构看来，这已经不是诗了，而是一幅充满神秘色彩的当代方形符箓，表现的究竟是什么“现状”，令人讶异难解。同时展出的一些所谓“卦诗”“太极诗”，大多故弄玄虚、荒诞十足。现代主义与神秘文化相交配，文字与符箓相混杂，一些人“玩文学”可谓登峰造极，有人还公开宣称：“在众多的‘流派’与‘主义’中，我们更多的是在诗外寻找一些神秘的、玄妙的和哲学的东西用以支撑我们的‘流派’或‘主义’，而有的东西甚至连我们自己都还一知半解。”[②]

诗坛的这种畸形繁荣，使新诗的健康发展受到严重影响，那众多的“流派”与“主义”，非但未能振兴新诗，反而由于文字游戏玩得太邪乎、大大败坏了读者的胃口，使读者失去耐心，逐渐产生了厌恶情绪和逆反心理：你越是标榜得玄乎，我越是不看你的东西。一种艺术一旦失去它的接受者和欣赏者，那么这种艺术离寿终正寝就不远了。20世纪80年代末90

①详见《深圳青年报》，1986年10月24日。

②详见《星星》，1988年第4期。

年代初的中国诗坛,终于在一片哄闹声中安静下来,然后近于寂然无声,新诗创作陷入低谷。

但是,作为诗歌本身并不会死去。当以晦涩矫情怪异为特征的“现代主义”潮头退去后,人们当然不会一直保持冷漠,读者自然会回头寻找与自己心灵相对应的精神产品。正是在这种情况下,汪诗的简单明了、清新淡雅与广大读者的心理定式发生了碰撞,并很快一拍即合。汪国真既未打出什么“旗号”,也未亮出什么“主义”,却赢得了广大青少年读者,这是任何一个扛着“现代主义”大旗的“流派”“主义”者们所望尘莫及的。

我们说过,“汪热”中有不少盲目趋时的凑热闹者,却也不能不承认,确实有成千上万的少男少女们被那些玲珑淡雅、直白浅露的“青春诗”迷得如痴如醉、茶饭不思。汪诗没有一首是费解难懂的,它与读者没有距离感,它的消费对象主要是中学生和大学低年级学生,这个消费群体正处在人生的转折点上,心理尚不成熟,人生阅历和知识也不够丰富,鉴赏能力也有限。他们喜欢道理浅显的格言警句,喜欢断章摘句、自勉互赠,他们容易且善于塑造心灵的偶像,印着汪诗漂亮语句格言的精美明信片、贺卡和青春诗卡之类的东西盛行于市, 大大地投合了他们的精神需求和情感期待,汪国真因此成为他们崇拜的偶像和大众情人。

最后,商品经济冲击之下的文学作品高度商品化,是促使汪诗热起来的一个外在的、含有浓厚功利色彩的原因。这其中,汪国真本人巧妙的“广告”艺术与新闻出版界大张旗鼓地参与“造”热,起了推波助澜的作用。

汪国真虽未标榜什么“流派”“主义”,却巧妙地利用了人们尤其是青少年读者的种种微妙心理,他采取另外一种方式推销自己的作品,并且获得了成功①。《青年文摘》《读者文摘》《青年博览》《风流一代》等涵盖面较大的刊物相继刊发他的诗和采访文章,电台、电视台等大众传播媒介也跟着采访报道。许多刊物还争相邀请他做自家刊物的专栏撰稿人,借以为自家刊物做广告。说汪国真是“读者推出来的诗人”,有一定的道理,但若没有舆论出版界的参与造热,汪诗即使能在某一块地方热起来,也难以维系长

①田田:《笑侃“大师”的流行》,载《文学报》,1991 年 11 月 21 日。

久和蔓延开去。

诗歌，作为具有某种普遍实用和功利性审美意义的精神产品，当它参与社会交流时，便具有了商品属性。每一种精神产品都有自己的欣赏者，印有“汪诗”精美语句和漂亮格言的明信片、贺卡和青春诗卡畅销于市，不只包含着对汪诗的某种审美认定，它更具有商品意义。面对“汪诗”的走俏，出版发行部门当然不会漠然视之，出版一本汪国真的诗集前前后后只用二十天时间[1]，其速度之快效率之高，恐怕也破了出版文学作品的世界纪录。一本又一本装潢精美版式别致的“汪诗”被以最快的速度送到全国城乡的书摊上，其商业动机不言自明，及至连哪一本书是汪国真出版的第一本诗集，作者和出版社都搞不清楚[2]，可见出版部门的混乱争抢和无序。“汪诗”就是这样尚未轰动诗坛，却已蔓延于社会。

“汪诗”的畅销并产生轰动效应，实则是当今中国社会各种奇妙的作用力共同作用的结果，汪国真就是这种作用力发射在诗坛上空的一颗“卫星”。

现在不论怎么说，“汪热”都已是一个巨大而含义丰富的现实存在，一个人的轰动反衬着整个诗坛的萧条，一些才情和造诣毫不逊于汪氏的中青年诗人，皆敌不过时运之巨手，当今诗坛因之面临一种两难局面：一方面，“汪诗”政治上绝对可靠，又确然不是坏诗，它比那些宣扬凶杀、色情、暴力的文字和那些害人匪浅的假冒伪劣商品要好得多，形不成什么社会公害，读之于身心健康无大碍，故而“禁”不得；另一方面，这一冲击波对于诗歌艺术本身来说，其导向是令人担忧的，若任这种简单直白轻浅的诗风占领诗坛，则无异于把新诗艺术引入另一个死胡同，故而又倡导不得。但是，“现代主义”的调子已经唱完，朦胧诗后的诗人们又是一“代”不如一“代”，中国新诗的出路，究竟在哪里呢？

1992.02

---

①详见《年轻的思绪·后记》，文化艺术出版社，1990 年 8 月版。

②详见诗集《年轻的风·后记》《年轻的潮·出版者的话》和汪国真《我和年轻的朋友们》一文，载《传记文学》，1991 年第 1 期。

血写的春秋，悲壮的史诗

——罗广斌、杨益言《红岩》研究

《红岩》是一部用鲜血和生命书写的春秋。

《红岩》是一座用信念和精神铸造的丰碑。

《红岩》是一曲灵与肉交相辉映的英雄颂歌。

《红岩》是一部光明与黑暗殊死搏斗的悲壮史诗。

在“十七年”乃至整个中国现代长篇小说发展的历史中，1961年12月罗广斌、杨益言《红岩》的出版，曾以发行量最大、读者最多、影响最广成为新中国长篇小说创作中的一道独特的风景。这部41万字的小说，从初稿到定稿，费时达三年之久，重写了三次，大改了五六次，共写下了三百万字草稿。它的作者在“文革”中惨遭迫害，罗广斌被害死，《红岩》也被打成“叛徒文学”。新时期以来，作者和作品才得以平反昭雪。据统计，截至1991年，《红岩》累计发行量达750万册，仅新时期十多年来就发行了250万册。与它孪生的长篇《大后方》发行了20万册，《秘密世界》发行了15万册，《红岩的故事》1991年首发就达25万册[①]。新中国文学中的这种持久而独特的“《红岩》效应”，不仅来自于它故事本身的真实惨烈和传奇性，不仅来自于作家创作之初长时间的宣讲、精心营构、浓缩与艺术升华，更主要的来自于这部小说所蕴含的一种悲壮崇高的精神之美。它是一部放射异彩的英雄史诗，是革命先烈用鲜血和生命谱写出来的壮丽凯歌。它是民族精神的化身，是坚贞品性的范本，是共产党人崇高壮美的精神世界的艺术纪念碑。它以其惊心动魄的精神力量和真实品格，为光耀千古的民主革

①李连泰，《〈红岩〉永驻人们心中》，载《文学报》，1991年3月14日。

命谱写了一曲悲壮勇烈的英雄交响乐。

碧血写春秋——《红岩》的思想意蕴与精神价值

在当代长篇小说创作中，就题材而言，《红岩》不是新题材的开拓者；而就所达到的思想和艺术成就讲，《红岩》却是同类题材作品中最优秀的一部。它的作者原来并不是作家，只因为他们于重庆解放前夕在重庆“中美特种技术合作所”集中营有那么一段惊心动魄的经历，才使他们提起笔来，用艺术形式对生活故事进行了重新的构造。《红岩》出版后，人们给予了它很多赞誉，称它是“鼓舞革命斗志的教科书”“黎明时刻的一首悲壮史诗”“共产党人的‘正气歌’”“悲壮激越的英雄颂歌”等。

小说所描写的故事发生在1948年年底到1949年之间。1949年是中国人民解放斗争即将取得辉煌的历史性胜利的时刻，对于《红岩》中的烈士们而言，却是他们历尽折磨和戕害，最后英勇牺牲的一年。整个革命阶级的辉煌胜利和革命者个人的悲壮牺牲，反动派全局上不可挽回的毁灭命运与其局部范围内的疯狂暴虐，形成尖锐激烈的对比，交织成贯穿全书的基本矛盾冲突。《红岩》的作者准确地把握了斗争形势的这一特点，使小说获得了罕见的震撼人心的思想艺术力量。可以说，《红岩》是血写的春秋，也是悲壮的史诗。

狱中斗争是小说的主要部分，也是最为激动人心的篇章。《红岩》的思想意蕴和精神价值，最直接最充分地体现在“渣滓洞”和“白公馆”的狱中斗争中。

特务巢穴、号称“人间地狱”“杀人魔窟”“活棺材”的重庆“中美特种技术合作所”集中营，集中了国民党特务机构中最精悍、最狡猾、最凶残的力量，有着“披麻戴孝”“猪鬃穿奶头”“注射诚实剂”等中国刑法史上未曾有过的四十八套美国刑法，关押的又是敌人认为最有价值的、为他们所最惧怕的政治犯。在阴森恐怖的魔窟里，敌人握有绝对优势，可以肆意使用高墙铁窗和现代化的法西斯刑具，惨无人道地折磨乃至处死革命者。表面上他们是强者，但是其所处的时代和所代表的阶级决定了他们本质的虚弱。

他们由于面临罪恶统治的彻底崩溃而终日惶恐不安，由于威胁利诱革命者的阴谋诡计的一一破产而感到沮丧、绝望和幻灭。而身陷囹圄的共产党人和革命者呢？他们尽管被剥夺了行动和说话的自由，随时都有遭受严刑拷打甚至杀害的危险，但是他们有着崇高的共产主义思想、坚贞的革命气节、昂扬的乐观主义精神、战友之间患难相助的美好品德，还有丰富的对敌斗争经验以及由此所构成的那种战胜一切的精神力量，因而不断挫败阴险狡猾穷凶极恶的敌人，赢得了狱中斗争一个又一个的胜利。他们中的许多人都在最后的斗争中牺牲了，但他们为革命舍生忘死、粉身碎骨在所不辞的共产主义精神，显示出永远不可战胜的巨大威力。

狱中斗争，是光明与黑暗的对峙、正义与邪恶的较量，是壮美与腐朽的对立、革命与反革命的殊死搏斗。精神、意志、信仰的搏斗，是监狱斗争的重要特点。根据这个特点，《红岩》的作者没有着意渲染血肉酷刑和那些惨不忍睹的刑讯场面，而着重描写的是建立在不同政治信仰基础上的两种精神力量的搏击较量。小说正确有力地表现了革命者的正义崇高与绝对精神优势。面对用“特殊材料制成的”真正的共产党人，面对一个个坚贞不屈的革命志士，敌人可以肆意进行惨无人道的血肉酷刑，直至肉体的消灭，但是在革命志士用信仰和意志筑起的精神长城面前，敌人的一切进攻手段都被摧毁，敌人的一切希望都化成了泡影。

特殊的斗争环境决定了狱中斗争的方式也很特别，不光是斗勇斗力，更主要的是斗智斗法，是每时每刻都在进行着的无声无形的神经战。在这里，要战胜狡猾的敌人，革命者不仅要有坚定的革命意志，而且必须具备高度的智慧和斗争艺术。许云峰和徐鹏飞的三次交锋，齐晓轩和陆清的公开较量，刘思扬、余新江和“红旗特务”的斗争，狱中绝食斗争、为龙光华烈士举行追悼会的悲壮之举，罕见的狱中新年联欢活动和寓意深远的牢房对联，以及江姐的受审斥敌，都是革命和反革命进行斗智斗法的精彩例子。每一次交锋，都是那么激烈、紧张，可以说敌我双方的每个神经末梢都参加了战斗。身陷囹圄的共产党人以特有的忠贞不渝的革命理想和信念，以革命家远见卓识的胆略和灵活机智的斗争艺术，不仅经受了敌人惨无人性的肉体折磨、摧残，而且也挫败了敌人的种种鬼蜮伎俩，赢得了保卫地下党组织、为革命保留尽可能多的力量的胜利。这种为革命战斗到生命最后一瞬的崇高精神和思想品格，是《红岩》英烈们留给我们的一笔相当深厚和丰满的精神财富。

必须指出，小说所描写的狱中斗争始终不是孤立的，是与重庆城内的学生运动、地下工作和华蓥山根据地的武装斗争紧密相连的，是整个民主革命斗争重要的一环。作者是以胜利者的姿态来铺叙描绘的。革命者、共产党人个人的牺牲，是为了迎接人民革命的整体胜利，他们把个人的生命化成胜利的曙光，他们是以胜利者的姿态慷慨赴死的，他们的心里充满了献身正义事业的崇高感和神圣感。他们以牺牲肉体生命而实现了烈火中的永生，以摧不垮压不服的精神力量使敌人陷入万劫不复的境地。他们走的时候一无所有，但他们却拥有了千秋万代的景仰。

《红岩》对革命英烈创世立业的丰功伟绩和视死如归的大无畏精神进行了无比热情的赞美，让人们看到了山城重庆拂晓时期革命与反革命两种力量的最后决战，看到了敌人的垂死挣扎、色厉内荏，看到了革命战士伟大的生、壮烈的死。看到了在歌乐山下的这片土地上，在“中美特种技术合作所”的腥风血雨中，在“白公馆”“渣滓洞”的铁窗黑牢里，革命先烈面对千难万险，以生为人杰，死亦为鬼雄的气魄，所铸造的一座座惊天地泣鬼神的不朽丰碑。看到了一个又一个共产党人和革命者，他们原本脆弱的肉体生命，在一种崇高的信仰和意志力的支撑下，如何变得钢铁般坚不可摧；人的肉体生命是如何达到一种壮美的境界并得到永恒的升华。这就是“烈火中永生”的真正含义，是《红岩》一书所蕴含的精神价值所在，也是《红岩》震慑人心的思想力量所在。

烈火中永生——《红岩》的英烈

《红岩》在塑造人物方面，一反“十七年”叙事文学着重塑造一个中心英雄人物的惯常模式，适应题材的特点与主题的需要，围绕地下斗争特别是狱中斗争所结成的特殊的人物关系，用群星辉映的手法描绘了一个以党组织为核心的英雄集体，刻画了他们为了共同的信仰和理想而显示出的壮美的精神境界和不同的鲜明个性。主要人物一出场都比较成熟,因而作者没有在性格发展上多用笔墨，而是抓住最能表现人物性格特征和精神境界的情节,精练地勾画出每个人物的面貌。笔墨看似分散,“却画谁像谁,抹一笔,是一笔,都用在点睛传神之处”[①],因而形象如浮雕一般鲜明而生动。对一些青年知识分子如刘思扬、成瑶、胡浩等,则用了相当的笔墨写了他们的成长过程。

《红岩》对众多的人物包括几个主要人物的描写,都只用了很少的情节,但是,对情节作了精心的提炼和安排,所以能够使所写的人物成为完整鲜明的艺术形象。比如许云峰,就是从沙坪应变到茶园遇敌,从刑讯审讯到赴宴斥敌,从重刑折磨到春节联欢,从地牢掘道到凛然就义,情节并不多,形象却表现得鲜明而完整。他是地下党的工运书记,一个有着丰富斗争经验的地下工作者,他具有非凡的胆识、卓越的远见和善于应付瞬息万变的险恶局势的才能。“沙坪应变”表现了他高度的政治敏感、惊人的判断力和卓越的指挥才能,使敌人的渗透破坏阴谋得以破产;“茶园遇敌”表现了他在危急时刻,具有超人的沉着、机智和自我牺牲精神;以“刑讯受审”为主的狱中斗争,突出地展示了他雷电钢铁式的性格特点和在政治上精神上压倒一切敌人的伟大气魄和力量;首次审讯,面对矜持骄横、不可一世的徐鹏飞,他坦然冷静、镇定自若、毫不畏惧、嬉笑怒骂、从容不迫,挫败了敌人的嚣张气焰,保护了党的秘密;只身赴宴,面对敌人的利诱、恐吓和威胁,许云峰镇定自若,舌战群丑,从毛人凤到西南特区大小特务头子全部出动,面对独身一人赤手空拳的许云峰,敌人不仅连一张可供政治欺骗的照片也搞不到,反而给许云峰提供了一个政治讲台。万般无奈的敌人最后只好把他关在阴森恐怖、暗无天日的“白公馆”地牢里。就是在这个与世隔绝的“活棺材”里,他仍然生命不息,战斗不止,以异乎寻常的坚强毅力用手指挖通了地牢的石壁,为全狱难友准备了生的通道,而把死的选择留给了自己。就义前夕,他与徐鹏飞进行了最后一场交锋,他带着对胜利

---

①阎纲:《共产党人的“正气歌”——长篇小说〈红岩〉的思想力量和艺术力量》,载《人民日报》,1962年3月2日。

的坚定信念和完成重任的胜利者的姿态，大义凛然、唇枪舌剑，给徐鹏飞精神上以毁灭性的一击，让徐鹏飞在精神心理上一败涂地。前后三次被审，却变成了三次审判敌人，充分表现了许云峰大智大勇的斗争精神和高超的斗争艺术。许云峰留给我们的，是具有永恒意义的精神财富和智慧力量。

在塑造人物形象时，《红岩》注意加强对革命烈士个性化的描写，江姐就是写得最丰富、最深厚的人物形象。她是一个受人爱戴的无产阶级女革命家的英雄形象，优秀成熟的党的地下工作者，一位对党无比忠贞、对敌斗争顽强不屈的女共产党员。作为革命队伍里备受爱戴的大姐，江姐的性格闪耀着特有的光辉。作品通过江姐与成岗的交谈、对甫志高的批评，对丈夫老彭的深情、对狱友孙明霞的教诲、对“监狱之花”的爱护，一步步把江姐安详而坦率、亲切而稳重、感情热烈而又深沉、光明而又坚强不屈的丰美个性展现了出来。她对丈夫情深意笃，去川北途中，突然发现丈夫被悬首示众，顿时“头昏目眩”“热泪盈眶”，但想到处境的险恶和身负的重任，她又忍受住最大的苦痛，抑制住“奔腾的心潮”，不露声色地与前来迎接她的双枪老太婆相会，立即投入了新的战斗。在狱中，她承受了各种酷刑，敌人甚至残酷地把竹签钉入她的十个手指，但始终没有从她嘴里得到一句有用的话、一个有用的字，她说：“竹签子是竹子做的，共产党员的意志是钢铁！”她庄重无畏地告诉敌人：“上级的姓名、住址我知道。下级的姓名、住址，我也知道……这些都是我们党的秘密，你们休想从我的口里得到任何材料！”强大的精神力量使她在就义的时刻，异常平静，没有丝毫恐惧与悲伤。在人民革命胜利的晨曦初现之际，她全身心充满了胜利与幸福的感受，带着永恒的笑容，理头发，整衣褶，拭鞋灰，亲吻“监狱之花”，和战友们一一握手告别，从容镇静，庄严就义。她以自己的行动，实践了“如果需要为共产主义的理想而牺牲，我们每一个人，都应该也可以做到——脸不变色，心不跳”的誓言。如果说，许云峰是以远见卓识、沉稳刚毅的大智大勇撼人心魄的话，那么，江姐则更多是以傲雪红梅似的坚贞和白璧无瑕似的美丽心灵扣人心弦的。

江姐形象的塑造，被认为是代表着当代文学中女革命家形象的实际水平，江姐的性格高度体现着共产主义世界观、人生观的内容，成为无产阶级真、善、美的化身。“江姐”这个名字，不仅包含了她稳重、精细、坚贞、纯洁的性格，而且包含了人们对她的尊敬，同时，它还是一种崇高信念和不屈品格的象征，放射着耀眼的光辉。

囿于生活原型的限制和主题表达的需要，《红岩》在塑造人物上是“群星灿烂”而不是“众星托月”，《红岩》英烈谱上的人物不下二十个，每个人都有一部悲壮的英雄史，但大多都是点到为止，不肆铺排。如沉着坚强、稳健从容、大智大勇、没有暴露身份的狱中党的实际领导人、为掩护战友越狱而血洒红岩的特支书记齐晓轩；忍辱负重、卧薪尝胆、无比坚毅、为革命隐姓埋名、被关十五年、伪装疯癫达三年之久的华子良；身陷囹圄、对党的事业无限忠诚、用“高唱凯歌埋葬蒋家王朝”的“自白书”威震敌胆的威武不屈的成岗；钢浇铁铸般的新四军战士龙光华；生下来就过监禁生活、天真可爱的“老政治犯”小萝卜头；还有一步一个脚印地追求真理、追求革命、以身殉职的知识分子刘思扬；以及青年工人余新江、农民丁长发、青年学生胡浩；等等。他们革命的魂魄和高尚的节操都给人以深刻的印象和无限的力量。

写到这里，顺带一笔。就英雄形象的塑造需要而论，凡是巨大的英雄人物，他的对手必定也是巨大的，所谓势均力敌之中才能显现冲突的严峻，才能使人感到正义力量的不可战胜，才能产生震撼人心的艺术效果。《红岩》的反面人物形象的刻画也一反“十七年”叙事文学简单化、脸谱化、漫画化的通病，并没有把他们写得愚蠢低能、不堪一击，而是准确地把握住了敌人的阶级本性、个性特征和复杂肮脏的灵魂。在对付革命者的手法上，他们软硬兼施，设骗局、耍手腕，无所不用其极。敌特形象的成功刻画，除了烘托革命者的壮烈崇高之外，他们自身也以鲜明突出的个性特征成为有独立审美价值的人物形象。在毛人凤、徐鹏飞、沈养斋、严醉四大特务头子以及渣滓洞看守所长“猩猩”、特务看守长“猫头鹰”、特务“狗熊”，白公馆看守所长陆清、特务看守长杨进兴等敌特系列中，徐鹏飞是着墨最多的一个。他是重庆、西南地区层层严密的特务网上的大“蜘蛛”，他刚愎自用，手段毒辣，有丰富的反革命经验。作品通过他破坏沙坪书店、策动甫志高叛变、逮捕许云峰等一系列情节，表现这个高级特务的奸谋诈略和反革命政治才干；还通过他与许云峰的几次精神战，把他那凶残而又虚弱、狡猾而又愚蠢的本质，暴露得淋漓尽致。

《红岩》的诗史特质，正是通过革命志士与反动凶残的敌人进行的殊死斗争来体现的，诗史的主角当然应该是英雄人物，他们的身上积淀着民族精神，他们用鲜血抒写着生命的春秋，用生命谱成了壮丽的史诗，他们的英名将与天地共存、与日月同辉，他们的精神正如那傲霜凌雪的青松，巍然屹立的红岩，永远耸立在人们的心中。

变化多姿的表现手法与悲壮崇高的美学品格——《红岩》的艺术

《红岩》以"渣滓洞""白公馆"的狱中斗争为主线，重庆市内的工人运动、学生运动和《挺进报》的活动以及华蓥山根据地的武装斗争为副线，构成电影蒙太奇般多画面多场景多线索的网状式结构。其特点是，人多、面广、事繁，但全书理丝有绪，章法井然，结构形态显得雄伟而严谨，错综而集中，跌宕起伏而节奏鲜明。

《红岩》并不从故事出发，以情节取胜。41万字的篇幅，描写了风雨飘摇的国统区广阔的画面，包括山城此起彼伏的罢工、罢课斗争及解放前夕保护工厂、保护城市的斗争，如火如荼的川北农村抗粮、抗税和武装开辟华蓥山游击根据地的斗争，"中美特种技术合作所"集中营里反审讯、反虐待和惊心动魄的越狱斗争等，这些斗争主要由《挺进报》的办报人，同时也是小说中的关键人物的命运遭际来引出或联结。前十章侧重写狱外的地下斗争，后二十章着重写狱中的斗争，其间时有穿插。狱中斗争既写了江姐、许云峰等共产党人的斗争，又写了杨虎城、黄以声等民主人士的斗争；既有许云峰、成岗那样与敌人面对面针锋相对的较量，又有集体绝食、为龙光华送葬、新年联欢那样轰轰烈烈的行动。使情节的发展峰峦迭起、有张有弛，充分地反映了这场斗争的深度和广度。在情节的铺展中，一方面，围绕一个中心目标，错综交织，环环相扣，使多方面的斗争与众多的人物浑然一体，形成人物与情节结构上的"多米诺骨牌"效应。如通过余新江、成岗带进了工人运动；陈松林的活动引出学校风潮和甫志高叛变；由江姐调动工作引出川北武装斗争；由甫志高叛变，导致许云峰、江姐、余新江、成岗、刘思扬等的相继被捕和聚集狱中；而刘思扬的一放一捉，又使“渣滓洞”“白公馆”的斗争、狱内与狱外的斗争联系起来，构成一个有机的整体。所有的斗争，都围绕挫败敌人企图挽救覆灭的阴谋、迎接重庆解放这一共同目标开展，由《挺进报》互相沟通，使纷繁的内容得到集中的表现。另一方面，还善于安排伏笔，引起悬念，常常有意料之外、却在情理之中的转折之笔，这也是《红岩》一书的结构特点。譬如小说一开始就让甫志高出场，为后面一些人物的被捕、情节的开展埋下一个大伏笔；再如江姐突然发现牺牲了的丈夫的头颅；许云峰在审讯中与受了重刑的成岗相会；齐晓轩挺身而出救胡浩；刘思扬的一捉一放；华子良的“疯癫”和后来狱内外失去联系时的突然亮相。都可谓是精心神来之笔，收到了奇妙的艺术效果。作家还精心构筑人物的关系，如成岗与成瑶的兄妹关系，成瑶与孙明霞的同学关系，刘思扬与孙明霞的爱情关系，江姐与彭松涛的夫妇关系，华子良与华为、双枪老太婆的家庭关系，等等。这种小说人物密切关系的精心构筑，这种笔卷惊涛、舒展多姿、环环相扣的结构方式，正是中国古典小说的结构美学思想在新中国“十七年”长篇小说的延续与发展。

在塑造人物时，《红岩》还采用了富于变化的表现手法，尤其注重人物心理的细腻刻画和环境气氛的渲染烘托。首先，运用变化多端的笔法描写了同一环境中的不同人物的不同个性和遭际，或正面、或侧面，或明写、或暗写，或工笔、或勾勒，或大场面、或小细节，变化多端，令人目眩。比如，同是写地下党领导人，许云峰和齐晓轩不一样，前者因身份暴露而无所顾忌地同敌人进行面对面的斗争，后者身份尚未暴露，所以斗争更加隐蔽更富于技巧。作者正是根据斗争的复杂性，写出了人物性格的多样性。同是写身世，成岗是从回忆中写出，许云峰是从敌人抛出的档案材料中表露，江姐是战友李青竹说出，老大哥和余新江是由他们自己互相交谈的方式披露。又如写杀害，龙光华牺牲在监狱门口，江姐被枪杀，许云峰被扔进镪水池，齐晓轩越狱时中弹。同是写受刑，有的从正面表现，如成岗；有的从侧面去描绘，如江姐；有的则用气氛烘托，如许云峰。其次，基于表现狱中斗争特点的需要和作者的擅长，小说不仅十分重视人物心理活动的描写，而且笔触细腻而富于变化。由于人物活动的环境和进行的斗争比较特殊，不可能也不允许公开地表达自己的思想、愿望和感情，这里的一举手、一投足，每一分每一秒，都是生与死、光明与黑暗的搏斗，因而，关在这里的革命者必须充分发挥视觉、听觉和可以传革命之情的一切细微动作的作用，必须充分发挥观察、判断、深思熟虑的脑力活动的作用，这一生活内容限定了《红岩》所使用的艺术手段。成岗被注入“诚实剂”时的幻觉思绪、江姐突遇丈夫被害前后的思想活动、刘思扬遇红旗特务时的心境、胡浩写的入党申请书、小萝卜头的幻想之梦、丁长发的梦中呓语、龙光华牺牲前的幻觉、刘思扬的“内疚”和“自豪”、许云峰在地牢里的深思默想，都是精彩成功的心理刻画，充分显示了他们精神世界的光辉。对敌特徐鹏飞、陆清等也用了大量的心理描写。心理描写的笔法也富于变化，有的是结合人物行动或情节近于白描式的抒写，有的是采用人物的眼神来抒写内心世界，有的又通过一些人的动作、对话来表达内心世界。最后，《红岩》心理刻画和环境气氛烘托是巧为配合的，不仅展示了人物“内在形象”的丰美，而且表现了狱中斗争情势的变化，二者相得益彰，给人以强烈的感受和印象。监狱阴森冷酷的气氛，反衬革命志士昂扬火热的斗争激情；新年联欢的热烈气氛，烘托出战斗者的乐观精神和必胜信念。同样是监狱，“渣滓洞”的人多入狱时间短，斗争的场面轰轰烈烈；“白公馆”的人少但关押的时间长，这里表面上气氛沉闷、阴森，如一潭死水，实际上这里斗争更加隐蔽、巧妙，斗争的领导艺术也更高超。这样的环境描写不仅为表现齐晓轩起了衬托作用，也把读者引入一个毫不雷同的艺术境界，让读者结识了齐晓轩、老袁、胡浩、华子良、小萝卜头以及黄以声等另具个性的一些革命者和共产党人，使作品的内容更加丰富、深厚。

崇高是一种风格类型，也是一种审美范畴。特定时代对崇高的审美需求，加之作家们的普遍认同，使得昂扬的革命英雄主义成为“十七年”文学的主旋律，崇高成为“十七年”文学风格发展的总趋势，成为“十七年”长篇小说的时代美学特征。崇高不仅是一种巨大力量的显示，也是美的一种更壮丽、更雄伟、更高尚的形态，这一美学特征在小说《红岩》中得以最典型和最成功的发挥。在《红岩》中,崇高之美的明显特征是慷慨悲壮。英烈们历尽磨难戕害,从容赴死、慷慨就义,虽然郁结着壮志未酬之愤,然而洋溢着慷慨悲壮之气,动天地而泣鬼神,使人惊惧,更使人昂扬振奋,使读者在悲怆之中获得了极大的审美愉悦,感受到一种庄严崇高的美。显然,这种悲壮慷慨的精神是同宏伟的抱负、坚定的信念,是同革命、正义和先进的社会力量联系在一起的,是时代精神的化身,是崇高美的绝唱,是人类精神的大势。《红岩》中弥漫的这种悲壮慷慨的精神,是新中国"十七年"长篇小说的艺术精髓,也是"十七年"文学风格的基本特征。

崇高呼唤理想化的英雄人物,《红岩》努力以英雄形象来体现崇高风格,以形象显现作品的风格美。许云峰、江姐等英雄形象承担了不同寻常的艺术使命,作者通过他们比较完整地再现了中国革命斗争中这段最为悲壮最为动人的史实,最大限度地挖掘出题材本身所蕴含着的宏伟悲壮的史诗因素,崇高的时代感异常鲜明、强烈,给人的审美感受是独特而持久的。

最后需要指出的是,《红岩》是在回忆录《在烈火中永生》《江姐》《小萝卜头》等素材的基础上完成其艺术创作的,小说中的主要人物都有着真人真事的根据,这给小说创作提供了丰富的素材。罗广斌说:"《红岩》小说的真正作者,严格说来,不是我们,而是早就牺牲在重庆中美特种技术合作所集中营里的无数革命先烈,是他们用自己的生命和鲜血写出来的;我们只不过做了一点记录整理工作而已。"[①]当然,小说不是回忆录的简单扩张,而是以真实的人物和真实的事迹为根据,加以集中、提炼、典型化,进行艺术再创造的成果。《红岩》题材的特别处就在于它的作者与他所描写的生活、人物的独一无二、生死相依的特殊关系,它的两位作者是"渣滓洞""白公馆"集中营越狱的少数幸存者之一。他们是血火戎马生涯的经历者,是光明与黑暗搏斗的参与者,推动他们创作的原动力,是脑海中先烈英灵的跃动,是向人们急切而痛苦的不吐不快的欲望。新中国"十七年"长篇小说中的优秀篇什,几乎每一部都有它题材上的共似性和自叙性,如

---

①杨益言:《红岩的儿子——忆罗广斌》,载《文学报》,1991年6月27日。

《红旗谱》的作者梁斌就曾亲身经历过他所描写的“高蠡暴动”,《创业史》的作者柳青亲自参加了农业合作化运动的全过程,《青春之歌》的主人公林道静的身上有着作者杨沫生活经历的影子,等等,这使作家能方便地把个人的情感经历和生活感受熔铸于作品的情节内容和人物形象中。

1999.03

诗化的现实主义

——孙犁创作艺术论

孙犁是一位才情卓异的作家,他的作品有其鲜明而独特的风格,他艺术的卓然不群也是世所公认的。孙犁从20世纪40年代初走上文坛,一直到晚年,其创作活动横跨两个截然不同的时代,长达半个多世纪,作品涉及长、中、短篇小说,散文,诗歌等领域,却一直保持了一贯的清新隽永、诗意盎然的风格,实现了作家"希望在艺术园林里栽培一株新的树"[①]的夙愿。但是,对孙犁艺术特质的评判与把握,历来说法不一、认识分歧。一说孙犁艺术的本质是现实主义的;一说孙犁艺术的主要特点是浪漫主义的;也有人折中地认为孙犁的作品是以现实主义的真情实景的描写和浪漫主义的诗情画意的气息而见长的。这些看法,都有一定的道理,都看到和强调了孙犁艺术的一个层面,却缺乏对其内在艺术规律与美学特征的整体性的逻辑把握。这正说明,一个作家,成就越高,创作特征也就越丰富,方法就越难列举和概括,对其艺术经脉的把握就越难接近本质。

孙犁本人并不同意说他是一位浪漫主义的作家,说他的艺术是一种浪漫主义的艺术。他曾不止一次地声明和强调,他追求的是一种现实主义的艺术,他说:"我所走的文学道路,是现实主义的。有些评论家,在过去说我是小资产阶级的,现在又说我是浪漫主义的。他们的说法,不符合实际。"[②]但孙犁也特别欣赏古今中外一些文学大家作品中的那股浪漫的气息和诗一样的调子。对于柳宗元之诗文,蒲松龄之"聊斋",曹雪芹之"红

---

①《孙犁文集·论风格》(卷六),百花文艺出版社,1982年3月版,第275页。

②《孙犁文集·自序》,百花文艺出版社,1981年12月版。

楼”,鲁迅的小说散文以及普希金、梅里美、果戈理、契诃夫、高尔基、屠格涅夫等这些古今中外的现实主义和浪漫主义文学大家的作品，他都极为推崇。他说:“我喜欢他们作品里那股浪漫主义的气息、诗一样的调子,和对美的追求。”[①]作家的这种艺术追求和审美喜好,必然会反映到他的创作中来,也必然会使他的艺术呈现出一定的复杂性和鲜明的个性色彩。

从本质上看,孙犁可归入现实主义作家行列。但是,现实主义有多种多样,同样是现实主义作家,也由于学识、才情、思想、个性、民族、国度以及时代等的不同,其作品会呈现出种种不同的形态和特点。就孙犁而言,他的艺术是一种诗化的现实主义,包括两层含义:一是对描写对象(生活、人物、事物等)的审美选择;二是对表现手法的诗化运用。这种诗化的现实主义艺术有着恒态的特性和内在的艺术规律。

首先,孙犁的艺术是现实主义的艺术,现实主义,是构成孙犁艺术的根本内核。孙犁对现实主义是孜孜以求的,有着自己独到的理解和追求。“我认为中国的新文学,应该一直沿着‘五四’时期鲁迅和他的同志们开辟和指明的现实主义的道路前进。应该大量介绍外国伟大的现实主义作家的作品。”“我们要提倡为人生进步、幸福、健康、美好的文学艺术,要批判那些末流的诲淫诲盗败坏人伦道德的黄色文学。”[②]孙犁认为,现实主义艺术是富于激情的、有思想的、充满人道主义精神的艺术,不是那种传统的、单纯的、呆板的现实主义。可以这么说,现实主义艺术到了孙犁笔下,得到了新的发展、改造和丰富。

我们知道,现实主义最根本的要求是写真实。真实的生活,真实的思想,真实的情感,构成现实主义文学艺术的生命和灵魂。在这个核心问题上,孙犁有着自己独到的见解和实践。他认为,创作的命脉,在于真实。这指的是生活的真实,和作者思想意态的真实。这是现实主义的起码之点”。在他看来,写真实并不等于照搬生活,更不是为了某种目的而把生活洗净了再拿给读者。孙犁不是人云亦云的作家,他反对依靠概念来写作,他所写的

①《孙犁文集·勤学苦练》(卷六),百花文艺出版社,1982年3月版,第289页。

②《孙犁文集·自序》,百花文艺出版社,1981年12月版。

都是经过自己心灵的筛选和陶冶过的生活，他希望自己所写的东西能够尽量接近生活原来的样子，通过“轻描淡写”去体现丰富的思想内容，他不希望缔造离奇曲折的情节和过分热情的笔调去刺激读者的感情。他形容自己的作品是“有所见于山头，遂构思于涧底；笔录于行军休息之时，成稿于路旁大石之上，文思伴泉水而淙淙，主题拟高岩而挺立”①。这是生活的野味，是现炒菜，是历史与时代的活化石，是把真实的生活通过艺术的冷冻法保存起来，从而最大限度地保持了生活的新鲜和准确。他表现生活，是写看真、看透、看准的东西；他反映现实，是衡之以理，凭之以天良的。唯因如此，一篇简简单单的描写妇姑婆媳、婚姻纠纷、邻里往来的短篇小说，才会被河北某县作为抗日生活的真实记录而收入县志(《光荣》)。

一个伟大的现实主义作家，对生活总是具有某种洞穿力和预见性的；一部具有持久生命力的作品，总会在一定层面上把握住了生活的本质，揭示出了生活的真理和生活的发展趋势。新中国成立初期，描写农业合作化这一巨大社会变革的文学作品很多，而今，当年那些大量急功近利的作品都被历史无情地淘汰出局了。即便是像《创业史》(一)、《三里湾》这样的佼佼者，时过境迁，若干年后重新审视，仍然需要“再认识”“再评价”，留给读者很多遗憾。孙犁描写农业合作化运动的唯一中篇《铁木前传》，在当时并不怎么耀眼夺目、振聋发聩，然而随着历史的推移，随着人们认识的深化和提高，而今重读《铁木前传》，除了被其诗意盎然的艺术魅力所倾倒，我们还看到小满儿这个在20世纪50年代被作家大胆领进文学殿堂而招致不少非议的人物，这个美丽、多情、性格复杂到难以判断其究竟是无耻还是无邪的农村少妇形象，愈来愈光彩夺目，愈来愈显出其文学价值和美学价值；我们还看到在社会的历史性巨变面前，铁匠傅老刚和木匠黎老东几十年患难友情难以挽救地破裂，看到美丽多情的农村少女九儿和她青梅竹马的少年朋友六儿之间友情之花无可奈何地凋落。透过这一切，我们更深切地感受到农业合作化这一巨大的社会变革给普通中国老百姓所带来的巨大心灵冲击，感受到历史洪流的不可抗拒，感受到生活之潮的汹涌澎

---

①《孙犁文集·关于散文》(卷六)，百花文艺出版社，1982年3月版，第317~318页。

湃和真正现实主义艺术的巨大而持久的魅力。

在对现实主义艺术的追求、改革和实践中,孙犁的贡献、独特而成功的一点还在于,他使自己作品的"历史载重量"恰如其分。所谓作品的"历史载重量",说穿了就是作品本身所能容纳和承载的历史内容和生活意蕴。孙犁的作品真实地记录了生活图景,反映了时代本质,其中渗透着自己的政治见解和思想倾向,但他从不为作品贴政治标签。他说:"我的创作,从抗日战争开始,是我个人对这一伟大时代、神圣战争,所做的真实记录。其中也反映了我的思想、我的感情、我的前进的脚步,我的悲欢离合。"[①]纵观孙犁的创作,他笔下的生活包含着这么两层意思:一是富有诗情画意的日常生活;二是这种生活里渗透着作家的思想情感和革命的政治内容。关键就在于是"渗透"而不是"负载"。孙犁没有一篇作品是直接为了配合某个政治运动或者完成某个政治任务而创作的,他决不硬塞一种主题思想给他的作品,他的作品的革命性和人民性总是通过从现实生活中的诗情画意的抒写中自然而然地流露出来,用他自己的话来说:"我写东西要离'政治'远一点,这个'政治'应该是加引号的。我的意思是,我不在作品里交代政策,不写一时一地的东西,但并不是我的作品里就没有政治。"[②]人们往往误以为孙犁的作品过于轻灵纤巧,没有描写重大题材和直接表现政治主题。实际上,就反映生活的丰富性与主题思想的深刻性来说,孙犁的作品既未"超载"也未"轻装"。孙犁对生活的价值判断,好比毛毛细雨是一点一滴地渗透在作品的字里行间的,"作家的丰盛的情感含蕴在描写和人物的对话里"[③]。孙犁作品对读者的思想影响,也是那种"春雨贵如油,润物细无声"式的慢慢浸入,能够沁人心脾,而不是那种电闪雷鸣般的振聋发聩,以期撼人心魄。相比之下,有些作家的作品主题锋芒太过直露,作品所负载的思想内容又太过沉重,是作品本身难以承受的,虽可以炫耀一时,却难以传之久远,一旦时过境迁,这种主题的"超载"便日益

①《孙犁文集·自序》,百花文艺出版社,1981年12月版。

②转引自王愚:《语重心长话创作》,载《延河》,1980年第3期。

③转引自阎纲:《孙犁的艺术》,载《河北文学》,1981年第5期。

明显，使作品越来越不堪重负，“忽焉陨落”[①]、过时短命也就在所难免了。

“文学必须取信于当时，方能传信于后世。如在当代被公认为是诳言，它的寿命是不能长久的。”[②]这就是艺术的辩证法。

若干年后，孙犁在编自己的文集时，仅对以往作品的个别文字作了更正，完全保持了作品的原始风貌。他曾用这样意味深长的话来总结自己作品的历史命运：“现在证明，不管经过多少风雨，多少关山，这些作品，以原有的姿容，以完整的队列，顺利地通过了几十年历史的严峻检阅。”[③]

孙犁艺术特征的根本问题不在于现实主义，而在于其诗化生活的创作方法，这是孙犁诗化现实主义艺术最主要的构成因素。从一走上文坛，孙犁就以《荷花淀》《芦花荡》《“藏”》《嘱咐》《光荣》等短篇小说而卓然不群，给20世纪40年代的解放区文坛吹来了一股带着荷叶荷花气息的清风。孙犁晚年创作的大量精短的小说和散文，仍然保持了这种长期一贯的风格，所不同的只是，作家的笔墨更加老到精致，对生活的认识与评判更加的深邃与敏锐，其中渗透着一个老作家，一位几乎与世纪同龄的老人对人生、对生活、对艺术的真知灼见和深刻独到的体验。孙犁艺术的这种恒态特性，在文学史上是不多见的。

所谓诗化生活，并不是对生活的粉饰和美化。诗化生活是对生活的一种审美过滤，一种融合了作家审美情感的对生活独特的提炼和概括过程。在这里，既体现着作家的审美理想，也体现着作家观察和表现生活的一种方式方法。孙犁为文，旨在发现美、表现美和歌颂美。他认为“善良的东西、美好的东西，能达到一种极致。在一定的时代，在一定的环境，可以达到顶点。我经历了美好的极致，那就是抗日战争”[④]。他多次在文章中提到这种美好的极致和境界，他说：“各种事物都有它的极致。虎啸深山，鱼游潭底，

①《孙犁文集·自序》，百花文艺出版社，1981年12月版。

②《晚华集·关于〈荷花淀〉的写作》，百花文艺出版社，1978年8月，第89页。

③《孙犁文集·自序》，百花文艺出版社，1981年12月版。

④《孙犁文集·文学和生活的路》（卷六），百花文艺出版社，1982年3月版，第393~394页。

驼走大漠，雁排长空，这就是它们的极致。"[①]他明确指出："文学的职责是反映现实，主要是反映现实生活中真的美的善的，古今中外的文学作品，都是这样。"[②]对生活进行诗化的处理，把自己的审美情感自然天成地熔铸于方法之中，是孙犁毕其一生矢志不渝的艺术追求。直到晚年，他还一再著文强调"小说属于美学范畴""小说是美育的一种"[③]。他说"人天生就是喜欢美的"[④]，"作家永远是现实生活的真美善的卫道士"。这与鲁迅所说的"创作总根于爱"是一脉相承的。孙犁个性内向温婉，感情深挚细腻。他怀着对人民的深沉的爱，以一颗火热的诗心感受着时代的风云，致力于表现生活的真善美，他的作品，"从内容到形式，都出自美和善的愿望"[⑤]，能给人以情操的净化陶冶和极丰富的美感享受。因为，孙犁在忠实反映生活的同时，以更多的抒情和美丽的愿望充实了他的生活画面。这样，在他的笔下，一次记忆中的不愉快的争吵，却变成了对美好往事追忆的"楔子"(《山地回忆》)；一次普普通通的塞外行军，却熔铸了对民族历史与祖国山河的激情赞美(《风云初记》)；一个友情破裂、分道扬镳的人生故事，却引发了对美好童年的诗的礼赞(《铁木前传》)。孙犁最喜爱自己的那些抗日小说，"因为它们是时代、个人的完美真实的结合""是对时代和故乡人民的赞歌"[⑥]。他的大量反映抗日战争的作品，就是通过描写农民的"爱国热情"和"英勇参战"，来表现抗日战争中的这种"真善美的极致"。

文学创作不是照相，不是对生活简单地、机械地复制临摹，不同的作家，不同的修养、个性、才情和生活阅历，都可能会使作家对同一生活现象作出不同的价值判断。孙犁笔下的生活，更多地带有生活本身原始的根系、泥土和露珠，因而更显其真实与芬芳。这并不是说，孙犁对生活是不加

①《晚华集·黄鹂》，百花文艺出版社，1979年8月版，第76页。

②《孙犁文集·文学和生活的路》(卷六)，百花文艺出版社，1982年3月版，第393~394页。

③《小说是美育的一种》，《人民日报》，1981年11月13日。

④《秀露集·画的梦》，百花文艺出版社，1981年3月版，第26页。

⑤《小说是美育的一种》，《人民日报》，1981年11月13日。

⑥《孙犁文集·自序》，百花文艺出版社，1981年12月版。

选择地原始照搬。他对生活的选择与提炼，多数情况下是从美与不美的角度去衡量的。这美丑之分，决定了题材的选择与取舍，给作品定下了一个基调，成为孙犁评判生活的一种价值尺度。他往往从生活中美好的事物着眼，并由此着墨，“强调它，突出它，更多地提出它，用重笔调写它，使它鲜明起来，凸现出来，发射光亮，照人眼目”①。而那些丑恶的、凶残的、可恶的事物，他一般地并不在作品中作过多地渲染。他说：“看到真善美的极致，我写了一些作品。看到邪恶的极致，我不愿意写。这些东西，我体验很深，可以说是镂心刻骨的。可是我不愿意去写这些东西，我也不愿意回忆它。”②他认为，审丑固无不可，但若“貌似卫道”实则“坏人心术”甚至“败坏道德”，就无可取之处了。针对新时期文学创作中的一些不健康现象，他著文尖锐地指出，“自创作繁荣以来，美的小说，固然很多。但不给人以美的感受的，也实在不少。形式上的离奇怪异，常常伴随着淫乱、谋杀、斗殴、欺诈的内容”③。由于作家人格修养上的高尚追求和艺术气质中的审美意趣，使他的作品呈现出一贯的美的“姿容”和美的感染力，从而达到了作家要表现和歌颂的“美的极致”的目的。

孙犁拥有一副不可多得的抒情笔墨，这是其诗化生活创作方法的重要组成部分。他的文学语言清纯如露、简美如诗、畅达如行云流水，成为其思想与艺术的最佳载体。他笔下的生活，大都是些凡人小事、邻里往来、夫妻话别、婆媳家常，而广袤无垠的冀中平原，秀丽如画的白洋淀水乡，则是孙犁情有独钟、着墨最多的地域。“一切景语皆情语”，独特的人文景观和自然环境，为孙犁尽情挥洒抒情笔墨提供了充分的艺术空间。孙犁的作品，大多又是描写抗日战争的。战争题材的作品，往往弥漫着硝烟、浸染着鲜血、充满着艰难困苦，这当然也是一种生活的真实，但在孙犁的笔下，一个流血激战的对敌故事，却能把它写得那样轻松优美、圣洁乐观而又充满诗情画意(《荷花淀》)，不仅能使人品尝到白洋淀的湖光月色、水

①转引自王如青：《孙犁小说格调断想》，载《新港》，1982年2月。

②《孙犁文集·文学和生活的路》(卷六)，百花文艺出版社，1982年3月版，第393~394页。

③《小说是美育的一种》，《人民日报》，1981年11月13日。

气荷香，更能感受到根据地人民的参战热情和中国妇女的多情重义与美好情怀，感受到特殊年代的那种存在于普通人民群众心灵中的、与国家民族命运息息相关的美的极致。这是一种被艺术化了的生活，是经过作家思想情感熔裁之后的生活，它体现的不是生活的表象，而是生活的本质，是作家捕捉并艺术定格浓缩了的生活大潮中最美最核心的那些东西。

独具特色的现实主义内核，诗化生活的创作方法，炉火纯青的散文诗一样的文学语言，抒情笔墨的从容挥洒，对日常生活诗情画意的提炼与概括，所产生的直接效果就是浓郁的浪漫主义的情调与气息，从而造成人们对孙犁作品“小说的诗，诗的小说”的总体印象，这是孙犁作品最为明显的美学特征。从某种意义上说，它既是真实的客观存在，同时又是一种艺术的“假象”，容易使人误以为孙犁的艺术就是浪漫主义的艺术。过去文坛上有一种说法，认为孙犁的小说是诗体小说，这是不准确的。所谓诗体小说，虽然也像一般的小说一样，具有人物性格及其发展的具体细致的描绘和较为完整的情节结构，譬如文学史上著名的诗体小说拜伦的《唐璜》、普希金的《叶甫盖尼·奥涅金》，但它们仍然是诗（叙事诗的一种）而不是小说。孙犁的小说是诗化的小说，有诗的感情意蕴、画的意趣情味，但它仍然是小说而不是诗。这正是孙犁艺术独特的地方，也正是长期以来人们对孙犁艺术众说纷纭、莫衷一是的主要原因。

可见，现实主义的灵魂内核（真实性原则）——诗化生活的创作方法（审美追求）——浪漫主义的诗情画意（客观效果），是构成孙犁艺术的三要素，是一个矛盾运动的艺术统一体，自然天成，缺一不可。诗化的现实主义，或者说现实主义的诗化，这种缘于作家审美理想和个性气质的艺术追求，在漫长的创作生涯中，一直影响和决定着孙犁作品的美学特征，因此，无论是早年的成名作《荷花淀》《芦花荡》，中年的力作《山地回忆》《铁木前传》《风云初记》，还是晚年的《晚华集》《秀露集》《澹定集》《尺泽集》《远道集》《老荒集》《陋巷集》《无为集》等短小精致的小说散文杂著结集，都保持了一贯的自然真实、清新隽永、诗意盎然的艺术风格，赢得了一代又一代读者的喜爱和激赏。用诗的方法写小说，由诗化生活而达到现实主义，并成功地用之于革命文学，长期一贯，持之以恒，这是孙犁对现实主义艺术的一大贡献，它大大拓展和丰富了现实主义艺术的内涵。

历史是无情的，也是公允的。我们从孙犁一生的创作实践中不难感悟到，真正有创造的、不断革新的现实主义艺术，魅力永存，生命常青。

1997.02

充满矛盾的文学大奖

——历届“茅盾文学奖”论略

1981年“茅盾文学奖”的正式设立与其后20多年里连续五次郑重其事的评奖活动,一直影响和引领着20世纪末20多年的长篇小说创作,成为世纪末中国文坛的一道特异的风景。20多年来的长篇创作中,从意识形态导向到题材领域的开掘,从艺术手法的嬗变到审美精神的引领,都或多或少地显现着“茅盾文学奖”的影响。历时20多年连续五届“茅盾文学奖”的评奖,并不仅仅是对文学的嘉许,这是一个充满着“矛盾”的“文学奖”,是一个值得我们认真梳理和深入思考的世纪末文学现象。

一、历届“茅盾文学奖”的回顾与评述

首届“茅盾文学奖”,评选范围5年(1977~1981),此时段内公开发表和出版的长篇小说400多部, 各地推荐参评的作品143部。评选耗时1年。评委会主任巴金,委员15人,基本上是老人评委,大都集中在北京。1982年12月开奖,颁奖地点:北京。获奖作品共6部(为历届获奖作品数之冠,约占此评奖时段发表和出版长篇总数的1.5%):周克芹《许茂和他的女儿们》(四川《沱江文艺》特刊和《红岩》1979年2期发表,百花文艺出版社1980年版),魏巍《东方》(人民文学出版社1978年版),姚雪垠《李自成》(第二卷,中国青年出版社1977年版),莫应丰《将军吟》(人民文学出版社1980年版),李国文《冬天里的春天》(人民文学出版社1981年版),古华《芙蓉镇》(《当代》1981年1期发表,人民文学出版社1981年版)。其他:获奖作家均为男性,年龄最长者72岁(姚雪垠),最轻者40岁(古华),可谓三代同堂。

《文学报》辟出专版发表了获奖作家的专访和获奖作品的简单评介。

在开奖大会上评委会声称“首届……评过而未获奖的作品，经实践证明确实是优秀的，在下届以至将来历届评选中仍可获奖”[1]，这是一个值得肯定的避免遗珠之憾的补救性措施。这些做法和举措后来都成为历届评奖的惯例。周克芹代表获奖作家讲话时诚恳地说道：“获奖，并不足以证明我们的作品已经完好无缺，我们深知自己的作品还有明显的缺陷，还需要进一步修改和提高，同时也还需要接受历史和人民的检验。”[2]

平心而论，这次评奖还是比较慎重和公允的，获奖作品有着浓厚的生活气息，很重视作品主题思想的开掘和艺术上的大胆创新，采用“蒙太奇”加“意识流”以实现大幅度时空转换为主要表现手法的《冬天里的春天》的获奖，表明了此次评奖对艺术探险和创新的认可与鼓励。反思文学显然是主流，6 部中占了 3 部。这次评奖基本反映了这一“评奖时段”内长篇创作的主流和实绩，对新时期长篇小说的创作发展产生了积极的促进作用。但也毋庸讳言，经过 20 多年时间的检验，个别获奖作品显露出其艺术上的粗糙、人物的概念化和其获奖的非文学性因素[3]，使这个被巴金先生称为“建国以来还是头一回”的文学大奖从一开始就蒙上了阴影，留下了缺憾。

第二届“茅盾文学奖”。评选范围 3 年(1982~1984)，此时段内公开发表和出版的长篇小说 300~400 部，评选耗时 1 年。评委会主任巴金，副主任冯牧，委员 18 人，保留上届 6 人，新增 12 人，仍是老人评委居多，大都集中在北京。1985 年 12 月开奖，颁奖地点：北京。获奖作品共 3 部(为历届获奖作品数最少，约占此“评奖时段”发表和出版长篇总数的 0.8%)：李准《黄河东流去》(北京出版社 1979 年 10 月版)，张洁《沉重的翅膀》(人民文学出版社 1981 年初版，1984 年修订版)，刘心武《钟鼓楼》(人民文学出版社 1985 年版)。

与首届相比，此届评奖首次有少数民族作家(李准，蒙古族)和女性作家(张洁)入围。但稍一留心就会发现，这次评奖从某种意义上说是弥补了首届评奖的遗珠之憾，不动声色地平息了首届评奖带来的微议。获奖的 3

---

①②午晨：《文学报》，1983 年第 1 期。

③叶蔚林：《文学自由谈》，2000 年第 2 期。

部作品有2部出版于首届的“评奖时段”内，只有刘心武《钟鼓楼》出版于这一届“评奖时段”，加之获奖数量太少，那些发表和出版于这一“评奖时段”内的一些优秀的长篇小说就与“茅盾文学奖”擦肩而过了。这一届获奖作品，就其思想与艺术质量而言，还算过得去，显得比较平稳，既没有特别出色的，也没有特别低劣的，但却无法反映这一“评奖时段”内长篇小说创作的基本面貌。我以为，这是历届“茅盾文学奖”评选中的一个悄无声息的过渡，从此之后的三届评奖，惹来文坛内外诸多批评，使中国文学第一大奖的声誉面临严峻挑战。

第三届“茅盾文学奖”。评选范围4年(1985~1988)，各地推荐参评的作品600多部，“审读小组”推荐的备选篇目130部。评选耗时两年半。评委会委员16人，保留上届6人，新增10人，仍是老人评委居多，大都集中在北京。1991年3月开奖，颁奖地点：北京。获奖作品共5部(约占此“评奖时段”发表和出版长篇总数的0.83%)：路遥《平凡的世界》(中国文联出版公司1986年版)，凌力《少年天子》(北京十月文艺出版社1987年版)，孙力、余小惠《都市风流》(浙江文艺出版社1988年版)，刘白羽《第二个太阳》(人民文学出版社1987年版)，霍达《穆斯林的葬礼》(北京十月文艺出版社1988年版)；另设荣誉奖2部：萧克《浴血罗霄》(解放军文艺出版社1988年版)，徐兴业《金瓯缺》(海峡文艺出版社1988年版)。

此次获奖的6位作家中，有1对夫妻作家和3位女性作家(其中1位属少数民族)，女性作家首次在“茅盾文学奖”中占了半壁江山。《文学报》的专电中说：“第三届茅盾文学奖的评选活动，是对近年来长篇小说创作成就的一次大检阅。获奖作品代表了长篇小说创作的新水平。它有力地显示长篇小说总体质量的提高，以及整个社会主义文学的长足进步和发展。”末了又意味深长地补充说：“还要说明的是，未能获奖的长篇小说，还有为数不少是比较优秀之作。”[①]这才是《文学报》当时最想发出的声音，显出当时文学界的一种难言之隐。

此届评奖结果，除个别作品深孚众望外，读者普遍深感失望，舆论一

①见《文学报》，1991年3月14日。

片哗然，文坛微词颇多，批评界比较有代表性的反映是："第三届'茅盾文学奖'与前两届相比，有许多不一样的地方，其中最堪玩味之处，是独独在评选活动的组织实施上。首先，前两届评选见诸报端的评委负责人，如巴金先生，没有出现在正式公布的评委名单中；其次，第三届评委的'更新'范围约为3/4；最后，评奖过程长达两年余。这三方面揭示了这一届'茅盾文学奖'的特定背景，即1989年的'政治风波'赋予了这次评奖活动更为错综复杂的思想和人事纠葛。因此，这一届的评选过程和结果，所证实的是一个非常特殊的'调整文学期'，所隐喻的是'两极'的抵牾与不可不出现的妥协。""在这一届获奖作品中，历史题材和革命历史题材创作成了重头戏。现实题材仅有《平凡的世界》和《都市风流》两部，比例为2:1，其实，1986~1988年，长篇小说的创作承应着前一阶段的气势，进入了所谓追新求异越发肆无忌惮的发展时期，而历史题材和革命历史题材同现实题材在质量和发展态势上的对比，既不是旗鼓相当，也更不可能存在2:1的对局。""第三届'茅盾文学奖'的评选结果，实际上回避了这一时期最有特征也最有活力的审美追求和创作趋向，它对于印证1985~1988年间长篇小说创作的实绩实态，是极其苍白无力的。"①

值得一提的是，路遥代表获奖作家的简短致辞赢得了文坛内外的一致喝彩。他说："对于作家来说，他们的劳动成果不仅要接受当代眼光的评估，还要接受历史眼光的审视。"

此次评奖意味着，"茅盾文学奖"从此开始了它"难产"的旅程。

第四届"茅盾文学奖"。评选范围6年（1989~1994），为历届评选范围之最。此时段内全国公开发表和出版的长篇小说逾2000部，主要集中在20世纪90年代，各地推荐参评的作品却只有112部，"审读小组"推荐的备选篇目20部（后由终评评委提名增至30部）。评选耗时3年。评委会主任巴金，副主任有刘白羽、陈昌本、朱寨、邓友梅，委员18人，保留上届7人，新增11人，仍是老人评委居多，大都集中在北京。1997年12月开奖，颁奖地点：北京。获奖作品4部（仅占此"评奖时段"发表和出版长篇总数

①朱晖：《第三届茅盾文学奖之我见》，载《当代作家评论》，1995年第2期。

的 0.2%)：王火《战争和人》(一、二、三部，人民文学出版社)，陈忠实《白鹿原》(修订本，人民文学出版社)，刘斯奋《白门柳》(一、二部，中国文联出版公司)，刘玉民《骚动之秋》(人民文学出版社)。

贾平凹用"上帝的微笑"来表达对《白鹿原》获奖的欣慰，认为《白鹿原》的获奖"给作家有限的生命中一次关于人格和文格的正名"[①]。余秋雨认为"《白鹿原》的这次获奖是茅盾文学奖水平的体现，也是对该奖项尊严的恢复"[②]。《文学报》的消息称："评委会注重导向性、权威性、公正性，按照思想精深、艺术精湛的要求和宁缺毋滥、少而精的原则，在充分发扬民主，认真分析讨论的基础上，经过预选、决选两轮无记名投票，正式评定了当选作品。"[③]《光明日报》的报道中告诫作家们要"克服浮躁情绪，树立精品意识，实施精品战略"。并强调："评审委员会推崇那种扎扎实实、严肃认真、甘于寂寞、'十年磨一剑'的创作态度。""此次评奖结果表明，茅盾文学奖注重那些兢兢业业、精益求精、视创作如生命、用作品本身说话的优秀创作。"[④]种种说法与评奖结果是既一致又"矛盾"的：用了近 40 年时光苦著的《战争和人》和耗费了 17 年光阴的《白门柳》的确可以印证"'十年磨一剑'的创作态度"，对提倡作家戒浮戒躁、加强学养、潜心创作具有积极的导向作用。但是，"茅盾文学奖"并不等同于评先进选劳模，我们知道，众望所归的《白鹿原》实际写作时间不足 3 年，其 40 万字的初稿仅用了 8 个月[⑤]。第五届评奖中的另一部名至实归的《尘埃落定》从落笔到封笔仅用了不足半年的时间，而且写得"有如神助"，"特别轻松顺手""酣畅淋漓"，后来在各出版社之间旅行以求问世却花去了 4 年时间[⑥]。这里并不否认作家创作前期的积累与准备，但写作时间的长短与作品质量的高低就一定是

---

①②转引自邢小利：《〈废都〉获奖：上帝的微笑》，载《文学自由谈》，1998 年第 2期。

③《文学报》，1997 年 12 月 25 日。

④《光明日报》，1997 年 12 月 24 日。

⑤《〈白鹿原〉评论集》，人民文学出版社 2000 年 7 月版，第 400 页。

⑥分别见王慧：《一种美丽的误读——茅盾故里访藏族作家阿来》，载《浙江日报》，2000 年 11 月 14 日；彭森、徐虹：《综述：茅盾文学奖分量有多重》，载《中国青年报》，2000 年 10 月 24 日；舒晋瑜：《茅盾文学奖得主的心情》，载《中华读书报》，2000 年 11 月 1 日。

正比的吗？有许多现象表明，“茅盾文学奖”并不仅仅是对某一作品本身的肯定与嘉许，它有意无意地忽略了对作家艺术才华的重视，其间掺杂着作品以外的诸多因素。

此次评奖过程中，审读小组全票通过的是陈忠实《白鹿原》（修订本）、杨绛《洗澡》、张炜《古船》、二月河《雍正皇帝》4 部，这也是当时文坛一致看好的 4 部作品，而实际评选结果，后 3 部作品却榜上无名，仅入围《白鹿原》1 部。《骚动之秋》根本未在审读小组推荐的 20 部候选书目之列，最后却获了奖，“实践检验证明，这部作品确实很差”[①]。另据媒体报道，读者普遍看好、呼声不低的唐浩明《曾国藩》、张炜《九月寓言》、刘震云《故乡天下黄花》、李锐《旧址》、余华《在细雨中呼喊》、王蒙《活动变人形》等均在审读小组推荐之列，却均与“茅盾文学奖”无缘。

由于多数获奖作品的出人意料，见诸报端的“茅盾文学奖”看重“精品”的说法就有了某种讽刺意味。批评界对此并不留情，评选结果公布后，舆论一片哗然，许多作家和评论家深感惊讶。评论家白烨认为：“四部作品可谓三个档次，只有《白鹿原》真正当之无愧。”[②]

此届评奖进一步表明，“茅盾文学奖” 越来越辜负了茅盾先生的一片苦心，越来越辜负了广大读者的信赖，越来越离谱，越来越小圈子化，那每一届显得孤零零的、个别的当之无愧的作品，如《芙蓉镇》《平凡的世界》《白鹿原》，仿佛仅仅是为了装点门面，是为了掩饰什么似的。著名评论家陈晓明指出，“茅盾文学奖的评选应当防止小圈子化。获茅盾文学奖的作品在高校的文学教材中很少被提到或根本不被提到，茅盾文学奖不能进入大学学术传播渠道，就有可能走向难以为文学界大多数人士及广大读者认同的小圈子”[③]。

至此，“茅盾文学奖”已蒙尘甚厚，已经到了该好好听听广大读者的呼声、听听批评界的声音的时候了。

---

①徐林正：《文化嘴脸·丑陋的中国文艺界》，台海出版社，2001 年 3 月版，第 6、10 页。

②舒晋瑜：《第五届茅盾文学奖将花落谁家》，载《中华读书报》，2000 年 6 月 28 日。

③徐林正：《文化嘴脸·丑陋的中国文艺界》，台海出版社，2001 年 3 月版，第 6、10 页。

第五届“茅盾文学奖”。评选范围4年(1995~1998),此时段内全国公开发表和出版的长篇小说2000部左右,各地推荐参评的作品138部,“审读小组”推荐的备选篇目25部(后由终评评委提名增至30部),审读小组由北京、山西、浙江、湖南等地的中青年评论家、作家24人组成。评选耗时3年。评委会主任巴金,副主任有张锲、邓友梅、张炯,委员17人,保留上届6人,新增11人,年龄较前几届稍轻,均集中在北京。2000年11月开奖。获奖作品共4部(仅占此“评奖时段”发表和出版长篇总数的0.2%):张平《抉择》(群众出版社),阿来《尘埃落定》(人民文学出版社),王安忆《长恨歌》(作家出版社),王旭烽《茶人三部曲》(一、二部,浙江文艺出版社),获奖者均为50岁以下中青年作家。

颇堪玩味的是,此届“茅盾文学奖”在评选过程中就早早声称颁奖仪式将在茅盾故乡浙江桐乡市乌镇举行,媒体进行了空前的宣传。评委会还委托4位专家评委为每一部获奖作品撰写了权威评语,并在颁奖大会上由撰写者宣读。估计这一类似诺贝尔文学奖的做法将在以后的评奖中延续下去。《抉择》以“直面现实、关注时代”的现实主义精神力拔头筹。《尘埃落定》“轻巧而富有魅力”的历史叙事和“充满灵动的诗意”。《长恨歌》“委婉有致、从容细腻”地表现上海弄堂文化、“体现人间情怀”而众望所归,它们的获奖是对现实主义作品或者说是对主旋律作品的补充,是对精英文化的肯定。只《茶人三部曲》如一匹黑马出人意料地杀了出来,使茅盾故乡首次有作品问鼎这项文学大奖,作者王旭烽称自己此次获奖是“天时、地利、人和”[①]。据一位曾担任第五届评委的著名评论家解释说,茅盾文学奖的评选不可能与茅盾对长篇小说的思想艺术要求及追求风格相背离,由于各种不同的情况,媒体报道、宣传的热门作品会引起读者的注意,但真正有分量的作品未必全都进入媒体炒作的视野,所以每一届评出的都有没有炒作过的、出乎意料的作品[②]。但读者却不以为然,他们认为,“茅盾文学奖”评出来的东西起码得有人熟悉,至少是圈内的人熟悉,这样才能够

①舒晋瑜:《茅盾文学奖得主的心情》,载《中华读书报》,2000年11月1日。

②舒晋瑜:《第五届茅盾文学奖将花落谁家》,载《中华读书报》,2000年6月28日。

鼓励当代文学的创作[①]。

总的来说，这届“茅盾文学奖”多数获奖作品得到舆论认可，获奖作品在技巧上形式上体现出精致完美的追求，使人感到某种意义的可贵回归。但普遍对《茶人三部曲》的入围感到意外，此前人们对这部作品及其作者都知之甚少。它的获奖被认为是此届“茅盾文学奖”不单纯从文学的角度，而是从文化的视角来评判文学作品的结果。但是，比这部作品更有影响或者更具历史文化内涵、文坛内外（包括审读小组）普遍看好的周大新《第二十幕》、二月河《雍正皇帝》、贾平凹《高老庄》、唐浩明《杨度》、阎连科《日光流年》、邓一光《我是太阳》、周梅森《中国制造》、刘震云长达 200 万字的《故乡面和花朵》等都纷纷落马，《第二十幕》是审读小组全票通过的 3 部作品之一，而热销海内外的《雍正皇帝》，已是两届都因 1 票之差而与“茅盾文学奖”失之交臂了。也许，有些作家和作品不一定需要“茅盾文学奖”，但“茅盾文学奖”需要他们和他们的作品，正如卡夫卡、托尔斯泰、乔伊斯、普鲁斯特、里尔克、斯特林堡、哈代、昆德拉、博尔赫斯、易卜生、契诃夫、劳伦斯、左拉、纪伯伦、鲁迅、巴金、老舍、沈从文等等并不一定需要诺贝尔文学奖，但诺贝尔文学奖却因为没有他们加盟而留下永远的缺憾。

通过以上梳理可知，五届评奖，儿童文学缺席、先锋作品缺席、私人化写作缺席、科幻推理言情及通俗文学缺席、港澳台文学缺席。评委普遍老龄化、地域构成单一化。五届评奖的基本特征可概括为：高起点—平稳—低俗—徘徊—回归。

二、“文学”与“矛盾”：“茅盾文学奖”中的两难现象

1. 初衷的背离。世界上有不少影响广泛的文学大奖，比如瑞典的诺贝尔文学奖、西班牙的塞万提斯奖、法国的龚古尔奖、英国的布克奖、日本的芥川奖和直木奖、美国美孚飞马奖等等，其评奖都有可圈可点之处，与“茅盾文学奖”的评选也有着许多令人惊异的相似之处。1997 年，贾平凹长篇《废都》获法国三大文学奖项之一的“费米娜外国文学奖”，有人感到震惊，

---

①彭森、徐虹：《综述：茅盾文学奖分量有多重》，《中国青年报》，2000 年 10 月 24 日。

有人却认为是“上帝的微笑”[①]。诺贝尔文学奖作为世界性的权威大奖已是不争的事实,按诺贝尔的遗愿是要奖给某一个“在文学界创作出有理想倾向的最佳作品的人”[②]。是对作家创作的全面肯定,但后世评奖中却变成了对某一作家的某一部最具影响作品的奖励,作品而不是制作作品的人成了这一世界文学第一大奖的承受者。“茅盾文学奖”按茅盾生前愿望是要“奖励每年最优秀的长篇小说”,是对具体作品的最高肯定而不是对作家整个创作活动的肯定,但在实际操作中就变成了对某种写作方式、写作态度或创作精神的奖赏,均与设奖初衷有悖。《抉择》获奖后,作者张平认为“许许多多的作家和作品,要更深刻、更优秀、更精致、更重要,也更有震撼力”,自己的获奖不过是更多的评委们“对我的这种创作方式的关注和鼓励”,被余华盛赞为“文学叙述与人物命运完美结合”的《长恨歌》获奖后,王安忆最深的感触就是:“这是我这么多年来认真写作的回报。”[③]两位风格不同的作家首先想到的不是自己的作品是否当之无愧而是自己的写作态度得到了肯定。对诺氏“理想倾向”和茅公“最优秀的”的评奖初衷,后世当然可以作出种种理解和阐释,但一些最基本的东西总还是不难达到认同,譬如以强劲的实力代表一个评选时段内文学创作的最高水准、引领一种文学潮流;凭借高超的艺术技巧和横溢的艺术才华,用有限的文学空间表现无限的人类生活,具有艺术探险和创造精神;独立而高贵的文学品质、表现人类的共同情感、对真理和爱的探寻,深刻剖析人性之优劣;广泛而持久的阅读群体、社会公众的普遍认同与推崇;等等。这里且不说百年诺奖的评选是否忠实地体现诺氏“理想倾向”的设奖初衷,五届“茅盾文学奖”的评选的确令人感到,这个大奖曾经距茅公拔优选萃的设奖初衷存在着一定的距离,造成了一种失误,“这种失误并非因为大量优秀的作品遭到了不公平的待遇,失去了一次次证明自身艺术价值的机会,而是评委们

①章克雷:《有感于〈废都〉居然获奖》、邢小利:《〈废都〉获奖:上帝的微笑》,载《文学自由谈》,1998年第2期。

②《诺贝尔遗嘱》,载《光明日报·科技周刊》,2001年12月10日。

③舒晋瑜:《茅盾文学奖得主的心情》,载《中华读书报》,2000年11月1日。

审美眼光的偏狭,缺乏对小说艺术中一些基本常识的维护”①。倘使茅公地下有知,不知是否会生发“既有今日,何必当初”之慨。

2. 评选程序的“越位”。按评奖条例规定,在审读小组推选的备选篇目之外,有3名评委联名提议,可增加备选篇目。其实说穿了,恰恰是这一表面看来是为避免遗珠之憾实则极富“特权”色彩的“评委联名补充”程序,造成了数届“茅盾文学奖”的鱼目混珠,一些由审读小组认真审读、慎重推荐、全票或多票通过的优秀作品最终落选,一些根本未获审读小组推荐的作品却最终榜上有名,造成审读小组与终评评委之间的龃龉,审读小组因之被媒体戏称为“陪太子读书”。为防引起争议,历届审读小组的初评结果都作为“最高机密”不予具体公布,终评评委是否像审读小组一样认真阅读了备选作品并广泛听取了各界意见也未可知。这个运作机制显而易见地存在着弊端,但它却合理合法地制约着这个文学大奖的运作。设若“茅盾文学奖”在评选机制上采取类似于体育赛事上的淘汰制,让参赛作品过五关斩六将,即使终评评委也不能“越位”的话,那这个大奖的偶然性和人为的因素肯定会降至最低。然而这也许是一个无望的虚设,文学事业毕竟不同于体育赛事。

3. 现实价值与审美价值。导向性与文学性,弘扬主旋律与关注多样化,这虽然不是对立的,但二者很难完全统一起来,作品的现实价值和审美价值在此项评奖中存在着冲突,一些艺术水准不高的作品荣登大榜,今天已很难唤起重读的热情。在现实价值和审美价值之间,无论是评委还是作家,也很难作出抉择。张平获奖后说:“一部直面现实,近距离表现生活的作品,如果既想保持强烈的感染力、震撼力、冲击力,又想保持一种细腻、精致和深刻的艺术性,这确实非常难非常难。”②应是肺腑之言。

不可否认,主流意识形态对文学生态环境产生着深刻的影响,“茅盾文学奖”与诺贝尔文学奖的评选一样,有它意识形态的制约因素,它虽然不是政府奖(政府奖有“国家图书奖、“五个一”工程奖等),但由代表政府

①转引自思思:《茅盾文学奖,人文话题知多少》,载《北京日报》,2000年10月25日。
②舒晋瑜:《茅盾文学奖得主的心情》,载《中华读书报》,2000年11月1日。

管理作家的中国作协主办，它实质上体现着鲜明的国家意志，讲究厚重感，偏爱宏大叙事，强调作家的历史使命感和社会责任心，贯穿着一种现实关怀精神，对"溢出"主流意识形态话语的写作持审慎态度。五届评奖说明，越是艺术特点突出的作品往往越不容易得奖，越是名气大的作家往往容易落马，现代主义和一些先锋写作均未能进入许多评委的视野。从历届评委构成和评选结果看，其评选标准的审美定位，偏重于现实主义，这是自 20 世纪 30 年代左翼文艺运动以来就形成的我国文学传统。因此，"茅盾文学奖"要认同文学写作的纯粹审美意义，要真正树立兼收并蓄的文学大奖的权威性，还有很长的路要走。洪治纲先生通过对前四届获奖作品的深入研究认为，18 部获奖作品的局限性主要在几个方面：对小说叙事的史诗性过于片面强调；对现实主义作品过分地偏爱；对叙事文本的艺术价值失去必要的关注；对小说在人物的精神内层上的探索，特别是在人性的卑微幽暗面上的揭示没有给予合理地承认以及对长篇小说审美特征缺乏科学的认知①。是很有分量的分析。

4. 激励的正面与负面。文学奖励机制对于文学发展的推动作用已为中外文学发展实践所证明，20 世纪末的 20 多年，我国文坛一批批新人新作脱颖而出，几乎无一不是和各种全国性文学大奖紧密联系在一起的。20 世纪 90 年代，在一个商潮汹涌、多元并存的社会转型期，文学一度失范、失落甚至失去自我。文学已成为大众文化的边缘角色，20 多年来，与"茅盾文学奖"前后设置的各种文学奖项先后中断，唯"茅盾文学奖"坚持了下来。全国性文学大奖的相继中断对于文学事业的负面影响是显而易见的。"当此之际，更为需要一种新的导向、一种相对恒定的评价标准，一种规范操作的奖励机制，以便建立新的文学秩序，重新号召作家、振作队伍、凝聚斗志，以对抗一个把文学作品完全商品化的庞大市场，切实按照艺术规律和精神尺度对作家创造性劳动作出客观公正的评估褒奖"②。从这个意义上讲，"茅盾文学奖"的长期坚持就很了不起。但是，在 22 年的评选过程

---

①舒晋瑜：《第五届茅盾文学奖将花落谁家》，载《中华读书报》，2000 年 6 月 28 日。

②朱向前：《97 中国文坛回眸》，载《中华读书报》，1998 年 2 月 25 日。

中，这个奖项总是有意无意地忽略了更加重要的作品，总是突如其来地放入分量较轻的作品，总是推出一匹匹黑马，总是把最有人气的作家一再拒之门外，因而总是显出它单薄的一面、偏狭的一面，总是难以获得更多的认同。它的正面影响和负面效应都十分明显。

三、结　语

显然，由于这个文学大奖的诸多“矛盾”，致使我们的许多判断也不无矛盾色彩。在国人心目中已然“矛盾”着的这个文学大奖，必然还要一届一届地评选下去。这个文学大奖在文学史上必然要占一席之地，但所有获奖作品就未必都能上文学史。这是一个级别很高的“专家奖”，但评出的作品仅仅是专家看，就太可悲了。其实“茅盾文学奖”并不重要，重要的是通过这个重量级的奖项不断促进优秀作品的生产。我们真诚地希望“茅盾文学奖”能够进一步坚持艺术原则立场，对多元化小说审美理想的先锋精神多加关注；逐步确立更加科学规范的评审标准和评审体制。评委有必要进一步民主化、学者化、年轻化，有效提高审读小组的预选权。我们真诚地希望这个大奖在以后的评选中，少一些“矛盾”，多一些“文学”，选中的作品能够经得起时间的检验，既能取信当代，亦能传之后世。

2001.11

世纪末文学现象个案反刍

——“茅盾文学奖”二题

一、简单的历史回顾与历届“茅盾文学奖”的“数字化”统计

随着2000年10月第五届“茅盾文学奖”评选活动的尘埃落定，20世纪末期持续繁荣20多年的中国当代长篇小说创作终于在世纪末的最后时刻拉上了帷幕。

在整个20世纪后半叶的长篇小说创作中，在“茅盾文学奖”设立之前的一个较长的时间里，文学创作的生态环境是沉闷、单调、毫无生机的，没有竞争、没有激励、没有创新、没有追求，文学在一种单一话语方式的专制机制下毫无生命活力地喘息着，不时地沦为奴婢和传声筒，机械、僵化、功利，伪现实主义、伪英雄、伪崇高成为一个时代文学的最大悲哀。20世纪70年代末，当整个民族从噩梦中醒来，看到的是文坛的一片荒芜和凄凉，奄奄一息的文学事业与整个国家的政治和经济体制一样，亟待改革和求变。1978年真理标准问题的大讨论，1979年全民族的思想解放大潮与80年代之初的西方文化思潮东渐，为当代文学带来了一个全新的时代，这个时代是以政治开明、思想解放、艺术民主为特征的，长期蕴藏在民族魂灵中的倾吐的欲望和文学的潜能一夜之间得以释放。在当时，中国文坛基本上没有像样的文学大奖，中国作家早已习惯了没有文学大奖的创作活动，“茅盾文学奖”就是在这样一种既空白又躁动不安的背景下，首次以个人的名义设立的文学奖项。茅盾先生是公认的成就卓著的现实主义作家，他把自己的25万元稿费捐赠给中国作协作为评奖基金，而以个人名义设立文学大奖，在我国文学史上也属首次，这本身就蕴含着特殊的轰动因素和“第一”的可能性，后来的评奖活动很快就证明了这一点。

按照茅盾先生的遗愿和中国作协主席团制定的《茅盾文学奖试行条例》，这个大奖规定：由中国作协主办，由文学界有影响的作家、理论家和文学工作者组成的“茅盾文学奖评选委员会”承担评选，终审评定中票数达到全体评委的2/3即可获奖；从1977年开始，每3年或3年以上评选一次；只奖每年公开发表或出版的“最优秀的长篇小说”，字数应为13万字以上；多卷长篇小说，一般应在全书完成之后参评；每次入选作品3~5部；同一作者不宜连届获奖；注重评奖的导向性、权威性、公正性；等等。从评选条例可以看出，这虽然不是一个政府奖，但却是在政府领导下体现着国家意志的一个级别很高的专家奖，享有极高的知名度和权威性。

由于“茅盾文学奖”起点高、奖金丰、影响大，很快就确立了它国内第一的位置。也大概从那时起，中国作家除了“诺贝尔情结”，又多了一个“茅盾情结”。这一奖项的设立及其1982年的首次评选和开奖，犹如一支兴奋剂，为当时的文学创作特别是长篇小说的创作注入了空前的活力，长篇小说创作进入了一个前所未有的活跃时代。在整个20世纪80年代，每年公开发表和出版的长篇小说都在百部左右；在随后而来的艺术多元化的20世纪90年代，长篇小说都保持了长盛不衰的势头，20世纪末的1999年，全国发表和出版的长篇小说竟达800部，这个数字已远远超过了五四以来的60年(1919~1979)长篇小说的创作总量，达到历史的巅峰，这不能不说是一个文学的奇迹。我们虽然不能把长篇小说20多年来的兴盛繁荣完全归功于“茅盾文学奖”的设立和评选，但“茅盾文学奖”的设立和评选的确刺激和影响了20多年来长篇小说的兴盛繁荣，却是毋庸置疑的。

但是，任何事物有一利必有一弊，世界上没有十全十美的事物，当然也不可能有十全十美的文学评奖。“茅盾文学奖”无疑是要上文学史的，但所有获奖作品就未必都能载入文学史。“文学的光荣镌刻在时间里，任何机构、所有奖项，都不可能成为文学的质量监督局”[①]。20多年来的五次评奖，从数千部作品中脱颖而出荣登金榜的22部获奖作品，既是众所瞩目

①祝勇：《不思量，自难忘——中国作家的“诺贝尔情结”》，载《中华读书报》，2001年10月24日。

的幸运儿，又是被评头论足的示众者，既有众望所归的精品入围，也有在所难免的鱼目混珠，还有悖于情理的遗珠之憾，可谓是良莠并存。加之评奖机制和标准的不完善，一届比一届的“难产”耗时，从起根发苗就惹得文坛内外议论纷纷、颇多微词、毁誉参半，让人爱不得又恨不得。这里仅以1982年的首届评奖为例，时值中国当代文学刚刚缓过阳气、一个初步繁荣的文学创作局面正在形成之际，当时全国已有了数届国家级的中短篇小说和新诗的评奖活动，而且在文坛内外颇具声势和影响，但那些评奖给人的影响是“政府奖”的味儿很浓，国家行为大于文学行为，因此当一个首次以个人名义设奖、以专家学者评奖的半民间性质而且纯文学色彩鲜明的文学大奖评选活动，必然会吸引文坛内外更多的关注。但也就是这为时一年的首届评奖，为以后的历届“茅盾文学奖”留下了久未治愈的“硬伤”和矛盾：一方面，随着《芙蓉镇》《许茂和他的女儿们》等代表了一个评选时段长篇小说创作主流和最高成就的作品入围，首届“茅盾文学奖”一举为新时期的长篇小说创作设置了一个不低的起点，赢得了中国文学第一大奖的声誉；另一方面，个别艺术上较为粗糙、难以克当如此大奖的作品入围、落选作品的遗珠之憾、评选过程中非文学因素的介入等等，召来了文坛内外谨慎的微议，及至发展到后来的公开批评。时至今日，历届评奖中的不少获奖作品早被广大读者所遗忘，另一些多次落选的作品却热销并长销海内外，荣登世纪末海内外的各种不乏权威性的排行榜，形成令人尴尬的鲜明对照。粗略的考察使我们吃惊地发现，历时20多年连续五届“茅盾文学奖”的评奖，造成世纪末中国文学一次又一次的“矛盾”和中国作家一次又一次的“心痛”，“茅盾文学奖”并不仅仅是一个对文学的嘉许，这是一个充满着“矛盾”的“文学奖”，是一个值得我们认真梳理和深入思考的世纪末文学现象。

笔者曾试着从各个角度对历届“茅盾文学奖”的评奖作过一个“数字化”的统计，统计的结果是颇耐人寻味的：

四、五两届评奖各耗时3年，创历届评奖耗时之最（耗时过长与评奖复杂因素的增多不无关系，直接导致参评作品时间段的一再延长，但并未增加获奖作品数）。评奖条例规定多卷长篇需全部完成才能参评，有2部未完成的多卷长篇却破例获奖，它们是：《李自成》第二卷、《白门柳》一、二部；有2部作品是修订后获奖的：《沉重的翅膀》和《白鹿原》。22部正式获奖作品中有11部为人民文学出版社出版，占了1/2，使该社成为最大赢家。22部获奖作品中，历史叙事题材3部，家族村社题材3部，军旅和战争题材4部，反思文学3部，都市风情3部，工业改革1部，农村改革1部，反腐倡廉1部，其他3部；获奖作家中，男性19人（含荣誉奖），女性6人。其中少数民族3人，分别为蒙古、回、藏族。20世纪80年代开奖2次，90年代开奖3次，只评过1次"荣誉奖"，在北京颁奖4次，在茅盾故乡浙江桐乡市乌镇颁奖1次，"茅盾文学奖"历届评委更迭频繁，但只有1人从一至四届一直担任评委，是刘白羽。22年22部获奖作品，年均1部，是巧合还是对巴金先生"少而精""宁缺毋滥"原则的体现？历届获奖作品数形成"63544"，这个数与长篇创作数量逐年增多不成比例，在数百部作品和在数千部作品中评选似乎没有什么区别。设若反过来看这个数，倒正与20多年长篇创作现状相吻合；设若从第三届开始每届多增加1部获奖作品，则无疑也会加大"茅盾文学奖"的分量并尽可能地达到某种"平衡"，中国作家遗珠之憾的"心痛"会减轻一些。

然而假设毕竟是假设。

二、比照与思考：世纪末文坛评选排名热与"茅盾文学奖"

20世纪末，境内外的一些媒体和机构纷纷掀起了文学作品的排名热，其中不乏哗众取宠的世纪末炒作，但也有严肃认真富有权威的世纪性回顾与总结。笔者手头就有4份文学作品评选排行榜和1份综合图书上榜名单，试与"茅盾文学奖"作一比照，或许能给我们一些新的视角和启发。

1. 以全球华人为读者的香港中文新闻周刊《亚洲周刊》，1998年11月组织海内外14位文学名家在全球范围内联合评选"20世纪中文小说一百强"，1999年6月揭晓，以得票多少排序[1]。入围"一百强"的我国新时期出版的长篇小说共14部：韩少功《马桥词典》、唐浩明《曾国藩》、陈忠实

[1]详见《文学报》，1999年6月17日。

《白鹿原》、王安忆《长恨歌》、李锐《旧址》、杨绛《洗澡》、贾平凹《浮躁》、古华《芙蓉镇》、张炜《古船》、张洁《沉重的翅膀》、戴厚英《人啊,人!》、王小波《黄金时代》、余华《活着》、二月河《雍正皇帝》。这14部作品中,有分别获首届、二届、四届、五届"茅盾文学奖"的各1部,依次为《芙蓉镇》(排名68)、《沉重的翅膀》(排名74)、《白鹿原》(排名38)、《长恨歌》(排名39),是入围"百强"长篇的零头,仅占"茅盾文学奖"22部获奖作品的19%弱。14位评委分别来自中国内地、香港、台湾、新加坡、马来西亚和北美,代表了不同地区、不同语境和不同意识形态下的文化界,其学养责任心权威性和知名度均无可挑剔。从评委构成和评选结果来看,这个"百强"排行榜基本囊括了20世纪中文小说之精华,是一个纯粹文学意义的世纪末评选,没有什么功利色彩,作家张贤亮就因其中篇小说《男人的一半是女人》榜上有名而备受鼓舞,于世纪末创作出他的20世纪的封笔之作《青春期》。如以这个"百强"排行榜为参照尺度,从纯粹文学的意义上来看,那么,获得历届"茅盾文学奖"的大部分作品都不是最"强"的,而上榜"百强"未获"茅盾文学奖"的作品竟占81%还强。

2. 紧随其后的1999年8月,由人民文学出版社和北京图书大厦邀请专家学者评选的"百年百部优秀中国文学图书"揭晓①,在这个"按出版时间为序"的上榜书单中,姚雪垠获得首届"茅盾文学奖"的《李自成》第二卷落选,第一卷却榜上有名,其余上榜的新时期出版的长篇小说依次有:古华《芙蓉镇》、王蒙《活动变人形》、路遥《平凡的世界》、张炜《古船》、宗璞《南渡记》、陈忠实《白鹿原》等7部,这7部作品中获"茅盾文学奖"的占3部,无缘"茅盾文学奖"的《古船》已是第二次出现在我们的视野中了。从整个评选结果看,纯文学一统天下,革命和战争题材的文学图书占了相当大的比重。若以这个上榜名单来对照历届"茅盾文学奖"获奖作品,我们也只能失望地得出一个结论:大多数获"茅盾文学奖"作品起码也不是最优秀的。

两个同样体现着同一时代国家意志的文学评选,结果却大相径庭,不

①详见《文学报》,1999年8月26日。

能不使人深思。

3. 几乎是同一时间的1999年9月,《中华读书报》国际文化专刊组织的、由全国各地读者投票评选的“我心目中的20世纪文学经典一百部”揭晓,[①]入选的中外长篇小说达59部。由于这个评选范围是“世界性”的,因此上榜的中国“文学经典”仅18部,18部“经典”里长篇占8部,新时期出版的长篇仅王小波《黄金时代》1部,荣膺过“茅盾文学奖”的长篇则无一上榜。如果按照这个“经典”名单去衡量历届“茅盾文学奖”获奖作品,那么,在广大读者心目中,22部获奖作品竟无一能跻身“经典”行列。有意思的是,《中华读书报》在公布“百部经典”的同时,还将得票101~200名的作品也一并公布,这后100部中,上榜的中国文学作品共12部,其中新时期出版的长篇3部,依次是路遥《平凡的世界》、余华《活着》和张承志《心灵史》,获得过“茅盾文学奖”的仅1部。这是一个颇具民间色彩的调查,笔者虽然无法揣测广大读者心目中文学经典的判断标准,但至少可以认为这个上榜名单是体现了比较广泛的民意的。

4. 时代文艺出版社曾于2000年年底邀请谢冕、王蒙、洪子诚、孟繁华、陈晓明、李洁非等6位名家评选“中国小说50强”(1978~2000),选出的“50强”作品于2001年下半年陆续由该社出版,包括长篇小说、中篇小说和短篇小说集。这个评选时段与连续五届“茅盾文学奖”的评选时段(1977~1998)大致相吻合,“50强”中,获“茅盾文学奖”的作品仅《许茂和他的女儿们》1部。评委之一的孟繁华先生在总序中自信地认为:“在现有的已经推出的小说‘50强’,完全可以代表20多年来中国当代小说创作的整体水平。”[②]在我看来,这个评选的先锋性、学者化和纯粹文学写作的意义是极其明显的,它包括了当代文坛最具实力、活力和艺术探索精神的绝大多数中青年作家及其他们最具创作个性的作品,东西、石舒清、毕飞宇、邱华栋、鬼子等“新生代”作家占据不少席位,马原、王小波、扎西达娃、刘索拉、陈染、林白、残雪、格非等先锋作家都榜上有名。也有让人意外的

---

①详见《中华读书报》,1999年9月15日。

②孟繁华:《重返亲历的小说现场》,载《中华读书报》2001年10月31日。

地方，如苏童、余华等的缺席和陈忠实《白鹿原》的落选等。

另外，1999 年 9 月 24 日，《光明日报》公布了由《出版广角》组织的“感动共和国的 50 本书”评选结果，入选的中外长篇共 17 部，创作出版于新时期的长篇 2 部：路遥《平凡的世界》和张扬《第二次握手》。这是世纪末评选排名热潮中笔者阅知范围内唯一的非纯文学性评选，它的判断标准既具体又抽象，就是曾经“感动过共和国”。它涵盖中外，品种庞杂，《雷锋日记》《新华字典》《新概念英语》等都榜上有名，对“茅盾文学奖”来说，这个评选虽然不能说明什么大的问题，但《平凡的世界》的再一次出现，无疑让我们感到这部曾荣登第三届“茅盾文学奖”榜首的优秀作品在读者心目中的持久魅力。

据悉，世纪之末，上海市作协和《文汇报》也曾联合发起组织全国百位评论家推荐 20 世纪 90 年代最有影响力的作家作品活动，推选出最有影响力的 10 部作品，王安忆《长恨歌》排名第一，同时包括了陈忠实《白鹿原》、韩少功《马桥词典》、余华《许三观卖血记》《活着》、张炜《九月寓言》、史铁生《务虚笔记》《我与地坛》等，仅有 2 部“茅盾文学奖”获奖作品上榜。

以上评选排名，各有各的标准，各有各的角度，但总体上讲还是严肃认真的，具有某种代表性和权威性，比照的结果使我们的心情异常复杂和矛盾。我们看到，按照这个比照结果，多数获“茅盾文学奖”的作品既不是经典也不是最强，甚至连优秀也谈不上，这大约太有悖于茅盾先生设立此奖的初衷了[①]。一部作品的获奖，是由各种因素促成的，文学内的、文学外的，时代的、社会的，还有人为的，有很多“运气”和机遇在里头，没有获奖的作品并不一定就不是经典，获奖只是一种认定，并不是衡量作品的唯一标准。因此，若仅以历届“茅盾文学奖”获奖作品来印证 20 世纪末叶 20 多年长篇小说的创作实绩，显然是既不准确也不全面的。但笔者仍然强调“茅盾文学奖”的设置与评选的积极意义，肯定它在推动 20 世纪末中国长篇小说创作方面的历史功绩。“茅盾文学奖”在一定意义上给中国叙事文学的发展和推进提供了相当重要的一种参照，对宏大厚重的文学写作起

①茅盾先生设立此奖的初衷是：“奖励每年最优秀的长篇小说。”

着非常大的激励作用。这个文学的圣坛上虽然往往摆放的并不全是最精美的贡品,但总有那么几部作品宛若巨烛照亮着这座圣坛,使它成为一种高度、一种象征、一种文学的尊严,引领着长篇创作向它靠拢、向它攀登。对于普通读者的阅读而言,“茅盾文学奖”也有着很重要的指导和引领作用,它甚至可能在一定时期,在社会上制造一种阅读空气,获奖作品在某一时间段内的畅销,就是一个明证。

世界上任何评选和评奖都可能受到各种复杂因素的制约,都有自己的一套标准,任何评选的导向性、公正性、权威性和合理性都是有限的,“任何一个文学奖项,都不可能把世人公认的最杰出的作家和最优秀的作品一网打尽”①。百年之前的首届诺贝尔文学奖评给了法国诗人苏利·普吕多姆,当时就有 43 名作家和艺术家联合签名,为托尔斯泰的落选打抱不平。百年的时间和文学实践,普吕多姆早已淡出人们的记忆,而托尔斯泰仍然照亮着文学的天空。20 世纪末,由美国蓝登书屋“现代文库”编委会的 10 位评审顾问评选出的“20 世纪 100 部英语小说佳作”名单公布之后,也曾引起轩然大波,受到广泛的指责与揭露。②

国外如此,国内亦然。现实主义是“茅盾文学奖”的一贯传统,要求它认同一种更纯粹的文学观必定是要有一个过程的。“茅盾文学奖”还很年轻,还有很长的路要走,其间出现一些蹒跚是可以理解的。但是,任何评奖若要保持它的权威性,就不能太离谱、太狭隘,设若“茅盾文学奖”能够办成兼收并蓄、实至名归,让全体中国作家心仪、让全球华人都来关心的文学大奖,岂不是文坛盛事一桩?

2002.05

①柳建伟:《我们应该怎样看待阿来现象》,载《文学报》,2001 年 1 月。

②范林:《名次背后的问题》,载《中华读书报》,1998 年 11 月 5 日。

不喜欢静秋的理由

——读艾米网络小说《山楂树之恋》

真爱，真贱……

——题　记

张艺谋的电影《山楂树之恋》正在如火如荼地播映中，由此知道了这电影是由艾米的同名小说改编的，并早已在网上热了几年。我从来不在网上看小说，但这次一个仿佛天赐的机会，在书店里购买了一本 64 开本的小说原著，竟然是一口气地读了下来。印象中，这是我比较认真地读完的第一本网络小说。说实话吧，我认可电影里的静秋，但不喜欢小说里的静秋。

我越是把这小说往下读，就越是不喜欢女主人公静秋，甚至到了害怕的程度。你看她小小年纪，在对付男人方面，多么工于心计，把个看似成熟机敏实则傻蛋一个的孙建新极为娴熟地玩于股掌之上，整得死去活来。她一方面装纯，仿佛对男女之事一无所知，弄得孙建新还以为她胸无城府、绝对清纯而神魂颠倒，一方面暗耍心计，一步一步地实现着自己的预定目标：顺利毕业、顶职留城、调换工作……几乎从未失过手。这女孩的心思太缜密、心眼太细、心胸太狭、醋意太浓、心硬如铁，还每每自以为是，与林黛玉相比，真是有过之而无不及。男人若是和这种类型的女人结了婚，非得累死不可，因为你得一辈子小心翼翼地对着她，不知哪一天哪一件事哪一步路甚或哪一句话说错了，以她的心地，她是眼里不容沙子、绝对不包容不宽宥的，那你就惨了！

举几个例子来说：

在她与“老三”孙建新相识的几年时间里，“老三”为她几乎做到了在那个年代能够做到的一切,每在她危难之际"老三"就出手相助,并从不求回报,她却为他留下了只有十六个字的"信物",而且还是个最后通牒,却在"老三"生命垂危之际,毫无来由地为成医生写了一组情诗,并明确地在心里表示:她爱这个成医生,因为她感到成医生真实,"老三"虚幻。

她把自己给"老三"示的那一点"爱",当作施舍和控制"老三"喜怒哀乐的秘密武器,并常常为之沾沾自喜。

无论"老三"为她付出了多少,仅凭一句道听途说的传言(譬如听说"老三"有对象等),就能迅速毁灭"老三"在她心中的形象,转而对他恨之入骨。

她总是考虑个人的前途和自己家庭的命运,几曾想过"老三"为她每时每刻都处在煎熬之中?

她心里什么都清楚,却在"老三"面前装清纯,装无辜。她的心里只有自己,"老三"不过是为她所用、救苦救难而已,"老三"的心里只有她,却没有自己;她为"老三"没有做过一件事,"老三"为她做了无数的事。这就是"老三"和静秋的区别。这个小说文本,完全是因"老三"这个人物而存活的。

从头到尾,她都没有锁定自己爱的目标,她只在初识"老三"时碍于礼貌叫过他一声"三哥",其后,"老三"在她心目中竟然连一个基本的称谓都没有,直到"老三"临终之际,她仍然无法称呼他,只好一遍又一遍地说:"我是静秋,我是静秋……"直到这时她的心中还是只有自我,仿佛她真有起死回生之力。我想,如果一个女人在心里真的爱极了一个男人,如果一个男人在一个女人的心中真的具有无可替代的位置,那么,他就在这个女人的心目中或者意念中肯定有一个具体的指代,哪怕是一个"他"字,或者"那个人"都行,否则,女人怎么能感受和定位这个男人的存在呢?看看"老三"吧,他爱死了静秋,也同时就爱死了"静秋"这两个字!

小说从头到尾还用大量笔墨描写了静秋的另外一种让人匪夷所思的心理,那就是:她总是把这世上最爱她的男人往最坏里想,总是把不信任的一票投给这个男人,无论这个男人为她做过什么,她都可以用"得手"的理论来解释,而她又常常不知道人们所说的男人对女人"得手"了是什么意思,这不是荒唐透顶吗?

……

这就是小说里的静秋，或者说是我从小说里读出来的静秋，这个让我感到害怕、心里一阵阵发冷的静秋。奇怪的是，往往生活里这种类型的女人，她还就是容易抓住男人的心。

再说一下男主人公“老三”。

我们知道，“老三”最终并没有“得手”，并不是没有机会，并不是不想，并不是坐怀不乱。他想还是想了，但想的不是自己；他乱还是乱了，但乱得有分有寸。他浅尝辄止，发乎情而止乎礼，把她完整地留给了她未来的他。如此，可怜的“老三”就成了万千网友理想中的真男子，女人心目中的好情人，而静秋则于不动声色中博得了准备以身殉情的美名。

以我的感觉，小说对“老三”的描写还是真实的，符合那个非常年代一个青春男儿的行为心理，是一个有血有肉有情有义的真君子，而那个民间传说中据说坐怀不乱的柳下惠，在我看来不过伪君子一个，道德作秀而已。我相信，无论古代女人还是现代女人，她们喜欢和敬仰的肯定不是那个传说中的独一无二的柳下惠，而是小说里、生活中并不鲜见的“老三”们！

女人们一定要相信，即便是在当代这样一个爱情已经被人们调侃为“以前提出上床，会说你恋爱动机不纯；现在提出恋爱，会说你上床动机不纯”的浮躁喧哗、人性异化、实用主义、拜金主义盛行的时代，生活里“老三”这样的男人还是有的，就看你碰不碰得上、够不够资格碰上。

但“老三”，确实爱得执着而卑微，爱得毫无保留，爱得很贱，这让我想起一句老话：真爱，真贱……

这就是我不喜欢静秋而高度认可“老三”的理由——当然，我说的是小说原著里的两个文学人物，而不是张艺谋电影里的银幕形象。因为电影我也看过，电影里的“老三”基本与小说是吻合的，但静秋却不是小说里那个叫人害怕的静秋。张艺谋还是老辣，他也一定看到了小说里静秋的这些叫人害怕的一面，所以他的电影把这些剔除得干干净净，他借用了小说的这个故事文本，但对静秋进行了重新包装，小说里的静秋丰满性感，电影里的静秋清纯单薄；小说里的静秋多虑冰冷，电影里的静秋柔情似水。小说把“老三”立在了书里，电影把静秋推到了台前。张艺谋还是偏爱女的，他把一个至纯至美、至柔至善、至真至爱的静秋推向了亿万观众，如果“老三”在天有灵，他也一定会感激张艺谋的，因为这才是他心目中的那个静秋，是他生前爱得死去活来、爱得苦不堪言、爱到绝望和极致的那个静秋啊！

2010.09

对苦难生存中精神狂欢现象的探寻与书写

——在“中西部当代文学高层论坛”上的发言①

我来自宁夏师范学院，这所学校地处宁夏南部“西海固”地区的固原市，周边近300公里以内再无一所高校，由于特殊的地理位置，我们在教学和学术交流方面受到很大限制，几近于在孤零零地办大学。由于是当地的唯一一所高校，所以学校从诞生之初就承担起了弘扬地方文化、为地方文学创作培养和输送人才的责任。经过三十多年的不懈努力，以这所学校毕业生和西海固籍作家为主体在宁夏南部形成了一个颇具规模的作家群体——“西海固作家群”，并进而促成了“西海固文学现象”的发生，这是新时期宁夏文学的重要组成部分，也是中国当代西部文学创作中的一道小小的景观。早在1998年4月，学校就成立了西海固文学研究室，2009年升格为研究所。多年来，我们坚持组织专门的力量对宁夏文学特别是发端于西海固地区的文学现象和作家创作进行专题研究。在我们自己进行一些力所能及的研究的同时，我们还努力倾听着来自外部世界的声音，期待着有更多的目光和声音关注宁夏的文学创作，关注宁夏的“三棵树”“新三棵树”和西海固作家群，因为这个群体中有两位鲁迅文学奖和两位全国少数民族文学骏马奖得主，有一位春天文学奖得主和其他一些全国性的

①2010年4月10日~12日，由陕西师范大学文学院承办，文艺报社、武汉大学文学院和陕西师范大学文学院联合主办的“中西部当代文学高层研讨会”在陕西师范大学学术报告厅举行，《文艺报》《小说评论》《当代文坛》《新文学论丛》《新文学史料》等刊物负责人、部分中西部高校从事中国现当代文学教学和研究的专家学者共计30多人与会，此文系作者的发言摘要。

文学奖项获得者，他们的创作成绩还是应该也值得给予一定的理论关注的。

另外，在长期的中国当代文学教学中，特别是在对西部一些作家创作的考察中，我们发现存在着一个集体性的创作倾向，那就是：对苦难意识的发掘，对苦难情怀的展示，对苦难生存中精神狂欢现象的描写，进而探寻民族生存的精神文化支撑力，这是许多西部作家的共同书写。在他们的笔下，假如没有这种精神文化支撑力，那么，漫长岁月里的西部生存可能就会变成精神炼狱而不是理想天堂。我以为，这是西部作家创作中的一个极为有意味的母题，是西部作家对当今中国文坛的一个极其有价值的探寻和贡献。

这是很值得我们加以思考和研究的，这里略举一二例稍加说明。

路遥在《平凡的世界》《人生》和《在困难的日子里》等作品中，以尽情地展示黄土地上人的苦难情怀而赢得了人们广泛而长久的青睐，他的作品感动着一代又一代有着不同生存背景和成长经历的读者；张贤亮在《绿化树》《男人的一半是女人》等作品中，通过对一代知识分子在蒙难岁月里的苦难人生的抒写，展示那"艰辛得和美丽得都使我战栗"的生活，他的作品在新时期最早将人的饥饿写到极致，将人的性压抑和性苦闷写到极致，同时，他也让我们看到了伤痕痛苦中的"缺陷美"，看到了一代知识分子在人生极致的悲苦中支撑他们活下去的精神极乐；鲁迅文学奖得主石舒清在许多精致的短篇小说中把苦难生存、宗教情感和精神狂欢融为一体，捕捉和描写着苦难生存中一个个美丽的人性细节，他有一个短篇小说叫《节日》，通篇描写一个婚姻生活不如意，日子过得很清苦，从头到尾连自己的名字都没出现过的环环媳妇在拱北上出散一只自己精心喂养的尕羯羊的过程，这位农村妇女把出散一只自己喂养的尕羯羊当做自己的人生壮举和盛大节日来对待，出散带来的精神狂欢，使她在清苦中感受着人生的至乐和极致；另一位鲁迅文学奖得主郭文斌创作了大量以西部民间节日习俗为题材的短篇小说，描写物质奇缺的年代里苦难生存中的民间情义和精神快乐，在《大年》《吉祥如意》《中秋》等作品中，一顿年饭、一副春联、一块糖、一只梨，都会给生存在这里的孩子们带来极大的精神快乐，而且这种快乐极其刻骨铭心，一点儿水分都不含。

这种共同的创作倾向，说明了西部作家对民族生存的深切关注和思考，这种关注和思考超越了文学的意义，深入到了民族生存的精神文化支撑力层面。在物质日益丰富、基本生存不再是一个严重问题的当今时代，人们的幸福指数却并不乐观，苦难生存中的精神狂欢现象，难道不会给我们一些别有意味的启示吗？

最后还想说一下，我也是陕西师大的学生，二十多年前我在师大度过了四年清贫而又美丽的时光，这是我一生中最重要最难忘的岁月，今天能在母校的学术圣坛上发表自己的见解，我感到极其荣幸和快乐，借此机会祝愿我的母校越来越好，祝愿文学能给我们每一个人带来哪怕是片刻的人生极乐！

谢谢大家！

2010.04

关于写作的一个“唯心”的想法

文章是怎么“写”出来的呢?某天下午开会时,耳朵里听着文件传达,脑子里突然冒出这么个问题。花了将近两个小时,却想出了一个很“唯心”的结果。

有些文字,仿佛就在你的生命经过的某个地方等着,它们扎堆在那里,乱糟糟的,一个个睁大了美丽的眼睛,盯着你,期待着你把它们组织起来,对它们进行排列,进行组合,让它们各自到各自的位置上去,然后用一些符号把它们串起来,这就是文章了。好的文章就是让每个字都排列在最恰当的位置上,不好的文章就是一些文字被放置得不合适。当然,你也可以创造性地排出一些队形,这就是有个性有风格的文章了。

有些时候,当生命经过一些地方,一些很不错的地方,你想寻找那些文字,可是找不着,一个文字也没有,什么也没有,你干着急没办法,仿佛患上了失语症,你只好摇头叹息,这说明生命经过的这个地方只能是一片空白,是不许留有痕迹的,如果这样子的话,最好不要强求。

所以说,好的文章不是写出来的,是早就存在在那里的,是静候在生命途经的某个拐角、港湾、高地、峡谷或者没有月色只有星光的夜里的某个时刻,你若是少走了几步,仅仅只是少走了几步,或者不该拐那个弯,仅仅只是拐了一个弯,你可能就遇不到了,或者错过了。这是没有办法的事,因为谁也不知道生命的前面会遇到什么。

我常常感到,那些脍炙人口的文章的作者们是多么幸运呀,他们没有错过生命中最重要的那些应该驻足的地方,而我们多数人,一生错过的东西太多了。

2008.06

有感于某诗人“诗作”获大奖

本来，无论是古典诗还是现代诗，“诗”是没法被叙述的，可这首最近在南方某地获10万元诗歌大奖的现代白话“诗”(就不具体点名了，现在的人都得罪不起)，却可以被简单地“叙述”一下：全诗从头到尾，是对一个电脑游戏“植物大战僵尸”的情节描述和作战体验，文字直白得和小学生作文一样，思想苍白得也和小学生作文一样，却被评委会一致看好，荣膺大奖。评委们认为，通过XXX的诗歌，我们能看到的不仅是一幅幅烙上了个人印记的“岁月的遗照”，还有一种无休止的令人目眩的历史的迂回，和现实的曲折。评委们说，“他的诗歌保持着理性的思考与超验的命运感受之间的张力”，读着这些评语，我就一个字的感觉：绕！并瞬间想起了赵树理小说里一个人物的外号：弯弯绕。原来评语也可以写得这么“迂回”和“曲折”、这么富有“超验”与“张力”！

这让我忍不住想说，现在的一些所谓的“诗”，说得客气一点，是文字游戏，说得不客气一点，是文字垃圾。现在的一些所谓的“诗人”，说得客气一点，是文人，说得不客气一点，是文痞。他们智商、情商都很高，唯独缺了操守；他们文字功底都很好，唯独缺了文德。

去看看现在的诗坛吧，充斥着玩弄汉字于掌股之上的无病呻吟，充斥着无文法也无语法的噫语症患者般的胡言乱语，充斥着苍白而可笑的所谓“拷问”与“求索”。一个个美丽的汉字被强暴，一个个好端端的词语遭践踏，诗坛畸形的“繁荣”，不亚于楼市正在制造的泡沫！为什么一个连话都说不连贯的村妇余秀花让许多专业诗人汗颜？为什么许多专业诗人写了一辈子却总是激不起一点浪花？这不值得深思么？

有人说，允许多多的写，才可能会有好诗出现；也有人说，也许你认为是垃圾的，在别人反而会是欣赏和需要的。

是的，不同的读者会有不同的需要，不同的人也会有不同的需要。大街上每天都有很多人在扔垃圾，也有人靠捡拾垃圾为生，但这并不能改变垃圾的性质。生活里，有的人还会需要毒品呢，对那些制毒、贩毒者，也需要宽容吗？

一个不读诗的民族是鲜有美好未来的，而一个民族的“诗人”，如果变成文字垃圾的制造者，若这个民族还保持着欣赏这种“诗”的习惯，则无异于在吸食精神鸦片。

2013.12

魂兮归来

——我看电影《归来》

看完电影《归来》，竟无语凝噎！

《归来》取之于华人女作家严歌苓长篇小说《陆犯焉识》中的一小段。《陆犯焉识》讲述的是一个家族和一个民族的前世今生，带有自叙传的性质，故事绵延了近一个世纪。《归来》截取了其中很少的一段，从“文革”开始到“文革”后十数年，看上去是要“用诗意来讲述一段永不消失的记忆，表现男女主人公美丽又哀伤的感情”。其实不然，这是一部重新反思“文化大革命”的电影，在精神上，它与20世纪80年代鲁彦周原著、谢晋导演的《天云山传奇》是一脉相承的。

如果没有“文革”的大背景，陆焉识与冯婉瑜的爱情就只会停留在人性的层面，就会很凄美，不震撼。

如果没有“文革”的大背景，陆焉识、冯婉瑜和他们的女儿丹丹被摧毁了的人生，就只能从人性的层面去找答案。

显然，张艺谋不会这么浅薄。从年龄和功力上看，张艺谋都早已越过了功利、喧哗和赚取喝彩的阶段，他已经进入了创作的晚期，需要的是物我两忘的沉静和深入骨髓的思考。这是他沉寂数年之后的第一部作品，是小制作的大境界，大境界的小制作，这一切，都体现在他略显沉闷、不动声色的电影语言中。

据说原作者严歌苓对这部电影盛赞不已，她不仅因为主演陈道明太像自己的祖父而震惊，更因为《归来》如同一滴水折射了自己整个原著的精神光芒，她说：“我觉得电影《归来》比小说更加抽象一点，它起到的作用是一滴水见太阳，与我当初的创作意愿在冥冥之中有一种吻合。”她盛赞陈道明和巩俐的表演“太令人佩服了”！张艺谋也赞誉陈道明和巩俐在片中贡献了“教科书一样的表演！”

巴金生前曾倡议过两件事，一是建立“中国现代文学馆”，获批如愿了；二是建立“文革博物馆”，至今未能获准建立，我想这位百岁老人、“文革”的受害者肯定死不瞑目。

关于“文革”，只要人类存在，就一定会被述说、被解读，这是捂不住、删不了的历史存在。“文革”是人类历史的怪胎和奇葩，怎么表达都不过分！

人类文明走过的最黑暗的隧洞，是十八世纪前后欧洲宗教裁判所，还有二战期间法西斯对犹太人的迫害，但“文革”对一个民族的伤害，绝对有过之而无不及！

然而，近40年过去了，有人真正为此反省过么？忏悔过么？道过歉、谢过罪么?！

究竟什么是“文革”？

“文革”的全称是“无产阶级文化大革命”，开始于1966年5月16日，结束于1976年10月5日，历时10年零5个月。

《关于建国以来党的若干历史问题的决议》中是这样表述的：“‘文化大革命’是一场由领导者错误发动，被反革命集团利用，给党、国家和各族人民带来严重灾难的内乱。”之后，被媒体广泛表述成“十年动乱”，或“十年浩劫”。

学者们是这样形容的：“文革”是自公元前221年秦朝建立后，中华民族的传统专制文化形态、愚民政治权力以及由此导致的普遍性的社会仇恨心理的一场最全面、最彻底、最普及、最典型的大爆发；“文革”把中华民族起自秦朝的“焚书坑儒”和“指鹿为马”的邪恶行径发挥得淋漓尽致和登峰造极。

我是这样理解的：文化大革命，就是大革文化命，就是大革文化人的命，就是文化大灭绝，五千年积淀下来的人类精神文明成果被横扫一空，五千年形成的民族价值体系被摧毁殆尽！

一个文明古国，鼓动无知整智者，把鄙薄读书人当乐事，比愚昧无知的野蛮部落还可怕。

影片最后有一个“等待戈多”式的情节：每个月5号，陆焉识和丹丹都要陪冯婉瑜到火车站去接那个也许永远都回不来了的“陆焉识”，暗喻这个悲剧其实还没有结束，我们很多人，我们的民族，其实还生活在“文革”的阴影中。

可我们至今还没有进行彻底的反省与清算——难怪社会上会出现“坏人变老了”的感叹！变老了的坏人还能颠倒黑白混淆视听，是因为我们的社会还有他们撒泼的土壤！

如果“文革”的罪孽不能得到彻底的清算，如果“文革”的流毒不能得到彻底的清除，谁能保证冯婉瑜的悲剧不会重演？谁能保证民族不会重历浩劫？

诗人顾城曾用他的诗句描述“文革”：“昨天/像黑色的蛇/它死了/压在一座/报纸的山下/难以捉摸/无数铅字/像蚂蚁般聚会/讨论着/怎样预防它复活”

——这就是智者对当今人们的一种形象的告诫。

影片结尾，风雪之中，冯婉瑜手中举着的那个写有“陆焉识”的牌子，多么像一个招魂幡啊！它在召唤着什么？被摧毁的人性之魂？被摧毁的民族文化之魂？还是被摧毁的民族精神之魂？

2014.初夏

文学要维护和讴歌人性与时代的尊严

纵观两千多年的文学史，我们总是津津乐道唐诗宋词和一部《红楼梦》,的确,那些精妙绝伦的诗句和有如神著的《红楼梦》,以其无与伦比的思想价值、艺术价值和审美价值而成为文学史上的一种永恒,时间和空间都无法阻隔那些直击人性、贴近灵魂的美丽诗句所带给人们的审美享受,文坛上五花八门的流派、思潮和主义都无法遮蔽《红楼梦》的璀璨光辉,千百年来,它们带给人们的心灵震撼,早已成为全民的记忆,读一遍不觉其深,读一百遍不觉其浅,常读常新,常品常美。然而,纵观20世纪以来一百多年的文学史,我们会惊讶地发现,尽管我们已经写出了若干部现当代文学史,发表和出版的文学作品也如汗牛充栋,百年文坛也并不乏艺术天分很高的作家,也创作了一些被称为“名著”和“经典”的文学作品,我们也有了聊以自慰的诺贝尔文学奖,但是,近一百多年来中华民族发生的、在人类历史上都极为罕见的沧桑巨变,人民大众现实奋斗的波澜壮阔,普通百姓极其生动复杂的命运变迁和生活形态，由此构成内涵丰富的人性因素和时代尊严,并没有在文学中得到最真实、最本源、最有担当的反应,也就是说,与伟大时代相称的伟大作品,并没有如期出现,能够坚守艺术本分、与伟大时代相称的伟大作家,还寥若晨星。

毫无疑问，我们的国家现在正处在一个百年难遇的伟大时代,“我们前所未有地靠近世界舞台中心，前所未有地接近实现中华民族伟大复兴的目标,前所未有地具有实现这个目标的能力和信心。”中国梦正在越来越清晰地一步步变成富民强国的现实图景,以震荡和阵痛、变革和发展为主要特征的伟大时代呼唤与之相称的伟大作家和伟大作品，游离于时代之外的文字游戏和技巧迷恋，文坛代有人才出、各领风骚两三年式的急功近利，悖逆人性、把低俗当通俗、把恶心当有趣、把猎奇当生动的创作套路，最终是没有出路的。贴近人民，深入生活，沉入底层，十年磨一剑仍然是难能可贵的创作态度，是有望运用中国形式写好中国故事、产生大气量、大格局作家和作品的重要渠道。

优秀的文学作品一般来说要有四个容量：一是历史容量；二是生活容量；三是审美容量；四是精神容量。这应该成为文学的一种价值自觉。在漫长的文学史上，能进入人类永久记忆的，一定是那些呵护心灵、尊重人、能给生命以终极关怀和温暖的作品，是那些真诚维护和讴歌人性尊严和时代尊严的作品，是那些能准确把握时代脉搏、透视时代真相、既敢于针砭现实又真诚讴歌时代主流的作品，唐诗如此，宋词如此，《红楼梦》亦如此。那种在舞台上当众洗脚、点燃《诗经》哗众取宠的所谓“行为艺术”，那些充斥银幕的“戏说”“手撕鬼子”和“裤裆藏雷”的桥段闹剧，那些总是陷入私人情趣小圈子的喃喃自语和孤芳自赏，一定会遭到历史和人民的唾弃。

2015.05

生命与文学

科教电影《宇宙与人》不仅画面相当形象且精美，它的解说词也写得非常出色，我一直希望有机会将其最精彩的段落介绍给更多的读者——

> 宇宙，一部伟大物质演化的史诗，它以一个没有知觉的物质系统，创造了一个不可思议的能够理解它的生物。从人类用笨拙的手在岩壁上用简单的图形记录自己的生活，到创造辉煌的史前文明，最后穿越宗教的黑暗，迎来科学的曙光，只用了几万年。今天，人类更加强大，这种强大，连人类自己都为之振奋。的确，宇宙已经把物质智能交给了我们，但是精神的道德准则却要靠我们自己来建设，否则，文明的级别越高，毁灭的概率也就越大。我们相信，一个还拥有40亿年太阳光辉的智能生命，将不会辜负如此厚爱我们的宇宙。

无生命无知觉冷冰冰的物质的宇宙，从孕育低级生命到创造一个高智慧的生命体——人类，这一过程竟耗费了整整40亿年的时光。在已知的宇宙时空中，没有比人类的诞生更加伟大的自然奇迹了。数千年前的人类刚一进入初级文明社会，尽管物质的手段还相当原始，但已经显示出无比卓越的智能和灵性。阅读古籍我们不难发现，古代人类的智慧绝对不亚于现代人类，现代人类绝对创造不出《易经》《道德经》《圣经》和金字塔这样的东西。现代人类文明的成果是数十百万年人类智慧积淀的结果，不要以为现代人类就比我们的祖先聪明，不要为我们今天高科技的文明沾沾自喜，不要以为“现代化”就必然代表着进步、文明和美好，不要以为“传统”就意味着落后、愚昧和野蛮。现代人类在有些方面其实很蠢，比如环境就破坏得太厉害了，沙漠化正日益蚕食着约占地球表面29%的人类生存之地；核武器这个达魔克利斯剑高悬在每一个人的头顶，毁灭若干次地球都够了。人性的异化正在把现代人类引向空前的生存危机之中。人类迷途不返，人性什么时候才会回归正途啊！作为人类最重要的精神活动的文学，呼唤迷失的人性是其必然的使命。热爱我们的家园吧！因为目前已知的适合人类生存的星球，只有一个地球。

人生一世，草木一秋。就个体生命而言，在永恒的宇宙时空中，人生如白驹过隙，稍纵即逝。在大自然铁的法则面前，几乎无所不能的人类却从根本上无法违抗新陈代谢、生老病死的自然规律。或许，人的个体的一生总是失意多于得意、苦恼多于快乐的，人的个体的一生总要遭逢很多凶险和劫难，历经一劫又一劫，才能如期到达生命的彼岸。人类文明的进程，又何尝不是如此呢？

人生苦短，让生命辉煌的方式很多，文学能为生命创造一个巨大的提升空间。热爱文学的人往往一半是热爱文学本身，另一半是热爱文学写作这种生活方式。阅读和写作其实已成为我们的第二种生命存在形式，它能传达出一个生命对另一个生命的感受和声音，它能传达出一个智能生命对纯粹物质世界的认知和咏叹，它是灵魂深处的一棵树，挂满欲望的果子。写作，只有写作，才能最大可能地完成心灵与心灵的交流，使生命的感受共享。

作家必须是心灵非常丰富的人。写作就是合法地放纵自己，写作最大的乐趣就是享受心灵的自由。琢磨人、研究人、“揭露”人、关怀人是文学的根本特性，文学必须表现生命的痛苦和无奈，描写生存的坎坷和尴尬，展示人性无与伦比的复杂性，文学若不关注生命、表现人性就不是文学。生活中，使我们动心的常常不是华丽，使我们落泪的常常不是疼痛。

文学是才华与勤奋的事业。卡夫卡、博尔赫斯，在文学上都是靠领悟而写作的作家，他们作品人性的深度和艺术的境界都是常人难以企及的。晚年的博尔赫斯失明了，他却对此怀有感激，他感到失明使他进入了对另一种生命存在状态的思考，进入了另一重生命的境界。诗人密尔顿失明之后通过口授写出了享誉世界的《失乐园》。音乐家贝多芬耳聋之后却仍然创作了为世界人民所喜爱的《第四交响曲》《第五交响曲》《第六交响曲》(即《田园交响曲》)。对于常人来说是灾难的事而对于真正的作家艺术家来说却可能是幸事。

有时候，作家不可能就在他所要描写的生活的前线，甚至从时空上都远离着他所描写的生活，然而他却是作家，根本的原因就在于他能透视、思考和解释生活，他对他所面对的生活能作出高质量的价值判断，他对世界的认知通过文字可以得到最大限度的表达和交流，这是非常重要的。

对于作家而言，智慧无疑是生命中最宝贵的财富，但智慧也几乎同时成了痛苦的代名词。生命一旦与文学结缘，狂欢与孤寂将联袂而至。

2002.07

第三輯

西部边地的文学视野

人性深层的艺术逼近

——《廊桥遗梦》析评

一、故事文本的诠释——刻骨铭心的生死之恋，丰富多元的人生命题

近两年的中国文坛上，被舆论炒作较多的爱情小说，可以开列一个小小的书单：《廊桥遗梦》《驯马人》（又译《马语者》）、《爱情故事》《再见钟情》《关于爱情》《情爱画廊》……外国的居多，中国的也有。大量蜂拥而至的爱情小说，将种种奇异的爱情故事讲得千回百转、落英缤纷，吸引人者不少，但不一定都感人。

《廊桥遗梦》是一个例外。

《廊桥遗梦》（*The Bridges of Madison County*）是美国摄影记者兼作家罗伯特·詹姆斯·沃勒于1992年出版的一本只有8万字的畅销小说。初版之际，并未引起评论界的重视，却首先引起了众多女性读者的浓厚兴趣，首版发行的2.9万册书一售而空，此后华纳书店买下版权并包装炒作，一夜之间使其荣登畅销书排行榜首。目前全球有各种译本，发行量逾900万册。它不光风靡欧美，在地球东方的中国和日本都极为畅销。它的朴素的封面装帧（中译本，外国文学出版社1994年6月版）、它的朴素的文字和朴素的写法，没有一点新潮流行小说的影子，然而它却以无出其右的巨大魅力，征服了各种年龄层次的读者的心，尤其是那些成熟的、富有人生经验的中年读者的心。在中国，它使许多知名学者、作家、影视工作者和广大读者卷入了一场长时间的关于婚外情、关于道德与责任、关于自然与文明、关于人性的许多层面等问题的大讨论。热浪过后，冷静地回头审视这本小册子，我们发现它仍然是一个极有意义的学术话题。它的文学价值、它的艺术价值以及它对人类生命与情爱所作的拷问与探讨，都远远超越

了一般意义上的畅销小说。

我们习惯上所说的畅销小说，缘于19世纪末期西方资本主义社会的"文化工业"。它的生产(创作出版)、推销(包装与广告)、消费(被购买、阅读)形成了一个完全的程式化的极富商业意味的机制。因此,对于流行的畅销小说,人们本能的有一种偏见,总认为它同哗众媚俗和商业阴谋是孪生的,在习惯上它被定位在有别于"文学经典"、有别于"文学名著"一类的"流行小说"之列。大部分畅销小说都利用了人类的一种从众心理机制,都充分体现着商业运作上的成功。但是,购买是一回事,阅读是一回事,阅读之后被深深地感动引发心灵的共鸣又是一回事。归根到底,阅读是一个非常个人化的认知行为和审美行为,数字在这里并不说明问题。《廊桥遗梦》能够畅销中外,当然有着商业运作上的原因,而使中外那么多的读者如痴如醉唏嘘叹绝,就不可能是商业炒作所能办到的了。作家、翻译家杨绛先生曾说:"'畅销'并不保证作品的文学价值,但是也并不表明作品的毫无文学价值。'经典'或'文雅'作品里有些是一度的'畅销书'。"①作家出版社白冰先生认为:"高文化档次+高市场价值,两大理想结合起来就是畅销书。"②

《廊桥遗梦》属于后者。

先来看看它的故事文本。

表面地看,《廊桥遗梦》简简单单地记录了一段在4天时间里铸就的至死不渝、刻骨铭心的中年人的婚外恋情。时年52岁的罗伯特在为《地理杂志》拍摄乡间廊桥照片的途中,邂逅来自意大利那不勒斯、曾获比较文学学士学位、而今已是美国"专职农妇"的45岁的弗朗西丝卡,一对漂泊已久历尽人世沧桑的中年人的心灵猛然碰撞，双双尘封久远的心锁不期打开,在聚散依依间,完成了生命历程中百年不遇的浪漫情旅。

4天之后,便是漫长的24年之久的音讯隔绝和苦苦思念。"问世间情是何物,直叫人生死相许"是我国金代诗人元好问以雁喻人赞美殉情的千古名句;"十年生死两茫茫""碧海青天夜夜心" 是我国古人对人类情爱的

---

①转引自《文学报》,第917期。

②白冰:《我看畅销书》,载《中华读书报》,1998年9月2日。

深刻体验与总结，借用它们来形容小说男女主人公生死相依、刻骨铭心的恋情大概是很恰当的。

在这本书的扉页上，印着这样一句意味深长的话："为天下远游客。""天下"大矣，暗含"现代"倒是实指。"远游客"是谁？是指像罗伯特一样的现代流浪汉吗？非也。它只是一个象征而已，恰又是虚指。虽然现代人可以舒舒服服地躺在家里的沙发上收看正在地球的另一面发生的故事，但现代人其实是很孤独的。高度的物质文明与技术进步使现代人的生活日益格式化和规范化，人的自然属性往往屈从于现存的种种生活秩序。心灵的藩篱日益厚筑，于是精神孤独成为现代文明病之一。不管你承认也罢不承认也罢，现代人的心灵往往处于这样一种状态：谁都说不清自己在期待着什么，谁又都在梦想着什么。因此，做梦成为现代人补偿心灵孤独的有效方式之一。正如小说的男主人公罗伯特所说："旧梦是好梦，没有实现，但是我很高兴我有过这些梦。"《廊桥遗梦》实则是作者沃勒"从开满蝴蝶花的草丛中，从千百条乡间道路的尘埃中"采撷的一首生死恋曲，它以其单纯、朴素的内容和形式，实现了在异化的社会里对本真的人的一次个体的寻找，且不管它传达了一种什么样的道德信息，它实在是写出了现代人的心灵孤寂，表达了现代人的精神流浪，这是最堪玩味的。

像一些论者那样，如果把廊桥故事仅看成是一个"婚外艳情"或一次"性遭遇"，那么，"很少讲自己的生活"的男主人公罗伯特，也就不会在晚年对着黑人乐手卡明斯而说得泪流满面；卡明斯听了之后也就用不着"老是想着……他跟那个女人共有的那东西力量有多强大"，用不着让自己的那把老号为男女主人公"分离的那些年月，为他们相隔的那千万里路而哭泣"；如果仅仅是为了寻求婚外刺激，女主人公弗朗西丝卡完全可以将此事守口如瓶永埋心底，也就用不着写下那三大本日记，并留下那封可能有损自己声誉的遗信，只因她觉得"这里面有着这么强烈、这么美好的东西，我不能让它随我而去"①。

①弗朗西丝卡语，见原作，梅嘉译，外国文学出版社 1994 年 6 月版。引文凡未注明出处，同此。

一些论者认为,《廊桥遗梦》是作者沃勒精心编造的爱情神话,现实生活中根本不存在。我认为,考察这个故事物理意义上的真实性是没有意义的,它的爱情故事只是一个载体。从故事到人物,从表层意象到深层蕴含,它的象征意味都极其明显。它重在展示人的思想和情感的世界,展示人性中隐藏很深的那一个层面,而不是人的现实生活的世界。在"开篇"中,作者开宗明义地阐述了写作本书的动机和对这个故事的基本认识与评价:"准备和写作这本书的过程改变了我的世界观……减少了我对人际关系可能达到的境界所抱有的愤世观。""我发现人际关系的界限还可以比我原以为的更加拓展。"这种"柔美的境界"正是我们理解小说故事"所必需的"。

二、"大路和牛仔"——罗伯特·金凯,一个多元集合的象征形象

小说的男主人公罗伯特·金凯(Robert Kincaid),既不是纯粹意义上的"现代游侠",也不是纯粹意义上的"牛仔",当然更不是一个"到处占乡下姑娘便宜的浪荡人"。前文已经说过,这部小说的整个故事就是一个蕴含丰富的象征体。它的主人公之一的罗伯特也是一个多元集合的象征形象,这个形象不是现实生活的取样,也不是好莱坞电影的胎生,而是某种理想的投射。

牛仔,本来是一种文学类型,后来成为好莱坞电影所精心包装的银幕典型。他凭借美国西部影片而名扬世界。在好莱坞影片中,牛仔永远是独来独往、身手不凡的冷面小生。他一手持枪,一手举杯,他洞悉人生,惩恶扬善,女人一见就会着迷,罗伯特显然不完全是。他身上残存着牛仔的影子,却不是传统意义上的牛仔形象。用弗朗西丝卡的话来说:"也许你是最后一个,也许眼下那些牛仔们都已濒临灭绝。"罗伯特认为自己"是最后剩下的牛仔之一",其实意思是一样的:反正是残存的,既是残存的,就不可能是完整的。

这个形象的最为明显的特征,就是孤独与流浪。

他是独子,父母双亡。"有几个远亲久已互相失去联系,没有亲密的朋友"。故事发生时他与前妻早已离异,时年52岁。他是职业摄影师,一生到处流浪,与大路为伴。与他联系的仅限于"贝灵汉街角市场老板和他购买照相器材那家商店的老板的名字”以及“几家杂志编辑”,“除此之外,没有他熟悉的人,人家也不熟悉他”。他对弗朗西丝卡说:“我是大路,我是远游客,我是所有下海的船。”他“身兼所有这些特征:一个陌生人,广义的外国人、远游客,而且也像鹰隼一般”,弗朗西丝卡说,“从某种意义上说,你本人就是大路, 幻想与现实相遇的夹缝, 就是你所在的地方……大路就是你”,并感慨“我毕生从来没有见到、听到或读到过像他这样的人”。他有一种质朴的、原始的、几乎神秘的聪明智慧,从少年时代起,他就有种种漫无边际的想法,“一种难耐的渴望和悲剧意识同超强的体力和智力相结合”。他喜欢文字和形象,“蓝色”是他最喜欢的词之一,他甚至喜欢在说这个词时“嘴和舌头的感觉”。他还喜欢诸如“距离”“柴烟”“公路”“古老”“过道”“行脚僧”“印度”以及“索马里河流”“大哈契山”“马六甲海峡”等一些名词和地名, 他喜欢它们 “是由于它们的声音、味道和在他脑海中唤起的东西”。显然,作者在这里运用了一系列有着特定内在联系的物象来象征和强化罗伯特浪迹天涯、自由不羁的生活个性和这个形象孤独流浪的象征意蕴。

往内里看,罗伯特的孤独与流浪主要是心灵与精神上的,这与前文述及的小说整体所传达的信息是一致的。就生活阅历与人生感受而言,对罗伯特一生影响最大的当然是与弗朗西丝卡的生死恋情了。他大半生都在毫无目的地浪迹天涯,只有在邂逅了弗朗西丝卡之后,才终于找到了感情的归宿,在这个女人身上,他长年的寻觅有了结果。“他走了这么远,这么远来到这里”,就是为了“沉浸于终生不渝的全心全意的对她的爱之中”。他说:“我在此时来到这个星球上,就是为的这个,弗朗西丝卡。不是为旅行摄影,而是为了爱你。我现在明白了。我一直是从高处一个奇妙的地方的边缘跌落下来,时间很久远了,比我已经度过的生命要多许多年。而这么多年来我一直在向你跌落。”“虽然在我们相会之前谁也不知道对方的存在, 但是在我们浑然不觉之中有一种无意识的注定的缘分在轻快地吟唱,保证我们一定会走到一起……多少年来,整个一生时间,我们一直都在互相朝对方走去。”

把小说的男女主人公相比较,我们会发现,弗朗西丝卡的现实感比较强，我们从她身上能充分感受到现实生活的深刻烙印。她就是一种实实在在的生存状态。而罗伯特则更像一个梦，一种乌托邦式的理想。他有一个完全属于自己的“思想和情感的世界”，连他母亲也已注意到他有些与众不同：“罗伯特生活在他自己缔造的天地里……好像他不是从我和我丈夫身上来的，而是来自另一个他经常想回去的地方。”弗朗西丝卡则形容他“生活在‘一个奇异的、鬼魂出没的、远在达尔文进化论中物种起源之前的世界里’”，“那些地方稀奇古怪，几乎有点吓人”。弗朗西丝卡对罗伯特的最初印象是他“看上去好像是一本没有写出来的书中出现的幻象”，“他就像一阵风，行动像风，也许本身就是从风中来的”。“他一半儿是人，一半儿是别的什么生命。”应该说，母亲与弗朗西丝卡对罗伯特的体味与把握当然是最接近本质的了。那么其他人呢？作者写道：“他是一个让人捉摸不透的人物。有时好像很普遍，有时又虚无缥缈，甚至像个幽灵。”他对舞会、橄榄球赛这些现代味道较浓的事感到厌倦而不屑一顾。他经常钓鱼、游泳、散步，“躺在高高的草丛里聆听他想象中只有他能听到的远方的声音”。与他有过一夕之欢的西雅图广告公司的女导演是这样评价罗伯特的：“你是最好的，罗伯特，没人比得上你，连相近的也没有……你身体里藏着一个生命，我不够好，不配把它引出来，我力量太小，够不着它。我有时觉得你在这里已经很久了，比一生更久远。你似乎曾经住在一个我们任何人连做梦也做不到的隐秘的地方。”他拍摄过的女模特则说：“罗伯特，我不知道你是谁，是什么。”老黑人、萨克斯管吹手约翰·“夜鹰”·卡明斯对晚年的罗伯特有两句非常重要的评语：“能对一个女人这么钟情的人自己也是值得人爱的。”“我觉得他知道很多我们大家都不知道的东西。”不难看出，各种人物对罗伯特都有大体一致的感觉。这就是，他不是一个常人，他一半儿存在于现实的物理世界中，一半儿生活在自己“思想与情感的”幻想世界中。他像一个朦朦胧胧的美丽的梦，扑朔迷离令人神往。他既特别又怪异，但绝不是怪物。这就是这个形象的另一个明显的特征。

罗伯特既现代又传统，是一个多元集合的矛盾体。他当过兵，参加过第二次世界大战，在军队里学会了摄影，但却没钱上大学。他把自己看成一种“在一个日益醉心于组织化的世界中正在被淘汰的稀有雄性动物”，“属于过时的品种”。弗朗西丝卡也感到，“从某种意义上说，他不属于这个地球……他能集极度激烈与温和善良于一身。他身上有一种模糊的悲剧意识。他觉得他在一个充满电脑、机器人和普遍组织化的世界上是不合时宜的”。他是那么激烈地爱着、想着、渴望着弗朗西丝卡，他时刻听到“时间残忍的悲号”，那永不能与弗朗西丝卡相聚的时间！但是，他又理性地认为“对于宇宙来说，四天和四兆光年没有什么区别”。认为“在一个充满混沌不清的宇宙中，这样明确的事只能出现一次，不论你活几生几世，以后永会再现”。我们从罗伯特的衣饰形象中依稀看到他身上残存的牛仔的影子；从他关于“最后的牛仔”的自我审视中看到他与这个“日益醉心于组织化的世界”的格格不入；从他对弗朗西丝卡的内心矛盾看到他的善良和责任心；从他对弗朗西丝卡至死不渝的、殉道般的爱看到他的人格力量；从他精益求精的拍摄工作和摄影艺术看到他的敬业精神、对艺术的痴迷和对光的超常敏感；从他干脆利落的摄影动作中看出他长年独自劳作的娴熟程度；从他汗渍斑斑的棕色表带感觉到他生活中的无人关心；从他驾车点烟的动作、吃饭的随便看出他生活的四处流浪和习以为常；从他轻关门拍小狗的举止看出他的硬汉温情。总而言之，用现代的眼光看，他的言行很古老；用传统的眼光看，又觉得他很现代。

我们每个人的身体里（心灵深处）都可能藏着另一个生命，只是我们的生活太平庸或者我们的一生都可能遇不到那种足以唤醒另一个生命的机遇，我们不知道有过多少回失之交臂。我们面对人的生命本体的生离死别而无可奈何。在罗伯特的身上，在罗伯特与弗朗西丝卡超越了生死界限的恋情之中，我们却看到了缘于情爱的人的精神生命对于生离死别的超越。这是人类情爱的巨大价值所在，没有这种价值的支撑，人生也许仅仅只是一回情感苦旅，生命也就仅仅是一个逐渐走向死亡的可怕过程而毫无辉煌欣悦可言。罗伯特形象最深刻动人的地方就在这里。

三、乡村文化与少女之梦——阅读弗朗西丝卡

《廊桥遗梦》电影在国内上映之后，据《南方周末》调查，40.7%的观众认为，它的女主人公弗朗西丝卡（Francesca ）的“最可爱之处在于她出于

责任所保全家庭的理智选择,最终没有跟罗伯特走”[1]。

这反映了我国普通大众的一种务实心态。

这个来自意大利那不勒斯的姑娘,上过大学,获过学位,二战以后的1946年,正值风华正茂之际,嫁给了美国大兵理查德·约翰逊,来到美国南依阿华乡间,当过乡村英语教师,后来成为美国专职农妇。一晃就是20多年,故事开始时已45岁。这是一个浸透了爱意的、享受了人间至乐至爱的女人,一个经受了人世间最短暂、最长久、最深刻、最痛苦的爱的体验的女人。“罗伯特·金凯教给了我生为女儿身是怎么回事,这种经历很少有女人甚至没有任何一个女人体验过。”“在四天之内,他给了我一生,给了我整个宇宙,把我分散的部件合成了一个整体。”这是弗朗西丝卡对人类情爱的独一无二的、刻骨铭心的感受。

关于弗朗西丝卡的文字,是这部小说最具写实意味的部分。当初,她嫁给理查德的唯一理由就是“待她好,还有充满希望的美国”。20多年来,弗朗西丝卡的日常生活无非是“在牲口棚里劳动”“在后廊喂狗”“坐在厨房看小书”,尽管理查德给了她“平稳的生活”,她也一直“平静地爱着”丈夫,但却没有激情、没有晚饭后的散步,没有诗和音乐的情怀,没有人顺手采集一束野花献上。她所生活的麦迪逊县的这个小镇,在美国那样一个高度发达的社会里,显得闭塞、守旧和沉闷,她感到受损害,感到孤独,“诗人在这里是不受欢迎的”。即使历史进入20世纪80年代,这里“男人穿凉鞋的还是少见”。她对罗伯特叹息道:“这不是我少女时梦想的地方”。生活就是由这些大量鸡毛蒜皮的细节构成的,弗朗西丝卡的生活状态表明,她的美国梦在一点一点地破灭,美国的月亮并不比别国的圆。乡村文化的守旧、封闭、沉闷和单调在年复一年地吞噬着弗朗西丝卡们的少女之梦,消耗着她们的美好年华和宝贵的生命,理查德临终之际深有歉意地对她说:“弗朗西丝卡,我知道你也有过自己的梦,我很抱歉我没能给你。”

弗朗西丝卡的美国梦破灭了,少女之梦并未完全泯灭。考察20多年来的乡居生活和遇见罗伯特之后的心理上的种种微妙变化,就不难理解

---

①《南方周末》,1996年7月12日。

弗朗西丝卡在短短的4天里为何陷得那样深。在对弗朗西丝卡的勾勒中，小说把真情实感熔铸于大量生活细节之中。罗伯特随手采集的一小束野花，竟使她内心激动不已；罗伯特的一双棕色凉鞋，竟使她一再审视自己以往的生活而感慨不已。仅8万字的篇幅，一个香烟的细节作者就不厌其烦地写了16次，其中有10次跟弗朗西丝卡有关，须知这是她20年来的首次开戒！香烟、音乐、诗歌在这里只是一个媒介，它表明男女主人公文化素养上的共同点，它们一点一点地唤醒了弗朗西丝卡的少女之梦，暗示着两人至死相爱的生活依据。

弗朗西丝卡这个形象及其感情世界，有着东方美学色彩。她美丽温柔多情、渴望理想的爱情生活却又时时处于矛盾、怅惘、内疚之中。她虽然对婚姻生活不满却又对理查德所给予她的"平稳的生活"心存感激。她心跟着爱早已走了，责任心却把她"冻结"在南依阿华乡间。她发乎情而止乎礼，把活着的生命给了家庭，又把剩下的遗体给了罗伯特·金凯。在天不能比翼在地不能连理，那就来生来世以身相许。她的情感世界"恰似一江春水向东流"，凄凉、哀婉、痛苦、迷离。这种"问世间情是何物，直叫人生死相许"般的殉情举止，是中国读者喜爱这个形象并为之动情动容的主要原因。

文学创作和阅读的动机很复杂，不排除心理补偿的因素。现代社会是一个商品经济全面活跃的时代，物化的广度和深度正在与日俱增地展开，它在侵蚀人们对真善美的感情等诸方面，不亚于一种精神病毒。在物欲横流的世界，人们终日奔波劳碌，已很难厮守一方心灵的净土，现实生活中的爱情难免被种种生存的俗务朽蚀得伤痕斑斑，人们需要哪怕是一片乌托邦式的理想王国，来寄托温馨暖人的人生梦幻，来对抗物欲横流的现实。《廊桥遗梦》以其纯粹、悲壮而又优美的爱情故事，深深打动了不同国度、不同民族、不同文化背景的读者尤其是中年人的心，体现了现代社会里自然人性的复苏与回归要求，体现了现代人心灵之间的契合与共鸣，为疲惫的心灵躲进小说世界寻求呵护、寻求哪怕是丁点慰藉和片刻宁静提供了一种可能。正如作者沃勒所说："读者反响这么强烈，真使我受宠若惊。也许它那种恬静和伤感的情调讨人喜欢，也可能在一个玩世不恭的社会里人们追求那些属于心灵的东西吧。”[1]

看看弗朗西丝卡，我们就知道，中年人活得很累，精神上很疲惫，这在中外没有太大的差别。家庭、事业、工作、生活都处于一个重要而艰难的阶段，早年激情的失落、内心趋于封闭，如果再碰巧遇上平庸的婚姻，就会益发加重他们对现代社会孤独的体验与品味。生活是严酷的，生活本身足以叫最辉煌的一种理想黯淡无光。也许只有中年人才能初步体会到理想与现实是多么不同的两个天地，才能体会到人生真谛的某些方面。也许只有中年人才更容易放逐精神去流浪，渴望昔日重来，等待一个奇迹，让心灵拥有一个梦，一片期待阳光、空气和水分的绿叶。

阅读《廊桥遗梦》，阅读弗朗西丝卡，就是在阅读现代人自身，阅读人到中年的精神苦旅，《廊桥遗梦》之所以能风靡全球，动人心魄，原因简单如斯。

四、书里书外——现代人爱的迷惘与无奈

书里的爱情故事和书外的现实生活，引出学术界的一个重要话题：社会舆论和文学艺术有其共同面和它们的不同特点。作为共同面，两者都是精神文明的组成部分，作为不同点，社会舆论注重道德伦理，维护社会秩序，讲究人们的行为规范。而文学艺术则是揭示人性、探讨人性、影响人性的，它不应该仅仅只是说教。

在阅读和试图剖析这本书时，我常常想到人与动物这个古老的话题。作为地球上高级智慧生物的人类，虽然与动物生活在同一个物理世界之中，但人的生活的世界却完全不同于动物的自然的世界。古希腊哲学家亚里士多德把人定义为“政治的动物”，马克思则定义为“生产关系的总和”，他们都看到和强调了人的社会属性。我们从蚂蚁搬家和蜜蜂酿蜜中间，也可以看到明确的劳动分工和极为复杂的“社会”组织，这说明，社会性并不是人的唯一的独有的属性。人还有着自然属性与文化属性的那一面。20世纪上半叶法国哲学家卡西尔独树一帜的人的定义为“符号的动物”，他认为人类的各种文化现象——神话、宗教、语言、艺术、历史、科学等等，都

---

①转引自《大众电影》，1995年第10期。

是人自身以他自己的符号化活动所创造出来的“产品”，因此与其说“人是政治的动物”，还不如说“人是文化的动物”，他强调“在人这里，我们看到的不仅是像动物中那种行动的社会，而且还有一个思想和情感的社会”[①]，透过廊桥故事文本，我们感到作者沃勒力求展示的就是这样一个“思想和情感的社会”。这个社会的最大特征就是它的人学思想和文化意义。人是有理性的动物，人类之情爱与动物之繁衍生息的本质区别在于，人类之爱是一种文化，是一种有目的性、逻辑性的伟大而崇高的思想情感活动，是人类印象最深的体验之一，它同希望、信念一道构成了人的生存意义的主干。

人类的情爱活动同时派生着一对双胞胎——幸福和痛苦，但人类情爱活动所派生的痛苦却能让处于情爱中的人乐于承受并产生殉道般的崇高感。在罗伯特与弗朗西丝卡晚年音讯隔绝的孤独生活中，他们私守着心灵的那一方圣地，默默地咀嚼着生离死别的痛苦，要死要活地互相渴望着（仅仅只是渴望着），然而他们的心境却如处天堂一般，这就是人类情爱的伟大力量。人类能克服和战胜种种生存的苦难，正因为有这样的信念和力量。这是这个故事美得令人心碎的一个原因。

在科学昌盛、技术发达的现代社会，人的问题不但没有解决，相反倒是处在深刻的危机之中，赫舍尔在《人是谁》一书中深有感触地写道：“我们按照我们是什么而活着，还是依靠我们所拥有的而活着？我们的困难在于我们对人性知道得太少。”又说：“人的存在的含义，不仅仅包括存在；在人的存在中，至关重要的是某些隐藏的、被压抑的、被忽视或者被歪曲的东西。”[②]现代人类文明的发展过程，实际上就是自然的人被不断异化、不断改造的过程。在这个过程中，人类获得了高度的物质文明和精神文明，失却的是原始本真的自然属性。人的创造与人的愿望背道而驰，这也许是一个悲剧。为什么在西方发达国家物质文明的程度越高人的道德就越沦丧，为什么高度的物质文明反而会使人产生空前的空虚孤独和落寞感？按

①[德]恩斯特·卡西尔：《人论》，甘阳译，上海译文出版社 1985 年 12 月版，第 282 页。

②赫舍尔：《人是谁》，陈仁莲译，贵州人民出版社 1994 年 4 月版。转引自《文论报》，1996 年 1 月 1 日。

理，在漫长的二十多年中尤其是弗朗西丝卡的丈夫理查德去世之后罗伯特尚在人世的那三年，罗伯特与弗朗西丝卡完全有理由和可能进行联系或生活在一起，他们却没有这样做。他们宁可把他们共同创造的那个美好的世界分别珍藏在各自的心里而不愿看到它被现实的文明社会所“摧毁”，因而殉道般地度过了音讯隔绝、苦思苦恋的二十多年。

根植于人类生存和发展的经济体制之上的婚姻制度，本来就不是完美的。阅读《廊桥遗梦》，可能使人们对现存的制度的婚姻及其质量发生疑虑，容易看到这个至死不渝的爱情故事对现行婚制的挑战意味，这毫不奇怪。但人们大可不必担忧，沃勒的一本书尚没有那种足以影响和改变人们现存生活秩序的能量。这里有一个显而易见的事实，即制度的婚姻的稳固性与感情的婚姻的脆弱性。这些都不是主要的，我们可能会忽略它的另外一些更为切近本质的东西。人永远有追求圆满的自我实现的一面，但人类要组成社会，因而总会有社会规范来约束个人的某些方面，这是人类社会的内在冲突，似乎永远难以解决。在人类的进化过程中，与自然宇宙相对照，人类建设和创造了一个自己的宇宙——一个人类文明的宇宙。人被严密地组织其中，必须严格遵循和服从这个宇宙的规范和法则。商品需要包装，其实人类的进化和人类社会的发展就是一个不断包装的过程。衣饰是人类自我包装的外化，这是人类有别于动物的一种存在形式。运用人类精神文明的成果约束和规范个人的言行则是一种“内包装”。按现代文明社会的标准，一个运行良好的社会，主要的不是靠它的军队、警察和司法机构等这些“硬件”来控制，而是靠它的文化、道德、宗教、习俗等这些“软件”来约束，是一个全体社会成员的自觉自律过程。从这个意义上说，人类文明的程度越高，人的自我包装就相应的越“考究”，自我的约束和规范也就越严格。与动物相比，动物可以任性，人却不行，人类文明的“内包装”约束和限制着自我的任性行为。《廊桥遗梦》的男女主人公也仅仅只“任性”了四天，四天就让他们支付了一生。在这里，我们并没有看到那种预期的“私奔”模式的出现。从灵魂到肉体，他们当然希望永久地结合，然而这是不可能的，“私奔”将会“杀死”两个人的爱情。在弗朗西丝卡的意识深处，总觉得自己有一部分“属于她的家庭和麦迪逊县”。她在给儿女的遗信中说“如果不是你们俩和你们的父亲，我会立即跟他走遍天涯”，“如果没有罗伯特·金凯，我可能不一定能在农场待这么多年”，生活就是这样矛盾，人生的无奈和痛苦也由此可见一斑。从罗伯特这方面看，他完全可以凭自己的力量抑或仅凭自己的精神力量就能使弗朗西丝卡跟自己远走高飞，他最终并没有这样做。“他是一个非常敏感非常为别人着想的人”，他充分尊重了弗朗西丝卡的意愿和那“实实在在存在的责任”，并且从此永不相扰并终生再未有过别的女人，这使这个故事具有了浓浓的伤感色彩和道德感，是最凄婉感人的地方之一。他们当初选择了生离，也就是最终选择了死别，他们的坚持与放弃、生离与死别，从中可见婚外情缘充满矛盾挣扎的悲剧意味。

把小说与现实生活相比较，我们会感到，艺术殿堂的爱情故事是那样的超凡脱俗，现实生活则又是这样的难以言说。沃勒通过他制造的这个爱情经典，试图解决现代人类所面临的一种心灵困惑：它既探索了人的某种“别样的生存状态”，尝试着从爱的质量和人性的角度肯定婚外情，与目前社会的宽容心态形成认同，又肯定并维护了家庭传统，维护了传统伦理道德的尊严，与文明社会价值观形成认同。这本书受到广泛的欢迎与认可，体现了文学艺术与社会心理某种程度的相映与契合。

人的一生都在追求幸福，却难免不收获痛苦，阅读《廊桥遗梦》就是在阅读一种人生的无奈，阅读一种人类共有的痛苦，沃勒把这种痛苦升华为一种美，美得让人心碎。

五、叙事玄机——简单的背后

一部小说的魅力，可能在于它的故事情节，也可能在于它的人物命运和思想深度，而一部小说的魅力除了上述惯常的因素之外，仅凭它的简简单单的叙述方式和并不特别优美的语言所营造的语境气氛，就能深深地打动读者，让读者不知不觉地感觉到它的主人公的生活状态和内心世界，把故事读得透彻，理解得到位，就显得弥足珍贵了。

《廊桥遗梦》就是这样一部小说。

《廊桥遗梦》是由“开篇”“廊桥遗梦”和“后记”三大块零零碎碎长短不一的 11 个章节所构成，在谋篇布局上极像中国传统的古典小说。它有一个类似于“题叙”的“开篇”，概述全书的故事来源、写作动机及作者对这个故事的总体评价；它的“廊桥遗梦”（即“正文”部分）共有 8 篇，其中“罗伯特·金凯”“弗朗西丝卡”“古老的夜晚，远方的音乐”“星期二的桥”“又有了能跳舞的天地”“大路和远游客”等六节与“开篇”共同构成故事的前半部分，约占全书的四分之三。剩下的“灰烬”“弗朗西丝卡的信”两节与这本书“后记”部分的两小节“塔科马的夜鹰”和“‘夜鹰’卡明斯谈话录”，共同构成全书的后半部分。

在叙事策略上，制造真实、营造氛围是全书最为重要的特点。

小说一“开篇”就定下“纪实”的调子，有故事的详细来源，有具体的时间、地点、人物和情节，当然也“用了一些想象力”，并说明作者自己曾“沿着我认为是金凯 1965 年 8 月从贝灵汉到麦迪逊县的路线作了一次旅行，在行程终了时，我觉得自己在很多方面变成了罗伯特·金凯”。从形式上看，很像时下我国的纪实小说。作者隐忍着激情有意将时空打乱使故事时断时续，从而留下了缓冲的余地，这种节制贯穿全书，使作者用笔极其简洁朴素，甚至有些吝啬，没有任何的虚饰夸张。他仅用了 8 万字的篇幅就写了两个人的一生，而且真正写尽了、写透了，可见其惜墨如金到何种地步。为了强化故事的真实性，沃勒运用了大量细节描写和实物点缀，比如前文所述及的 12 次香烟的细节，比如金色吉波牌的打火机、尼康相机、“基佐”牌商标的三脚架、“柯达彩色”胶卷、骆驼牌香烟、莱维牌牛仔裤、咔叽布衬衫、瑞士腰刀以及铜烛台、白蜡烛、白兰地、牛皮纸信封内的遗物，甚至叶芝的诗《流浪者安古斯之歌》，甚至乐曲《秒叶》等等。大量生活细节和实物的点缀运用，都只是点到为止，毫不恣意夸饰，造成一种阅读错觉：反正一切都是真的，用不着恣意夸饰。

在故事时间的编排上，沃勒还悄悄地、不动声色地玩了一些花招，打了一些哑谜，将一些生命的玄机隐藏其中。我曾将全书零乱的时间和事件梳理出一张类似于流水账般的“时间表”，发现了几组作者并未点破的、貌似巧合实则暗含玄机的时间与事件，这里摘其一二以述之：

其一，通过黑人乐手卡明斯的口侧面交代罗伯特晚年在西雅图孤岛上的最后岁月时，说他每到星期二晚上（刻骨铭心的日子！）都要到肖蒂酒吧听萨克斯管独奏乐曲《秋叶》(刻骨铭心的乐曲！)。

其二,1982 年 1 月,罗伯特去世,终年 69 岁，遗嘱将骨灰撒在罗斯曼桥附近。1989 年 1 月,弗朗西丝卡伏在自己家厨房的餐桌上“无疾而终”,终年也是 69 岁！遗嘱将骨灰撒在罗斯曼桥附近。此时距她与罗伯特分别整 20 年,距她已知罗伯特不在人世整 7 年。虽然作者并未点破，我们却看到弗朗西丝卡只活到与罗伯特同样的岁数并选择同样的季节和月份随他去了,看到两人不约而同的最后归宿,这里究竟隐含着人类生命与情爱的什么秘密呢?

作者只字未提,只留给读者慢慢体味。

就叙事格调而言,全书显得出奇的平淡和冷静。顺叙、倒叙、插叙、书信、文稿、回忆、旁白、议论尽皆点缀其间,形成一个有机整体。作者那种漫不经心的纯客观的轻淡描写式的叙述方式和不动声色的叙述口吻，常常使人感到一种残酷和不满足。一点一点累积起来的情节及气氛在终结时,凝结成一团雨雾,在人们心中飘悠,谁也讲不清楚它究竟是什么,然而又是那么的沉重。请看下面一段叙述:

下午早些时候她曾去过罗斯曼桥。现在她走到前廊，用毛巾擦干秋千,坐在上面。这里很凉,但是她要待几分钟,每次都这样。她走到庭院门口站着然后走到小巷口。事隔 22 年之后她仍能看见他在近黄昏的午后走出卡车来问路，她还能看见哈里颠簸着驶向乡间公路然后停下——罗伯特·金凯站在踏板上,回头望着小巷。

这是《灰烬》一节的最后一段,写弗朗西丝卡 67 岁爱情生日仪式之后的情景。作者用语不动声色,语调冷静得近于冷酷,然而那蓄积在弗朗西丝卡内心世界的巨大情感波动却令人荡气回肠。

这样的文字在作品中比比皆是,它的魅力、它的气氛、它的平淡和冷静,甚至它的富于东方美学含蓄蕴藉、言已尽而意无穷的韵味,就是靠这样简单而又准确的语言来传达的。

故事本身巨大的悲剧力量是不言而喻的,却没有任何政治的、人为的因素,甚至读完之后连恨恶的对象都找不到,你只能长时间地为主人公们抱屈和遗憾。类似凄婉的爱情故事,在文学作品中并不少见,也许由于一些作者在字里行间过多地浸润了自己的情绪抑或某些显而易见的悲剧成因，从而使作品失却了耐久回味的品格。沃勒是聪明的，他肯定清楚地知道故事本身所具有的那种令人荡气回肠的力量，因此，他用笔极其克制，他留下了一个巨大的艺术空间，或者说他没有用哪怕是一个多余的字去填充对于读者来说弥足珍贵的想象空间，这使他的小说仅在形式上就显得既朴素又新颖、既简单又丰富，篇幅小而容量大，使故事本身产生了让人再三回味的品格和无穷的张力。这将给中国作家们提供很多有价值的艺术启迪。

在对这部小说批评的文字中，一些论者较多的看重并指责其前半部分即罗伯特与弗朗西丝卡 4 天里激情欢爱的描写，认为哗众媚俗的成分居多。当然，作为一部流行的畅销小说，为了照顾大众消遣和某些商业需要，作者不得不考虑故事的可读性。相对来说，沃勒在书的前半部分的确不惜笔墨描写了两人的性爱活动，对两人尤其是弗朗西丝卡性爱中的心理体验也较多宣泄，虽说其用语文字谈不上惊世骇俗，却也的确够“煽情”的了，难免露出“流行”的通病，从而一定程度上湮没了故事的深层蕴含，这是需要指出的。但是，这部小说真正感人的地方，不是在于 4 天激情欢爱的描写，而是在于 4 天之后的忍痛分别和此后终生的互不相扰至死不渝。也就是说，这故事的前半段必须有后半段的支撑才显示出其分量，它的真正的重心在后半部分，否则，男女主人公 4 天里的激情欢爱就真的成了一个毫无价值的婚外艳遇而已。

妙就妙在作者对后半部分的叙述是漫不经心的、侧面追述式的，用笔极省俭，仅占全书的四分之一，远不如前半部分那么煞有介事走火入魔，这也许给一些读者造成误会，感到它在整体结构上的支离破碎和某种“失衡”。但它留下了巨大的想象空间，使人更能深切地感受到人生的许多无奈，感受到渗透在作品字里行间的关于人性深层的一些思索，感受到男女主人公爱又不能的巨大痛苦，感受到人类爱的无私和本色。真正的爱也正是通过这样的途径而使人升华完美的，这是人性最接近于神性的一面。

简单的背后，往往蕴含着深刻的奥妙。

1997.01

颠倒众生的艺术魅力从何而来?

——《廊桥遗梦》及其续集的叙事圈套破解

在尝试破解美国作家罗伯特·詹姆斯·沃勒的叙事圈套之前，先来看与两本书相关的一些时间与数字:1992年,小说《廊桥遗梦》问世,之后连续3年荣登《纽约时报》畅销书排行榜，被译成35种语言风靡全球,到2002年的10年来,印数高达1200万册。1994年,中国有了第一个译本,由梅嘉翻译,外国文学出版社出版,先后多次印刷,总数超过50万册,还不算盗印的。这本只有8万字的小册子,写了美国两个中年人发生在4天里的激情故事和其后长达24年的音讯隔绝与生死相守。1995年前后,这本书在国内引起轩然大波,读者、媒体和评论界争得热火朝天,发表的文章不计其数。此期间,由美国著名导演克林特·伊斯特伍德亲自编导并主演的同名电影也迅速风靡全球。与原著出版相隔10年之后的2002年4月,小说的续集《梦系廊桥》问世,在美国和国际读书界好评如潮,继而成为超级畅销书,国内的第一个译本由宋文伟、侯萍翻译,译林出版社2002年11月出版,约11万字,印数也达数10万册。再一个10年之后的今天,点击百度搜索,输入“廊桥遗梦”四字,会出现175万多条搜索结果。

那么,小说《廊桥遗梦》及其续集颠倒众生的艺术魅力从何而来?什么原因让这两本薄薄的小册子迷倒了不同国度、不同年龄、不同文化背景的人群?

一、隐含的文本,未知的结构:现代人谁没有隐匿于内心的秘密和缺憾?

文学作品的未知结构既是一个内容上的概念，也是一个技术层面的概念,其实质是一个两难的命题。简言之,它是一种无法回答也不能写出的客观存在,它直击人类本真的生命困惑,它提出的命题永远没有结果,永远无法解释，永远让人纠结而不能释然。概凡传世名作，大都具有这种特质，美国作家海明威的《老人与海》、中国作家曹雪芹的《红楼梦》就是最典型的例子。

对于《廊桥遗梦》这样一部人们传统观念上认为的畅销小说，是否也具有这种艺术品质呢？

笔者曾在《人性深层的艺术逼近——〈廊桥遗梦〉析评》一文中对《廊桥遗梦》的章节结构作过一个简要的分析：其类似于题叙的“开篇”概述写作动机、全书主旨和作者对这个故事的总体评价。正文用了 6 节来写男女主人公的前世今生和发生在 4 天里的激情欢爱，约占全书 3/4 的篇幅。而描写男女主人公 24 年音讯隔绝苦苦相思的文字仅用了最后的 2 节，加上后记的文字，仅占全书约 1/4 的篇幅。这种章节布局和文字分配给读者造成了一种阅读误解，以为这故事的重心是发生在 4 天里的激情欢爱，作者刻意描写和渲染的是一个婚外艳遇，是一个俗而又俗的婚外情事，是一个完完全全的世俗构架。

这种误读实在太小看作者沃勒的用笔玄机了。其实，这部小说的叙事玄机恰恰潜藏在正文的最后两节和后记的文字里， 这部分文字仅占全书 1/4 的篇幅，是作者故意留下的一个巨大的伏笔，是作者的刻意经营所在，正是这一部分所制造的未知结构打动了人心，吊起了读者的胃口，让读者欲罢不能。在这最后 1/4 的篇幅里，“弗朗西丝卡的信”一节的主要内容是弗朗西丝卡 67 岁生日之际的最后回忆、留下的书信和遗嘱，穿插了罗伯特去世的情况和罗伯特未曾寄出的信和文稿， 是女主人公年复一年的近于宗教般虔诚的祭奠仪式，“灰烬” 一节实则是留给了读者一个荡气回肠的结局，用“灰烬”(ashes)一词作结真是含义无穷。行文至此小说本已结束，作者觉得圈套营构得还嫌不够，又补记了“塔科马的夜鹰”和“‘夜鹰’卡明斯谈话录”两篇后记，进一步凿实这故事，进一步印证罗伯特·金凯的特立独行和对爱与责任的至死坚守。可以说，原著让人欲罢不能的艺术吸引力主要源于这两部分文字。

说实话，我对沃勒的这部小说的确十分偏爱，特别着迷于它的叙事艺术，着迷于它的隐含文本，着迷于它的未知结构，也就是说，我特别着迷于它含糊其辞甚至根本就未写出的那一部分。那种隐匿于现代人内心的秘密和缺憾，那种人类本真的矛盾和宿命，常常让我陷入深思而无以释然。这本书的每一个字，每一种来自灵魂深处的暗示，都是那么强烈而持久的打动人。它仅仅是一部畅销小说，但它总是给人以小说文本之外的许多启发。面对人生中的诸多纠结，我们常常在两难中无法寻求平衡，一部小说的艺术魅力，不正在于此吗？

十几年来，我对这部小说结构艺术的探索兴趣有增无减，当它的续集《梦系廊桥》甫一问世，在欣喜之余我却有些担忧，生怕沃勒重蹈许多作续者的覆辙，弄成个狗尾续貂。试想，如果这故事有了一个物理性的结局，故事的空白都被填补了，读者的遗憾都被解决了，男女主人公的缺憾（实际上也是现代人共有的）都被弥补了，那么它的艺术魅力还能持久吗？但我高兴地看到，在续集里，沃勒完全保留了原著的叙事笔法和策略，对原著成功营构的结构框架不但未造成破坏，还制造了一些新的隐含和未知，譬如罗伯特的突然亡故所造成的维妮·麦克米伦和儿子卡莱尔的永远遗憾；罗伯特和弗朗西丝卡在罗斯曼桥上的阴差阳错失之交臂；等等。与原著相比较，续集比原著的篇幅稍稍有所增加，由“作者的话”、15 节正文和 1 个“结语”组成，我将续集与原著的文字作了细细比较，发现两者的叙事风格完全一致，细节和情节没有任何冲突和矛盾，只是让原著中所营造的结构框架更加复杂，男女主人公的形象更加丰满立体，让这个故事更加言之凿凿。我不知道当初沃勒在作《廊桥遗梦》时有无想到十年之后还会写一个续集出来，但事实是原著的确为续集留下了足够的艺术空间，续集的确为原著做了技术性的勾缝和补白，这种原著与续集在情节内容和艺术框架上的珠联璧合，在文学史上还真不多见。当然，这一切皆因它们都是出于同一作者同一叙事策略的缘故。

由此可见，《廊桥遗梦》和它的续集有一个双层结构，显在的和潜在的，已知的和未知的。《廊桥遗梦》写出的是这个故事的表象，是浮在生活外面的东西，是这个故事全部内涵中很少的一部分，是作家漫不经心有一句没一句地告诉读者的，显得有些支离破碎，是小说的表层结构，或者叫已知结构。那些大量的生活真相，这个故事核心的细节和情景，这个故事中的两难选择,人性的深层内涵,却被故意遮蔽了,完全留给读者去靠想象来填补。就是说,《廊桥遗梦》有一个潜伏在冰山下的巨大的隐含文本,正是这个被遮蔽的文本吊足了读者的胃口,让你一拿起就放不下。从阅读心理学的角度看,这正是作者叙事上的极大成功。人们对那些未知的总是充满了好奇心,男女主人公在音讯隔绝的24年里,彼此苦苦相思坚守着这唯一的爱,他们是怎么熬过那一个个日子的?这期间究竟发生过什么?他们为什么不能最终走到一起?在续集《梦系廊桥》里,世俗化的阅读心理肯定期望作者把原著里所隐含的文本完全展示给读者,对两难作出大团圆式的回答,完成一次作家与读者的回馈与互动。但沃勒深知艺术的辩证法,深知用笔节制的道理,他不是毫无保留的续写,而是挤牙膏似的选择了一点点,仍然留下了大量的空白和未知,他小心翼翼地维护了原著的结构体系。11万字的篇幅,其实只写了罗伯特生命最后一年里发生的两件事:相见与错过。我们常说生活里有许多意外的重逢,也有许多阴差阳错,晚年的罗伯特长途跋涉去旧地重游,错过了梦中的洛神弗朗西丝卡,却意外地碰到了36年前有过一夕之欢的大提琴手维妮·麦克米伦并与私生子卡莱尔父子相认,命运就这样开了主人公们一个玩笑,也开了读者一个玩笑。

续集里,作者选择了罗伯特一生中的最后一次远征来入笔,这是罗伯特的人生告别之旅,是由一些零零碎碎的回忆和沿途经历所构成。在作者多头线索的零乱叙述中,写了弗朗西丝卡靠着对4天的回忆孤独度日,写了她对来自邻居弗洛依德·克拉克示爱的婉拒,写了她对每一个和罗伯特在一起的时刻的刻骨记忆,写了罗伯特与弗朗西丝卡在罗斯曼桥的失之交臂,写了卡莱尔·麦克米伦的寻父过程和罗伯特的身世,写了罗伯特在汽车旅馆里面对陌生人情不自禁的回忆和倾诉,写了罗伯特与维妮·麦克米伦的巧遇重逢,写了罗伯特生命结束之前的多次征兆。罗伯特意识到,“这是一次告别,一次开闸和关闸,是他向弗朗西丝卡·约翰逊说再见的方式”[①]。

---

①详见《梦系廊桥》,第156页,本文引文凡未注明出处者,均出自小说原著和续集。原著《廊桥遗梦》,作者罗伯特·詹姆斯·沃勒[美],梅嘉译,外国文学出版社1994年6月版;续集《梦系廊桥》,作者同上,宋文伟、侯萍译,译林出版社2002年11月版。

最后的结果是，他“失去了伟大的爱情，找到了一个儿子”。“罗斯曼桥”是其最核心的章节，写晚年的罗伯特与费朗西丝卡在相互不知情的情况下，在同一天的同一个时刻，从不同的地点去罗斯曼桥重温旧梦，却由于前后几分钟的时间而错失人生最后一面的良机，是全书最为悲催的情节。假如罗伯特·金凯在罗斯曼桥上多待几分钟，假如弗朗西丝卡早到那么几分钟，那会怎么样呢？然而生活是一个实实在在的物理过程，没有假设，没有如果，没有逆转，无论多么美好或者遗憾的事，一切都不能重新来过，人生的无奈悲凉就在这里。

这个结局是对原著最好的维护，因为原著已经明确告诉读者男女主人公生前再未相见，并且均已相继在活到 69 岁时死去，骨灰撒在罗斯曼桥，续集再怎么折腾，也不能打破这个架构。续集很好地维护了这一基本结构，让罗伯特与弗朗西丝卡生前再未能见上一面，让见了又能如何成为永远的悬念。这个让读者纠结的两难选择是无法解决的，只能永远纠结下去。无论是原著还是续集，作者用笔都节制到了吝啬的程度。

西方传统文论讲典型，中国古代文论重含蓄，这两点沃勒都做到了，他笔下的那个男主人公罗伯特·金凯是独一无二的“这一个”，既现实又浪漫，既虚无又真实，既现代又传统，是二战之后美国“西部最后的牛仔”，是一个世间罕有、不但女性为之着迷，就连男性也会为之倾倒的多元集成的象征性形象，是西方经典爱情小说中精心打造的有情有义的真男子，笔者曾在《人性深层的艺术逼近》一文中有过详细论析，此处不再赘述。

说到含蓄，作者对发生在 4 天里的激情故事其实并没有太多的直接描写，却用许多看上去并不经意的文字和细节刻意渲染 24 年的音讯隔绝，刻意制造 24 年的生死相守，刻意暗示一个巨大而隐含的人性真实，刻意营构一个永久无奈的结局。沃勒巧妙地避开了因婚外恋而可能波及的对现存婚姻制度和普世道德观的挑战，却触痛了现代人内心隐秘的地方。这样一种叙事圈套，牢牢地抓住了读者的心。在一个日益工业化和多元化的时代，我们相信大多数读者仍然崇尚专一的爱情，一个人只有一辈子人生，一辈子人生最美的，或者说最凄美的，或许就是那种可遇不可求的爱情，正如作者在续集中所说：“对任何人来说，一生中能够得到一次伟大的爱情足矣。"《廊桥遗梦》的男女主人公用他们的后半生证明了这种真爱的唯一性。这特别符合中国传统的道德范式:发乎情而止乎礼,生命有限而情义无价。牛郎织女的鹊桥相会如斯、梁山伯与祝英台的羽化成蝶如斯、贾宝玉与林黛玉的苦恋悲剧如斯,正因为不完美,才让人永远觉得遗憾,永远无法释怀,永远陷入两难的判断中,这是人性的悖论,却是艺术的辩证法。

在世界文学名著中,《老人与海》中老渔民的胜利与失败、《红楼梦》中贾宝玉与林黛玉的结合还是不结合,都是人类永恒的悖论。老渔民费了九牛二虎之力打回了一条大鱼,却被鲨鱼吃剩了一副骨架,他是胜利者还是失败者?如何对人类的这种努力及其结果作出价值判断?一个不具备做丈夫的贾宝玉和一个不具备做妻子的林黛玉,尽管他们两情相悦,但我们无法想象这样两种人格架构一旦结合后会怎么样? 是喜剧呢还是一个新的悲剧? 在《廊桥遗梦》及其续集中,这一人类永恒的悖论再次出现了,它集中体现在男女主人公的走还是留、见还是不见上,一方面读者的确希望中年的他们为至爱而私奔,希望晚年的他们为至情而相见,甚至一起共度余生,因为晚年的他们已不存在任何障碍了;另一方面读者又不希望他们私奔和相见,千万千万不能,否则这个故事的所有凄美的内涵都会被破坏了,就会变得世俗化了。因为我们无法想象一个过惯了农场稳定富足生活、心静如水的中年女人与一个浪迹天涯居无定所的摄影师真的私奔了,他们还能维持至死不渝的爱情吗?

人生永远蕴含着待解之谜,伟大的作家永远对生活怀有敬畏之心,伟大的作品总是要透过表象深入人的内心。作家麦家曾在微博里感叹:人的一生,都有一些说不出的秘密,挽不回的遗憾,触不到的梦想,忘不了的爱。的确如此,这也是《廊桥遗梦》及其续集迷倒众生的地方。小说让男女主人公在私奔不成、再见与否中纠结一生,并最终相继孤独地死去,留下永久的遗憾。小说直击人类永恒的悲剧宿命,直击人类本真的心灵秘密,表现了现代人隐秘的生命形态,具备了伟大文学作品的因素,是小故事的大手笔,小人物的大悲剧。可以说沃勒是以自己的写作技巧营造了一种宏大的结构,开辟了一个宏大的阅读空间,让这个"中年危机"的故事打动了无数人的心，蕴含了无穷的魅力。

二、密集的物象，细节的力量：真实性是客观存在的还是可以被制造的？

余秋雨先生在论及文学创作的未知结构时曾说：我们创造作品的人，如何来经营未知结构，这是需要谋略的，就出现了一个艺术方法的问题。未知结构的经营方式，这在我看来是一个谋略，是个艺术谋略。

是的，未知结构的成功营构，肯定需要相当高明的叙事策略，在沃勒的笔下，我更想将其称之为“圈套”，如果不从叙事方式上解读这部小说，事实上并没有读懂这本书，或者说没有读懂作者的良苦用心。

沃勒的叙事圈套很简单，那就是运用密集的、反复出现的标志性物象和大量的生活细节来制造真实，人证物证俱全，时间地点明确。王蒙说，最美的爱情在小说里，《廊桥遗梦》及其续集的作者沃勒则告诉读者，最美的爱情在生活里，在“开满蝴蝶花的草丛中”，在“千百条乡间道路的尘埃中”，在我们身边。他把读者带入他精心设计的叙事圈套中，由艺术真实而达至物理意义上的生活真实，这是极其高明的叙事策略。

小说把叙事线索故意搞得迷蒙不清，许多生活细节需要认真校勘才能对上卯。作者用笔处处设伏，步步下套，许多生活流是并行的，并非单一的线索按时间顺序展开，而且时间完全隐没在只言片语的叙述中，有时还故意设障叫人费心去猜算。十多年来，在反复研读这部小说时，我的阅读需时时回到前面的一些章节中觅取线索，查对时间，我时常在原著和续集中来回折腾，事实上我们随着作者漫不经心东拉西扯的叙述，和卡莱尔一样在蛛丝马迹中费力地接近着罗伯特·金凯，同时也为这一对老情人生前最终无缘一面而惋惜不已。

因此，阅读这部小说，必须时时留心一些细节和时间，需要静下心来沉入书中，在字里行间寻找蛛丝马迹，这有点不太适合中国读者的阅读习惯，却由于作者的叙述语言极其别致而富于张力，从而产生了出其不意的艺术效果。

这部小说的故事，只有强调了它的真实性才有意义和魅力，作者当然深知这一点，因此，无论是原著还是续集，为了达到把纪实性植入人心的目的，作者在叙事操作中的确费尽了心机，因为他深知任何一个时间的环节出现纰漏都会影响小说的纪实效果，都会是致命伤。我在阅读时曾为两本书列过一张详细的时间表，包括章节内容布局、罗伯特的身世和行踪线索、弗朗西丝卡的日常生活、两人之间发生的一些事件、卡莱尔的寻父历程等等，足足有十多页。原著与续集写作间隔相距十年之久，故事发生的时间前后共计 24 年，加上主人公的身世延伸，等等，时间横跨七十多年，但所有的时间和事件都符合生活逻辑，都有翔实的时代背景，没有前矛后盾的地方，并且一些貌似巧合的时间节点，还暗含着许多作者并未点透的人生之谜。

来看一些时间上的关键点：

1. 小说的男主人公罗伯特·金凯因心脏病突发死于 1982 年 1 月，终年 69 岁，遗嘱要将骨灰撒在罗斯曼桥，这是两人相识相爱的地方。小说的女主人公弗朗西丝卡于 1989 年 1 月自然死亡，终年也是 69 岁，遗嘱也要将骨灰撒在罗斯曼桥。她比她终生钟爱着的男人多活了 7 年，却选择在同一个季节同一个年龄无疾而终，这仅仅是巧合吗？

2. 1965 年 8 月 17 日是个星期二，在依阿华的乡间农场，男女主人公坠入爱河，从此这个时间点就伴随了两人的一生，星期二的情景萦绕在弗朗西丝卡的心中，伴随着她晚年的每一个日子；在大地的另一端，每逢星期二的晚上，罗伯特都要到西雅图的肖蒂酒吧里听夜鹰卡明斯用萨克斯吹奏《秋叶》（刻骨铭心的时间和刻骨铭心的乐曲！），在续集中与儿子相认也是在这个时间这个地点，这是巧合还是宿命？

3. 1981 年 11 月下旬，罗伯特驾车旧地重游，作人生的最后告别之旅，几乎在同一时刻，卡莱尔开始了他的寻父之旅，也几乎在同一时刻，弗朗西丝卡前往罗斯曼桥寻梦。在这座古老的乡间廊桥上，仅仅几分钟之差，罗伯特与弗朗西丝卡无缘再见，却在回程途中碰到了 36 年前有过一夕之欢的女人维妮·麦克米伦，并最终见到了自己的儿子卡莱尔。这当然可以解释为巧合，但这里难道没有生命中的那种天人感应心有灵犀吗？

4. 罗伯特在去世之前的 1981 年重回罗斯曼桥时已与弗朗西丝卡音讯隔绝了 16 年，他直到死都不知道弗朗西丝卡的任何情况，也从未去打扰过弗朗西丝卡农场主妇的居家生活。其间，“他对其他女人完全没有了兴趣”,即便是与儿子的生母维妮·麦克米伦相遇也婉谢了她的留宿,对体格强健的他来说,这殉道般的16年,支撑他的精神力量从何而来?

5. 1979年弗朗西丝卡的丈夫去世,1982年2月弗朗西丝卡收到律师寄来的罗伯特的遗物,得知了罗伯特的死讯,1989年1月弗朗西丝卡自然死亡。从丈夫去世到自己死亡这孤寂的10年中,其中有7年是在已知罗伯特不在人世的情况下度过的,这7年她独自一人是怎么熬过来的?从1965年8月与罗伯特分别,到1989年她离开人世,用她自己的话来说这24年“每天都在刀刃边缘上权衡”的日子,她是怎么熬过来的?

这还只是时间表中的一少部分,完全是我从原著与续集的字里行间条分缕析出来的,这些时间概念完全淹没在只言片语的叙述过程中,有的需要根据情节推算才能得出。说实话,在反复阅读小说文本时,我曾试图寻找作者叙述上的破绽,甚至不无苛刻地在鸡蛋里挑骨头,后来我便倾向于相信沃勒在写作时一定有一张关于廊桥故事的时间表,否则很难做到这么天衣无缝、游刃有余。多年来,我一直深信沃勒在小说的时间构架里暗伏着许多人生之谜,作者故意没有点透,而是把无数的问号留给读者,把无望的希望留给阅读后的思考。

在原著和续集中,作者还用了大量标志性的物象和细节来延续故事,制造真实。几乎所有日常生活用品都有具体明确的品牌名称,并打上特定年代的烙印,强烈暗示故事的真实存在。名叫“大路”的金毛猎狗、罗伯特喜欢抽的骆驼牌香烟、刻着RLK字母的金色芝宝牌打火机、尼康F相机、柯达Ⅱ彩色胶卷、风歌牌香水、布德威琴啤酒、契波琴、名叫“哈里”的雪佛莱小卡车、写着叶芝诗句“白蛾子张开翅膀”的纸条、依阿华州麦迪逊县温特塞特米德尔河上的罗斯曼桥、弗朗西丝卡家厨房里黄色贴面的餐桌、弗朗西丝卡浅粉红色的裙子、《时代》周刊、《国家地理》杂志等等,这些大量物象在小说中不时地出现,仿佛不停地在提醒读者:这是纪实,不是小说。

抬手拂发、提提吊带、整理瑞士军刀的皮套,罗伯特的这些习惯性动作总是在一些特定的时刻出现。右手腕上的银手镯、脖子上的银项链、牛仔裤上的橘黄色吊带,罗伯特的这些饰品伴随着他浪迹天涯。索马里河流、大哈契山、马六甲海峡、华盛顿州贝灵汉、依阿华州麦迪逊县、西雅图肖蒂酒吧，这些刻骨铭心的地名贯穿小说始终。一个吸骆驼牌香烟的细节，在原著里就出现了16次，在续集里出现了7次。在续集里，罗伯特死前身体的不祥征兆也出现了4次。可以说，整部小说几乎就是用日常生活的细节密密编织而成的。

另外，小说主人公罗伯特·金凯是美国著名的《国家地理》等杂志的金牌摄影师，由于职业的原因，他的足迹遍布世界各地，许多国家和地区的读者都可以在小说里找到本国或本地的元素，罗伯特的镜头里不仅有肯尼亚蒙巴萨码头肌肉强健的工人，有墨西哥田野里回眸一笑的姑娘，有印度佩里亚尔湖附近草丛里蹿出来的老虎，有纽芬兰外浮冰上的小海豹，还有美国北达科他州的冷面男人、汤森港早晨的青鹭，有法国、西班牙的边境一带巴斯克地区的远山，有马六甲海峡出海的汉子，有苏格兰格伦科群岛的城堡，有印度尼西亚首都雅加达的贫民窟。主人公曾在刚果斯坦利河翻船，在巴西患过病，在东非丛林、危地马拉、西班牙、澳大利亚、加拿大等地都留下过他的足迹。意大利读者不仅能看到来自本国那不勒斯的女主人公，还能看到产于1940年的意大利葡萄酒，中国读者也可以很轻松地在小说里看到罗伯特曾在蒙古大草原上寻找成吉思汗的作战路线，看到罗伯特的哈里卡车上的中国啤酒，看到中国海上的老纵帆船，等等。这种关于题材的处理方式极具“煽情”性，它使小说的叙事辐射具有了广泛的“世界性”因素。

不得不承认，这是极具毁灭性的叙事操作，原来真实是可以被刻意制造出来的。在这里，生活真实还是艺术真实已经不再是一个需要区分的问题了，这对小说创作中的“真实性”的确具有颠覆性意义。

三、戳穿谜底：小说不是纪实文学，让虚构变真实才是真本事

前边讲了许多沃勒为制造真实所耗费的心血，本文最后，却还要戳穿沃勒在小说里的另一个计谋：他其实一再暗示了小说的虚构性，小说就是小说，它不是纪实文学，它遵循小说艺术的基本要素：想象和虚构。

而这一点，恰恰长期以来被人们所忽略。

关于对小说虚构性的暗示，请看证据：

在原著的“开篇”一节里，作者这样写道：“尽管做了大量调查，还是有许多空白点。在这种情况下,我用了一些想象力,不过只是在我作出合理判断时才这么做。”注意“想象力”(imagination)这个关键词,小说创作中的想象力,正是作家创作才华和艺术功力的最好体现。在大量貌似实证的文字里,作者似乎漫不经心地点了这么一句,实则是暗示了小说故事的虚构性。紧接着作者又告诉读者另一个事实:“我们无法确定金凯摄影集的下落。从他的工作性质看,一定有成千上万幅照片,却从来没有找到。我们猜想——而这是与他对自己在这个世界上的地位的看法一致的——他在临死前都给销毁了。”

在续集中,作者没有忘记对原著中的这一判断予以证实。续集开篇“作者的话”一节里就首先写到,罗伯特一生虽然拍摄了成千上万张照片,但他只保存最好的照片,大量照片在整理分类时被淘汰“扔掉或烧掉了”。在正文第 14 节“不可思议的时辰”里,父子相认之后,罗伯特两次迫不及待地告诫儿子卡莱尔:“等我死后,我非常希望你能把所有的底片、幻灯片和照片都烧掉。”“我死后,我希望把身后的地面扫干净,削除所有痕迹,什么也不留下。这是我的方式,卡莱尔,是我看待事物的方式。”卡莱尔答应并在罗伯特死后不无违心地执行了父亲生前的这个嘱咐,就连仅有的弗朗西丝卡的两张照片也被烧毁了。作者为什么要反复强调这一点呢?是要表现罗伯特的与众不同吗?是有这个用意,但作者的真实意图,其实是为自己编造的这个故事在善后,因为照片是男女主人公存在的唯一核心铁证,照片没有了,一切就都子虚乌有了,这是小说在为主人公们扫清身后,让其无痕退出。最后,男女主人公们的骨灰被先后撒在他们相识相爱并最终诀别的罗斯曼桥,生前不能连理,死后化蝶双飞,往事如烟,了无影痕。

这就是小说所暗藏的另一个叙事玄机。

因此,这部小说真正的叙事圈套是:作者一方面信誓旦旦、言之凿凿地告诉读者,我笔下记录的是一个真实发生过的故事而不是小说,我有经过严密考证的时间、地点、细节和线索,有真实可考的人物和事件,并且还有人证物证,作者甚至沿着主人公罗伯特的足迹走过一遭,在叙述过程中连注释都用上了,你要“暂时收起你的不信”来阅读,另一方面又不失时机地暗示读者,这是小说,是想象和虚构的产物,你不要在生活里去试图寻找它。

这样写法，产生的艺术效果就是，生活逻辑上的真实性，让你无可怀疑又无法找寻。你若怀疑它的真实性，就等于否认人类共有的情感表达，这既有违于你对这个凄美故事的美学认同，又无法推翻那种纪实性的考证叙述；你若认可这个故事的真实性，你在生活中肯定找不到男女主人公存在的蛛丝马迹，找不到罗伯特的摄影集。这个故事让读完它的每一个人都信以为真而又无处可寻，这是它颠倒众生的又一巨大魅力所在。

把小说根本未当小说来写，完全打破常规，信笔点化，随意洒脱，把虚构的东西写得让人信以为真。表面上的信笔写来，骨子里的精心刻意；表面上的漫不经心，骨子里的环环相扣，处处留有余地，处处暗藏玄机，处处体现出一个高明匠人不露痕迹的精心制作。这就是本事，这就是艺术策略的重大成功。

我们何曾见过小说有这样的写法？这种写法又会给我们一些什么样的艺术启示呢？

从文学质量上看，《廊桥遗梦》正是由于作者沃勒的叙事圈套而具备了伟大文学作品的素质，从而跻身于世界经典爱情小说的行列，产生了令人惊叹的持久魅力。

2012.09

如此“治疗”，不治也罢

——对《马语者》的一种解读

《马语者》是英国记者、剧作者尼古拉斯·埃文斯创作的一部以当代美国西部为背景的长篇小说，它与《廊桥遗梦》《再见钟情》等西方爱情小说，于 1996 年前后侵入中国，一时风靡全国，赢得不少喝彩。三部小说都以四五十岁的中年人的婚外恋情为题材。有趣的是，《马语者》和《廊桥遗梦》都描写了一个发生在 4 天里的婚外恋情故事；《马语者》和《再见钟情》故事的最后都是以男主人公的死亡而告终的；而《廊桥遗梦》故事开始时，男女主人公其实都已不在人世。

我是以非常平静的心情读完这本被誉为“扣人心弦的心灵历险，感人肺腑的爱情诗篇”的长达 32 万字的小说的。在整个阅读过程中，心境一直是平和的，那种预期的审美愉悦并未出现，远没有读薄薄的《廊桥遗梦》时心灵所受到的那种强烈震撼。其间，也担心过小女孩格蕾斯和“朝圣者”（马）的命运，但主人公汤姆与安妮的所谓“爱情”却并未感动我也未使我激动。故事的后半部分，对汤姆而言整个像是一个天外飞来的艳遇。故事结束时，看上去汤姆是为救格蕾斯而被野马踩死的，其实不然，当时他完全可以躲开野马的攻击，其实是他有意挑起了野马的愤怒，并把自己殉道式地送入野马的坚蹄之下。也许只有在这时，汤姆才意识到婚外情是多么危险的东西。汤姆以死解脱了自己，这是作者精心设计的一种成功之后悲壮的撤退，它使作者和女主人公都轻松地摆脱了两难的尴尬处境，看起来真是伟大极了，也造作极了。

准确地说，《马语者》描写的并不是婚外恋情，而是婚外艳遇，是流浪的西部牛仔和平淡的职业女性之间的一次性遭遇。小说的男主人公汤姆·布克是典型的好莱坞银幕形象——冷面牛仔，这类形象的最大特征就是洞察人生、手段高强，女人一见就想投怀送抱。请看小说对汤姆的描写："他一向喜爱与女人为伍，并发现对他而言，女性总是不找自来。"初吻有夫之妇安妮之后，他"脑中并未想到这是错的，只是关切她是否也会有此感觉"。他想："如果这是错的，那么整个人生之中又有什么是对的呢？""如果一个男人和一个女人彼此有相同的感觉，他们就该付诸行动。"他老于此道且聪明绝顶："对于性他一向任其自然，与它保持足够的距离以保障自己能随时脱身。"作品的另一个主人公、43岁的职业女性安妮在与汤姆首次幽会时，满脑子想的是"只有此时此刻，只有他"，"只有现在，没有过去，没有将来"，正所谓不在乎朝朝暮暮，只在乎曾经拥有，可见多么直截了当。

关于这部小说的主题，有人曾认为，它表现了经济和科技高度发达的美国社会中人的异化这一严肃的主题，反映的是这一代人中的"自然属性"和被生存竞争、现代文明"异化"了的"社会属性"相互矛盾的难题；也有人认为，它提出了"我们活得怎样"这样一个被"抛置一旁而又时时刻刻困扰心灵"的问题，既是对我们"生存真实的质疑"，又是对某种"别样的生存状态"的探索。一些读者硬要这样"兴"，也未尝不可，只是有些抬高了"马"价。在我看来，准确认识它的思想意蕴和作者的意图，需要对小说以外的、使小说赖以产生的西方社会心态背景稍有了解。

安妮与她的丈夫罗伯特（一个不折不扣的品行端正、追求公道的人）之间并未发生什么影响他们爱情关系的事情，但却正处于西方人所谓的"中年危机"阶段，这种"中年危机"是在弗洛伊德精神分析学说变成了一种社会意识形态和日常话语之后，人们所普遍接受的一种关于性心理危机的假设，《马语者》就是对这种心态和假设的一种形象化的诠释，是作者开出的一种"治疗药方"。

为什么说是"治疗药方"呢，"治疗"什么呢？按照"中年危机"理论，人进入中年以后，性能力日渐衰退，逐渐临近死亡，但位于人的潜意识的"力比多"却不肯妥协，于是就会与进入稳定平和阶段的、已经失去新鲜感的婚姻现实发生冲突。一方面是人到中年万事休，一方面又无限怀恋往昔岁月，心存某种梦想，期待着奇迹的出现。《马语者》的故事文本，就是作者为

"治疗"中年人的这种心态和危机所精心设计的药方，不过这药方上只有一味药：外遇。

我们不否认"中年危机"的客观存在。但是，中年人的婚外恋情，涉及爱情、性欲、道德、责任等种种错综复杂的关系，所谓牵一发而动全身，如同它本身的复杂微妙一样，是既敏感又难以把握的文学题材。而《马语者》所开的这个"情感治疗"的药方，未免荒唐了些，它不但于事无补，十有八九还会引发新（心）病。与《马语者》相比，《廊桥遗梦》的感人之处就在于，它用一种更高的价值（如责任感等）否定了另一种价值（婚外情），它既是激情的产物，更是理性的产物。如果抛开责任感、理性和道德观念，爱情假如完全建筑在感情冲动的基础上，那么它的毁灭就会像产生时一样快。

于是这书给我的阅读感觉就是，如此"治疗"，不治也罢。

1998.03

人性的升华

——我看美国大片《泰坦尼克号》

近日在国内各大中城市上映的美国大片《泰坦尼克号》,因其空前绝后的海难史实、“五星级”的工业奇迹“梦之船”、感人肺腑的生死恋情、登峰造极的电影艺术大制作而成为美国视听艺术的真正震撼人心之作,达到了人类电影艺术少有的高境界、大气魄。

灾难、生死、爱情,是人类永远的生存困惑,也是文学艺术永恒的题材和主题。影片《泰坦尼克号》将三者融为一体,调动一切视听审美操作手段,在一种人类大悲剧的氛围中,再现了一个真实的、空前的人类大灾难的全过程。影片在复原性过程的叙述营造中,将人性置于财富的诱惑、生死的考验和美好的爱情中展示缕析,将人性提升到一个前所未有的大境界中加以揄扬,让我们看到人类之所以智慧伟大而为万物之灵长的绝无仅有的人性因素,也让我们看到人类盲目的自负乐观而为自己酿成的巨大悲剧的人性弱点。

面对强大神秘、不可抗拒的自然之力,人类有着无法克服的巨大悲哀,人类的确显得渺小而无奈,个体生命的消亡不可避免,人类在劫难逃。然而正是在这样一个空前(但愿也是绝后的)的大海难中,我们又不无欣慰地看到,人类最终还是能认识并战胜自身的弱点,能够最终拯救人类自身的只能是人类自己,而不是任何其他因素。人类正是在不断地征服和跨越一个个苦难和灾难的过程中而一步步迈向理想王国的。这是深藏在“泰坦尼克号”上的、被导演所开发出来的、为现代社会、现代人所最关注和需要的东西,是 80 多年来关于“泰坦尼克号”巨轮大海难的所有文学、影视及其他艺术作品都没有达到的一个制高点,也是影片《泰坦尼克号》风靡全球、倾倒万众、叫人看后长时间地喟叹而难以释然的最主要、最深刻的原因。

想想看,在 1912 年 4 月 14 日的沉沉午夜,在茫茫北大西洋冰冷无情的海面上,2208 人面对无以挽救的灭顶之灾,生命的存在以分秒计算,号称“永不沉没”的“梦之船”,以及浓缩着人类社会及人性中一切因素的——诸如财富、地位、等级、名望、爱情、嫉妒、生死、高尚、卑鄙、伟大、渺小、镇静、惊恐、美好、丑陋、隐私、欲望、真诚、虚伪等等,一切的一切,都将面临着同一种结局:在同一时刻深埋海底。在人类征服自然、追求理想的历史进程中,如此悲壮惨烈、如此清醒明白、如此别无选择的生死考验都是空前的。在巨轮两个多小时的沉没过程中,1523 个个体的生命消失了,而作为整体的人类硬是经受住了考验,灾难中的“人”被提升到一个至高的境界,显出了人性中最深刻动人的美。

面对死亡,船长爱德华和设计师安得鲁平静地坚守在各自应该去的地方;白发的老夫妇紧紧地依偎在一起等待共同的时刻;男女主人公“你跳,我也跳!”“你不走,我也不走!”的生死承诺;坚决与丈夫留在一起的妻子;拒绝穿救生衣、把荣誉看得比生命更为重要的绅士;坐在小小的救生艇里吵嚷着要去救人的勇敢的布朗夫人;在甲板上异常尊贵地演奏生命中最后一曲的乐队……在沉船与爱情的双重悲剧里,我的灵魂被震颤得无以言说,我在强烈地感受到人类处境的有限性与追求理想彼岸的巨大无奈的同时,更是刻骨铭心地感到了人的伟大,人性的耀眼夺目,那是无与伦比的。

生命轻如鸿毛,真爱一诺千金。影片把极为准确的历史事实和极为浪漫的爱情故事(虚构的)天衣无缝地融合在一起,在颂扬人类的友善、勇气和牺牲精神的同时,还表现了人类真爱的永无止境,让观众领悟人类爱情的美好和无价并不仅仅是以“有情人终成眷属”为尺度的,它必须体现出人性的美好和崇高,体现出一种人类的希望,这就使一个一见钟情的爱情故事显出了非同凡响的魅力。杰克把生的一线希望留给了露丝,作为肉体的他永远地消失于北大西洋冰冷的海水中,但作为精神生命和艺术形象的杰克,却永远活在亿万观众的心海中。

欣赏这部影片，还有一个绝对不可忽视的因素，那就是它的主题音乐和片尾主题歌。由苏格兰风笛吹奏的悠远凄绝、呜咽悲壮的主题音乐和著名歌手席琳·迪翁演唱的片尾主题歌《爱无止境》，最大限度地渲染了悲剧气氛，表达了影片的主题，听来如泣如诉、荡气回肠，叫人思绪万千、悲情难抑。

1998.05

跋　十年一觉原州梦

本书是一部文学评论集，是我从事"中国现当代文学"教学和研究近二十年来的一点心得和成果，也是我的第一部书。其中最早的文字写于1992年，其时我已从教近十年了，最近的文字写于2012年，时间跨度长达二十年。最初萌动出书并开始辑录的时间是2002年，到现在即将付梓也过去了十年。由此可见，本书从写作到完成用了整整二十年，从初编到成书用了整整十年，其间又颇多曲折。当今时代，恐怕没有几个人出书会懒散拖沓到如此地步，我算是一个例外吧。这不是十年磨一剑，这其实是职业倦怠和懒散浮躁的结果，好像是一个宿命，注定了的。

说实话，在做学问上，我还算是一个用心思考的人，但不是一个勤于动手的人，是一个比较看重文字的味道韵致而不太追求篇目字数的人，是一个思考多于行动、口头表达多于文字撰述的人。说得好听一点，是敏于言而讷于行，说得不好听一点，是典型的才疏学浅述而不作。二十年才写出这么一本书，十年了才编好这么一本书，就是一个明证。

十年前的2002年仲夏，宁夏作协的领导希望我把自己的评论文字收集起来参加中国作协"希望之星"丛书的选拔，书稿整理出来后，我发现内容十分单薄便羞于拿出。次年春末夏初，我所供职的固原师专启动了专升本工作，我时任中文系主任，工作压力非常大，几乎没有了双休日和节假日，常常加班熬夜整理和赶写升本材料，还是雏形的书稿就被雪藏了起来，这一放就是三年多。2005年年底升本评估结束，学校终于升格为宁夏师范学院，生存和发展有了新的空间，千钧压力冰消雪释，遂又想起了书稿，就开始一篇一篇地阅读整理，一篇一篇地补写充实。

2006年5月，学校举行隆重的升本庆典和新校名挂牌仪式，邀请了许多曾为学校建设发展作出重大贡献的老领导、老教授回校出席仪式，曾任中文系教授、《固原师专学报》主编、已逾古稀之年的袁伯诚先生应邀从青岛回校，我负责袁先生的接待工作。早在20世纪80年代，袁先生就已享誉学界，当年在中文系时，我和袁先生一起共事几年，先生的人格风范和才华学识令我无比敬仰，是我心目中的学人楷模。升本庆典结束后，先生驻足固原达半年之久，这里是他的第二故乡，先生人生的大半时光是在这里度过的。在与先生相处的近半年时光里，我陪先生走遍了固原、西吉和隆德等县的许多地方，先生一手把盏，一手挥毫，谈天说地，煮酒论诗，留下了许多墨宝。先生得知我正在编自己的书稿，竟比我还迫切，多有催促和鼓励，我求先生将来为书稿写一书评或序文，先生一口答应了，并索要了已编好的部分书稿认真审读。尤其让我感动的是，先生为此还集中阅读了我书稿中论及的西海固作家的大量作品，很快就写下了洋洋洒洒五千余字的序言。先生学富五车，才华横溢，五千言序文汪洋恣肆，溢美之词让我汗颜。那年初冬，先生返回故里青岛，身体一直很是健康的先生，不料此去一病不起，在病榻上极度虚弱的情况下，还在电话中关切地寻问我的书稿和工作变动情况。2007年6月，先生溘然长逝于青岛海滨，固原之行变永别，一纸序言成绝笔，人生的无常与遗憾，莫过于此了！

在序言中，先生对西海固文学和西海固作家群的擢拔赞誉之情溢于言表，对他曾蒙难于此的这片黄土地的拳拳之心天地可鉴。先生是性情中人，许多文字都情不自禁，满含感情。当初我和先生有个约定，在我的书稿正式出版之前，先生的序言先不要发表，因之先生生前并未能看到自己这篇才情并茂的华章行世。六年之后的今天，在我的书稿终于就要付梓之际，我将先生的这篇写于六年前的序言郑重置于书前，不是为了给自己贴金，而是想借此表达我对先生的深切怀念和敬意，让先生灵蛇吐珠般的文字得以传扬、砥砺后学，以告慰先生在天之灵。

2006年年底，我的书稿大体编定，但仍然觉得有些内容还需要补写，不然会留下终生遗憾。随列了一个写作计划，决定待来年一篇一篇地补写，然后再行出版。但这个计划尚未及实施，我即于2007年年初离开工作和生活了二十三年半的中文系，到校本部任职。当时学校刚刚升本，本科教学体系还没有建立起来，管理制度一片空白，专业少，条件差，队伍弱，教学转型迫在眉睫。我分管教学工作，全身心地投入了进去，补写书稿的事就被第二次搁置了下来。

这一放就是整整六年啊！

六年来诸事繁杂，奔波不停，身心疲惫，一言难尽。我粗略算了下，从2003年准备中文系专升本材料，到近六年来主持构建学校本科教学体系，十年来起草和经手的支撑资料、管理制度、文件讲话、人才培养方案、项目论证报告等等，不下千万字，却没有多少工夫和心境为自己的书稿再增写更多的篇章。虽然书稿长期沉睡于桌屉，但为这所我得以安身立命的学校、为我深爱着的教育工作者这个职业而付出一切，我问心无愧也心甘情愿，从内心深处感到无比踏实和欣慰。

往事如过眼烟云，那些留在记忆深处的，一定是最温暖最温馨的。俗话说，读万卷书不如行万里路，行万里路不如有高人指点、贵人提携，这话一点儿没错。回想起来，在我人生的每个关键时刻，都能得到最好的领导、师长和朋友的帮助，他们指点迷津，促我进步，助我成长，是我生命中的一个个高人和贵人。我的心中常常充满感激之情，他们已经成为我人生信念和动力的核心构成。

现任宁夏社科院院长、时任宁夏师范学院党委书记和院长的张进海教授，我做他的同事和部下刚刚三年，搭班子共事才刚一年。他于2005年4月就职于固原师专，2008年3月离任。在这么短的时间里，他带领大家完成了专升本和新校区初建与首批搬迁两大历史性任务，这在今天看来几乎是不可能的。他在任期间，除了工作上的指导提携，他还在多种场合对西海固文学和我的研究鼓吹嘉勉，使我得以在繁重的行政管理工作之余没有完全荒疏学业，书稿里一些我一直想补写而一直未能如愿的篇章，也是在这个阶段零星完成的。共同的追求和爱好，使我们在结识之后很短的时间里建立了深挚的友谊，在他离任时，我就请他待我将来出书时再写一个序，我对进海院长说，这个序对我来说有着特殊的意义。

今年年初，我的岗位职责由分管教学变为分管科研，我开始专心思考学校的科研工作,我自己的书稿也就这样被第三次提上了议事日程。书稿编定后,我于7月中旬打印呈送进海院长,除了序言,还请他再为书稿题写书名。对我得寸进尺的请求,他都笑着答应了:“就怕弄不好啊,给你的书写序题字我有压力呢!”这当然是谦辞,二十多天后,一篇见解精辟、学理缜密、字里行间充满了感情和文化思考的序言一挥而就。在序言里,进海院长对我之于西海固文学的评价,让我倍感压力和不安,我做到的没有他写出的那么好,我知道这是他一贯的鼓励和期许,以后只有更加努力了。让我难忘的是,在去社科院他的办公室索取书名题字的时候,我才发现“文学的触须”五个字,光草稿他就写了一纸篓子,让他稍感满意、最后确定给我的,还是那天当着我的面一遍遍写就选出的。进海院长为人做事的精益求精,据此可见一斑。

还要借此机会感谢我生命中的几个贵人。

慕岳教授,20世纪80、90年代任固原师专中文系主任、副校长、校长,后来从自治区文联常务副主席岗位退休。他是我刚刚踏上职业生涯的好领导和指路人,那时,他常常对喜欢文学创作、还很年轻啥都不懂的我说:“不要光读文学作品,要多读些哲学和理论的书,这样你才能提高。”他是文学理论专家,对我后来从事文学评论产生了重要的影响。

李克强先生,现任自治区党委宣传部副部长,曾任固原市委常委、宣传部长、自治区文化厅厅长。他在固任职期间,我还在中文系任教,此前我们并不认识。2001年文联换届时,他力荐我兼任固原市文联副主席,给了我另外一个为西海固文学做事的平台。他对西海固文学和西海固作家群的关注和推动,是西海固文学走向全国的重要因素,西海固文学“名片”说就是他在任时提出的,西海固文学之星的首届评选表彰、“西海固文学丛书”的首次结集出版,都是在他的领导、首倡和运作之下完成的。由于他的大境界和大手笔,20世纪90年代末到21世纪初,宁夏文坛乃至区外文坛的一定范围内,一度形成了西海固文学创作和研究热潮,这是极其难能可贵的。

我在本书《没有终点的旅程》一文中曾写道:还有两位女士是值得我永远铭记在心的,一位是曾任宁夏文联副主席、《朔方》主编的冯剑华女士,她像呵护初生的婴儿一样地呵护照看过西海固文学的发生发展,她亲手编发了大量西海固作家的作品,我的一些比较重要的评论,也是经她之手编发在《朔方》杂志上的;另一位是曾任宁夏作协常务副主席的余光慧女士,她为西海固作家创造了大量学习、交流、开阔视野、成长成才的机会,许多西海固作家上鲁院学习深造,都是她亲自安排的,我至今唯一的一次暑期外地疗养,也是她创造的机会。

正是由于他们的努力,西海固文学才有了今天的气候,我的研究也才有了意义和价值。

这本书里收入的主要篇章(第一部分),是对西海固文学的思考和研究,我称之为“风景”,概因自己笔力不及,我描述和呈现给读者的西海固文学,仅仅是一域风景,远不是西海固文学的全貌;第二部分我称之为“声音”,实际上是我从事中国现当代文学教学过程中,对我关注的一些文学现象和喜爱的作家作品进行的一些个人化的思考和审美解读, 由于身处边地山城,人微言轻,不敢大声说话,只能发出微弱的声音;第三部分我称之为“视野”,是对域外文坛的兴趣之笔,由于偏居一隅,视野有限,难入主流,属于兴之所至、浮光掠影的文字。书名“触须”者,意为对文学的轻微接触和感知,亦为蜻蜓点水、浅尝辄止的意思。我的评论文字没有费解的地方,没有时髦高深的理论,有的只是对文学与人性的一些轻浅的感知和参悟。

谈到本书,还要提到两个好朋友,那大庆和王佐红。我不迷信,但信缘分,结识那大庆大约是在十年前,正好是这本书初编之际,他时任宁夏人民出版社科技编辑室主任,经人引荐认识后,我们很快成了无话不谈的好朋友,十年来联系不断,每见面必有一场酣畅淋漓的酒战。这些年来,他多次催促我尽快出书,我都一拖再拖,这期间他的岗位多有变动,当我今年决定出书时,他正好出任黄河出版传媒集团旗下的阳光出版社社长,我说这书不给你出,还能给谁啊! 还要感谢我的责编王佐红,他毕业于宁夏大学文学院中文系,一笔文学评论十分出色,是我欣赏和看重的青年才俊,由他做我书稿的责任编辑,可以说再合适不过了。在本书编撰过程中,他通读了全部书稿,做了大量校正和统稿工作,从内容到装帧,都提出了很好的建议和思路，使我的第一本书尽可能做得完美一些。这期间由于种种干扰，我的工作效率总是不高，他都表现出极大的耐心，让我很是歉意。

当然，最要感谢的是我的妻子和亲人张桂玲，这些年来，在繁忙的工作之余，她为我誊录了大量的文字资料。在没有复印条件的年代，她曾彻夜整篇整篇地为我誊抄文章和资料；有了电脑之后，我的许多稿子和资料，又是她一个字一个字地输入电脑的。我的许多文字，她还常常是第一个读者，她虽然不搞文学，但凭着一种知识女性特有的本能，常常会冒出一些让我茅塞顿开的见识。除此之外，她还包揽了几乎全部家务，包括二十年如一日对我年老体弱的老父亲的照顾，让我专心向学。可以说，我的这部书稿，的确有一半儿浸透着她的心血和汗水，这让我永远感激在心。

十年一觉，时光如白驹过隙；梦醒时分，人生的大半已成往事了。在山城固原——这个历史上被称为原州的小城，定格了我近三十年的人生。忽然想起“不过五十不出书”的古训，等这书印出来，正好是我进入圣人所界定的知天命的年龄，是否冥冥之中，有一些事是早已注定好了的？

写完这篇文字，恰是第二十八个教师节前夕，这本书和这篇文字，就算是对自己近三十年从教治学生涯的一个阶段性小结吧。

是为跋。

作　者

2012 年 9 月 9 日·于山城固原

再版后记

《文学的触须》是我的第一本书，是多年来从事中国现当代文学教学和宁夏文学研究的只言片语，自2012年11月结集出版后，迄今已过去了近五个年头，期间于2013年9月重印过一次，纠正了第一次印刷时的一些错疏。

该书出版后，先后于2013年2月荣获固原市委宣传部"2012年度全市原创文艺作品优秀奖"，2013年8月荣获"第十五届北方十五省、市文艺图书评奖一等奖"，2015年荣获"公众最喜爱的100本宁夏图书"荣誉称号，这些荣誉的获得都是始料未及的。当初结集出版这本书，主要是想对自己几十年的职业生涯和文学情结作一个阶段性回顾，对自己长期述而不作的行为作一种自我批判，没想过别的。

这些年来，不时有文友和学生索要这本书，加之给研究生和免费师范生授课和赠阅，手头存本越来越少，在与学生授课和交流的过程中，也陆续发现了书中还存在着一些篇章和内容方面的问题，于是萌生了再版的想法，这想法得到了黄河出版传媒集团阳光出版社的支持，才有了这本新的《文学的触须》。

这次再版，除了纠正已发现的个别文字错疏，主要是删掉了原书第二辑中的10篇教学解读方面的文字，增加了近年来的几篇序文和评论，重新作了装帧设计，比原书页码略有增加，其余没有作大的变动，保留了每一篇文字的原汁原味。

很是惭愧，这些年来，除了忙于行政事务，在个人著述上没有什么新的起色和建树，似乎老静不下心来，难以沉浸到文字的世界中去，阅读的兴趣提不起来，即便是有些感触和想法，也没有了那种不吐不快的冲动，常常是欲言又止，懒得动笔，仿佛正在被边缘化，和情有独钟的文学之间，产生了某种陌生和疏离。2015年，在编辑出版第二本书《文字的味道》时，把几十年来创作和发表的诗歌、散文、随笔、小说等梳理了一下，感到自己所追求的“有味道”的文字并不多，倒是发现了一个让自己很吃惊的现象：从事了数十年的文学教学与研究，却始终未能真正走进文字的世界，悟到文学的真谛。

这也许就是——人生的缺憾吧！

感谢阳光出版社和文友们对这本书的厚爱，感谢友人那大庆社长、责编靳红慧女士和美编晨皓先生，没有他们的鼓励、支持和精心编校，也许就没有这本书的再版问世。

是为记。

作　者

2017年3月5日·于塞上湖城银川